# Die Wasserfrau

# Die Wasserfrau

## Von geheimen Kräften, Sehnsüchten und Ungeheuern mit Namen Hans

Gesammelt und
herausgegeben
von
Hanna Moog

Eugen Diederichs Verlag

CIP-Titelaufnahme der Deutschen Bibliothek
Die Wasserfrau : von geheimen Kräften, Sehnsüchten und Ungeheuern mit Namen Hans / ges. u. hrsg. von Hanna Moog.
– Sonderausg. – München : Diederichs, 1990
ISBN 3-424-01037-5
NE: Moog, Hanna [Hrsg.]

Sonderausgabe 1990

Umschlaggestaltung: Tilman Michalski, München
Produktion: Tillmann Roeder, München
Satz: Fotosatz Froitzheim, Bonn
Druck und Bindung: May + Co, Darmstadt
ISBN 3-424-01037-5
Printed in Germany

# Inhalt

## Teil II: DIE VERWANDELNDEN KRÄFTE



## Teil III: EIGENLEBEN

# Einleitung

»Es geht nicht darum, nur die Frau zu ›befreien‹. Die Frau wird nämlich erst dann wirklich frei sein, wenn der Mann sich selbst von jenen stereotypen Mustern befreit hat, in die die Gesellschaft ihn hineingepreßt hat und zu deren Zerstörung er sich nicht entschließen kann, solange er Angst hat, dadurch etwas ganz Neues zu entdecken.«
*(Jean Markale, Die Keltische Frau)*

Die Wasserfrau. Eine der aufregendsten Figuren der mythischen Phantasie gilt es hier zu entdecken. Aufregend in ihrer Weiblichkeit, herausfordernd in ihrer Wildheit, geheimnisvoll in ihrer Doppelnatur. Weibliche Identifikationswünsche kristallisieren sich in dieser Figur ebenso wie die Sehnsüchte und Ängste des Mannes gegenüber Weiblichkeit: Meeresgöttin, Quellnymphe, Schwanjungfrau, Fischprinzessin und Sirene, Wasserhexe oder Regenfrau – das Weib dahinter hat mich gelockt. Ihren magischen Kräften nachzuspüren, ihre Doppelnatur zu entschlüsseln.

Welten treffen aufeinander, wo immer Wasserfrau und Mensch einander begegnen. Nehmen wir Melusine, die Wasserfee: Als Gattin ist sie begehrt wie sonst keine – sie bietet Erotik, Wohlstand, sozialen Aufstieg, zahlreiche Nachkommenschaft; sogar beachtliche Management-Qualitäten legt diese Wasserdame an den Tag. Doch sie knüpft ihre Gaben an eine Bedingung: Nie dürfe ihr Mann sie samstags im Bade beobachten!

Das Drama beginnt mit der Öffnung der verbotenen Tür: Mit einem riesigen Schlangenschwanz peitscht Melusine das Wasser. Ihre Doppelnatur – ihr Geheimnis. Als es öffentlich wird, entweicht die Fee mit dem Schlangenschwanz geflügelt in die Lüfte, wo sie zu nächtlichen Zeiten immer wieder auftaucht. Verbirgt sich hinter ihr die hebräische Lilith, die erste Frau der Geschichte, die nicht bereit war, sich Adam unterzuordnen, und daher von Jahwe ins Reich der Schatten verbannt wurde? Soll ihr in der Gestalt der Melusine noch einmal die Chance gegeben werden, eine »richtige« Frau zu werden? Diese Chance hätte sie der Sage zufolge gehabt, hätte nicht Raimund, ihr Gatte, sein Gelöbnis gebrochen; durch sein bedingungsloses Vertrauen hätte er sie nämlich »erlöst«, und es hätte irgendwann keiner Samstage im Bade mehr bedurft.

Die Frage, wer hier eigentlich von was erlöst werden will, stellt sich auch in einem Märchen, das ich nicht in diese Sammlung aufgenommen, statt dessen durch eine moderne Persiflage aus weiblicher Feder ersetzt habe: Das Märchen von der »Kleinen Seejungfrau« von Hans Christian Andersen. »Märchen, für Kinder erzählt«, nannte der Dichter sein Werk, das uns heute eher zornig als traurig macht. Generationen kleiner Mädchen haben mit der Kleinen Seejungfrau gelitten und sie als Leitbild empfunden. Wer die Mythen und Märchen früherer Epochen liest, stutzt allerdings bei der Beschreibung, die Andersen von seiner Kleinen Seejungfrau gibt: Sie sehnt sich nach der Liebe eines Menschenprinzen – nur so kann sie in den Besitz einer unsterblichen Seele gelangen. Dazu muß sie ihren Fischschwanz gegen zwei menschliche Beine eintauschen und dafür das Kostbarste opfern, was sie besitzt: ihre Stimme, ihren Gesang. Jeder Schritt wird eine Qual sein, die sie erträgt in der Hoffnung auf die Liebe des Prinzen. Sein »kleines Findelkind« wird er sie nennen, »er hatte sie so lieb, wie man nur ein gutes, liebes Kind lieben kann, aber sie zur Königin zu machen, kam ihm nicht in den Sinn«.

Es ist eine lange Geschichte von der freien, keinem Mann untertanen »parthenos«, der »Jungfrau« im ursprünglichsten Wortsinn, zur stummen Kleinen Seejungfrau des 19. Jahrhunderts. Immer ungeheuerlicher wird darin spürbar ein patriarchales Selbstverständnis, für das Ingeborg Bachmann das Wort »Ihr Ungeheuer mit Namen Hans« gefunden hat.

Die Wasserfrau. Wo Jenseitswelten und Menschenwelt sich berühren, sitzt sie auf der Grenze. Am Ufer kämmt sie ihr Haar, sie wartet am Rande des Brunnens. Ihr Anblick schockt... und verlockt, ihr zu folgen in ein Reich, unter dessen »spiegelnder Oberfläche unauslotbare Tiefen verborgen liegen« – so C.G. Jung über das Kollektive Unbewußte. Symbol des Lebens in seiner umfassenden Bedeutung ist die Wasserfrau – Symbol des inneren Reifens.

*

Das Buch gliedert sich in vier Teile. Es beginnt mit den Ursprüngen. Geschichten, in denen die Wasserfrau eine aktive Rolle in der Erschaffung der Welt, bei der Geburt der ersten Götter und Menschen spielt.

Nicht als Nixenwesen haben wir sie uns dabei vorzustellen, uranfängliche Fruchtbarkeit liegt vielmehr in der Verbindung von *Luft und Wasser*, verkörpert in der Schwanjungfrau Leda zum Beispiel, die auf einer schwimmenden Insel die Zwillinge Kastor und Polydeukes, Helena und Klytaimnestra ausbrütet.

Ganz anders »die Mutter des Wassers, die durch die ganze Welt wandert und überall Töchter hinterläßt, die die Mütter der Teiche sind« – wie es in einer karibischen Mythe heißt. Die nahrhaftesten Wasser wünschten sich die Menschen für ihre Felder – es kommt von der »Mutter«.

Andere Wasserfrauen sorgen für die Nahrung der Menschen. »Die Mutter der Meerestiere« schickt Fische und Robben in die Fanggründe der Eskimo – nicht ohne Bedingung allerdings, so lehrt es die Erzählung.

Um die Erhaltung der Fruchtbarkeit der Vegetation kümmern sich Wettermacherinnen und Regenfrauen. Als Wolkenkühe, die von einem Gott gemolken werden, sieht sie die indogermanische Mythologie.

Als strafender Blitz saust das Weib in einer angolanischen Mythe zur Erde herab. Erst wenn sie ihren Zorn gestillt hat – die Atmosphäre gereinigt ist – wird sie zum fruchtbaren Landregen. Im Glauben der Naturvölker ist die Wasserfrau strafend *und* gut.

Handeln die Geschichten des ersten Teils von der elementaren Fruchtbarkeit der »Wassermütter«, so begegnen wir in Teil II Wasserfrauen, die über verwandelnde Kräfte verfügen. Sie spinnen den Schicksalsfaden – wie etwa die nordische Urd, die auch die Aufgabe hat, den Weltenbaum aus dem heiligen Brunnen zu wässern, damit Himmel, Erde und Unterwelt in lebendiger Verbindung bleiben.

Nicht selten tritt die Schicksalsfrau im Märchen als Dreiheit auf: jede von ihnen ist einem der großen »Übergänge« im Leben zugeordnet: Geburt – Hochzeit – Tod. Ein nordgriechisches Märchen läßt uns drei »Moiren« am Grunde des Meeres belauschen, wie sie sich bei der Geburt des Prinzen beratschlagen: Die eine will ihm ein langes Leben geben, die andre ihn gleich morgen sterben lassen, die dritte findet den Kompromiß: neun Jahre bekommt er von jeder. Wird es dem Märchenhelden gelingen, dem Schicksal doch noch eine eigene Wendung abzutrotzen?

*Grenzgängerin* ist die Wasserfrau nicht nur im räumlichen, sondern auch in einem innerpsychischen Sinn. Sie taucht auf in Zeiten der Krise, Zeiten, die Reifungsprozessen vorausgehen – wenn der Jüngling zum Mann wird, das Mädchen zur erwachsenen Frau. Kräfte, die bislang im »Meer des Unbewußten« geschlummert haben, gilt es zu erschließen. Die doppelte Natur dieser Kräfte verkörpert die Wasserfrau: wild und furchterregend ist die eine Seite, fruchtbar und schön ihr anderer Aspekt. Nur wer der Wildheit ins Antlitz geschaut hat, gelangt in den Besitz eines höheren Reichtums.

Zauberische Lockmittel hält die große Verführerin für den Jüngling bereit: sie trägt das lange wallende Haar der ungezähmten Jungfrau, Sehnsucht weckt ihr süßer Gesang, »jahreszeitendurchduftet« ist das Gewand der schaumgeborenen Aphrodite. Eine Woge aus wilder Schönheit, Duft und Klang betört die Sinne des Helden – Aufforderung zur rauschhaften Liebesvereinigung, in der alles zu gewinnen oder alles zu verlieren ist. Die Märchen zu diesem Thema sind Zeugnisse uralter Initiations- und

Fruchtbarkeitsrituale, wie sie Hans Peter Duerr von Anhängern des afro-brasilianischen Kultes der Meeresgöttin Iemanjá schildert: »Unter den Schlägen der *atabaques* und Gesängen an Iemanjá beginnen die wilden Tänze, und es dauert nicht lange, bis die Göttin kommt und in den Leib der Kultteilnehmer eindringt. Zuweilen zieht es die ›Töchter der Iemanjá‹, aber häufiger noch die Männer, ins Meer hinaus. Irgendwann erfaßt sie ein Strudel, dreht sie eine Weile so herum, wie sie sich beim Tanze drehen, und dann versinken sie in einer Todesspirale im Meer, um in der Liebesumarmung mit der Iemanjá zu sterben.«

Wer bei den alten Nordmännern im Meer ertrank, »bestieg das Bett« der Meeresgöttin Ran oder durfte an ihrer Tafel speisen; wer nach dem Tode von den Speisen der polynesischen Dämonengöttin Miru genoß, wurde anschließend selbst verspeist: Die Wasserfrau – hier die Verschlingende, Verwandelnde und Wiedergebärende.

Das junge Mädchen, das den »Weg der Königin« beschreiten will, wird von den Nixen geraubt und zunächst einmal in die Lehre genommen – das Wasser als die wilde Natur, die es zu meistern gilt, vergleichbar dem dunklen Wald im Märchen, aber doch mit einer deutlicheren Affinität zum Weiblichen.

Eng verknüpft mit dem Prozeß geistig-seelischer Reifung ist die Entwicklung eines Wertesystems, an dem der Märchenheld seine künftigen Entscheidungen auszurichten vermag. Die Geschichten zeigen die Wasserfrau auch in der Rolle der richtenden Instanz – gegenüber dem Einzelnen wie gegenüber der Gesellschaft.

Der Glaube an die Wassergeister ist, trotz aller Zähmungs- und Verteufelungsversuche von seiten der Kirche, auch bei den Völkern Mitteleuropas teilweise bis in unsere Zeit lebendig geblieben. Teil III spiegelt in volkstümlichen Sagen den »Alltag« der Nixen. Da ist ein lebhaftes Kommen und Gehen zwischen Wasserreich und Menschenwelt. Die jungen Burschen besuchen die Nixe in ihrer Wohnstube im Teich, werden mit süßen Pfannkuchen und sonst allerlei verwöhnt – die Nixen kommen zu den Tanzfesten der Menschen, wo man sie nur am »feuchten Saum ihrer Röcke« erkennen kann. Was Wassermann und Wasserfrau einander bedeuten, und wie es um ihre Nachkommenschaft steht, darüber wußten die Menschen in früherer Zeit genau Bescheid. Bei aller Vertraulichkeit ist aber doch eine gehörige Portion Furcht vor dem unberechenbaren Wesen der »Elementargeister« nicht zu verkennen.

Teil IV versammelt Geschichten, in denen Menschen und Wasserfrauen – freiwillig oder unfreiwillig – dauerhaftere Beziehungen eingehen.
Da sind zunächst die »wilden« irdischen Frauen, die von der menschlichen Gesellschaft aus ihren Reihen verstoßen werden: die untreu gewordene Seemannsbraut wird ebenso ins Wasser getrieben wie die junge Eskimofrau, die unfruchtbar bleibt. Wie alle Geschichten zeigen, sind die verstoßenen Frauen keineswegs ertrunken, sie leben – eben nur verdrängt – im Wasser weiter, wo sie von ihren Wasserschwestern solidarisch aufgenommen werden. Da gerät die ganze Pracht und Herrlichkeit verdrängter weiblicher Sexualität zu versunkenen Schlössern am Meeresgrund, die von »verzauberten Prinzessinnen« bewohnt werden.
Von Akten männlicher Gewalt handeln auch die Geschichten von geraubten und gefangenen Wasserweibern. Der Versuch, die »wilde« Frau zu zähmen, endet mit unterschiedlichem Erfolg. Wer sich allerdings – wie der sibirische Held Umtschegin – anschließend auf die mühevolle Suche nach der verschwundenen Braut begibt, wird die Reise, die in *ihr* Reich führt, nicht bereuen.
In der Gestalt von Mondblume oder Fischprinzessin verbirgt sich (Wasser-)Weiblichkeit in einem ganz und gar naturhaften Zustand. Sie daraus zu erlösen, ist eine Aufgabe, die der Held, je nach Temperament, auf die unterschiedlichste Weise löst.
Die Frage nach der Erlösungs*bedürftigkeit* eines übernatürlichen Wesens – wie der Wasserfrau – durch einen Menschen wird im dreizehnten und letzten Kapitel

gestellt. Drei Wasserfrauen-Figuren: Melusine – Russalka – Undine markieren hier den Weg vom 14. ins 20. Jahrhundert.
Der Mythos von der verbotenen Ehe zwischen Mensch und einem übernatürlichen Wesen bildet den Hintergrund zur Sage von der Schönen Melusine. Die Götterwelt ebenso wie die menschliche Gesellschaft wollen von solcher Verbindung nichts wissen – die Unvereinbarkeit der beiden Welten ist das Thema. Der Mythos bietet eine Lösung auf der Ebene des Individuums an: Wenn der Mann Zeit seines Lebens das Geheimnis seiner Gemahlin respektiert, wird sie davon – wie von einem Fluch – erlöst: damit wäre sie integriert in die menschliche Gesellschaft als eine »richtige« Frau. Eine Steigerung hat dieser Mythos erfahren in der Behauptung, der Wasserfrau (= Elementarwesen) fehle eine Seele; allein die Liebe eines irdischen Mannes könne ihr dazu verhelfen. Dieses Motiv liegt der romantischen Undine-Dichtung des F. de la Motte Fouqué zugrunde. Darin spiegelt sich die hinlänglich bekannte Zuordnung des »Weiblichen« zum »naturhaft Stofflichen« und zum Bereich des Unbewußten: Ausdruck einer patriarchal-christlichen Wertehierarchie, in der Geist/Bewußtsein – als Gegensatz zum Bereich der Natur empfunden – losgelöst an oberster Stelle rangieren und als spezifisch männliche Errungenschaften in Anspruch genommen werden. Daß es sich bei der Vorstellung, die (Wasser-)Frau wolle von ihrem »naturhaften« Zustand erlöst werden, um einen männlichen Irrtum handelt, thematisiert die amerikanische Autorin Joanna Russ in »Russalka«: Alles, was an der Meerjungfrau Russalka nach ihrem Wechsel in die Menschenwelt noch »natürlich« geblieben ist, hält ihr Prinzgemahl für das Ergebnis eines mächtigen Zaubers, den es zu lösen gilt. »Zauber ja«, räsonniert Russalka für sich (denn sie ist stumm), »nur ist alles genau andersherum als er denkt.«
In der wortwörtlichen Sprachlosigkeit der Russalka – wie sie auch für Andersens Kleine Seejungfrau charakteristisch ist – gelangt die Verständigung zwischen den bei-

den Welten zu einem traurigen Endpunkt. Wasserfrau und Prinz: beide Opfer eines gesellschaftlichen »Irrtums«, so sieht es die Erzählerin Joanna Russ.
Ingeborg Bachmann verleiht »Undine« ihre eigene Stimme. Sie verschmilzt mit ihrer Erzählfigur und macht damit die Wasserfrau wieder zum *Subjekt* des Geschehens – und sei es auch, um Abschied zu nehmen von der Menschenwelt. Was keineswegs das Ende der Geschichte sein muß – viele Märchen liefern dafür den Beweis.

*

Viel Begeisterung und tätige Unterstützung durch Hinweise, durch Hilfe bei der Text- und Bildbeschaffung habe ich während der Arbeit an diesem Buch erfahren. Nicht alle Funde und Anregungen konnten berücksichtigt werden, und doch haben sie zum Gelingen beigetragen.
Mein besonderer Dank gilt Walther Heissig, Felix Karlinger, Hans Christian Kirsch, Jutta Kühn (astrologische Beratung), Anneli Rasmussen, Heinz Rohé, Lutz Röhrich, Annemarie Schimmel, Wolfgang Schumann, André Sikojev, Jochum Stattin, Helga Thomas, Yan Zhao, Jack Zipes sowie den Mitarbeiterinnen und Mitarbeitern des Eugen Diederichs Verlages. Ganz besonders liegt mir am Herzen, Tilman Michalski zu danken für das zauberhafte Kleid, das er der »Wasserfrau« gezeichnet hat.

# Teil I

# Die Ursprünge

# Kapitel 1

# Mütter der Ströme und Meerestiere

Nach der chinesischen Naturanschauung ist das Wasser Symbol der weiblichen Urkraft Yin, die in einer komplementären Beziehung zum »männlichen« Feuer Yang steht. Für den Taoisten ist das Wasser die Essenz des Lebens, und sein Lauf liefert ihm das Vorbild für ein Leben im Einklang mit den Gesetzen der Natur.
Diesem »Lebensstrom« in all seinen Wirkungen und Erscheinungen – gebärend, nährend, reinigend, verwandelnd und verwesend – begegnen wir in mythischen Erzählungen in der Gestalt der Wasserfrau.
Die Geschichten des ersten Teils handeln von den Ursprüngen: dem Ursprung des Wassers, des Himmels und der Erde, von der Geburt der Götter und der ersten Menschen. Hinzu treten die lebenerhaltenden und nährenden Mütter der Meerestiere und Regenfrauen.
Von dem Urmysterium der Geburt geht eine so ungeheure Kraft aus, daß die Gebärerin in der erzählerischen Phantasie selbst zur Mutter des Wassers wird.
Eine karibische Mythe zeigt »die Mutter des Wassers« auf ihrer Wanderung durch die Welt. Sie hinterläßt – offenbar ohne Zutun eines männlichen Partners – überall, wo sie hinkommt, Töchter, die ihrerseits zu Müttern von Teichen und Wasserläufen werden.

## Die Mutter des Wassers

Kimaku entsproß der Welt. Er schuf die Berge und machte sie so hoch, daß sie den Himmel berührten. Da war weder Platz für Ackerland, noch um das Vieh weiden zu lassen. Aber Kimaku weiß schon damals, daß die Indios Vieh züchten würden. Er begann darüber nachzudenken, wie er sie niedriger machen könnte; dann brach er die obere Hälfte ab und schuf die Ebenen.
All dies geschah vor Sonnenaufgang, als noch Finsternis herrschte und es weder Sonne noch Mond gab; und es existierten nur Kimaku, Sekukwe und Sealaviku, bevor die Menschen kamen.

Kimaku schuf alles auf vollkommene Art. Er schuf die Mutter des Wassers, die durch die ganze Welt wanderte und überall Töchter hinterließ, die die Mütter der Teiche sind. Alle Teiche und Wasserläufe haben eine Mutter. Die Mutter des Flusses ist eine Lagune, die sich auf den Höhen befindet und Nukwa des Sukwa heißt. All die Töchter wurden zu Lagunen. Die Mutter der Lagunen trägt den Namen Kausikwe; diese hinterließ viele Töchter, die Lagunen sind, auf jedem Hügel eine. Auf der Hochebene hinterließ sie Suke.
Auch die Mutter der Pflanzungen ist eine Lagune. Neben den Pflanzungen liegt ein Stein, das ist sie. All das ist dem Mama (Medizinmann) bekannt, und er weiß die Namen aller Lagunen. Eine Wasserschlange bewacht die Lagunen. Am Fluß hinterließ sie Sukasi.
Eine andere Mutter, Sibalú-Gaya genannt, gebar eine Frau, die Herrin des Wassers, aber sie gebar auch eine Wasserschlange. Die Mama steigen in die Lagune und tauchen hinab zu dieser Frau, die in einem großen Haus wohnt. Die Lagune ist oben auf der Hochebene.
Die Mutter des Schnees ist Haba-Sulue, und sie ist die Tochter einer Lagune namens Sulue.
Die Mutter, die zusammen mit der Welt geboren wurde, ist oben in einem Berg versteckt. Die Mama vermögen den Berg zu öffnen und ihn zu betreten. Sie waren es, die sie vor langer Zeit dort eingeschlossen haben, weil sie wußten, daß die Weißen kommen und sie rauben würden.
Auch der Vater des Goldes ist in diesem Berg eingeschlossen; auch er ist von den Mama versteckt worden, die wußten, daß die Weißen überall umherstreifen und alles stehlen würden.
Auf jedem Hügel, auf jedem Gipfel wohnen eine Mutter und ein Vater; jene haben die Lagunen in Stein verwandelt, und sie sind noch immer Steine.

Flüsse haben Mütter, die sie in die Welt gesetzt haben; nun sind sie eigene Wesen, die *ihren* Lauf finden müssen. Der russische Erzähler hat zwei Flußschwestern belauscht, die erwachsen werden wollten.

## Wasusa und Wolga

Wolga und Wasusa stritten seit langem, wer von ihnen die Klügere und die Stärkere sei und höhere Ehren verdiene. Sie stritten und stritten, konnten aber nicht einig werden. Schließlich sagten sie: »Wir wollen uns nebeneinander schlafen legen. Wer von uns zuerst aufwacht und zuerst beim Chwalynskij-Meer ankommt, die soll die Klügere und Stärkere sein und in höherem Ansehen stehen.« Wolga legte sich schlafen, und Wasusa legte sich schlafen. Aber in der Nacht stand Wasusa leise auf und schlich fort, sie suchte sich einen kürzeren, geraden Weg und lief Wolga eilends davon. Wolga erwachte und machte sich auch auf den Weg, weder zu schnell, noch zu langsam, sondern so, wie es sich gehört; als sie Wasusa bei Subzow einholte, war sie so mächtig, daß Wasusa erschrak, sich die kleinere Schwester nannte und bat, Wolga möge sie in die Arme nehmen und bis zum Chwalynskij-Meer tragen. Dennoch wacht Wasusa im Frühjahr als erste auf und weckt Wolga aus dem Winterschlaf.

Im folgenden wird erzählt, wie es kam, daß die Inseln von Hawaii vom Meer umschlungen wurden. Pele gilt auf Hawaii als personifiziertes Wasser wie auch als das vulkanische Feuer. Im Zorn glühen ihre Augen wie Phosphor, und wo ihre Füße das Wasser betreten, hinterläßt sie glühende Spuren.

## Pele als Göttin des Wassers

Pele lebte in Kahiki, was Tahiti gewesen sein könnte, denn es heißt, sie habe zu ihrem Bruder gesagt: »Ich werde zu Bolabola gehen; zu Kuai-he-lani; zu Kane-huna-Moku, zu Moku-manamana; dann werde ich eine Königin aufsuchen, ihr Name ist Kaoahi, ihre Insel heißt Niihau.«
Als Pele erwachsen war, heiratete sie und gebar eine Tochter und einen Sohn. Nach einiger Zeit lockte Pelekumulani den Gatten der Pele zu sich. Dies mag der Grund gewesen sein, warum Pele beschloß, ihre Heimat zu verlassen. Eine andere Version besagt, sie sei wegen ihres ungestümen und aufsässigen Wesens von ihren Brüdern verstoßen worden.
Zu jener Zeit gab es um die Inseln von Hawaii noch keinen Ozean, und es gab auch kein Süßwasser. Als Pele auszog, schenkte ihr die Mutter den Ozean, damit er ihre Boote trage. Während sie so dahinfuhr, entströmten ihrem Kopf die Meere, und die Wasser stiegen, bis nur noch die höchsten Gipfel der Berge Hale-a-ka-la, Mauna-kea und Mauna-loa zu sehen waren; danach gingen die Wasser wieder zurück auf den Stand, wo sie heute sind.
Dieses Ereignis heißt Kai a Kahinalii, weil es ihre Mutter war, die ihr den Ozean zum Geschenk gemacht hatte. (Der Name der Mutter war Kahinalii, und *kai* ist das Maori-Wort für *tai*, »das Meer«).

Hesiod, der uns in der *Theogonia* (»Göttergeburt«, um 800 v. Chr.) eine Schöpfungsgeschichte hinterlassen hat, schildert hingegen die Geburt des Meeres aus der Erde.

## Gaia, die Erde, gebiert das Meer

Gaia, die Erde, erzeugt zuerst den sternigen Himmel
Gleich sich selber, damit er sie dann völlig umhülle,
Unverrückbar für immer als Sitz der ewigen Götter,
Zeugte auch hohe Gebirge, der Göttinnen holde Behausung,
Nymphen, die da die Schluchten und Klüfte der Berge bewohnen;
Auch das verödete Meer, die brausende Brandung gebar sie
Ohne beglückende Liebe, den Pontos; aber dann später
Himmelbefruchtet gebar sie Okeanos' wirbelnde Tiefe,
Koios und Kreios dazu und Iapetos und Hyperion,
Theia sodann und Rheia und Themis, Mnemosyne ferner,
Phoibe, die goldbekränzte, und auch die liebliche Tethys;
Als der jüngste nach ihnen entstand der verschlagene Kronos. *(Theogonia, 131–137)*

Gaia gebiert aus sich selbst den Uranos (Himmel) und den Pontos (das Meer): Durch diesen Kunstgriff des Dichters wird der hellenische Himmel zum Ort der Götter, während sich die Göttinnen mit einem Sitz auf den »hohen Gebirgen« zu begnügen haben. Die anschließende »Liebesvereinigung« zwischen Gaia und Uranos deutet von Ranke-Graves als symbolisch für die hellenische Invasion in Nordgriechenland. So werden die sechs Titanen und Titaninnen gezeugt, unter ihnen Okeanos und Tethys. Der Ehe dieser Geschwister wiederum entspringen über dreitausend Kinder, nicht weniger als sämtliche Flüsse der Welt:

Sind es doch dreitausend schlankfüßige Okeaniden,
Die da, weitzerstreut, die Erde und Tiefen der Ursee
Überallhin durchwandern, der Göttinnen herrliche Kinder.
Ebenso viele dann sind auch des Okeanos Söhne,
Lauthinbrausende Ströme, die hehre Tethys gebar sie;
Aber ein Sterblicher kann nicht alle mit Namen benennen,
Die ja nur jene wissen, die an den Ufern daheim sind.

*(Theogonia, 364–370)*

Die Hochkultur der westafrikanischen Yoruba (im heutigen Staat Nigeria) weist Parallelen zu altägyptischem Götterglauben auf. Yemọja, »Mutter der Fische«, ist verwandt mit einer der Nil-Göttinnen, Mitrit Qimait oder Mirit Mihi, die – gemeinsam mit den männlichen Hapis – als Wächtergottheiten über die Fische galten. Die Hochkulturen der Ägypter und der Yoruba atmen eher den von Lastern und Leidenschaften geprägten Geist der mittelmeerländischen Göttermythen.
Yemọja wurde von den Negersklaven mitgenommen in die Neue Welt. So wird sie in Brasilien verehrt als Iemanjá, und man hat ihr den Beinamen »Unsere Mutter von den weinenden Brüsten« gegeben.
Im afrokubanischen Santería soll die Yemajá Ibu Aro auf dem Grunde des Meeres wohnen, den sie in Vollmondnächten verläßt, um an die Wasseroberfläche zu kommen.

## Yemọja, die Mutter der Fische

Aus der Vereinigung von Himmel und Erde – Obatala und Odudua – gingen Yemọja, das Wasser, und ihr Bruder Aganju, das wüste Land, hervor. Ye-mọ-ja ist eine Verkürzung von Yeye ọmọ-ẹja, was »die Mutter der Fische« bedeutet.
Yemọja heiratete ihren Bruder Aganju und gebar einen

Sohn namens Orungan. Er ist die Luft zwischen Himmel und Erde. Es kam die Zeit, da verliebte sich Orungan in seine Mutter, doch Yemǫja wies seine Avancen zurück. Einmal nutzte Orungan die Abwesenheit des Vaters, um seiner Mutter Gewalt anzutun. Yemǫja sprang auf, und laut klagend floh sie den Sohn. Orungan lief ihr nach, sie zu trösten, niemand solle erfahren, was geschehen sei, er könne aber ohne sie nicht leben. Orungan malte seiner Mutter aus, wie verlockend es wäre, zwei Gatten zu haben, einen offiziellen und einen im Geheimen. Voller Abscheu wies ihn Yemǫja zurück und versuchte zu fliehen. Schon hatte Orungan sie wieder eingeholt und gerade die Hand nach ihr ausgestreckt, um sie zu fangen, als sie rücklings zu Boden stürzte. Sogleich begann ihr Leib in schreckenerregender Weise zu schwellen, zwei Wasserströme entsprangen ihren Brüsten, und ihr Unterleib brach auf. Die Ströme, die aus Yemǫjas Brüsten flossen, vereinigten sich und bildeten eine Lagune, und ihrem geöffneten Leib entstiegen: Dada (Gott der Nutzpflanzen), Shango (Gott des Blitzes), Ogun (Gott des Eisens und des Krieges), Olokun (Gott des Meeres), Olosa (Göttin der Lagune), Oya (Göttin des Niger-Flusses), Oshun (Göttin des Oshun-Flusses), Oba (Göttin des Oba-Flusses), Orisha Oko (Gott des Ackerbaus), Oshosi (Gott der Jäger), Oke (Gott der Berge), Aje Shaluga (Gott des Wohlstands), Shankpanna (Gott der Pocken), Orun (die Sonne) und Oshu (der Mond).
Zur Erinnerung an dieses Ereignis wurde an dieser Stelle eine Stadt errichtet, der man den Namen Ife gab, was soviel bedeutet wie »anschwellen«. Sie wurde die Heilige Stadt der Yoruba-sprechenden Stämme.

Die nahrhaftesten Wasser wünschen sich die Menschen für ihre Felder: die Ströme aus den Brüsten der Göttin und das Fruchtwasser, das schon einen Helden genährt

hat. In der Vorstellung der Baganda in Uganda haben die meisten Flüsse ihren Ursprung in einem menschlichen Wesen. So heißt es vom Mayanja-Fluß, er sei an der Stelle entsprungen, an der eine Prinzessin ein Kind zur Welt gebracht hatte; der Fluß habe sich aus dem Fruchtwasser gebildet.
Ähnliches erzählt das große Volksepos der Bosso-Sorokoi aus dem Sudan von der Geburt des Helden Paemuru:

## Nana Aminata

Fara Maka hatte eine Schwester, die hieß Nana Aminata. Nana Aminata lebte noch nach Fara Makas Tode. Sie war im Mandegebiet verheiratet mit einem Malinke, der hieß Konko Mussa.
Eines Tages war Aminata schwanger. Konko Mussa sandte nun in alle seine Lande Botschaft und ließ viele Menschen zusammenkommen. Als eine genügende Anzahl von Menschen beisammen war, sagte er zu ihnen: »Meine Frau Nana Aminata ist schwanger. Baut nun um sie eine hohe Mauer, damit sie in dem abgeschlossenen Raume gebären kann.« Die Leute begannen sogleich die Arbeit. Sie ballten Lehmklöße, trockneten sie und richteten ein mächtiges Mauerwerk auf. Dann sandte Konko Mussa die Leute wieder heim.
Eines Tages traten bei Nana Aminata die ersten Wehen ein. Als das Fruchtwasser ablief, floß es als ein starker Fluß durch das Mandegebiet von dannen. Dann wurde das Kind geboren. Es war ein Knabe. Als der eben geborene Knabe am Boden lag, begann er zu sprechen, und er konnte sprechen, als ob er schon ein ausgewachsener Bursch sei. Der Knabe sagte: »Aminata, nimm mich auf.« Darauf befiel Nana Aminata große Angst. Sie sagte: »Das Kind, das gleich nach seiner Geburt sprechen kann, rühre ich nicht an. Das Kind, das gleich nach seiner Geburt sprechen kann, kann auch allein aufstehen.« Nana Aminata floh. Das Kind jedoch sprang auf und rief:

»Aminata, Aminata, so wasche mich doch!« Nana Aminata sagte: »Ein Kind, das gleich nach seiner Geburt sprechen und laufen kann, das kann sich auch selbst waschen.« Darauf ging der Knabe hin und wusch sich. Nach einer Woche sagte der Knabe: »Aminata, rasiere mir den Kopf und gib mir einen Namen.« Da sagte Nana Aminata: »Ein Kind, das, wie du, sogleich sprechen und laufen und sich waschen kann, das kann sich auch selbst den Kopf rasieren und sich selbst einen Namen geben.« Der Knabe lief fort, holte sich ein Rasiermesser, schor sich den Kopf und kam wieder. Der Knabe sagte: »Mutter, so gib mir doch einen Namen!« Die Mutter Nana Aminata sagte aber: »Gib dir deinen Namen selbst. Ich will nichts damit zu tun haben.« Der Knabe sagte: »Gut, so bin ich Paemuru, der einzige Sohn!«

Schon in der Yoruba-Mythe klingt in dem Namen der Yemọja – »Mutter der Fische« – an, daß sich ihre Kraft nicht in einem einmaligen Geburtsakt »erschöpft« hat; ständig erneuert sie die Fruchtbarkeit des Wassers als Mutter der im Meer lebenden Tiere.
Ist sie nun aber – einmal eingesetzt – die unablässig spendende Wassermutter? Die folgende Eskimo-Mythe erzählt von dem Ritual, das notwendig ist, um die Verbindung zwischen dem Menschen und seiner Nahrungsquelle – der Mutter des Wassers – periodisch zu erneuern, ein Reinigungsritual im wortwörtlichsten Sinne.
Zum besseren Verständnis sei noch hinzugefügt, daß Imap Ukûa, die bei anderen Eskimo-Stämmen »Sedna« heißt, keine Hände mehr besitzt, um sich das Haar zu kämmen. Ihr Vater hatte sie einst aus dem Boot gestoßen und Sedna, als sie sich anklammern wollte, die Hände abgeschlagen.

# Imap Ukûa, die Mutter des Meeres

Einst entschloß sich Uitsataqangitsoq, »der Blinde«, zur Mutter des Meeres, die über alle Seetiere und Seevögel herrscht, hinabzufahren. Er war ein großer Geisterbeschwörer, und seine Landsleute hatten ihn gebeten, den Geisterflug zu unternehmen, weil der Fang seit geraumer Zeit sehr spärlich gewesen war.

So reiste denn »der Blinde« zur Mutter des Meeres, indem er genau dem Weg der Toten folgte; es dauerte nicht lange, da kam er zu einem anderen Weg, der nach links abbog, diesen schlug er ein, und alle seine Hilfsgeister folgten ihm. Schließlich hörte er ein starkes Brausen; es war der Elv, der durch das Haus floß, in dem die Mutter des Meeres wohnte. »Der Blinde« setzte seinen Weg fort, bis er schließlich den Elv erreicht hatte. Dort mußte er über drei große Steine springen, die mit glatten Algen bewachsen waren. Er stand ratlos; als aber alle seine Hilfsgeister drüben waren, wagte er den Sprung und kam glücklich hinüber.

Wieder flog er weiter und erblickte endlich das Haus, in dem die Mutter des Meeres wohnte. Als er es erreicht hatte, sah er, daß der Eingang von einem schäumenden Bach versperrt war. Er fand aber einen Übergang. Seine Hilfsgeister hielten ihn zurück und sprachen zu ihm:

»Sobald du im Haus bist, mußt du auf die Mutter des Meeres zuspringen, sie am Haar packen und es dir um den rechten Arm schlingen, denn sie wird den Versuch machen, dich in den Abgrund hinter ihrer Pritsche zu schleudern. Glückt es ihr, so wirst du in der Dunkelheit ersticken.«

Als sie so gesprochen hatten, gingen alle ins Haus. Im Hausgang entdeckten sie, daß der Elv nicht aus dem Hause herausfloß, sondern ins Haus hinein schäumte. Deshalb waren keine Seehunde mehr aus dem Haus der Mutter des Meeres herausgekommen, und der Fang war immer spärlicher geworden.

Kaum stand »der Blinde« im Hause, als er die große Frau

am Haar packte und es sich geschwind um den rechten Arm wickelte; ihr Versuch, ihn nach rückwärts auf die Pritsche zu werfen, mißglückte, sie hob ihn aber so hoch, daß ihm war, als ob ein Abgrund sich unter ihm auftäte. Dann kämpften sie miteinander; aber seine Hilfsgeister kamen ihm zu Hilfe, indem sie der Frau auf die Ohren schlugen und riefen:

»Sei ruhig, sei still, er ist ja gekommen, um dein Haar zu kämmen und dich von Ungeziefer zu reinigen.«

Die Mutter des Meeres aber hörte nichts in ihrem Zorn und mühte sich nur, ihn in den Abgrund hinter der Pritsche zu werfen; schließlich wurde sie aber müde und schien plötzlich zu verstehen, was die Hilfsgeister ihr in die Ohren schrien. Da wurde sie gleich ganz still und sagte:

»Mit Freude hör' ich diese Kunde, denn ich verkomme unter dem Schmutz der Menschen. Die Unreinheit eurer Übertretungen beschmutzt mich. Schnell, schnell, reinige meinen Kopf und kämme mein Haar!«

Darauf legte sie sich auf ihre riesige Pritsche, und »der Blinde« begann ihr Haar zu kämmen. Es war eine mühselige Arbeit, weil es so lang, so widerspenstig und so verfilzt war.

Als er die Reinigung beendet hatte, fegte er den Schmutz zusammen und warf ihn hinaus. Im selben Augenblick wurde der Schmutz lebendig und verwandelte sich in Bären, Füchse, Seehunde, Walrosse, Narwale und alle möglichen Vögel, und alle eilten durch den Elv dem Meere zu. Und wie »der Blinde« ihnen nachsah, fiel ihm ein junger Seehund auf, der sich nach ihm umdrehte und lächelte. Das war der erste Seehund, den er nach seiner Heimkehr fangen sollte.

Nachdem alle Fangtiere ihre Herrscherin verlassen hatten, begann »der Blinde« ihr Haar zu ordnen und steckte es zu einem Knoten auf, und als er fertig war, hieß er sie, sich zu erheben. Ihre Danksagungen kannten jetzt kein Ende, und sie sprach zu ihm mit folgenden Worten:

»Große Freude hast du mir bereitet, weil du nicht nur des Essens wegen zu mir kamst. Du hast mich froh gemacht, weil du von Kindheit an nur an ernste Dinge gedacht und ein großer Geisterbeschwörer geworden bist. Lange ist es her, seit jemand kam, mich zu reinigen.«

So sprach sie zu ihm und fügte hinzu:

»Wenn du zur Erde zurückkehrst, so sage deinen Wohnplatzgenossen, daß sie alle Glaubensvorschriften genau befolgen sollen. Die Menschen geben sich keine Mühe, das Leben richtig zu leben, ihr Trotz aber kommt als Schmutz zu mir und macht mich häßlich. Gern hätte ich meine Fangtiere den Menschen geschickt, doch mußte ich sie zurückhalten, um sie zum Nachdenken zu erziehen.

Solange du auf Erden lebst, mußt du häufig zu mir kommen und mich reinigen, und dasselbe sollst du Spätergeborenen von mir bestellen. Denn es schickt sich nicht, daß Menschen nur ans Essen denken.«

Als die große Frau so gesprochen hatte, sagte »der Blinde«: »Darf ich eines deiner Haare behalten?«

Die Mutter des Meeres antwortete: »Du darfst eines meiner Haare behalten, doch mußt du es dir um deinen Arm binden.«

Da riß »der Blinde« ihr ein Haar aus, wickelte es sich um den Arm und begab sich auf die Rückreise. Draußen im Hausgang fand er alles ganz verändert, ein kleiner Elv plätscherte munter aus dem Hause heraus, der Erde entgegen, und der Grund war nicht mehr mit Steinen angefüllt, sondern glänzte von weißem Sand.

»Der Blinde« trat seine Heimreise an und sah nichts von dem großen Elv, der ihm auf der Hinreise so viele Schwierigkeiten bereitet hatte, und er reiste mit großer Geschwindigkeit und traf unterwegs viele Seetiere und Vögel, die ihm alle zulächelten. Bald erreichte er sein Haus, beendete seine Geisterbeschwörung und sagte darauf zu seinen Wohnplatzgenossen:

»Habe ich richtig gehandelt und meine Kunst zu eurem Besten ausgeübt, so wird es bald regnen und ein Südwest aufkommen, der das Eis bricht und den Fangtieren den Weg öffnet.«

Er schwieg eine Weile und fuhr dann fort:

»Von der Mutter des Meeres soll ich euch bestellen, es sei nicht recht, nur an Essen und Trinken zu denken. Und sie befiehlt, alle Sitten und die Vorschriften der Geisterbeschwörer genau zu befolgen, denn die Übertretungen der Menschen beschmutzen sie und machen sie unrein und häßlich.«
Abermals schwieg er, und zwischen den Lauschenden war tiefe Stille, als er zuletzt noch sagte:
»Das Eis wird aufbrechen, und wir werden offenes Wasser bekommen; viele Fangtiere werden eintreffen, doch darf niemand während der ersten drei Tage mehr als einen Seehund am Tage fangen.«
Alles traf ein, wie er es vorausgesagt hatte: Es gab mildes Wetter und Regen, ein Südwest setzte ein und brach das Eis auf, und mit dem offenen Wasser kamen die Fangtiere. Sobald der Wind sich gelegt hatte, gingen alle in die Kajaks und richteten sich genau nach den Vorschriften des »Blinden«. Nur einer fing in seiner Gier mehr als einen Seehund und bekam von da an nie mehr als einen am Tag, wenn auch alle anderen so viele fingen, daß sie sie kaum nach Hause schleppen konnten.
Der erste Fang des »Blinden« war aber just der kleine Seehund, der ihm im Hause der Mutter des Meeres zugelächelt hatte.

# Kapitel 2

# Die Mutter ohne Mann

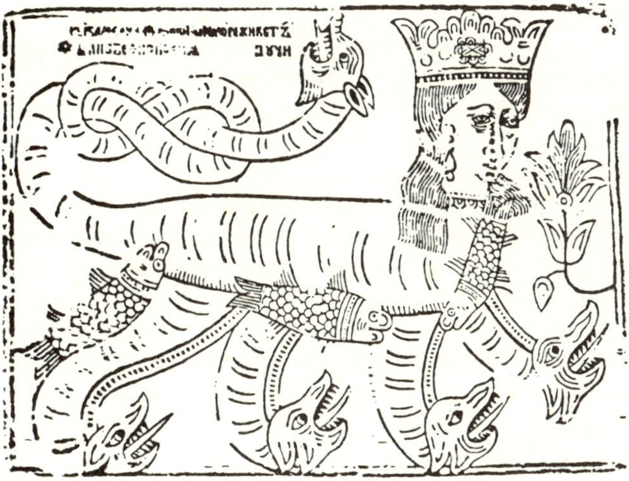

Mythen verschiedenen Ursprungs drücken die Vorstellung aus, daß der Kosmos aus einer Wasserfläche, einem Ur-Meer, entstanden ist.
»Nammu« nannten die Sumerer die Mutter, die Himmel und Erde das Leben gab. Ihr Name bedeutet »das Meer«. Himmel und Erde, auch »die beiden Zwillinge« genannt, sind im Urzustand noch vereint und durchdringen einander – bis Enlil, der »Herr des Windes«, eingreift und sich zwischen Himmel und Erde drängt.
»Finsternis war über dem Abgrund und der Geist Gottes schwebte über den Wassern«, heißt es in der biblischen Schöpfungsgeschichte *(1. Buch Mosis, Vers 2).*
Wie der Wind die Wassermutter schwängert, ist in der Yoruba-Mythe von der Vergewaltigung Yemǫjas durch ihren »Luft«-Sohn Orungan zu lesen.
Lange Zeit waren die Menschen sich über die Rolle des Mannes bei der biologischen Vaterschaft nicht im klaren. Erst in der Jungsteinzeit (4. Jahrtausend) beginnt der Versuch, dem Mann einen maßgeblichen Anteil beizumessen.
Die schöpferische Verbindung von Luft (Wind, Geist) und Wasser verkörpert auf überraschende Weise auch das Wasservogelweibchen – die Schwänin, die Gans, die Ente, die Storchenfrau. Sie sind Zugvögel, kommen also von weit weit her und bringen das Leben mit, das sie auf dem Wasser ausbrüten. Wer erinnert sich nicht an die Storchenfrau als Überbringerin der Kinderseelen?
Doch besonders häufig und fast über die ganze Welt verbreitet treten die Schwanjungfrauen in den Märchen auf. Sie gehören himmlischen Regionen an, schweben aber regelmäßig herab zur Erde, wo sie ihr Schwanengewand ablegen, um im Wasser der Teiche zu baden. Wir werden ihnen an verschiedenen Stellen in diesem Buch begegnen: als Begründerin eines Schamanengeschlechts, als schicksalwirkende Walküre oder als Braut eines Märchenhelden.
Das Urbild der Schwanjungfrau könnte Leda gewesen sein, die Urmutter der pelasgischen Griechen. Leider kann hier – wie so oft bei frühgeschichtlichen Mythen –

nur aus Bruchstücken ein Bild zusammengesetzt werden. Dies gilt auch für die beiden anderen Mythentexte dieses Kapitels: das finnische Nationalepos »Kalevala«, ein Werk der Spätromantik, zusammengefügt aus Liedern, Liedfragmenten und Sprüchen heidnischen und christlichen Ursprungs; und die poetische Nachdichtung der hinduistischen »Großen Maya«.

## Leda, die Schwänin

Alljährlich konnten die Menschen in Kleinasien beobachten, wie sich die Zugvögel am Himmel formierten, um nach Norden zu ihren Brutstätten zu fliegen. In ihrer V-Formation erkannte man ein Urbild der weiblichen Fruchtbarkeit. Ein solcher Wasserzugvogel, eine Schwanfrau, war Leda, die Urmutter der pelasgischen Griechen.

Einem frühgeschichtlichen Mythos zufolge schenkte Leda den ersten Göttern das Leben. Auf einer schwimmenden Insel brütet die Schwänin zwei Eier aus: heraus schlüpfen die Zwillinge Kastor und Polydeukes, Helena und Klytaimnestra. Polydeukes verkörpert die (männliche) Sonne, Helena den (weiblichen) Mond. Zu dieser Zeit ahnt Leda, die Schwanjungfrau, noch nichts von dem wechselvollen Schicksal, das ihr bevorsteht.

Um 3500 vor unserer Zeitrechnung wandern die Pelasger von Judäa her über das Meer und siedeln auf dem griechischen Festland. Zu Beginn des zweiten Jahrtausends erobern die Hellenen den Peloponnes. Die Eroberung geht einher mit der Unterwerfung der matriarchalen Kultur und ihrer weiblichen Gottheiten, wie sie von der alteingesessenen Bevölkerung verehrt wurden, unter die männlich geprägte Götterwelt der indogermanischen Hellenen. Neue Mythen entstehen, in denen das Bild der Mutter ohne Mann zugunsten einer Vaterschaft des Zeus abgewandelt wird. So werden die Götterzwillinge noch einmal geboren, nachdem – einer weitverbreiteten Sage zufolge – Leda den Zeus in der Gestalt eines Schwans am

Ufer des Flusses Eurotas empfangen hatte. (Nach einer anderen Lesart hat er sich – unter dem Vorwand, von einem Adler verfolgt zu werden – in ihren Schutz geflüchtet und sie vergewaltigt.)
Dieser Mythos könnte sich sehr wohl auf den Einfall hellenischer Krieger in die pelasgischen Städte beziehen. Es heißt, anfangs hätten die Eindringlinge der Großen Göttin und ihren Priesterinnen – es gab einen peloponnesischen Schwanenkult – gehuldigt. Doch allmählich wurde der weiblichen Gottheit die Oberherrschaft entwunden.
Welchen Grund könnte Zeus gehabt haben, sich in einen Schwan zu verwandeln? In prähellenischen Sagen wurde, ganz im Gegenteil, der Heilige König von der Göttin gejagt. Bei dieser mythischen Liebesjagd verfolgte sie den König durch seine jahreszeitlichen Verwandlungen als Hase, Fisch, Biene und Maus – oder Hase, Fisch, Vogel und Weizenkorn – und verschlang ihn zu guter Letzt zur Zeit der Sommersonnenwende. Sie selbst verwandelte sich dabei in einen Otter oder Biber, um den (königlichen) Fisch zu verfolgen. Kastors Name (Biber) ist offensichtlich ein Überrest dieses Mythos. Es ist auch denkbar, daß die Schwäne, die der Göttin geweiht waren, auf ihrem Zug nach Norden – wieder ist es die Zeit der Sommersonnenwende – die Seele des toten Königs mit forttrugen.

Auch für die indische Frühgeschichte gilt, daß eine mutterrechtliche Ordnung, gegründet auf Ackerbaukulturen, dem Eindringen der vaterrechtlich organisierten Arier vorausging. In diese archaisch-vorarische Zeit gehört die Verehrung der Muttergottheit Große Māyā. Sie ist »schakti«, die personifizierte weibliche Kraft, ohne die die Götter nichts vermögen: Als weiblicher Aspekt Brahmās ist sie die Göttin der flutenreichen Rede (Vāc, Saras-

vatī), des Elements der Offenbarung und der Weisheitslehre; sie ist in Vischnu, dem Erhalter, und sie ist die Gemahlin des Schiwa, der das Ende bringen wird. Benwell/Waugh erwähnt die »Schakti-puja«, eine Darstellung Vischnus als Inkarnation einer Göttin in Fischgestalt – prachtvoll geschmückt, versehen mit vier Armen und einem Fischschwanz.
Der Mythos von der Begegnung zwischen Vischnu und der Großen Mutter Māyā, wie ihn Heinrich Zimmer 1938 nachgezeichnet hat, läßt die tiefe religiöse Bedeutung ahnen, die für den Inder das Wallfahren zu den heiligen Quellen und Flüssen hat.

## Die große Māyā

Die Zauberin Große Māyā, die alle mit Lust im Schrecken des Samsāra* befängt, kann nicht schuldig gesprochen werden als Versucherin zum vielgestaltig-allumfangenden Dasein, zum Ozean des Lebens, aus dessen Grauen sie einzelne unablässig als »Bootsherrin« rettet, indes das ganze Lebensmeer das glitzernde, wogende Spiel ihrer schakti ist. Aus dieser Flut in sich befangenen Lebens tauchen jeweils einzelne, reif zur Erlösung, empor, nach dem Gleichnis des Buddha: wie Lotosblüten, die sich über den Wasserspiegel erheben und ihre Kelche dem ungebrochenen Himmelslichte erschließen. Den Übrigen ist es traut in der Tiefe, die aller Ungeheuer und dunklen Dumpfheit voll ist, glitzernd von Kostbarkeiten, Perlen und Korallen. Die Göttin, die »aus allen Wesen und Welten besteht« (jaganmayī), ist selbst der trächtige Salzschoß des Lebensmeers, das alle Lebensformen umfangen hält und nährt, hinspült und zerwest und in aller

* Sanskrit-Wort, wörtl.: »Wanderung«. Der Kreislauf von Geburt, Tod und Wiedergeburt, dem jeder Mensch unterworfen ist, solange er in Nichterkenntnis lebt und seine Identität mit Brahman nicht erkannt hat.

Unschuld zu immer anderen Gestalten aufbaut, die einander gierig verschlingen. Wer so die Mutter begreift, fragt nicht danach, von ihr erlöst zu werden, vielmehr von sich selbst, von der Einbildung seines Ich befreit zu sein in inniger Heimgabe an ihre ewige Gewalt.

Vischnu fuhr einmal auf dem Sonnenvogel Garuda, seinem Reittier, durch die Luft dahin, und beide sahen voll Selbstgefühl in Vischnu das höchste unwiderstehliche Allwesen. Da kamen sie am Blauberge vorüber, auf dem die Große Göttin als »Herrin aller Wünsche und Freuden*« thront, aber beide achteten ihrer nicht, – »flieg zu, flieg zu!« sprach Vischnu zum Garuda. Da goß die Große Māyā Starre über beide, daß sie nicht vom Fleck kamen. Vischnu ergrimmte über den Blauberg und rüttelte an ihm mit beiden Händen, vermochte ihn aber nicht zu erschüttern. Durch die Māyā der Großen Māyā rings verzaubert und reglos gemacht, mußte er's leiden, daß sie ins Weltmeer stürzten, – er sank bis auf den tiefsten Grund und versuchte umsonst, sich empor zu arbeiten. Er vermochte kein Glied zu rühren und verlor das Bewußtstein. Da er die schakti nicht ehrte, die Weltkraft, die das Vermögen aller Regung ist, der Glieder wie des Geistes, entzog sie sich ihm magisch: da ward er starr, wehrlos und leblos.

Brahmā, der Schöpfer, ging ihn suchen und fand ihn schließlich am Meeresgrund: er war wie zerlöst und zum Urstoff heimgekehrt. Brahmā packte ihn und wollte ihn heraustauchen, vermochte es aber nicht. Von den Māyākräften der Göttin gebannt, erstarrte er selber voll Verwunderung unter dem gleichen Zauber. Nicht anders erging es allen Göttern, die mit Indra sich auf die Suche nach den beiden machten und sich vergeblich mühten, sie aus der Meerestiefe heraufzubringen.

Da begab sich Brihaspati, der Priester und geistliche Lehrer der Götter, der ihre Sphären von ihnen entblößt fand, in die Einsamkeit Schivas auf dem Himālaya und

* »Kāmeschvari«, oder in Kurzform »Kāmākhyā«: »die ihren Namen von kāma, den Wünschen und Freuden hat«.

fragte ihn ehrfürchtig nach der Götter Verbleib. Mahādeva, der Große Gott, weiß allein um das Geheimnis der Großen Göttin, deren Gatte er ist, er bedeutete dem Priester der Götter (die wieder einmal die Nichtwissenden angesichts der höchsten Kraft des Alls sind): »Gering geachtet ward die Große Göttin, die Mahā-Māyā, aus der die Welt gebildet ist; daher ward Vischnu und die Götter von ihrer Māyā gefesselt und weilen am Grunde des Meeres. Ich will mit dir gehen und sie befreien, – ohne mich ginge es dir wie ihnen.«

Beide kamen zu den Göttern am Meeresgrunde und Schiva fragte sie: »Was weilt ihr hier? Wie wurdet ihr starr und reglos und wie unbelebter Stoff des Bewußtseins bar?« – Unter seiner Frage gewann Vischnu, der auf den tiefsten Grund des Unbewußtseins gesunken war, langsam die Sprache wieder, ja er begriff, was ihm geschehen war, und warum es ihm geschah. Er bat Schiva, sie alle zur Großen Māyā, der Yogatraumtrunkenheit zu führen, die sie auf dem Meeresgrund gebannt hatte, damit sie der Gnädigen (schivā) huldigten und ihre Gnade gewönnen.

Schiva versprach es; damit es aber möglich sei, lehrte er zuvor alle Götter den magischen »Schutz« oder »Panzer« (kavaca) der »Herrin aller Wünsche und Freuden« am eigenen Leibe zu vollziehen, um sich von ihrer Māyā zu lösen und sich aufs neue mit ihrer Kraft zu durchtränken. Dieser Panzer war es, der ihn selbst vor der Verzauberung durch die Māyā beschützte, daß er nicht dem Schicksal der anderen Götter verfiel, und wer ihn in gesammelter Andacht übt, vermag die Göttin zu schauen. Er hilft zum Gelingen aller Wünsche. Durch Handauflegen auf alle Glieder und Organe vom Kopf bis zu den Fersen hinunter, unter Anrufung vieler Gestalten der allgestaltigen schakti, die in ihnen wirksam ist, tritt der ganze Leib unter ihre Hut, er wird ihr Stück um Stück überantwortet, – vielmehr die allerwärts waltende, in ihm rings verborgene Kraft wird Glied um Glied zu segensreicher Wirkung aufgerufen. Mit diesem Ritual täglicher Andacht verzaubert und erhebt sich der Gläu-

bige in ein Aggregat der vielfältigen Gotteskraft der Großen Māyā, er transsubstanziiert seine Kreatürlichkeit in ihr geheiligtes Gefäß.
Als Vischnu und die Götter diesen »Panzer« andächtig durch Handauflegen unter Murmeln von Anrufungen rings an ihrem Leibe verteilt hatten, erhoben sie sich dank der Macht der Großen Māyā aus der Wassertiefe und wallten zum Blaugipfel. Als Vischnu dort der »Herrin aller Wünsche und Freuden« nahte, überfiel ihn die Erkenntnis ihrer Größe, und er pries sie als Mutter aller Welten und Wesen, als Urstoff und Schöpferin des Alls und als das Wissen, das Erlösung verleiht. Da offenbarte sich die Göttin leibhaft und hieß Vischnu und alle Götter von der Flut ihres Schoßes trinken und sich darin baden: »Davon wirst du ohne Wahnbefangenheit in dein Ich sein und von höchster Heldenkraft erfüllt wirst du an deine Stätte im Zenit des Himmels ziehen.«

Die Herausforderung, welche die Große Māyā für ein erstarkendes männliches Selbstbewußtsein darstellt, ist offenkundig. So erscheint der Mythos von der Geburt des Buddha als eine Antwort darauf, wie die Mutter überwunden wird: sie stirbt am achten Tag nach der Geburt des Erlösers. Nicht aus dem Schoß der Mutter wird er geboren, sondern aus ihrer »Flanke«. Und indem er feierlich in alle vier Himmelsrichtungen ausschreitet, spricht er: »Ich bin der Älteste, Ich bin der Höchste in der Welt!«
In dem finnischen Epos »Kalevala« läßt Elias Lönnrot das Bild einer mythischen Urzeit erstehen, in der noch alles ungestaltet, einsam und öde ist. Bis Ilmatar, die Jungfrau der Lüfte, durch einen Windstoß geschwängert, sich auf dem wogenden Meer niederläßt. Zu ihr gesellt sich eine Taucherente, aus deren Eiern der Kosmos entsteht, während Ilmatar dem ersten Liedersänger, dem »Urzeitbarden«, das Leben schenkt.

Fast könnte man hier von einer Motivverdoppelung sprechen, tritt doch neben die Jungfrau der Lüfte, die selbst schon an die Gestalt eines Vogels erinnert, noch ein Entenweibchen.

## Ilmatar, die Jungfrau der Lüfte

Jungfrau war der Lüfte Tochter, dieses schöne Schöpfungswesen,
Lange lebte sie in Reinheit, allezeit in Unberührtheit
In dem langen Luftgehöfte, auf den ebnen Luftgefilden.

Leidig ward sie ihres Lebens, ihres Daseins überdrüssig,
Immer einsam nur zu weilen, jungfräulich dahinzuleben
In dem langen Luftgehöfte, in der unermeßnen Öde.

Sieh, da steigt sie schon hernieder, senkt sich auf die Wasserwogen,
Auf den offnen Meeresrücken, auf die weite Wasserfläche;
Plötzlich kam ein wilder Windstoß, aus dem Osten böses Wetter,
Hob sie auf die Meeresbrandung, warf sie auf die wilden Wogen.

Wind trieb hin und her die Jungfrau, Meereswoge wiegt' das Mädchen
Auf dem blauen offnen Wasser, auf den weißgekrönten Wellen:
Schwanger wehte sie der Windstoß, schwellen ließ den Leib die Woge.

Ihres Schoßes Schwere schleppt sie, ihres Bauches volle Bürde
Siebenhundert lange Jahre, über neun der Mannesalter,
Und es kommt nicht zum Gebären, zeigt sich nicht das Ungezeugte.

Da begann sie leis zu weinen, sagte so, sprach solche Worte:
›Ach ich Arme all mein Lebtag, Dauernswerte all mein Dasein,
Schon ist dieses mir beschieden: Ewig unter freiem Himmel,
Hin und her gewiegt vom Winde, von den Wogen auch geworfen
Auf den unbegrenzten Fluten, auf der weiten Wogenfläche.

Besser wär es mir gewesen, lebt' ich als der Lüfte Jungfrau,
Statt daß ich zu dieser Stunde mich als Wassermutter wälze:
Bitter kalt ists hier zu bleiben, traurig ist es, hier zu treiben,
Auf den Wogen hier zu wohnen, mich im Wasser zu bewegen.

Wenig Zeit nur war verstrichen, eine kleine Frist verflossen,
Da kam eine Taucherente, schwang sich her in schnellem Fluge,
Sich fürs Nest die Stelle suchend, einen Ort zur Wohnstatt wählend.

Langsam schwebt sie, weithin schweifend, überdenkt und überlegt es:
›Bau ich in den Wind die Wohnung, auf die Wogen meine Wohnstatt,
Wird der Wind das Haus zerstören, wird die Welle es entführen.‹

Da erhob die Wassermutter, Wassermutter, Maid der Lüfte,
Schon ihr Knie aus Meereswogen, ihre Schulter aus der Welle

Als ein Nistort für die Ente, als ein sehr erwünschter Wohnplatz.

Dieser schöne Entenvogel schwebt nun langsam, weithin schweifend,
Merkt das Knie der Wassermutter auf dem blauen, offnen Wasser,
Hälts für einen Gräserhügel, eine frische Rasenblüte.

Er fliegt langsam, gleitet leise, auf das Knie läßt er sich sinken,
Darauf baut er seinen Brutplatz, legt dort seine goldnen Eier,
Legt sechs Eier ganz von Golde, doch das siebte ist aus Eisen.

Fängt die Eier an zu brüten, Kniees Wölbung zu erwärmen;
Brütet einen Tag, den andern, brütet auch am dritten Tage:
Schon verspürt die Wassermutter, Wassermutter, Maid der Lüfte,
Eine große Glut entstehen, spürt die Haut sich stark erhitzen,
Fühlt ihr Knie schon fast verbrennen, alle ihre Adern schmelzen.

Jäh ließ sie ihr Knie erzittern, schüttelte sogleich die Glieder;
In die Flut entflohn die Eier, rollten in des Meeres Wogen,
Es zerbrachen alle Eier, splitterten in viele Stücke.

Nicht verschlingt der Schlick die Eier, nicht verschluckt die See die Stücke;
Sie verwandeln sich zum guten, schön gestaltet alle Stücke:
Aus des Eies untrer Hälfte wird die Mutter Erde unten,
Aus des Eies obrer Hälfte wird der hohe Himmel oben;

Aus dem obren Teil des Gelbeis wird die Sonne weithin strahlend,
Aus dem obren Teil des Weißeis wird der Mond mit mildem Glanze;
Was gesprenkelt in dem Ei ist, wird zu Sternen hoch am Himmel,
Das, was dunkel in dem Ei ist, wird zu Wolken in den Lüften.

Immer treibt die Wassermutter, Wassermutter, Maid der Lüfte,
Auf dem wogenlosen Wasser, auf den dunstumwobnen Wellen,
Vor sich nur des Wassers Feuchte, hinter sich den klaren Himmel.

Endlich nun im neunten Jahre, zu der Zeit des zehnten Sommers
Hob ihr Haupt sie aus dem Meere, reckte sie empor die Stirne,
Fing nun an, die Frucht zu werfen, die empfangne zu gebären
Auf dem offnen Meeresrücken, auf der weiten Wogenfläche.

Wo sie nur die Hand hinwandte, da erschuf sie Landvorsprünge;
Wo ihr Fuß den Grund berührte, grub sie Laichgrund für die Fische;
Wo sie Blasen treibend tauchte, mehrte sich des Meeres Tiefe.

Seitlings streift' sie an das Ufer – da entstanden glatte Strände;
Stieß ans Ufer mit den Füßen – da entstanden Lachsfangstellen;
Kehrte Kopf voran sich landwärts – da entstanden breite Buchten.

Sie entfernte sich vom Lande, machte Halt auf freiem Meere,
Schären schuf sie in dem Wasser, richtet' auf verborgne Riffe,
Daß das Schiff daran zerschelle, daß der Seemann dort versinke.

Schon geschaffen sind die Inseln, aufgereiht im Meer die Riffe,
Aufgestellt die Himmelsstützen, Feld und Flur durchs Wort entstanden,
Striche eingeritzt in Steine, Furchen in den Fels gezogen;
Noch entsteht nicht Väinämöinen, zeigt sich nicht der Urzeitsänger.

Väinämöinen alt und wahrhaft lebte in dem Mutterleibe
Dreißig ganze, lange Sommer, eine gleiche Zahl von Wintern
Auf dem wogenlosen Wasser, auf den dunstumwobnen Wellen.

In die See stürzt er kopfüber, faßt mit Fingern in die Wogen;
So bleibt nun der Mann dem Meere, ist den Wogen ausgeliefert.

Das war Väinämöinens Ursprung des beherzten Sängers Herkunft
Von dem Wesen, das ihn austrug, Ilmatar, der teuren Mutter.

# Kapitel 3

# Die Wasser-Ahnfrau

Mythen, die die Abstammung eines Geschlechts von einer Wasserfrau begründen, gehören in den größeren Zusammenhang einer frühen totemistischen Verehrung, wie sie sich unter anderem in Tötungs- und Speiseverboten äußert. Neben den Aspekt der Wassermutter als Trägerin besonderer Fruchtbarkeit treten verschiedene andere Kräfte und Fähigkeiten, auf die sich die Nachkommenschaft eines Stammes, einer Dynastie einiges zugute hält.
Die Verehrung von männlichen und weiblichen Schlangen als Schutzgeister des Wassers ist in weiten Teilen Afrikas und Asiens verbreitet. So hütet man sich beispielsweise in Marokko, Schlangen am Flußufer zu töten, weil Hārūna, »die Herrin des Flusses« auch die Eigenschaft hat, sich in eine Schlange zu verwandeln. Wer am Ufer Brot oder Kuskus ißt, wirft etwas davon ins Wasser und spricht: »Nimm deinen Anteil, Herrin des Wassers!« Nach burmesischem Volksglauben leben die Schlangen (Nagas) in Palästen aus Perlen und Edelsteinen am Grunde von Flüssen, Seen und Meeren. Das hier vorgestellte Märchen vom Sonnenprinz und Nagamädchen erwähnt, wie die Naga-Mutter vor der Rückkehr in ihr Wasserreich bestimmte Kleidervorschriften ausspricht, in denen die Erinnerung an das mythische Elternpaar wachgehalten werden soll – vermutlich Hinweis auf einen vorbuddhistischen Naga-Kult.

## Der Sonnenprinz und das Nagamädchen

In uralten Zeiten floß inmitten eines dichten Waldes ein kleiner Fluß. An seinen Ufern blühten die schönsten Lotosblüten in allen fünf Farben. An diesem lieblichen Ort lebten keine Menschen. Nur wilde Tiere waren da zu Hause.
Eines Tages erschien ein Nagamädchen, das von seinem Vater die Erlaubnis bekommen hatte, eine Weile auf der Erde zu bleiben. Zu gleicher Zeit bat der Sohn des Sonnenkönigs seinen Vater, das Menschenland aufsuchen

zu dürfen. Er flog vom Himmel herab auf die Erde und wollte sich eine Braut suchen.
So kam der Sonnenprinz zur Erde und verwandelte sich in einen Menschen. Als er durch den dichten Wald streifte, fand er den Fluß, an dessen Ufer das Nagamädchen mit schöner Stimme ihre Lieder sang. Er begrüßte das Mädchen, und beide verliebten sich sogleich ineinander und wurden Mann und Frau; denn beide besaßen sie aus ihren früheren Existenzen gemeinsame Verdienste.
Der Sonnenkönig und die Sonnenkönigin wollten nun ihrem Sohn offenbaren, daß das Mädchen, mit der er eine Ehe eingegangen war, kein menschliches Wesen, sondern eine Nagama sei. Sie schickten einen Boten, ließen den Sohn herbeiholen und rieten ihm, er solle, während die Nagama fest schliefe, eine schwarze Fichtenholzfackel aus dem Sonnenland entzünden und die Frau unter ihrem Scheine betrachten. Dann könne er ihre ursprüngliche Gestalt sehen.
Nun hatte der Sonnenprinz seine Nagafrau niemals im tiefsten Schlafe gesehen. Täglich schlich er sich vergeblich zu ihr, bis er sie einmal, als sie schon hochschwanger war, in bleiernem Schlafe vorfand. Da entzündete der Sonnenprinz seine Fackel aus dem Sonnenland. In dem Augenblick aber, als die ursprüngliche Nagagestalt seiner Frau zum Vorschein kam, weckte er sie auf und fragte sie nach ihrem Geheimnis.
›Jetzt kennt mein Gatte meine Herkunft, ich muß ihm die Wahrheit gestehen‹, dachte die Nagama. Sie hob wie im Gebet ihre beiden Hände und rief: »Edler Gemahl, wie du selbst gesehen hast, bin ich eine Nagama. Ich nehme jede Strafe entgegen, die du mir zudenkst. Ich habe nie gewagt, in tiefen Schlaf zu verfallen. In meinem jetzigen Zustand jedoch bin ich so fest eingeschlafen, und meine ursprüngliche Gestalt ist zum Vorschein gekommen.«
Der Sonnenprinz verspürte nicht die geringste Neigung, seine Gattin zu bestrafen, sie tat ihm im Gegenteil erst richtig leid. »Ich habe nur gefragt, weil ich es wissen wollte. Du bist eben keine Menschenfrau, sondern eine Nagama, und damit ist es gut«, erwiderte er.

Es dauerte nicht lange, da brachte die Nagama Zwillinge zur Welt, einen Sohn und eine Tochter. Die Geburt der beiden Kinder ließ die Eheleute noch glücklicher werden, als sie schon vorher waren.
Eines Tages wollte nun auch der Sonnenprinz das Geheimnis seiner Herkunft lüften, und er fragte die Nagama, ob sie wüßte, woher er stamme. »Aber freilich, lieber Gemahl, du bist ein Prinz vom Sonnenland, nicht wahr? Weißt du, ich möchte eigentlich für immer mit dir und den Kindern als Mensch hier auf der Erde leben. Ich möchte, daß wir unsere ursprüngliche Herkunft aufgeben. Dazu könntest du aus dem Sonnenland die Medizin holen, die uns zu richtigen Menschen macht.«
Inzwischen wurden die beiden Kinder sieben Jahre alt. Da brachte der Sonnenprinz seine Frau und seine beiden Kinder an einen Ort, wo Menschen wohnten, und machte sich selbst auf die Reise ins Land des Sonnenkönigs, um die Medizin herbeizuschaffen, die sie für immer zu richtigen Menschen machen sollte. Als er aber bei seinem Vater ankam, trug ihm dieser eine Reihe von Pflichten auf, so daß er nicht sofort zurückkehren konnte. Doch er dachte immer an seine Frau und seine Kinder und hatte Sehnsucht nach ihnen.
Eines Tages schaute der Sonnenprinz mit seinem machtvollen Auge von der Sonne aus auf die Erde herab und entdeckte, daß sein Sohn, seine Frau und seine Tochter ein Königreich errichtet hatten. Darüber freute er sich und war zugleich traurig. Er freute sich, weil sein Geschlecht auf der Erde Fuß gefaßt hatte und dort bleiben würde, solange die Erde bestände. Er war traurig, weil er, ohne etwas ändern zu können, die ihm vom Sonnengott übertragenen Pflichten erfüllen mußte und nicht zum Lande der Menschen hinabsteigen konnte. Deshalb ließ er einen Sonnen-Nat sich in eine weiße Krähe verwandeln und gab ihm einen Rubin, mit dem sich seine Frau, seine Kinder und Enkel wünschen konnten, was sie wollten. Auf das Beutelchen, in dem sich der Wunschrubin befand, schrieb er: ›Der Rubin, der alle Wünsche erfüllt‹.

Der in eine weiße Krähe verwandelte Nat vom Sonnenland nahm den Geschenkrubin an sich und begab sich hinab auf die Erde. Als er dort ankam, machte er sich auf den Weg in das Land der Nagama. In einem Wald hörte er die schönen Stimmen der Krähen vom Menschenland. Er flog näher und fand Jäger, die gerade Wildbret zerlegten. Er hängte sein Beutelchen mit dem Rubin an einen Baum und holte sich zusammen mit den Krähen aus dem Menschenland ein paar Bröckchen zum Schmause. Doch o Schreck! Er geriet dabei in eine Falle. Den Jägern, die die weiße Krähe zusammen mit ein paar anderen aus der Falle holten, fiel auf, daß die weiße Krähe nur unverwandt auf eine bestimmte Stelle an einem Baum schaute. Da erblickten die Jäger den Beutel, öffneten ihn und fanden den Rubin. Sie nahmen den Rubin an sich, legten statt seiner etwas Kot von Waldestieren in den Beutel und hängten ihn wieder an den alten Platz. Daraufhin ließen sie die weiße Krähe frei.
Der Sendbote nahm seinen Beutel, flog zu dem Ort, wo sich die Nagama aufhielt, und übergab ihr das Geschenk. Wie freute sich die Frau: »Jetzt endlich kann ich mit meiner Familie als richtiger Mensch glücklich leben!« Dann öffnete sie den Beutel. Um so größer war ihre Enttäuschung, als sie in dem Beutel nichts als Kot von Waldtieren fand.
Da die Nagama fürchtete, daß ihre Kinder ihre wahre Herkunft erführen, hütete sie sich, ihrem Zorn freien Lauf zu lassen. »Oh«, rief sie unter Tränen, »hat mein Gatte mich allein im Menschenland zurückgelassen und ist im Land der Sonne geblieben. Es ist vorbei mit der Liebe, es kommt nur noch Schmerz.«
Die Nagama wußte nicht, was sie tun sollte, und jedesmal, wenn sie an den Rubin dachte, den ihr der Sonnenprinz geschickt haben wollte, wurde sie immer trauriger. Da kamen zu ihr Boten aus dem Land der Nagas und sagten, daß es an der Zeit sei zurückzukehren. Also rief sie ihren Sohn, ihre Tochter, ihre Schwiegertochter und ihre Enkel zu sich und erklärte ihnen, daß sie das Menschenland verlassen müsse. Sie hielt auch die Zeit für

gekommen, ihnen ihre Abstammung zu offenbaren, die sie so viele Jahre verschwiegen hatte. Sie sagte, daß sie die Tochter des Königs der Nagas sei. Der Vater ihres Sohnes und ihrer Tochter aber sei der Sonnenprinz. Die Nagama erzählte die ganze Nacht und gab dann noch einen letzten Willen kund, indem sie sagte: »Meine Söhne und Enkel sollen ein Stück Stoff nehmen und es sich ums Haupt winden, die Mädchen aber mögen ein Stück gestreiften Stoff nehmen und es in irgendeiner Art auf dem Kopf tragen – zur Erinnerung an die Haube ihrer Mutter, der Nagama.«

Als der nächste Morgen herandämmerte, nahm die Nagama ihre Kinder, ihre Schwiegertochter und ihre Enkel mit zu dem wunderschönen Fluß, an dessen Ufer alle fünf Arten von Lotos wuchsen. Dort sagte sie: »Die Männer unseres Geschlechts mögen von jetzt an in Erinnerung an ihre Mutter, die Nagama, ein Stück Stoff um den Kopf winden, und in Erinnerung an den Vater sollen sie einen Zipfel herausschauen lassen. Die Frauen sollen gestreifte Kleidung tragen und auch ein Tuch um den Kopf winden.«

Dann tauchte die Nagama im Fluß unter, erschien noch dreimal mit ihrem Haupt über der Wasseroberfläche und verschwand schließlich vor den Augen ihrer Angehörigen.

Mythische Begründerin eines Schamanengeschlechts ist die burjatische Schwanjungfrau. Sie entstammt den ›fünfundfünfzig Himmeln‹, und ihre Kinder sind mit magischen Kräften ausgestattet, die sie zu ihrem Amt als Helfer des Himmels auf Erden befähigen. Eine der wichtigsten Aufgaben des Schamanen besteht darin, die unterbrochene Verbindung zwischen Menschen und Göttern mittels einer »Seelenreise« wiederherzustellen. Dabei übernimmt er die Rolle des totemischen Ahnen und schlüpft in dessen Tierkleid, ahmt die Schreie und die Gangart des Tieres nach und wird dadurch etwas, das viel größer und mächtiger ist als er selbst. Der Schamane, der das *Vogelkleid* überstreift und sich auf die beschriebene Art in Extase versetzt, *wird* Schwan, der zu den Göttern fliegt. Ausdrücklich wird in der Geschichte erwähnt, daß nicht nur die Ahnfrau weiblich ist, sondern daß sie auch Schamaninnen in diese Funktion einsetzt.

## Die Schwanfrau als Stammutter der burjatischen Schamanen

Irgendein Tangkalshing, ein Burjate*, lebte einstmals bei den Chorin-Burjaten im Osten an einem Orte gleichen Namens. Er hatte fünf Söhne und fünf Töchter. In der Nähe seines Wohnplatzes befand sich ein See. Zu diesem See kamen einmal fünf Schwäne herbeigeflogen. Die Leute sahen sie und dachten: ›Die wollen nach Norden fliegen, es sind Zugvögel.‹

Als Tangkalshing sie sah, bemerkte er, daß es fünf Mädchen waren, die sich entkleideten, um zu baden. Da kam ihm der Gedanke, einem dieser Mädchen die Schwanenkleider wegzunehmen. Er schlich sich deshalb unbemerkt zum Ufer, ergriff eines der Kleider und versteckte sich hinter den Sträuchern.

Nachdem die Mädchen gebadet hatten, ergriff jedes ihr Kleid und war, nachdem es sich angezogen hatte, plötzlich wieder ein Schwan. Das eine Mädchen jedoch suchte vergeblich nach seinem Gewand. Nachdem es dieses nirgends hatte finden können, begann es zu weinen und sagte: »Wenn jemand mein Kleid weggenommen hat, der gebe es mir zurück!«

Denn ohne ihr Kleid kann sie nicht fliegen. Die anderen vier Schwanenmädchen flogen endlich fort, nur das eine blieb nackt am Ufer zurück. Und es sagte weiter:

* Mongolenvolk im Umkreis des Baikalsees

»Derjenige, der mein Kleid weggenommen hat, möge sich von mir erbitten, was es auch sei, ich gebe es ihm!«
Da kam Tangkalshing herbei und sagte, daß er ihr Kleid entwendet hätte. Aber er brachte ihr nur die Unterhosen und das Leibchen, den Rock jedoch nicht. Dann machte er ihr den Vorschlag:
»Werde meine Frau!«
Sie war schließlich damit einverstanden. Und er legte den Rock in einen Eisenkasten.
Das Schwanenmädchen gebar ihm fünf Söhne und fünf Töchter. Diese fünf Kinder werden allgemein folgendermaßen genannt: Tankhalshne tabang tasharne gurbung, wobei »Tasharne« vielleicht der Name der Frau ist. »Tabang« ist im Burjatischen die Bezeichnung für »fünf«, und »gurbung« die Bezeichnung für »drei«. Über diese letzteren drei gibt es keine Nachricht. Zwei von ihnen starben wahrscheinlich, und man weiß nichts von ihnen. Der älteste Sohn hieß Choriodé und die älteste Tochter Chobshe. Eine andere Tochter war Jabshe. Andere Söhne waren Helüng und Hölüng. Auch Saran war ein Sohn. Ob Tabshe ein Sohn oder eine Tochter war, ist nicht bekannt, und eben so unbestimmt ist Bitcho.
Einmal nun sagte die Schwanenfrau zu ihrem Mann:
»Wir haben nun so viele Kinder. Mache Milchbranntwein, wir wollen trinken!«
Und sie begannen, den Tarassun auszutrinken. Da sagte die Frau zu ihrem Mann:
»Wieviele Jahre wir zusammen gelebt haben, soviele Kinder haben wir. Jetzt fliege ich nicht mehr weg von dir. Jetzt kannst du mir ruhig einmal den Rock, den du mir damals weggenommen hast, wiedergeben.«
Tangkalshing öffnete die Kiste, wo er den Rock verborgen hatte und gab ihn ihr. Dann tranken sie weiter Tarassun. Sie saßen in der Jurte, dem runden burjatischen Filzzelt. In der Mitte lagen drei große Steine, und darauf die Schüssel, der Brennereiapparat. Jetzt zog die Frau den Rock an und schrie dreimal mit Schwanenstimme:
»Gü, gü!«
Die älteste Tochter war damit beschäftigt, den Tarassun-

Apparat einzulehmen. Und gerade in diesem Augenblick flog die Schwanfrau weg. Die Tochter ergriff sie noch gerade an den Beinen, als sie aus dem Rauchloch davonfliegen wollte und kam mit ihren Lehmhänden daran. Seit dieser Zeit haben die Schwäne keine roten, sondern etwas schmutziggelb aussehende Beine. Die Tochter konnte sie aber nicht mehr festhalten, und sie entkam. Sie machte noch einige Kreise über der Jurte und sprach:
»Meine Kinder, meine Töchter, werdet Schamaninnen; meine Söhne, werdet Schamanen!«
Darauf flog sie weg. Und ihre Kinder wurden Schamanen. Seitdem erscheinen überhaupt erst Schamanen. Mit ihnen beginnt der Schamanismus.
Diese Schamanen fanden das Bestehen der Götter schon vor. Es waren acht außerordentlich große Schamanen. Sie konnten sich unsichtbar machen, konnte sich den Kopf abschneiden und dabei schamanisieren, sie konnten sich den Leib aufschlitzen und dabei schamanisieren, und sie konnten fliegen.

Als sie gestorben waren, wollten sie zu den fünfundfünfzig Himmeln fliegen, um an dem Schöpferwerk teilzunehmen. Als sie nun so dahinflogen, lebte bei den Kudinischen Burjaten ein großer Schamane namens Gabne Barlak. Seine Frau hieß Suutän Njilcharachschan.
Diese beiden sahen die Tangkalshingkinder wegfliegen, und sie merkten auch, wohin sie fliegen wollten. Das aber sahen die beiden nicht gern, daß Menschen zu den Göttern wollten, und sie meinten, daß die Tangkalshingkinder auf Erden bleiben und nicht im Himmel leben sollten. Deshalb sagten sie zu ihnen:
»Bleibt auf Erden und werdet Schöpfer der hiesigen Welt. Werdet Helfer der fünfundfünfzig Himmel!«
Gabne Barlak zeichnete fünf von ihnen auf Goldplättchen und sagte:
»Bleibt hier, hier werden die Menschen euch anbeten!«
Außer Tangkalshing lebte da noch ein Burjate namens Als'chng. Er war etwas älter als ersterer und hatte zehn Kinder, vier Töchter und sechs Söhne. Diese wollten

ebenfalls mit den Tangkalshingkindern wegfliegen. Barlak zeichnete auch diese, und sie blieben daraufhin auf Erden. Diese Zeichnungen werden gehalten, damit eine Frau viele Kinder bekommt. Und wenn eine Frau erkrankt, betet der Mann zu diesen Zeichnungen, damit sie wieder gesund wird. Diese Kinder des Als'chng haben keine bestimmte Namen. Ihre Onkel und Tanten waren richtige Schwäne.

Der Mythos von der göttlichen oder halbgöttlichen Abstammung eines Geschlechts hat nicht selten herrschaft- oder statuslegitimierenden Charakter.
Aus der folgenden walisischen Sage von der »Frau aus dem See« erfahren wir, wem die Ärzte von Myddfai ihre einzigartige Befähigung verdanken.

## Die Frau aus dem See

Hoch oben in den Black Mountains, im Süden von Wales, liegt in einer Senke ein schöner See, der Llyn y Fan Fach genannt wird.
Auf einem Bauerhof in der Nähe lebte in alten Zeiten eine Witwe und deren einziger Sohn mit Namen Gwynn. Als er herangewachsen war, übernahm er es, nach dem Vieh auf den Bergweiden zu schauen. Es gab eine Stelle mit üppigem Gras nahe dem See. Dorthin zogen die Tiere immer wieder.
Eines Tages, als Gwynn am Ufer entlang lief, war er nicht wenig erstaunt, in einiger Entfernung vom Land auf dem klaren, glatten Wasser eine Frau stehen zu sehen.
Sie war entschieden das schönste Wesen, das ihm je unter die Augen gekommen war. Sie kämmte ihr langes Haar

mit einem goldenen Kamm. Die regungslos daliegende Wasserfläche diente ihr als Spiegel.
Da stand Gwynn nun am Ufer, starrte wie gebannt auf das Mädchen und wußte sofort, daß er es liebte. Während er zu ihr hinsah, hielt er ihr wie im Traum das Gerstenbrot und ein Stück Käse hin, die Speisen, die er von daheim mitgebracht hatte. Langsam kam die Frau auf ihn zu. Sie schaute auf seine lockend ausgestreckte Hand, schüttelte den Kopf und sprach:

»Cras dy fara.
Nid hawdd fy nala.
(Ach du, mit deinem vertrockneten Brot.
So leicht ist es nicht, mich zu verlocken!)«

Dann tauchte sie unter und war verschwunden.
Der junge Mann ging heim und erzählte seiner Mutter, was er erlebt hatte.
Als sie darüber nachdachten, was es wohl mit jenem Satz auf sich haben könne, den die schöne Frau gesprochen hatte, kamen sie zum Schluß, daß es irgendeinen Zauber geben müsse, der mit Brot zusammenhinge, und die Mutter riet dem Sohn, rohen Teig einzustecken und ihr den anzubieten.
Am nächsten Morgen, ehe noch die Sonne über einer der benachbarten Gebirgsketten aufgegangen war, stand Gwynn wieder am See. Er wartete sehnsüchtig darauf, daß sich das Feenwesen wieder zeigen werde. Die Sonne ging auf. Sie stieg höher und höher und vertrieb die Nebel. Immer noch starrte der junge Mann unverwandt auf die Wasserfläche. Nichts rührte sich dort.
Am Nachmittag endlich überkam den Wartenden die Verzweiflung. Er wollte sich gerade enttäuscht umdrehen und fortgehen, da zeigte sich die schöne Frau abermals. Sie erschien Gwynn womöglich noch schöner als beim erstenmal, und über seinem verliebten Starren und Staunen vergaß der Junge ganz und gar, was er sich vorgenommen hatte.
Endlich aber streckte er doch die Hand mit dem Teig aus.

Sie aber lehnte auch dieses Geschenk ab und rief ihm zu:

»Llaith dy fara,
Ti ni fynn.
(Ach, du mit deinem feuchten Brot.
Ich will dich nicht haben.)«

Doch ehe sie wieder im Wasser untertauchte, lächelte sie dem jungen Mann ermunternd zu, so daß seine Liebe zu ihr noch heftiger wurde.
Als er langsam heimwärts lief, tröstete er sich mit der Erinnerung an ihr Lächeln, und es schien ihm nicht ganz ausgeschlossen, daß sie beim nächsten Mal doch sein Geschenk annehmen werde.
Er erzählte seiner Mutter, was geschehen war. Diese riet ihm, der jungen Frau das nächste Mal ein halbdurchgebackenes Brot anzubieten.
In dieser Nacht tat Gwynn kein Auge zu. Mit dem ersten Licht des neuen Tages stand er mit dem halbdurchgebakkenen Brot in der Hand am Rand des Sees und sah auf dessen spiegelnde Fläche hin. Die Sonne ging auf. Es begann zu regnen. All dies kümmerte Gwynn nicht. Er beobachtete gebannt das Wasser. Der Vormittag verstrich. Der Nachmittag auch. Es begann einzudunkeln. Noch immer hatte sich die Frau aus dem See nicht gezeigt.
Die Schatten der Nacht krochen heran. Gwynn bedachte, daß es Zeit sei, sich auf den Heimweg zu machen. Er warf noch einen letzten Blick auf den See. Da plötzlich sah er einige Kühe aus dem Wasser steigen. Der Anblick der Tiere machte ihm wieder Hoffnung. Vielleicht, daß nun auch die Frau noch kommen würde. Es dauerte nun nicht mehr lange, da tauchte sie auch auf, schöner anzuschauen denn je. Gwynns Erregung wuchs, als er sah, daß sie sich zusammen mit den Kühen auf das Land zu bewegte. Er watete ihr ins Wasser entgegen, das halbdurchgebackene Brot auf der ausgestreckten Hand. Lächelnd nahm sie das Geschenk an und ließ es zu, daß er sie aufs trockene Land führte.

Von ihrer Schönheit war er ganz geblendet. Als er sie so genau anschaute, bemerkte er, daß sie an den Füßen Sandalen trug, die auf eine ganz ungewöhnliche Art geschnürt waren. Sie lächelte ihn freundlich an, und endlich fand er die Sprache wieder und sagte:
»Frau aus dem See, ich liebe Euch. Ich möchte Euch heiraten.«
Zuerst sagte sie nicht »ja«. Aber er redete ihr solange zu, bis sie am Ende doch versprach, seine Frau zu werden. Nur eine Bedingung stellte sie.
»Ich werde dich heiraten«, sagte sie, »und ich werde auch bei dir leben. Aber wenn du mich das dritte Mal grundlos schlägst, werde ich dich wieder verlassen.«
»Eher schlüge ich mir meine Hand ab«, rief er. Da rannte sie plötzlich wieder von ihm fort und stürzte sich in den See.
In seiner Verzweiflung war er nun fest entschlossen, seinem Leben ein Ende zu machen und sich an der tiefsten Stelle ebenfalls in den See zu stürzen. Er erstieg einen hohen Felsen, der ins Wasser überhing und wollte gerade hinabspringen, als ihn jemand mit lauter Stimme anrief:
»Nicht doch, du voreiliger Bursche. Komm hierher!«
Er wandte sich um und erkannte am Seeufer in einiger Entfernung von dem Felsen einen weißhaarigen Mann und zwei Mädchen.
Zitternd stieg er wieder vom Felsen herunter, ging dem alten Mann entgegen, und der redete ihn in beruhigendem Tonfall an.
»Sterblicher«, sprach er, »du willst also eine meiner Töchter zur Frau nehmen. Ich bin mit dieser Verbindung einverstanden, vorausgesetzt, du kannst mir zeigen, welche es ist, die du liebst.«
Gwynn sah die beiden Mädchen an. Sie waren sich täuschend ähnlich in Statur, Gesichtsausdruck und Schönheit.
Bei der Vorstellung, daß er vielleicht die Falsche wählen könnte, überkam ihn wieder Verzweiflung.

Er wagte keine Entscheidung und sah nur unverwandt zu den beiden hin.
Da sah er, daß die eine den Fuß etwas vorschob, und dabei erkannte er wieder die ungewöhnliche Weise, in der sie ihre Sandalen geschnürt trug. Da ging er auf dieses der beiden Mädchen zu und faßte es an der Hand.
»Du hast richtig gewählt«, sagte der alte Mann, »sei ihr ein guter Ehemann. Ich will ihr als Mitgift soviel Schafe, Rinder und Ziegen mitgeben, wie sie zählen kann, ohne dabei Atem holen zu müssen. Aber vergiß nicht die Bedingung, wenn du sie grundlos dreimal schlägst, wird sie zu mir zurückkehren müssen.«
Gwynn war überglücklich, und was die Schläge anging, so sagte er, werde es nie dazu kommen. Der alte Mann lächelte, wandte sich seiner Tochter zu und hieß sie, mit dem Zählen zu beginnen.
Sie zählte immer bis fünf, aber dies so oft sie konnte, ohne Atem holen zu müssen. Sofort erschien die Menge Schafe, die sie gezählt hatte. Dann zählte sie um Rinder, und die Rinder erschienen. Und so kamen die beiden Brautleute auch noch zu Ziegen, Schweinen und Pferden. Dann verschwanden der Alte und seine andere Tochter. Die Frau aus dem See und Gwynn aber heirateten.
Sie bezogen einen Bauernhof, der Ysgeir Llaethdy genannt wird. Dort lebten sie viele Jahre glücklich.
Alles gedieh bei ihnen. Drei Söhne wurden ihnen geboren.
Als nun der älteste Sohn sieben Jahre alt war, gab es in der Nähe eine Hochzeitsfeier. Nelferch, so hieß die Frau aus dem See, und ihr Mann waren dazu eingeladen.
Als der Tag des Festes herankam, machten sich beide zu den Nachbarn auf den Weg. Sie wanderten über Wiesen, auf denen einige ihrer Pferde weideten. Da meinte Nelferch, der Weg werde ihr zu lang, sie wolle lieber nicht mitkommen.
»Wir müssen da hin«, sagte ihr Mann, »und wenn du nicht laufen magst, so reite doch auf einem der Pferde. Fang dir doch eines ein. Ich gehe unterdessen noch einmal heim und hole dir Sattel und Zaumzeug.«

Er ging nach Haus zurück, und als er mit dem Sattel und dem Zügel zurückkam, stellte er zu seinem Erstaunen fest, daß sich die Frau nicht von der Stelle bewegt hatte. Auf die Pferde deutend, versetzte er ihr mit dem Handschuh einen leichten Schlag auf den Arm und sagte:

»Nun geh doch endlich.«

»Das war der erste grundlose Schlag, den du mir versetzt hast«, sagte sie mit einem Seufzer und erinnerte ihn an die Bedingung, die bei ihrer Heirat festgelegt worden war.

Viele Jahre später waren sie bei einer Taufe. Als nun die Gäste ausgelassen und fröhlich feierten, brach Nelferch plötzlich in Tränen aus.

Gwynn stieß sie mit der Hand an, weil er es unpassend fand, daß jemand bei einem solchen Ereignis weine.

»Warum mußt du nur weinen!« sagte er.

»Ich weine«, erwiderte sie, »weil dieses arme Wurm so schwach und ausgezehrt ist, daß es nicht lange Freude an dieser Welt haben wird. Es wird bald sterben müssen. Außerdem, gerade hast du mich zum zweiten Mal geschlagen.«

Darauf war Gwynn bei Tag und Nacht auf der Hut vor einem dritten Schlag. Kurz nach der Taufe erkrankte das Kind, wie Nelferch dies vorhergesagt hatte und starb bald darauf.

Gwynn und seine Frau gingen zu der Beerdigung. Mitten in der Totenfeier brach Nelferch zum Erstaunen aller in Gelächter aus. Ihr Mann, bestürzt darüber, versetzte ihr einen leichten Schlag auf den Arm und sagte:

»Still, Weib, was gibt es denn da zu lachen?«

»Ich lache«, erwiderte sie, »weil das arme Kind nun endlich von seinen Schmerzen befreit und wieder glücklich ist.«

Dann aber fügte sie noch hinzu:

»Das war der dritte Schlag, den du mir versetzt hast. Ich muß dich jetzt verlassen.«

Sofort brach sie nach Ysgeir Llaethdy auf. Und als sie dort ankam, rief sie ihr Vieh, von dem sie jedes Tier beim Namen kannte, zusammen. Und dies war es, was sie den Tieren zurief:

»Mu wlfrech, moelfrech,
Mu olfrech, gwynfrech,
Pedair cae tonn-frech,
Yr hen wynebwen,
A'r las Geigen,
Gyda'r tarw gwyn.

O lys y Brenin
A'r llo du bach,
Sydd ar y bach,
Dere dithe yn iach adre!

(Gescheckte Kuh und kühn gefleckte,
du mit den Punkten, mit den weißen Streifen,
Ihr vier Schwärzlichen,
du alte mit dem weißen Gesicht,
du graue Geigen
und du weißer Bulle.

Vom Hof des Königs
und du kleines schwarzes Kalb,
das vom Haken herabhängt geschlachtet,
kommt alle her. Wir ziehen heim.)«

Alle gehorchten sofort dem Befehl ihrer Herrin. Selbst das kleine schwarze Kalb wurde wieder lebendig und lief mit den anderen Rindern, Schafen, Ziegen, Schweinen und Pferden davon. Nun war dies im Frühjahr, und vier Ochsen gingen im Pflug auf den Feldern. Ihnen rief sie zu:

»Y pedwar eidion glas,
Sydd ar y ma's,
Deuwch chwithe
Yn iach adre!

(Ihr vier grauen Ochsen
dort auf dem Feld.
Kommt alle
heil und ganz heim!)«

Fort zog also alles Vieh aus der Mitgift mit der Frau aus dem See, über das Gebirge, bis hin zu jenem Gewässer, aus dem sie gekommen war. Und dort verschwand sie. Die einzige Spur, die zurückblieb, war ein Furche, denn einer der Ochsen schleppte noch den Pflug hinter sich her.

Gwynn brach das Herz. Er folgte seiner Frau zum See und stürzte sich in das eiskalte Wasser. Auch die Söhne waren ihr gefolgt. Die Männer irrten am Ufer umher, wateten durch das Wasser. Alles schien vergeblich. Eines Tages wurde ihre Ausdauer belohnt. Nelferch erschien noch einmal.

Sie sagte ihnen, es sei ihre Aufgabe auf Erden, das Elend und die Leiden der Menschen zu lindern. Sie führte sie zu einer Stelle, die noch immer die »Schlucht der Ärzte« (Pant y Meddygon) genannt wird. Dort machte sie die Männer mit der Wirkung der Kräuter bekannt und lehrte sie die Kunst des Heilens.

Dank dieser Unterweisung wurden sie die besten Ärzte des Landes. Rhys Grug, der Herr von Llandovery und Dynevor Castle, verlieh ihnen Land, Rang und Privilegien in Myddfai, damit sie dort ihre Heilkunst ausüben könnten. Und der Ruhm der Ärzte von Myddfai verbreitete sich über ganz Wales.

Die Sage von der »Frau aus dem See« spiegelt einen weltweit verbreiteten Mythos: Die gefahrvolle Ehe zwischen einer Gottheit und einem Sterblichen. Götter- wie Menschenwelt stemmen sich gegen eine solche Verbindung.

In der walisischen Erzählung wird ein Verbot ausgesprochen, das an das Geheimnis der Herkunft der übernatürlichen Braut rührt: »Du darfst mich nicht schlagen«, sagt sie, und die Anlässe, zu denen es dann doch geschieht, liefern den Schlüssel: dreimal und jedesmal während

einer Feier, die gesellschaftliche Konventionen symbolisiert, verhält sich die »Frau aus dem See« *unangepaßt*. Durch den Schlag, den Verweis, wird sie *öffentlich* in ihrer Andersartigkeit bloßgestellt, ihr Geheimnis ist verraten.
Emma Jung hat verdeutlicht, welcher psychische Vorgang dahinter stehen könnte: Die Frau, die dem Wasser angehört, verkörpert die »unzivilisierte« Natur im Unbewußten des Menschen. Einerseits drängt sie danach, vom Menschen »integriert« zu werden, zugleich ist sie aber außerordentlich verletzlich. Mit jedem noch so leichten Schlag (Tadel, Rüge) wird sie ins Unbewußte (Wasser) zurückgedrängt.
Dennoch scheint es in unserer Geschichte zwei Bereiche zu geben, in denen sie gesellschaftliche Achtung und Anerkennung genießt: Als Mutter und als Heilkundige ist ihre Rückkehr durchaus erwünscht.

Eine Sagentradition eigener Art hat sich im ausgehenden Mittelalter um die Wasserfee Melusine als Ahnherrin des Geschlechts der Grafen von Lusignan im Poitou gebildet. In einen größeren Zusammenhang gestellt, findet sich ihre Geschichte im letzten Kapitel.

# Kapitel 4
# Regenfrau und Wetterhexe

Von elementaren Naturgewalten – Hagel und Schnee, Donner und Blitz, Regen und Trockenheit – handeln diese Geschichten, und wir dürfen auf so manche Überraschung gefaßt sein.

Zuweilen tritt die Regen-Frau mit einem männlichen Partner auf. Als Verschmelzung der beiden Kräfte Yin und Yang dachten sich zum Beispiel die alten Chinesen die Entstehung von Wolken. Wenn der Regen fiel, war der Höhepunkt des Liebesspiels erreicht.
Nach altnordischer Vorstellung – mit starken Parallelen zur vedischen (altindischen) Mythologie – sind die Wolken Kühe, die von Thor, dem Donnergott, gemolken werden. Ihre Milch ist der Tau und der Regen. Thor war bekannt für unmäßige Trinklust. Auch Indra, der vedische Herrscher über die Naturgewalten, pflegte sich am Wolkengewässer, dem himmlischen Sōma, zu laben, das die indischen Wolkenkühe – gedacht als himmlische Frauen (dēvapatnis) – ihm spendeten.
Auf die bescheidene Rolle als »Wettermacherin« ist die alte Fruchtbarkeits- und Muttergottheit Hel im Laufe einer langen Entwicklung reduziert worden. Als Frau Holle im Märchen schüttelt sie im Winter die Schneeflokken, und am 2. Juli ist nach altem Volksbrauch »Maria Wasch«, da spendet sie fruchtbringenden Regen.
Im klassischen Griechenland galten die drei Horen als Verkörperung der Jahreszeiten. Sie öffneten und schlossen das Wolkentor des Olymp und brachten damit die Früchte zum Gedeihen. Ihre Namen verraten, daß sie auch in anderer Hinsicht hütende und ordnende Funktionen haben: Eunomia, Dike und Eirene stehen für Ordnung, Gerechtigkeit und Friede.
»Verschütterin des Wassers« ist bei den Maya in Yucatán die alte Göttin O. Sie hält einen Krug mit der Öffnung nach unten, aus dem das Wasser in einem Schwall herausfließt. An ihrem besonderen Haarschmuck ist sie zu erkennen – einer zusammengelegten und in das Haar verwobenen Schlange. Wahrscheinlich ist sie identisch mit der Göttin Chac Chel, »roter Regenbogen«, die als

Göttin des Mondes, der Medizin und des Regenbogens gilt.
Schlange, Regenbogen und Fruchtbarkeit liefern auch die Stichworte zu den Wassergeistern im Kongo-Fluß. Die Sturmfrau zeigt sich dabei von einer gefährlich erotischen Seite.

## Die Wassergeister im Kongo-Fluß

Die Frühgeschichte des Woyo-Stammes führt zurück zum Unterlauf des Kongo, wo in den wildbrausenden Wassern mächtige Geister ihr Wesen treiben.
Es sind Schlangen, Wasserschlangen. Sie schimmern in allen Farben des Regenbogens, und deshalb glaubt man, sie seien identisch mit dem Regenbogen, der den Regen spendet.
Vier Geister lebten einst in dem Wasser unterhalb der Stromschnellen des Kongo. Sie hatten die Gestalt von vier Schlangen: Kuitikuiti, der Wogende, seine Frau Mboze, die Fruchtbare, und ihre Kinder Makanga und Mbatilanda. Sie alle lebten in dem Höllenkessel, so nannten ihn die Weißen, dem großen Strudel, da wo der mächtige Strom des Kongo an jedem Mittag auf die steigende Meeresflut trifft. Die Leute sagen, Kuitikuiti sei auch in vielen anderen Teilen des Flusses gesehen worden.

Vor langen Zeiten gab es nur die Erde mit Büschen darauf. Da stieg Kuitikuiti aus dem Wasser und schuf alle schwanzlosen Tiere, und Mbatilanda machte alle Tiere, die Schwänze haben. Als sie nach Hause kamen, sahen sie, daß Mboze schwanger war. Sie hatte mit ihrem Sohn Makanga Inzest begangen. In seiner Wut ergriff Kuitikuiti eine Keule und erschlug seine Frau. Im Sterben brachte Mboze eine Schlangentochter zur Welt, ihr Name war Bunzi. Bunzi ist die Göttin des Regens und der Fruchtbarkeit. Sie gebar einen Wassergeist mit

Namen Lusunzi. Er kommt seine Mutter regelmäßig besuchen, und immer wenn er kommt, ist *kalema*, Springflut, in dem weiten Mündungsgebiet des Kongo. Kuitikuiti erweckte seine Frau Mboze wieder zum Leben, doch nun war ihre Haut nicht mehr schwarz, sondern weiß. Also tauschte er seine schwarze Haut gegen eine weiße aus. Kuitikuiti schlief mit seiner Enkeltochter Bunzi. Aus dieser Vereinigung stammt Kambizi, die Sturmfrau, die die Niederungen des Deltas überflutet und die Seeleute und Badenden zu sich hinabzieht, so daß sie ertrinken. Am Grunde des Meeres werden sie von ihr verführt – gleich den Prinzessinnen, die einst das Recht hatten, jeden Mann zu wählen, um sich mit ihm zu vergnügen.

## Regen und Gewitter

Der Regen ist ein mächtiger König und hat die Regierung über alle Dinge auf Erden von Kalunga bekommen. Er ist männlich und weiblich. Der männliche Regen ist friedlich und wird nicht zornig. Er spricht nur mit sanftem Donner und sagt: »Ndundundundu«; er kracht nicht. Aber die Regenfrau, die zürnt. Sie blitzt, schlägt ein, zerstört Gegenstände, und erschreckt die Menschen.
Wenn Sie ganz still ist, vergißt man sie, aber warte einmal – in demselben Augenblicke erschreckt sie dich: »Hele! Tjaa! Mbalakata! Tjaa! Mbalakata!« Wenn nun der Regenmann sieht, wie die Regenfrau viel zu sehr zürnt und tobt, beruhigt er sie und sagt: »Ndundundundu, sei nur still, sei nur still. Jene sind meine Leute. Du sollst ihnen nicht so furchtbar zürnen.« Nur die Regenfrau schlägt ein. Wenn ein Mensch von ihr getroffen wird und stirbt, wird der Tote nicht beweint. Er ist gleich einem, der von dem Häuptling getötet worden ist. Und einer, der in ihrem Wasser ertrunken ist, wird auch nicht beweint. Wenn aus ihr ein Landregen geworden ist, hat sie ihren Zorn gestillt; dann ist sie nicht mehr böse.

Die Regenfrau ist knauserig; sie gibt uns kein Wasser, sie macht nur Lärm. Sie ist die Zerstörerin, der Alte aber füllt die Teiche mit Wasser an. Wenn der Blitz irgendwo einschlägt, läßt er in der Erde etwas wie einen Stein zurück. Die Zauberer graben es aus und heilen Kranke damit. Einige sagen auch, daß da, wo es eingeschlagen hat, ein schwarzer Vogel mit roten Beinen und mit rotem Schnabel erscheint.
Während des Blitzregens schlafen die Leute nicht auf dem Rücken. Wenn ein Erwachsener in der Nacht bei den Kindern schläft und hört, wie der Regen lärmt und kracht, steht er auf und fühlt, ob vielleicht eins von den Kindern auf dem Rücken liegt; er weckt sie auf und sagt: »Wacht auf, ihr sollt nicht auf dem Rücken liegen, legt euch auf die Seite!«
Die Regenfrau hat es nicht gern, wenn die Leute Palmfrüchte oder wilde Pflaumen bei sich haben. Wenn jemand solche beim Gewitter bei sich hat, wirft er sie sofort weg, damit er nicht vom Blitz getroffen wird. Befinden sich Leute in einem Raum, in dem Palmfrüchte oder wilde Pflaumen oder nur Schalen von Palmfrüchten sind, so gehen sie schnell weg, damit sie nicht vom Blitz getroffen werden. So ist es auch, wenn es gehagelt hat. Man darf die Hagelkörner nicht anrühren – und das Kind des Regens, ein rotes Regenkäferchen, darf man auch nicht anrühren.
Ebenso liebt die Regenfrau es nicht, wenn man lärmt. Wenn die Kinder während eines Gewitters lärmen, werden sie von älteren Leuten mit den Worten gemahnt: »Oh, seid doch still! Der Regen liebt das Lärmen nicht. Wollt ihr vom Blitz getroffen werden?« Vor der Regenfrau versteckt man sich nicht unter einem Nußbaum, einer Sykomore oder einem Omutundungubaum – auch darf man nicht vor ihr weglaufen oder Rinder vor sich hertreiben. Diebe und Sachen, die rot sind, mag sie nicht.
Dem Regenmann wurde von seiner Schwiegermutter Pfützenarbeit aufgegeben. Er gab ihr zur Antwort: »Solche Arbeit verrichte ich an *einem* Tage.« Die Schwiegermutter sagte: »Alle jene Mulden und Löcher sollst du mit

Wasser ausfüllen.« – »Gut, das ist mir eine Kleinigkeit. Alles werde ich anfüllen. Hast du nicht gehört? An *einem* Tage werde ich damit fertig.« Er rühmte sich dann und sang:

»Kein Wohnraum ist mir je zu dicht,
daß ich nicht eindringen könnte!
Ich bin ein Bekannter
der Hütten und Dächer,
ein Enkel des Nie-da-gewesenen.
Die Mutter bin ich,
die Mutter des üppigsten Grases,
der Vater der grünen Flur überall.
Meine Pfeile gehen nicht fehl,
sie treffen den Hüttenbesitzer.
Ein Schrecken bin ich,
ein Schrecken der Lehmwand,
ein Schrecken dem Bau der Termiten,
furchterregend oben und unten.
Wenn ich morgen gieße,
sagen die Leute:
›Die Lippen hat er beschnitten,
die Mäuler hat er gestopft,
saftige Früchte uns beschert.
Geregnet hat er, Pilze gebracht,
Pilze, so weiß wie Elfenbein.‹«

Den unbändigen, ja gefährlichen Part spielt das angolanische Blitz-Weib. Es wird zur reinigenden Kraft, wenn sich die Atmosphäre mit Spannungen aufgeladen hat. Und die Fruchtbarkeit des Landregens kann erst einsetzen, wenn die Luft »rein« geworden ist.
Wie verhält es sich da mit den *Waschweibern* der europäischen Volkssagen, die für das Wetter verantwortlich gemacht werden?

## Die Wäscherinnen am Kaselter Bach

Dort wo die »Kaselter Bâch« bei Lintgen ihren Ursprung nimmt, stand früher eine hohe Buche, vor welcher, wie man sich erzählt, oft rotgekleidete Musikanten kurz vor Ausbruch eines Gewitters eine sanfte Musik ertönen ließen. Zu gleicher Zeit hörte man vom Rande der Quelle her nach dem Takte der Musik das wilde Schlagen und Klopfen von mehreren Wäscherinnen. Nach der Volkssage sollen diese Regen und Sturm hervorgebracht haben, indem sie mit ihren Waschbleueln das Wasser bis zu den Wolken emporspritzten.

Niemand wagte diese sonderbaren Erscheinungen zu beobachten oder gar zu stören; denn, wäre er auch so groß wie ein Riese gewesen und hätte Muskeln gehabt so stark wie Eisen, diese Wäscherinnen würden ihn im Nu zermalmt oder durch einen einzigen Schlag auf der Stelle getötet haben.

So soll ein Reisender, der beim Ertönen der gespenstischen Musik einen Pfiff getan, sofort vom Blitze erschlagen worden sein. Ferner erzählt man sich, daß zwei Schustergesellen, welche in angetrunkenem Zustande von der Lorenzweiler Kirmes zurückkehrten und auf diese Erscheinung schimpften, dermaßen »gekarbatscht« worden seien, daß man sie des anderen Tages mit zerrissenen Kleidern, zerfleischten Gesichtern und eingeschlagenen Hirnschädeln am Rande des Kaselter Baches als Leichname aufhob.

Die mitteleuropäischen Sagen entwerfen nicht selten das Bild einer wilden, Unwetter herbeizaubernden Hexe, die gelegentlich auch Kinder verschleppt und verspeist. Zauberinnen, die zur Nacht ausfahren, Wetter zaubern und Felder verderben, gab es schon in nordistischer Zeit.

Doch im 13. Jahrhundert tritt der Teufelsglaube hinzu. Was früher in der geistlichen Gesetzgebung als bloßer sträflicher Aberglaube gegolten hatte, wurde nun als wirkliche *Tatsache* betrachtet. Die weisen Frauen, in denen der Bezug zu den heidnischen Naturkulten fortlebte, wurden verdächtigt, mit den zerstörerischen Naturgewalten im Bunde zu sein, ja als deren (irdische) *Urheberinnen* verfolgt. Die »Kinderverschleppung« verweist auf heidnische Kulte mit Menschenopfern.

## Die Krötenhexe

Die Landleute um Rorschach am Bodensee erzählen von einer Hexe, die früher in der Umgebung des Schlosses Sulzberg (oder Möttelischlosses) ihr Wesen getrieben habe. Am Tage habe sie sich meistens als Kröte ruhig im nahen Schloßweiher aufgehalten, des Nachts aber habe sie unter Donner und Blitz, im Sturm und Regen furchtbar ihr Wesen getrieben, Überschwemmungen und Hagelwetter erregt und auch auf andere Weise das Volk geplagt. Nie sei es ihr jedoch möglich gewesen, weiter als an die Grenzen der Besitzungen des Schlosses Rorschach zu kommen, wo dessen Hauspatronin, die heilige Anna, nach ihrer Rettung aus dem dortigen Kerker (der noch gezeigt wird) die Hütten und Felder des Landmannes beschützte und die Unholdin zwang, in ihre nasse Wohnung zurückzukehren.

## Die Hagelmacherinnen zu Berlin

Im Jahre 1563 wurden zu Berlin zwei Zauberinnen gefangen, die sich unterstanden, durch Hagel und Unwetter die Früchte auf dem Lande zu verderben. Diese zauberischen Weiber bekannten, daß sie einem andern Weibe aus der Nachbarschaft ein kleines Kind gestohlen, dieses zerstückt und schließlich auch haben kochen wollen. Aber Gott der Allmächtige und Allwissende hat es also geschickt, daß des Kindes Mutter dazugekommen und des Kindes Glieder im Topfe gesehen hat. Sie bekannten auch, daß wenn sie das Kindlein gekocht hätten, alle Früchte auf dem Lande durch Unwetter verdorben worden wären. Aber wie sie gedienet, so wurden sie auch billig gelohnet.

Das Unwetter als Zorn einer *weiblichen* Gottheit, diese Vorstellung verbindet angolanische Mythe und mitteleuropäische Sage. Aber die Strafe, die das angolanische Blitzweib verhängt, ist einer Bestrafung durch den Häuptling vergleichbar – es hat damit seine Ordnung. Der Christenmensch hingegen muß gegen das zauberische Treiben vorgehen – die entfesselte Natur (= dämonisches Weib) ist unter allen Umständen zu bändigen. Diese entgegengesetzte Haltung wird nochmals deutlich, wenn nach einer Erklärung für eine Periode der Dürre gesucht wird.
Die kurze Geschichte von Kakaschi Kakullu kommt aus dem Sudan. Sie erinnert an die rituelle Reinigung der »Mutter des Meeres« durch den Schamanen (Kapitel 2).

## Die zauberischen Bleichweiber zu Sorau

Im Jahre 1653 hat es im Sommer ganze 16 Wochen zu Sorau nicht geregnet, daher entstand eine solche Dürre, daß die Brunnen und Bäche vertrockneten. An dieser großen Dürre sollen damals die Sorauischen Bleichweiber Schuld gewesen sein mit ihrer Zauberei, wie denn ein ehrlicher Bürger und Fleischhauer dieses auf dem Spaziergang bei einem Zaune wahrgenommen, nämlich eine alte Vettel lief mit dem bloßen Hintern rückwärts gegen eine aufsteigende und Regen bringende Wolke und sprach: »Regne mir in den Arsch und nicht auf meine Leinwand!« darauf denn die Wolke vergangen ist. Der Bürger lief der alten Hexe nach und wollte wissen, wer sie eigentlich wäre, aber er konnte sie unmöglich einholen und dieselbe verlor sich endlich gar vor seinen sichtlichen Augen. Als dieses dem Grafen von Promnitz, dem Herrn von Sorau, hinterbracht ward, ließ er scharf nachfragen und wollte diese leichtsinnige Vettel ernstlich bestrafen, allein er konnte nichts über sie erfahren. Wie aber nun die Bleiche auf einige Wochen verboten ward, so regnete es auch.

## Kakaschi Kakullu

Ein alter Mann Kabejas hatte bei seinen Eltern gehört, daß früher einmal alles sehr durstig war. Eine alte Frau sagte: »Wenn mir einer meine Geschwüre ausleckt, so gebe ich Wasser.« Er tat es. Da kam viel Wasser. Fast alles ertrank. Der Mann fuhr fort. Das Wasser ging zurück. Die Frau war Kakaschi Kakullu.

# Teil II

# Die verwandelnden Kräfte

Von Frauen, die fruchtbare Ströme gebären, Göttern und Helden das Leben schenken, auch von Wettermacherinnen, die über das Wachstum von Tieren und Pflanzen wachen, handelten die Geschichten des ersten Teils.
In den folgenden Erzählungen wirkt die Wasserfrau aktiv am Schicksal weiblicher und männlicher Märchenhelden. In unterschiedlicher Weise repräsentiert sie im Märchen die Mächte des Unbewußten. Ihr Auftauchen ist ein Schock. Orte und Zeiten ihres Auftritts verdeutlichen die Grenzsituation: Der Brunnen als Eingang zur jenseitigen Welt, das Ufer, die spiegelnde Oberfläche des Wassers. Es ist die Stunde der Dämmerung oder der Mitternacht oder die Zeit, wenn die Sonne mittags am höchsten steht. Es sind die kosmischen Wendepunkte im Jahreslauf oder Wendezeiten im Leben des Menschen. Dem Schock folgt die Verlockung, ihr in die Tiefen des Meeres zu folgen. Die Märchen erzählen von den Schätzen, die dabei zu gewinnen, aber auch von den Helden, die nie zurückgekehrt sind.
Eng verknüpft mit dem Prozeß der Reifung ist die Entwicklung eines Wertesystems, an dem der Held seine künftigen Entscheidungen auszurichten vermag. Die Wasserfrau nimmt mitunter die Rolle der richtenden Instanz ein – gegenüber dem einzelnen und gegenüber der Gesellschaft.

# Kapitel 5

# Die Schicksalsfeen

Älter als Götter und Menschen sollen sie sein, die drei nordischen Schicksalsschwestern, die das Wasser aus dem heiligen Brunnen schöpfen und damit die Wurzeln des Weltenbaumes wässern, dessen Krone hinaufreicht bis zu den Wolken, dem Reich der Hel (Frau Holle).

## Der Urdbrunnen

Eine Esche weiß ich,
sie heißt Yggdrasil,
die hohe, benetzt
mit hellem Naß:
von dort kommt der Tau,
der in Täler fällt;
immergrün steht sie
am Urdbrunnen.

Von dort kommen Frauen,
vielwissende,
drei, aus dem Born,
der unterm Baume liegt:
Urd heißt man eine,
die andre Werdandi –
sie schnitten ins Scheit –,
Skuld die dritte;
Lose lenkten sie,
Leben koren sie
Menschenkindern,
Männergeschick.

Urd, Werdandi und Skuld: Die Gewordene, die Werdende, die Zukünftige – Namen, die für ihr dreifaches Schicksalswirken stehen; aus dem Wissen um den Gang der Gestirne spinnen sie den Lebensfaden und wirken das Schicksalsgewebe. Die Dreiheit ist daher nicht nur in der zeitlichen Dimension zu sehen, wie sie das Bild des Fadens nahelegt, sondern auch als Umspannen des Lebensraumes, der dem Helden von den Nornen zugemessen wird.

Das Schicksal als ein Gewebe aus Glück und Unglück – diese Vorstellung verbanden die kriegerischen Nordgermanen in besonderer Weise mit dem Glück in der

Schlacht. Als Mitwirkerinnen an den Heldenschicksalen im Kampf galten die Walküren. Sie griffen aktiv in das Geschehen ein, ja sie ermutigen sogar zum Kampf, indem sie den Männern vorausziehen, wie es im eddischen Wölundlied heißt. Dort treten sie auf in der Gestalt von Schwanjungfrauen – wieder sind es drei – und sie »wirken Schicksal«, indem sie das »Linnen spinnen« am Strand. Wenn es sie nach sieben Jahren häuslichen Friedens wieder hinauszieht in die Schlacht – nach Süden, so erinnert dies an den Lebensrhythmus der Schwäne, die nach Norden fliegen, um dort zu brüten (das Bild des häuslichen Friedens), und nach dieser Ruhepause einem unwiderstehlichen Drang zurück nach Süden folgen, in die vita activa.

## Walküren

Nidud hieß ein König in Schweden. Er hatte zwei Söhne und eine Tochter; die hieß Bödwild. Drei Brüder waren die Söhne des Finnenkönigs: einer hieß Schlagfider, der zweite Egil, der dritte Wölund. Sie liefen Schi und jagten Wild. Sie kamen nach den Wolfstälern und bauten sich dort ein Haus. Dort ist ein Gewässer, das heißt Wolfsee. Eines frühen Morgens trafen sie am Strande drei Frauen, die spannen Linnen. Bei ihnen lagen dort ihre Schwanengewande. Sie waren Walküren. Zwei von ihnen waren die Töchter des Königs Hlödwer: Hladgud Schwanweiß und Herwör Alwit; die dritte war Ölrun, die Tochter Kjars von Wälschland. Die nahmen sie mit sich heim zu ihrem Haus. Egil bekam Ölrun, Schlagfider Schwanweiß und Wölund Alwit. Sie wohnten sieben Winter zusammen; dann flogen die Frauen davon, Kämpfe aufzusuchen, und kamen nicht wieder. Da glitt Egil davon, Ölrun zu suchen. Aber Schlagfider suchte Schwanweiß. Aber Wölund saß in den Wolfstälern; er war der geschickteste Mann, von dem die Menschen in alten Sagen wissen, so wie hier erzählt ist.

Mädchen von Süden
durch den Myrkwid flogen,
die schmucke Alwit,
Schicksal zu wirken.
Zu säumen am Seestrand
saßen sie nieder,
des Südens Kinder,
spannen kostbares Linnen.

Eine von ihnen
Egil herzte,
die schöne Maid,
an schneeiger Brust.
Die andre war Schwanweiß,
trug Schwanenfedern;
(sie schlang um Schlagfider
schimmernde Arme).
Doch die dritte,
deren Schwester,
umwand Wölunds
weißen Hals.

So saßen sie
sieben Winter,
aber den achten
immer in Sehnsucht,
aber im neunten
schied sie die Not:
Die Mädchen trieb es
durch den Myrkwid fort,
die schmucke Alwit,
Schicksal zu wirken.

Vom Waidwerk kam
der wetteräugige
Wölund gewandert
gar langen Weg,
Schlagfider und Egil:
Sie fanden öde den Saal,
gingen aus und ein
und schauten sich um.

Ostwärts Egil
nach Ölrun glitt,
doch südwärts Schlagfider
nach der Schwanweißen,
doch Wölund saß einsam
in den Wolfstälern.

Fest schlug er Rotgold
um funkelnd Gestein;
er schloß zur Rundung
die Schlangenringe.
So harrt' er seines
sonnigen Weibes
(der lichten Herwör),
daß sie heimkäme.

Das hörte Nidud,
der Njarenkönig,
daß Wölund einsam
in den Wolfstälern saß.
Nächtlich ritten Mannen,
genagelt die Brünnen;
ihre Schilder blinkten
im Schein des Halbmonds.

Sie stiegen aus den Sätteln
am Saalgiebel,
gingen hinein
durch den ganzen Saal.
Sie sahen die Ringe
gereiht auf dem Bast,
die der Schmied besaß,
die siebenhundert.
Sie streiften sie ab,
sie streiften sie auf,
außer einem,
der abgestreift blieb.

Was den Nordeuropäern die Nornen, waren den Römern die drei Parzen und den Griechen die drei Moiren. Das folgende Märchen aus Nordgriechenland zeigt ihr dreifaches Schicksalswirken: Geburt – Hochzeit und Tod des Märchenhelden hängen an ihrem Spruch – eine Herausforderung, dem Schicksal doch noch eine eigene Wendung abzutrotzen? Was vermag dabei die sprichwörtliche »Schicksalsmacht der Liebe«? Dic drei Farben der Moiren deuten noch einmal auf die drei Stufen im Lebenszyklus.

## Die drei Moiren

Es war da einmal ein Kaiser, der war schon zehn Jahre verheiratet, aber er hatte keinen Erben; die Kaiserin war, als hätte man sie zugenagelt oder mit Pech verklebt, weißderteufel...

Der Kaiser betete immerzu zu Gott, und er ließ auch in seinem ganzen Reiche beten – freilich wer kann heute schon noch beten? – damit ein Erbe geboren werde. Und nach einem weiteren Jahr geschah es wirklich, daß die Kaiserin schwanger wurde – tatsächlich: sie ist schwanger geworden..., und als ihre Zeit um war, hat sie einem Sohn das Leben geschenkt.

Ihr könnt euch vorstellen, wie froh der Kaiser ist, wieder läßt er überall und alle beten, die Priester Loblieder singen und für den Erben danken. Viel trara...

Der Sohn aber, der kleine Bursche, liegt daheim im Palast in der Wiege; und in der dritten Nacht – der Schicksalsnacht! – erscheinen – wie es sein muß – die drei Moiren, die drei Schicksalsfrauen.

Das sind drei Schwestern, die setzen sich an jede Wiege, um das Schicksal zu bestimmen, so auch beim Kaisersohn.

Und die erste Moira, die Weiße, sagt: »Schwestern, ich will ihm ein langes, langes Leben schenken, damit seine Eltern und das Volk große Freude an ihm haben und er später einmal ein großer Kaiser wird.«

Die zweite Moira, die Schwarze, sagt: »Nein, Schwestern, ich bin anderer Ansicht. Wenn wir den Kaisersohn gleich morgen sterben lassen, dann wird ihm viel Leid erspart bleiben, und das Volk mag einen andern Kaiser wählen.«
Da sagte die dritte Moira, die Rote: »Schwestern, mir gefällt weder das eine noch das andere. Der Kaisersohn muß etwas leben – wozu hätte ihm sonst Gott das Leben geschenkt –, aber niemand wird verlangen, daß er hundert Jahre alt werden muß. Also: wenn jede von euch ihm neun Jahre gibt, so will ich ihm auch neun Jahre geben. Und nun wollen wir ihm seinen Schicksalsfaden machen, wenn es euch recht ist.«
Die Schwarze und die Weiße waren nicht gleich dazu bereit, aber sie haben dann doch nachgegeben. Und so einigt man sich und gibt dem Kind den Lebensfaden in die Hand. Dann versanken sie in die Tiefe der Erde, aus der sie herausgekommen waren. –
Der Kaisersohn, das Bürschlein, aber, der zuerst recht schwächlich gewesen war, wurde nach wenigen Tagen stark und gesund, und er wuchs heran zur großen Freude seiner Eltern.
Als der Bursche fast siebenundzwanzig Jahre alt ist, sagt sein Vater, der Kaiser, zu ihm: »Mein Sohn, ich bin alt, sehr alt, und du wirst bald die Herrschaft übernehmen müssen. Aber wenn du gut herrschen willst, so brauchst du eine Frau. Zieh also hin zu unserm Vetter, dem Kaiser jenseits des Meeres, und heirate dessen Tochter, damit ich in meinem hohen Alter noch die Freude habe, mich an Kindern zu erfreuen.«
Der Kaisersohn hat getan, wie es der Alte wollte. Er hat ein Schiff ausrüsten lassen und draufgepackt, was er brauchte, und dann ist er losgesegelt.
Drüben im andern Reich, drüben am andern Ufer ... da hat er sich zum andern Kaiser führen lassen und hat ihm die Geschenke übergeben lassen, die ihm sein Vater eingepackt hatte.
Jener Kaiser nun hatte wirklich eine Tochter, die noch nicht verheiratet war. Und da der Kaiser keinen gekannt

hat, dem er sie hätte geben können, war es ihm recht, und er sagte: »Gut, einverstanden, du kannst sie haben, meine Tochter. Später kannst du auch – wenn's der Herrgott so will – mein Reich erben. Mir ist's recht.«

Und dann feiert man die Hochzeit, und nach neun Tagen tritt der Kaisersohn die Heimfahrt an. Er fährt in dem gleichen Schiff, mit dem er gekommen ist; seine junge Frau aber fährt mit einem andern Schiff, das ihr der Kaiser, ihr Vater geschenkt hat. So war das damals üblich...

Als sie aber unterwegs waren, kam die Zeit, wo unser Kaisersohn siebenundzwanzig Jahre alt wird. Und da, genau in dem Augenblick, kommt plötzlich und aus heiterem Himmel ein Sturm auf, und eine große Welle wirft den Kaisersohn vom Schiff herunter, während sie alle andern verschont. Der Bursche versinkt und ertrinkt...

Jaja, so ist das!...

Als das die Kaisertochter auf dem andern Schiff gesehen hat, hat sie zu weinen angefangen; sie hat geweint und geweint... bis ihr Kleid ganz naß gewesen ist. Und geschrien hat sie: »Ihr grausamen Moiren, ihr schlimmen! Was müßt ihr mir meinen Mann gerade jetzt nehmen, wo das Eheleben erst begonnen hat?«

Da erschien ihr die Weiße und sagte: »Kaiserstochter, bist du bereit, die Hälfte von deinem Leben zu opfern? Dann will ich meine Schwestern schon dazu bringen, damit das Leben deines Mannes anzustückeln.« – »Aber ja«, sagte die Kaiserstochter, »aber ja, tu's nur gleich!«

Da verschwand die Rote ganz plötzlich, und kurz darauf tauchte der Kaisersohn aus den Fluten auf. Man fischt ihn aus dem Wasser, der Sturm ist vorbei... Man kann weitersegeln.

Daheim angekommen ließ man das Liebespaar erst einmal für sich allein...

Und als die zwei Liebenden beisammen sind, sagt der Kaisersohn: »Als ich ins Wasser gestürzt bin, da bin ich tief, ganz tief gesunken. Dort unten bin ich in einen Palast gekommen. Dort sind drei Frauen: eine weiße,

eine schwarze und eine rote. Und die Rote sagt: ›Schwestern, ich höre die Kaiserin weinen; das ist nicht ihr Geschick; wartet, bis ich zurückkomme!‹
Und dann ist sie wieder da... und sie hat ein Stück Faden in der Hand. Den hat sie bei mir angebunden.
Die andern zwei sagen: ›Aber Schwester, was tust du denn da?‹ – Und die Rote: ›Schaut her: der ist von der Kaisertochter. Die beiden werden gemeinsam nicht mehr Lebensjahre haben, als wir ihnen getrennt an der Wiege versprochen haben.‹
Und dann war ich auf einmal oben am Wasser, an der Luft... Man hat mich herausgezogen. Das ist alles.«
Und so ist es auch gewesen. Sie haben viele Kinder gehabt, aber ihre Kindeskinder haben sie nicht mehr erlebt.
Wie alt mögen sie geworden sein? ... Ich weiß es nicht. Ich weiß nur, daß sie am gleichen Tag gestorben sind.
So war ihr Schicksal; so war es ihnen beschieden, weil es der Herrgott so zugelassen hat.

Auch »Die Schwester des Muntifiuri« steht unter einem machtvollen Schicksalsspruch, dem »Fluch der Hexe«, der sich notwendig erfüllen muß. Die Wasserfrauen, die sie zu sich in die Lehre holen, treten in doppelter Dreizahl auf, sie nehmen das Mädchen in ihre Mitte.

## Von der Schwester des Muntifiuri

Es waren einmal ein Bruder und eine Schwester, die hatten weder Vater noch Mutter und lebten allein miteinander und hatten sich von Herzen lieb. Der Bruder war ein schöner Jüngling und hieß Muntifiuri, die Schwester aber war schöner als die Sonne.

Nun begab es sich, daß eines Tages der König einen neuen Kammerdiener suchte, da erzählte man ihm von Muntifiuri, der ein so schöner Jüngling sei; also schickte er ihm eine Botschaft, er solle an den Hof kommen, der König wolle ihn zu seinem Kammerdiener machen. Ehe Muntifiuri nun verreiste, ließ er ein Bild von seiner Schwester machen und nahm es mit sich. Der König gewann seinen Diener bald sehr lieb, hielt ihn gut und wollte ihn immer um sich haben. Wenn aber Muntifiuri nichts zu tun hatte, ging er oft in seine Kammer, betrachtete das Bild seiner Schwester und weinte. Die anderen Diener waren neidisch auf die Gunst, die der König dem Muntifiuri zeigte, und dachten, wie sie ihn verderben könnten. Darum gingen sie zum König und sprachen:
»Muntifiuri sitzt immer in seiner Kammer, und kein Mensch weiß, was er darinnen tut, denn er läßt niemals jemanden hinein.«
Der König wurde neugierig, schlich sich zur Kammer seines Dieners und schaute durch das Schlüsselloch. Da sah er, daß Muntifiuri immer ein Bild anschaute und dazu weinte. Als nun Muntifiuri aus seiner Kammer heraustrat, fragte ihn der König:
»Wer ist auf dem Bild, das du immer anschaust? Zeige es mir einmal.« Er wollte es aber nicht zeigen, denn seine Schwester war sehr schön. Da drohte ihm der König:
»Wenn du mir nicht sogleich das Bild zeigst, so lasse ich dir den Kopf abhauen«, und so mußte denn Muntifiuri das Bild herbeiholen. Als der König nun das Bild gesehen hatte, fragte er: »Wer ist das?«
»Königliche Majestät, das ist meine Schwester«, antwortete Muntifiuri.
»Ist sie wirklich so schön?« fragte der König.
»Noch tausendmal schöner«, sprach Muntifiuri.
»Wenn sie wirklich noch tausendmal schöner ist«, rief der König, »so laß sie herkommen; denn ich will sie zu meiner Gemahlin machen.«
Da machte sich Muntifiuri auf, kam zu seiner Schwester und sprach:
»Denke dir, liebe Schwester, der König will dich zu

seiner Gemahlin erheben. Nun ist dein Glück gemacht.«
»Ach«, antwortete sie, »wie kann ich denn zum König kommen? Ich darf nicht über das Meer, denn als ich noch ein kleines Kind war, verwünschte mich eine böse Zauberin und sprach: ›Möge dich die Sirene des Meeres holen.‹«
Da ließ der Bruder ein großes Schiff bauen, das war von allen Seiten geschlossen, und sprach:
»Siehe, liebe Schwester, in diesem Schiff kannst du sicher fahren, denn es hat kein Fenster und keine Öffnung, also kann auch die Sirene nicht hereinkommen und dich holen.«
Neben den Geschwistern nun wohnte eine böse Frau, die sah mit neidischen Augen das Glück, das die schöne Schwester des Muntifiuri getroffen hatte. Sie hatte auch eine Tochter, die war aber häßlicher als die Schulden. Da ging sie zu Muntifiuri und sprach:
»Wir sind doch immer gute Freunde gewesen, Muntifiuri. So tu mir nur den Gefallen und laß meine Tochter deine Schwester begleiten. Sie kann ja bei ihr im Dienst bleiben.«
Muntifiuri war damit zufrieden, schiffte seine Schwester und ihre häßliche Begleiterin ein und ließ dann auch von oben das Schiff schließen, damit seine Schwester sicher zum König käme. Die böse Nachbarin aber hatte ihrer Tochter einen Bohrer gegeben und gesagt:
»Wenn ihr euch auf dem Meere befindet, so bohre ein Loch in die Wand des Schiffes, damit die Sirene des Meeres komme und die zukünftige Königin hole, so wirst du Königin werden.«
Das tat das häßliche Mädchen, bohrte ein Loch in die Wand des Schiffes und alsbald kam die Sirene und nahm die schöne Schwester des Muntifiuri mit. Die Tochter der Nachbarin aber legte die Kleider der Schönen an. Da nun das Schiff im Hafen einfuhr, ließ Muntifiuri das Verdeck auseinanderschlagen, um seine Schwester herauszuholen; er fand aber nur die häßliche Tochter der Nachbarin, die in den schönen Kleidern noch viel häßlicher aussah.

Da ging Muntifiuri zum König, fiel ihm zu Füßen und sprach:
»Königliche Majestät, unterwegs ist meine Schwester ins Wasser gefallen und gestorben, und ich habe nur die Tochter meiner Nachbarin mitgebracht.«
Da war der König sehr betrübt und sprach:
»Wenn denn deine Schwester gestorben ist, so will ich die Tochter deiner Nachbarin heiraten.« Also wurde die Tochter der Nachbarin hereingeführt und als der König sie sah, entsetzte er sich vor ihrem häßlichen Gesicht. Weil er aber versprochen hatte, sie zu heiraten, wollte er sein königliches Wort nicht brechen, sondern feierte eine glänzende Hochzeit und heiratete das häßliche Mädchen. Die junge Königin aber sann nur darüber nach, wie sie den Muntifiuri töten könne, den der König so lieb hatte. Da kam sie zu ihrem Gemahl und sprach:
»Muntifiuri rühmt sich großer Dinge; er hat sich unterfangen, in einer Nacht einen wunderschönen Brunnen auf dem großen Platz vor dem Schloß zu errichten, mit springendem Wasser und schön gearbeitet.«
Da ließ der König seinen treuen Diener kommen und sprach: »Muntifiuri, du hast dich gerühmt, in einer Nacht auf dem Platz vor dem Schloß einen schönen Brunnen zu errichten, mit springendem Wasser und schön gearbeitet. So führe das nun aus, sonst jage ich dich aus meinem Dienst.«
Da war Muntifiuri sehr betrübt und ging an den Meeresstrand, weinte bitterlich und klagte:
»O Schwester, meine Schwester, wie schlimm ergeht es mir!« Auf einmal erhob sich eine schöne Gestalt aus den Wellen, das war seine Schwester, die war noch viel schöner als bisher und hatte drei schöne Mädchen zu ihrer Rechten und drei zu ihrer Linken, sie war aber doch die Schönste. An dem Fuß aber trug sie eine goldene Kette, an der hielt die Sirene sie fest, daß sie nicht entfliehen konnte.
»Was weinst du so bitterlich, mein lieber Bruder?« fragte sie. Da klagte er ihr sein Leid, sie aber sprach: »Gehe nur ruhig nach Hause und schlafe; morgen früh soll der

Brunnen fertig sein.« Da ging Muntifiuri getröstet nach Haus, und in der Nacht kam seine Schwester mit ihren sechs Mädchen und im Augenblick war ein wunderschöner Brunnen fertig, mit springendem Wasser und schön gearbeitet. Sie trug am Fuße aber immer die goldene Kette, an der zog sie die Sirene immer wieder ins Meer hinunter. Als der König nun am Morgen erwachte und den schönen Brunnen erblickte, war er hocherfreut und lobte seinen treuen Diener. Die junge Königin aber dachte wieder, wie sie dem Muntifiuri schaden könne, und sprach zum König:

»Muntifiuri rühmt sich ja großer Kunst; er hat sich unterfangen, in einer Nacht um den Brunnen herum einen wunderschönen Garten zu pflanzen, in dem alle Bäume und alle Blumen der ganzen Erde zu sehen wären.« Da ließ der König wieder seinen treuen Diener rufen und befahl ihm, in einer Nacht um den Brunnen herum einen Garten anzulegen, in dem alle Bäume und alle Blumen der Erde zu sehen seien, sonst werde er ihn ins Gefängnis werfen lassen. Muntifiuri ging aber wieder an den Meeresstrand, weinte und rief seine Schwester. Da erschien sie über dem Wasser und fragte, was er wolle. Als er ihr sein Leid geklagt hatte, antwortete sie:

»Gehe nur ruhig nach Haus und schlafe, morgen früh soll der Garten fertig sein.« In der Nacht aber kam sie mit ihren sechs Mädchen und errichtete einen Garten, der war so schön, wie der König keinen schöneren hatte, und darin waren alle Bäume und alle Blumen der Erde zu sehen.

Als nun am anderen Morgen der König erwachte, staunte er über den schönen Garten und erfreute sich daran. Die junge Königin aber sprach wieder zu ihm:

»Muntifiuri läßt nicht nach, sich seiner Kunst zu rühmen, und prahlte damit, in einer Nacht in dem Garten alle Vögel, die es auf Erden gibt, zu versammeln.«

Da befahl der König dem armen Muntifiuri, in einer Nacht alle Vögel, die es auf Erden gibt, in dem Garten zu versammeln, sonst ließe er ihm den Kopf abschneiden.

Muntifiuri ging wieder zum Meeresstrand, rief seine Schwester und klagte ihr sein Leid.
»Gehe nur nach Hause und schlafe«, sprach sie, »morgen soll der König zufrieden sein.« Da kam sie in der Nacht mit ihren sechs Mädchen und alsbald bevölkerten sich die Bäume mit allen Vogelarten, die es auf Erden gibt, die sangen so lieblich, daß man nichts Schöneres hören konnte.
Die junge Königin aber ergrimmte, daß Muntifiuri immer alles ausführte und sie ihm nichts anhaben konnte. Da nahm sie zwölf Enten, rief den Muntifiuri und sprach:
»Jeden Morgen mußt du die Enten über Land führen und wenn dir abends eine fehlt, so kostet es deinen Kopf.«
Muntifiuri nahm die zwölf Enten, trieb sie an den Meeresstrand und rief wieder seine Schwester. Da erhob sie sich über den Wellen und fragte ihn, was er wolle.
»Ich soll diese zwölf Enten auf die Weide führen«, sprach er, »gib du ihnen zu fressen, so brauche ich nicht so weit zu laufen.« Da schüttelte sie ihre schönen Flechten, daß Perlen und Goldkörner herausfielen, und die Enten pickten sie begierig auf. Als es nun Abend war und Muntifiuri die Enten nach Hause trieb, fingen sie an zu singen:

»O Koch, o Koch, wir kommen vom Meer,
Perlen die Fülle tragen wir her,
Schön ist die Sonne mit hellem Schein,
Doch schöner muß Muntifiuris Schwester wohl sein.«

(Coccu, coccu, du mari vinemu,
Chini di perni nui semu,
E la soru di Muntifiuri
E cchiù bedda di lu suli.)

Als die Königin das hörte, erschrak sie und sperrte schnell die Enten ein, damit niemand ihr Lied hören sollte. Am nächsten Morgen nahm sie eine Ente und tötete sie und gab dem Muntifiuri nur elf Enten mit. Weil er aber seinen traurigen Gedanken nachhing, vergaß er, die Enten zu zählen, und ging geradewegs zum Meeresstrand und rief seine Schwester; die schüttelte wieder ihre schönen Flechten, daß Perlen und Goldkörner herausfielen und die Enten sich satt fraßen. Als Muntifiuri sie nach Hause trieb, fingen sie wieder an zu singen:

»O Koch, o Koch, wir kommen vom Meer,
Perlen die Fülle tragen wir her,
Schön ist die Sonne mit hellem Schein,
Doch schöner muß Muntifiuris Schwester wohl sein.«

Da kam die Königin eilends heruntergelaufen und sperrte die Enten ein und als sie sie zählte, waren es nur elf. Da eilte sie zum König und sprach:
»Muntifiuri hat mir eine meiner Enten verloren, dafür muß ihm der Kopf abgehauen werden.«
Der König aber mußte ihr den Willen tun, ließ seinen treuen Diener rufen und sprach:
»Muntifiuri, du hast der Königin eine Ente verloren, dafür mußt du sterben.«
»Wohl«, antwortete Muntifiuri, »gewähret mir nur die eine Bitte und laßt mich noch ein einzigesmal an den Meeresstrand gehen.« Der König gewährte ihm die Bitte und Muntifiuri ging an den Meeresstrand, rief die Schwester und klagte ihr sein Leid.
»Du armer Bruder«, antwortete sie, »nun kann ich dir nicht mehr helfen. Laß dich aber in dem Garten bei dem schönen Brunnen begraben, so will ich drei Nächte hindurch kommen und dir die Totengesänge singen; das ist das einzige, was ich für dich tun kann.«
Da kam Muntifiuri zum König und sprach:
»Wenn man mir den Kopf abgehauen hat, so lasset mich in drei Särge tun, einen bleiernen, einen silbernen und einen goldenen und lasset mich im Garten bei dem schönen Brunnen begraben, den ich Euch errichtet habe.«
Das versprach der König, und als der Scharfrichter dem armen Muntifiuri den Kopf abgehauen hatte, ließ er ihn

in drei Särge legen, wie er gewünscht hatte, und ließ ihn im Garten bei dem Brunnen begraben.

In der Nacht aber kam seine Schwester mit ihren sechs Mädchen und setzte sich auf das Grab und sang die Totengesänge, und es klang so lieblich, daß die Gärtner des Königs sich gar nicht satt hören konnten. Aber als die Sirene an der goldenen Kette zog, mußte das schöne Mädchen ins Meer zurück.

In der nächsten Nacht ging es ebenso, da erzählten es die Gärtner dem Könige und sprachen:

»Königliche Majestät, in diesen zwei letzten Nächten sind im Garten sieben Mädchen erschienen, die sind alle sehr schön; die mittelste aber ist schöner als die Sonne und trägt eine goldene Kette am Fuß, die setzt sich auf das Grab Eures Dieners Muntifiuri und singt so schön, daß man nichts Schöneres hören kann. Nach einer Weile aber zieht jemand an der Kette, wir wissen nicht wer, und die schöne Gestalt verschwindet.« Da war der König neugierig und sprach:

»Diese Nacht will ich mit euch wachen.«

Als es nun Abend war, versteckte sich der König im Garten, und bald erschien die Schwester des Muntifiuri zum letztenmal, setzte sich auf das Grab und sang noch viel schöner als die beiden ersten Nächte. Da sprang der König hinzu und zerschlug mit seinem Schwerte die goldene Kette und sprach:

»Wer bist du, schönes Mädchen?«

Da antwortete sie:

»Ich bin die Schwester des armen Muntifiuri und bin nicht im Meer ertrunken, sondern die böse Tochter der Nachbarin, die nun Eure Frau ist, hatte ein Loch in die Wand des Schiffes gebohrt, daß die Sirene des Meeres kam und mich in den Grund des Meeres holte und mich mit einer goldenen Kette gefesselt hielt. Ihr aber habt mich erlöst, indem Ihr die goldene Kette durchgeschlagen habt.«

»Wenn dem so ist«, rief der König, »so sollst du meine Gemahlin sein.«

Da ließ er der falschen Königin den Kopf abhauen und

ließ sie in lauter Stücke schneiden und in einem Faß einsalzen. Zuunterst ließ er ihre Hand legen, an der sie einen Ring trug, den hatte sie von ihrer Mutter bekommen. Das Faß aber schickte er der bösen Nachbarin und ließ ihr sagen:
»Eure Tochter, die Königin, schickt Euch diesen schönen Thunfisch, daß Ihr ihn ihr zu Liebe essen möget.«
Da war die Mutter sehr erfreut und öffnete sogleich das Faß und fing an ein Stück zu essen. Als sie aber einmal angefangen hatte, mußte sie immer weiteressen, bis sie auf den Grund des Fasses kam. Nun hatte sie eine Katze und einen Hund, die sprangen immerfort an ihr hinauf und baten:
»Gib uns ein Stückchen mit, so helfen wir dir auch nachher weinen.« Sie aber jagte sie fort und wollte ihnen nichts mitgeben. Als sie nun auf den Grund des Fasses kam und die Hand mit dem Ringe fand, da erkannte sie, daß sie ihre eigene Tochter gegessen hatte, und in ihrem Schmerze rannte sie mit dem Kopf gegen die Mauer, so daß sie starb. Der Hund und die Katze aber tanzten im ganzen Haus herum und sangen: »Du hast uns nichts mitgegeben, so helfen wir dir auch nicht weinen.«
Der König aber ließ eine glänzende Hochzeit feiern und heiratete die schöne Schwester des Muntifiuri; und sie lebten glücklich und zufrieden, wir aber sind leer ausgegangen.

Indem die Sirenen das Mädchen buchstäblich aufnehmen »in ihre Mitte«, weisen sie es ein in ihr Wissen. Dafür stehen die drei Aufgaben, die sie mit Hilfe ihrer Wasserschwestern löst: Brunnen bauen, Garten gestalten, Vögel ansiedeln. Drei Elemente – Wasser, Erde, Luft – sind dabei zu »ordnen« entsprechend den drei psychischen Bereichen des Fühlens, Wollens und Denkens. Als diese

Entwicklung abgeschlossen ist, kann die Ablösung des Bruders durch den künftigen Gemahl erfolgen.

Die folgende Sylter Volkssage von den drei Hexen erinnert an die griechischen Lamies, die in dem Ruf standen, kleine Kinder zu ersticken und den Tieren das Blut auszusaugen. Als Wasserdämonen verursachten sie Wirbelstürme und brachten Schiffe zum Kentern. Das Motiv vom jungen Bootsmaat, der ihr Geheimnis belauscht und dadurch den Gegenzauber kennt, ist auch im Baskenland (»Die drei Wellen«) und bei den Iren (»Mit dem Messer gegen die Welle«) verbreitet. Im baskischen Märchen heißt es, die erste Welle sei aus Milch, die zweite aus Tränen, die dritte aber aus Blut.

## Hexen als Wellen

Auf der Insel Sylt waren einmal drei lustige Gesellen, schmuckes Seevolk, das den Sommer über zu Schiffe ging, das leicht Erworbene noch leichter durchbrachte und sich dann auf die faule Bärenhaut legte. Einst lagen sie auch darauf, da sagte einer, es sei dies ein gar zu langweiliges Leben, sie wollten heiraten, er habe ihnen schon etwas ausgesucht.

Seine Wahl war aber auf drei Schwestern gefallen, die auf einem weitläufigen Gehöft wohnten, aber grundhäßlich waren, dafür jedoch sehr viel Geld hatten. Eigentlich waren es drei ausgemachte Hexen, und obgleich ihnen die Insulaner gleich so weit aus dem Wege gingen, als die Insel breit war, so fingen sie doch mit jedem Streit an und spielten ihm allen möglichen Schabernack an Haus und Vieh. Absonderlich ließen sie ihre Wut an einem schmucken Knaben aus, der hieß Nark und war von ihnen an Kindesstatt angenommen, das heißt, sie quälten ihn von früh morgens bis spät abends, ließen ihn hungern und machten ihm das Haus zur Hölle. Er hatte schon oft davonlaufen wollen, weil aber die alten Hexen es ihm

angetan hatten, so konnte er nicht ohne ihre Bewilligung vom Hofe herunter. Zu diesen drei Schwestern begaben sich die drei Matrosen, und es dauerte nicht lange, so waren sie Mann und Frau. Als sie aus der Kirche kamen, sagten sie: »Wir sind nun den Hexen verfallen, aber den armen Jungen, den Nark, wollen wir von seiner Qual befreien!« Sie baten also ihre Frauen, sie möchten ihnen den Nark zum Schiffsjungen geben, und diese sagten ja! Und als der Junge frei und leicht vom Hofe nach dem Strand lief, rief er: »Das will ich Euch niemals vergessen!«
Die Matrosen ließen nun aber ihre Weiber bald links liegen, sie kümmerten sich nicht so viel um sie, sondern bauten sich ein stattliches Schiff und fuhren damit nach fremden Ländern, wo sie sich natürlich mit anderen Frauenzimmern belustigten.
Freilich blieb dies ihren eigenen Weibern nicht verborgen, als diese aber sichere Beweise von der Untreue ihrer Männer hatten, da wurden sie ganz und gar zu Hexen und schwuren, die Bösewichter eines jämmerlichen Todes sterben lassen zu wollen. Sie hielten auch sogleich einen Rat, wie sie dies am besten bewerkstelligen konnten. Allein ein Lauscher war in der Nähe geblieben, Nark hatte sich ganz nahe bei ihnen versteckt, und als sie auseinander gingen, kroch er aus seinem Versteck heraus und lief spornstreiks nach Niblum, wo sein alter Oheim wohnte, der früher als Dragoner gedient hatte, und jetzt als Invalide seinen Gnadentaler verzehrte. Das war aber ein Prahlhans ersten Ranges, und als Nark ihn fragte, ob er im Kriege viele Menschen umgebracht habe, versicherte er, dieselben wären nicht zu zählen. Erst als sein Neffe sagte, er brauche einen Degen, der nie Blut gesehen, für denselben wolle er monatlich einen Taler Leihgeld zahlen, gestand er die Wahrheit und gab zu, daß der seine allerdings diese Eigenschaft besitze. Nark nahm nun den Degen und ging damit nach dem Schiffe, was eben absegeln wollte, und wo ihm wegen seines langen Ausbleibens eben nicht der freundlichste Empfang zuteil ward. Er ließ sich aber nicht beirren, und die drei See-

leute hatten auch keine Zeit, sich mit ihm lange zu beschäftigen, denn sie sahen ihre drei Weiber im Sturmschritt daherkommen und ihre Arme drohend nach ihnen ausstrecken.

Sie machten also, daß sie vom Anker fort und nach Hamburg kamen. Hier lebten sie in Saus und Braus, bis der letzte Schilling vertrunken war, dann stachen sie wieder in die See, allein es war finstere Nacht, als sie sich der Insel Sylt näherten. Dazu war es ein Wetter geworden, als ob Himmel und Erde untergehen sollten, und jedermann auf dem Schiffe dachte, dies wäre ihr Letztes, nur der Schiffsjunge Nark hatte sich fest an die Ankerspille geklammert und schaute, den gezogenen Degen seines Oheims in der Hand haltend, ruhig in die aufgeregte See hinaus.

Da stieg eine Welle mit schneeweißem Schaume bedeckt aus der Tiefe empor und lief gerade auf das Schiff zu. »Wir sind verloren«, schrieen die Matrosen, allein Nark stieß danach mit seinem Degen, und sogleich fiel die Welle in sich zusammen. Auch schien es, als wenn es weniger stürme als vorher. Gleich darauf rollte eine zweite heran, noch höher und schäumender als die erste, die Matrosen erhoben wieder ein Zetergeschrei, allein Nark stach wieder danach, sie verschwand, und es ward noch ruhiger als vorher. Laut jubelten die Matrosen, aber siehe, eine dritte Welle, noch gefährlicher und tobender als die beiden ersten, hob sich aus der Tiefe, und die erschrockenen Kerle fielen auf ihre Kniee. Nark aber machte sich nichts daraus, er stieß mit seinem Degen lachend nach der Welle, und im Nu war auch diese verschwunden, der Sturm war ganz und gar beschwichtigt, es war heller Tag und die See lag da wie ein klarer Spiegel.

Als nun aber die Matrosen nicht begriffen, was dies zu bedeuten habe, da sagte ihnen der Schiffsjunge, er habe die Hexen behorcht und gehört, daß sie sie bei ihrer Rückkehr zu ersäufen gedächten, nachdem sie sich in Wellen verwandelt hätten. Niemand könne ihnen etwas anhaben außer mit einem Degen, der niemals Blut gesehen. Da sei er zu seinem Onkel gelaufen und habe sich für einen Taler dessen Degen geborgt und mit diesem auch die drei Weiber umgebracht, ihr Blut schwimme dort auf dem Wasser.

Die Matrosen wollten's nicht glauben, als sie aber nach Hause kamen, fand jeder sein Weib tot im Bette.

# Kapitel 6
# Die Rettende und Richtende

Kummer und Not rufen die Wasser(Schicksals-)frauen auf den Plan. Der jungen Magd, die sich sorgt, weil sie weder Bräutigam noch Mitgift besitzt, zeigt sie sich als Weiße Frau an der Quelle; vor dem armen Fischer, der nicht mehr weiß, wie er seine Familie ernähren soll, taucht sie auf aus dem See; dem Brahmanen, der in Vorbereitung auf seinen Tod in die Fluten der Gaṅgā steigt, erscheint die Flußgöttin in überirdischem Glanz.
In Not und Verzweiflung horcht der Mensch auf die innere Stimme, ist bereit für Traum und Vision. Doch – je näher die Magd der Quelle kommt, desto bänger wird ihr ums Herz: Immer ist da auch die Angst, sich auf übernatürliches Geschehen einzulassen. Da beginnt die Wasserfrau zu reden. Sie spricht als Vertraute, die eine, die den Menschen von jeher kennt. Sie nennt den Kummer beim Namen, sie versteht. Die Hilfe, die sie der Frau anzubieten hat, ist von ganz anderer Art als der Handel, den sie dem Mann vorschlägt.

## Die zwölf Töchter

Es war einmal ein armer Kätner, der zwölf Töchter hatte, unter ihnen zwei Paar Zwillinge. Die hübschen Mädchen waren alle gesund und frisch und von zierlichem Wesen. Da die Eltern es so knapp hatten, mochte es manchem unbegreiflich sein, wie sie den vielen Kindern Nahrung und Kleidung schaffen konnten; die Kinder waren täglich gewaschen und gekämmt und trugen immer reine Hemden, wie deutsche Kinder. Einige meinten, der Kätner habe einen heimlichen Schatzträger, andere hielten ihn für einen Hexenmeister, wieder andere für einen Windzauberer, der im Wirbelwinde einen verborgenen Schatz zusammenzuraffen wußte. In Wahrheit aber verhielt sich die Sache ganz anders. Die Frau des Kätners hatte eine heimliche Segenspenderin, welche die Kinder nährte, säuberte und kämmte.
Als sie nämlich noch als Mädchen auf einem fremden

Bauernhofe diente, sah sie drei Nächte hintereinander im Traume eine stattliche Frau, welche zu ihr trat und ihr befahl, in der Johannisnacht* zur Quelle des Dorfes zu gehen. Sie hätte nun wohl auf diesen Traum nicht weiter geachtet, wenn nicht am Johannisabend ein Stimmchen ihr immerwährend wie eine Mücke ins Ohr gesummt hätte: »Geh zur Quelle, geh zur Quelle, wo deines Glückes Wasseradern rieseln!«

Obgleich sie den heimlichen Ratschlag nicht ohne Schrecken vernahm, faßte sie sich doch endlich ein Herz, verließ die andern Mädchen, die bei der Fiedel um das Feuer herum lärmten und schritt auf die Quelle zu. Aber je näher sie kam, desto bänger wurde ihr ums Herz; sie wäre umgekehrt, wenn ihr das Mückenstimmchen Ruhe gelassen hätte; unwillkürlich ging sie weiter. Als sie hinkam, sah sie eine Frau in weißen Kleidern, die auf einem Steine an der Quelle saß.

Als die Frau des Mädchens Furcht gewahrte, ging sie ihm einige Schritte entgegen, bot ihm die Hand zum Gruß und sagte: »Fürchte dich nicht, liebes Kind, ich tue dir ja nichts zu Leide! Merke auf und behalte genau, was ich dir sage. Auf den Herbst wird man um dich freien; der Mann ist so arm wie du, aber mach' dir deshalb keine Sorge, sondern nimm seinen Branntwein an. Da ihr beide gut seid, will ich euch Glück bringen und euch forthelfen; aber lasset darum Sorgsamkeit und Arbeit nicht dahinten, sonst kann kein Glück Dauer haben. Nimm dieses Säckchen und stecke es in die Tasche, es sind nur einige Steinchen darin. Nachdem du das erste Kind zur Welt gebracht hast, wirf ein Steinchen in den Brunnen, damit ich komme, dich zu sehen. Wenn das Kind zur Taufe geführt wird, will ich zu Gevatter stehen. Von unserer nächtlichen Zusammenkunft laß gegen niemanden etwas verlauten – für dieses Mal sage ich dir Lebe wohl!«

Mit diesen Worten war die wunderbare Fremde dem Mädchen entschwunden, als wäre sie unter die Erde gesunken. Vielleicht hätte das Mädchen auch diesen Vor-

* Die Nacht vom 23. zum 24. Juni ist »Hexen-Sabbat«

fall für einen Traum gehalten, wenn nicht das Säckchen in ihrer Hand das Gegenteil bezeugt hätte; sie fand darin zwölf Steinchen.

Die Prophezeiung traf ein, das Mädchen wurde im Herbst verheiratet, und der Mann war ein armer Knecht. Im folgenden Jahre brachte die junge Frau die erste Tochter zur Welt, besann sich auf das, was ihr in der Johannisnacht begegnet war, stand heimlich aus dem Bette auf, ging an den Brunnen und warf ein Steinchen hinein. Plumps fiel es ins Wasser! Sofort stand die freundliche Frau weiß gekleidet vor ihr und sagte: »Ich danke dir, daß du mich nicht vergessen hast.

Sonntag über vierzehn Tage laß das Kind zur Taufe bringen, dann komme ich auch in die Kirche und will beim Kinde Gevatter stehen.«

Als an dem bezeichnten Tage das Kind in die Kirche gebracht wurde, trat eine fremde Dame hinzu, nahm es auf den Schoß und ließ es taufen. Als dies geschehen war, band sie einen silbernen Rubel in die Windel des Kindes und sandte es der Mutter zurück. Ganz ebenso geschah es später bei jeder neuen Taufe, bis das Dutzend voll war. Bei der Geburt des letzten Kindes hatte die Frau zur Mutter gesagt: »Von heute an wird dein Auge mich nicht mehr schauen, obwohl ich ungesehen täglich um dich und deine Kinder sein werde. Das Wasser des Brunnens wird den Kindern mehr Gedeihen bringen als die beste Kost. Wenn die Zeit herankommt, daß deine Töchter heiraten, so mußt du einer jeden den Rubel mitgeben, den ich zum Patengeschenk brachte. Solange sie ledig sind, sollen sie keinen größeren Staat machen, als daß sie alltags und sonntags saubere Hemden und Tücher tragen.«

Die Kinder wuchsen und gediehen, daß es eine Lust war anzusehen; Brot gab es im Hause zur Genüge, auch zuweilen dünne Zukost, doch am meisten wurden Eltern und Kinder offenbar durch das Brunnenwasser gestärkt. Die älteste Tochter wurde dann an einen wohlhabenden Wirtssohn verheiratet. Wiewohl sie ihm außer der notdürftigsten Kleidung nichts zubrachte, so wurde doch ein

Brautkasten gemacht und Kleider und Paten-Rubel hineingelegt. Als die Männer den Kasten auf den Wagen hoben, fanden sie ihn so schwer, daß sie glaubten, es seien Steine darin, denn der arme Kätner hatte doch seiner Tochter sonst nichts Wertvolles mitzugeben. Weit mehr aber war die junge Frau erstaunt, als sie im Hause des Bräutigams den Kasten öffnete, und ihn mit Stücken Leinwand angefüllt und auf dem Grunde einen ledernen Beutel mit hundert Silberrubeln fand. Dasselbe wiederholte sich nachher bei jeder neuen Verheiratung; und die Töchter wurden bald alle weggeholt, als es bekannt geworden war, welch' einen Brautschatz eine jede mitbekam.

Einer der Schwiegersöhne war aber sehr habsüchtig und mochte sich mit der Mitgift seiner Frau nicht zufriedengeben. Er dachte nämlich: die Eltern müssen wohl selbst noch vielen Reichtum besitzen, wenn sie schon jeder Tochter so viel mitgeben konnten. Er ging daher eines Tages zu seinem Schwiegervater und suchte ihm den Schatz abzuzwacken. Der Kätner sagte ganz der Wahrheit gemäß: »Ich habe nichts hinter Leib und Seele, und auch meinen Töchtern konnte ich nichts weiter mitgeben als den Kasten. Was jede in ihrem Kasten gefunden hat, das rührt nicht von mir her, sondern war die Patengabe der Taufmutter, welche jedem Kinde an seinem Tauftage einen Rubel schenkte. Diese Liebesgabe hat sich im Kasten vervielfältigt.«

Der habsüchtige Schwiegersohn glaubte indessen den Worten des Schwiegervaters nicht, sondern drohte vor Gericht die Anklage zu erheben, daß der Alte ein Hexenmeister und ein Windbeschwörer sei, der mit Hilfe des Bösen einen großen Schatz zusammengebracht habe. Da der Kätner ein reines Gewissen hatte, so flößte ihm die Drohung seines Schwiegersohnes keine Furcht ein. Dieser aber klagte wirklich. Das Gericht ließ darauf die andern Schwiegersöhne des Kätners vorfordern und befragte sie, ob jeder von ihnen dieselbe Mitgift erhalten habe. Die Männer sagten aus, daß jeder einen Kasten voll Leinwand und hundert Silberrubel erhalten habe. Das erregte große Verwunderung, denn die ganze Nachbarschaft wußte recht gut, daß der Kätner arm war und keinen andern Schatz hatte als zwölf hübsche Töchter. Daß diese Töchter von klein auf stets reine weiße Hemden getragen hatten, wußten die Leute wohl, aber niemand hatte sonst einen Prunk an ihnen bemerkt, weder Brustspangen noch bunte Halstücher. Die Richter beschlossen jetzt, die wunderliche Sache näher zu untersuchen, um herauszubringen, ob der Alte wirklich ein Hexenmeister sei.

Eines Tages verließen die Richter, von einer Häscherschar begleitet, die Stadt. Sie wollten das Haus des Kätners mit Wachen umstellen, damit niemand heraus und kein Schatz auf die Seite gebracht werden könne. Der habsüchtige Schwiegersohn machte den Führer. Als sie an den Wald gekommen waren, in welchem die Hütte des Kätners stand, wurden von allen Seiten Wachen aufgestellt, die keinen Menschen durchlassen sollten, bis die Sache aufgeklärt sei. Man ließ hier die Pferde zurück und schlug den Fußsteig zur Hütte ein. Der Schwiegersohn mahnte zu leisem Auftreten und zum Schweigen, damit der Hexenmeister nicht aufmerksam werde und sich auf Windesflügeln davon mache. Schon waren sie nahe bei der Hütte, als plötzlich ein wunderbarer Glanz sie blendete, der durch die Bäume drang. Als sie weitergingen, wurde ein großes schönes Haus sichtbar; es war ganz von Glas und viele hundert Kerzen brannten darin, obgleich die Sonne schien und Helligkeit genug gab. Vor der Tür standen zwei Krieger Wache, die ganz in Erz gehüllt waren und lange bloße Schwerter in der Hand hielten. Die Gerichtsherrn wußten nicht, was sie denken sollten, alles schien ihnen mehr Traum als Wirklichkeit zu sein. Da öffnete sich die Tür: ein schmucker Jüngling in seidenen Kleidern trat heraus und sagte: »Unsere Königin hat befohlen, daß der oberste Gerichtsherr vor ihr erscheine.« Obgleich dieser einige Furcht empfand, folgte er doch dem Jüngling ins Haus.

Wer beschriebe die Pracht und Herrlichkeit, die sich vor seinen Augen auftat! In der prächtigen Halle, welche die

Größe einer Kirche hatte, saß auf einem Throne eine mit Seide, Sammet und Gold geschmückte Frau. Einige Fuß tiefer saßen auf kleineren goldenen Sesseln zwölf schöne Fräulein, ebenso prächtig geschmückt wie die Königin, nur daß sie keine goldene Krone trugen. Zu beiden Seiten standen zahlreiche Diener, alle in hellen seidenen Kleidern, mit goldenen Ketten um den Hals. Als der oberste Gerichtsherr unter Verbeugungen nähertrat, fragte die Königin: »Weshalb seid ihr heute mit einer Schar von Häschern gekommen, als hättet ihr Übeltäter einzufangen?« Der Gerichtsherr wollte antworten, aber der Schrecken band ihm die Zunge, so daß er kein Wörtchen vorbringen konnte. »Ich kenne die boshafte und lügnerische Anklage«, fuhr die Frau fort, »denn meinen Augen bleibt nichts verborgen. Lasset den falschen Kläger hereinkommen, aber legt ihm zuvor Hände und Füße in Ketten, dann will ich ihm Recht sprechen. Auch die übrigen Richter und die Diener sollen eintreten, damit die Sache offenkundig wird und sie bezeugen können, daß hier niemandem Unrecht geschieht.« Einer ihrer Diener eilte hinaus, um den Befehl zu vollziehen. Nach einiger Zeit wurde der Kläger vorgeführt, an Händen und Füßen gefesselt und von sechs Geharnischten bewacht. Die anderen Gerichtsherren und deren Diener folgten. Dann begann die Königin also:

»Bevor ich über das Unrecht die verdiente Strafe verhänge, muß ich euch kurz erklären, wie die Sache zusammenhängt. Ich bin die oberste Wasserbeherrscherin, alle Wasseradern, welche aus der Erde quillen, stehen unter meiner Botmäßigkeit. Des Windkönigs ältester Sohn war mein Liebster, aber da sein Vater ihm nicht erlaubte, eine Frau zu nehmen, so mußten wir unsere Ehe geheimhalten, solange der Vater lebte. Da ich nun meine Kinder nicht zu Hause erziehen konnte, so vertauschte ich jedesmal, wenn des Kätners Frau niederkam, sein Kind gegen das meinige. Des Kätners Kinder aber wuchsen als Pfleglinge auf dem Hofe meiner Tante auf. Kam die Zeit, daß eine von den Töchtern des Kätners heiraten wollte, so wurde ein abermaliger Tausch vorgenommen. Jedesmal

ließ ich die Nacht vor der Hochzeit meine Tochter wegholen und dafür des Kätners Kind hinbringen. Der alte Windkönig lag schon lange krank darnieder, so daß er von unserem Betruge nichts merkte. Am Tauftage schenkte ich jedem Kinde ein Rubelstück, welches die Mitgift im Kasten hecken sollte. Die Schwiegersöhne waren denn auch alle mit ihren jungen Frauen und dem, was sie mitbrachten, zufrieden, nur dieser habgierige Frevler, den ihr hier in Ketten seht, unterfing sich, falsche Klage gegen seinen Schwiegervater zu führen, in der Hoffnung, sich dadurch zu bereichern. Vor zwei Wochen ist nun der alte Windkönig gestorben und mein Gemahl zur Herrschaft gelangt. Jetzt brauchen wir unsere Ehe und unsere Kinder nicht länger zu verheimlichen. Hier vor euch sitzen meine zwölf Töchter, deren Pflegeeltern, der Kätner und sein Weib, bis an ihren Tod bei mir das Gnadenbrot essen werden. Aber du verworfener Bösewicht, den ich habe fesseln lassen, sollst sogleich den verdienten Lohn erhalten. In deinen Ketten sollst du in einem Goldberge gefangen sitzen, damit deine gierigen Augen das Gold beständig sehen, ohne daß dir ein Körnchen davon zuteil wird. Siebenhundert Jahre sollst du diese Qual erdulden, ehe der Tod Macht erhält, dich zur Ruhe zu bringen. Das ist mein Richterspruch.«
Als die Königin bis dahin gesprochen hatte, entstand ein Krachen wie ein starker Donnerschlag, so daß die Erde bebte und die Richter samt ihren Dienern betäubt niederfielen. Als sie wieder zu sich kamen, fanden sie sich zwar in dem Walde, zu welchem der Führer sie geleitet hatte, aber da, wo eben noch das gläserne Haus in aller Pracht gestanden hatte, sprudelte jetzt aus einer kleinen Quelle klares kaltes Wasser hervor.
Von dem Kätner, seiner Frau und dem habsüchtigen Schwiegersohn ist später nie mehr etwas vernommen worden; des letzteren Witwe hatte im Herbst einen anderen Mann geheiratet, mit dem sie glücklich lebte bis an ihr Ende.

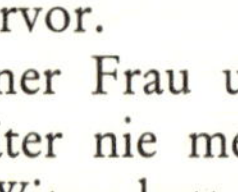

Die Quelljungfrau tritt hier als rettende Doppelgängerin auf. Daß ihre Töchter mit denen der Magd austauschbar sind, unterstreicht die »Identität« der beiden Frauen. Das Thema des Märchens ist die Entwicklung des bedingungslosen Vertrauens der Magd in ihre weiblichen Kräfte, ihre innere »Quelle«. Ihre Fähigkeiten, das Leben in all seinen Zusammenhängen zu überschauen und zu handhaben, runden sich in der Zahl Zwölf ihrer Töchter. Die Quelljungfrau, die sich als »oberste Wasserbeherrscherin« bezeichnet, ist identisch mit der estnischen Wassermutter *wete ema*. Die estnische Mythologie kennt eine Erdmutter, die zugleich die Gemahlin des Donnergottes ist, eine Feuermutter, Windesmutter, ja sogar eine Mutter des Schneegestöbers (»Stüms«).

Vom Vertrauen eines Mädchens in die – sonst so gefürchteten – Wasserjungfern erzählt ein siebenbürgisches Märchen.

## Die Geschenke der Schönen

Einem Manne war die Frau gestorben und hatte ihm ein Töchterchen hinterlassen. In der Nachbarschaft lebte aber eine Witwe, die hatte auch eine kleine Tochter, die spielte immer mit jenem Mädchen. Da sagte die Witwe eines Tages zu dem Töchterchen des Mannes: »Sage deinem Vater, er solle mich zur Frau nehmen; dann will ich dir eine gute Mutter sein; ich will dir jeden Morgen ›Biegelchen‹ zum Frühstück geben.«
Das kleine Mädchen bat nun seinen Vater so lange, bis er die Nachbarin nahm; die aber hielt ihr Wort nur einige Morgen; sie gab dem kleinen Mädchen zwar auch forthin »Biegelchen«, aber »birkene« zum Frühstück, d.h. sie schlug es mit Birkenruten, wenn es nicht mit einem Stückchen verschimmelten Brotes oder kalten »Palukes« vorlieb nahm. Ihrer Tochter aber gab sie immer frische »Eierbiegelchen«. Da weinte das arme Mädchen und

wenn es seinem Vater klagte, so ging es ihm noch schlimmer; die Stiefmutter schlug es dann umso mehr, wenn sein Vater fortgegangen war.

Bald aber wollte die Stiefmutter das Mädchen ganz und gar verderben, weil es ihr zu viel aß und zu viel brauchte. Darum schickte sie es eines Morgens zu dem See, in dem die Schönen badeten. Kein Menschenkind durfte nahekommen; wagte es ja einmal ein Vorwitziger und wollte die Schönen sehen, so zogen sie ihn in die Tiefe, und er kam nicht wieder. Das arme Mädchen ging aber ohne Furcht hin, und die Wasserjungfern taten ihm nichts, denn sie sahen, daß es ein Leid drücke. Sie fragten es vielmehr mitleidig: wer es wäre und was es so traurig mache. Das Mädchen erzählte alles treuherzig, wie es die böse Stiefmutter quäle. Da erbarmten sich die Schönen, und als das »Armchen« sich Wasser geschöpft hatte und fortgehen wollte, zogen sie ihm ein schönes neues Kleid an und jede gab ihm noch einen Heilsegen mit auf den Weg. »Wo du gehst, sollen Blumen sprießen«, sagte die erste; »wenn du sprichst, soll es angenehm duften!« die zweite; »wenn du dich wäschst, soll ein Goldstück in der Schüssel sein!« die dritte.

Als das Mädchen heimkehrte, so machte die Stiefmutter große Augen, und es war ihr nicht recht; als sie aber von den Geschenken hörte und sich auch bald überzeugte, daß alles Wahrheit sei, wurde sie ganz grün vor Neid und dachte: ›Deine Tochter verdient noch viel mehr!‹

Am andern Morgen kleidete sie dieselbe schön an und schickte sie auch nach Wasser zum See. Die Schönen kamen hinzu und fragten zornig, wer sie wäre und was sie suche? Jetzt tat sie ganz vornehm und stolz, log und sagte, sie sei eine Edeljungfer und sie wolle noch schönere Geschenke, als sie dem Bettelmädchen gegeben hätten. Da trübte sich auf einmal das Wasser, und die Schönen spritzen mit Kot auf das Mädchen, also daß es auf einmal ganz besudelt war und triefend heimlief. Jede gab ihm noch einen Fluchsegen mit: »Wo du gehst, sollen Dornen wachsen!« sprach die erste; »wenn du sprichst,

soll es stinken!« die zweite; »wenn du dich wäschst, soll eine garstige Kröte in der Schüssel sein!« die dritte.
Als sie zu Hause ankam und ihre Mutter sie sah in solchem Aufzuge, und die Tochter heulend erzählte, wie es ihr ergangen und von dem Fluchsegen, da ließ sie all' ihr Gift gegen das Stiefkind aus. Von nun an hatte das keinen guten Tag mehr; fortjagen wollte sie es aber nicht des Goldstückes wegen, das sie selbst jeden Morgen aus der Schüssel aufhob.
Nach einiger Zeit aber hörte der junge König von den Wundergaben des armen Mädchens und sagte: »Das und kein anderes soll mein Ehegemahl werden!« Er schickte einen prächtigen Wagen und schöne Kleider hin, um es abholen zu lassen. Die Stiefmutter aber hatte gleich einen boshaften Plan sich ausgedacht; sie setzte sich mit ihrer häßlichen Tochter auch in den Wagen, und auf dem Wege stachen sie der Königsbraut die Augen aus und warfen sie in einen Sumpf am Wege, ohne daß es der Kutscher merkte. Dann zog die häßliche Tochter der Stiefmutter die Brautkleider an, und so gelangten sie an die Burg. Der junge König kam ihnen entgegen und hob die vermeintliche Braut aus dem Wagen und rief: »Bist du es, nach der mein Herz verlangt?« – »Ja, ja!« sprach sie, sonst nichts mehr. Da verbreitete sich ein entsetzlicher Gestank, also daß dem König übel wurde. Als die falsche Braut im Schloßhofe so hinging, siehe, da schossen gleich zwischen den Steinen Dornen empor, also daß man mit Not fortkommen konnte. »Was ist das?« rief der junge König verwundert, »sind das die Gaben meiner Braut?« – »Das ist von der Anstrengung der Reise!« sprach die böse Mutter, »es wird schon anders werden, nur muß die Braut eine Zeitlang allein bleiben!« Da schloß sich die Alte mit ihrer Tochter in ein Gemach ein, und als diese am andern Morgen sich wusch, goß die Alte selbst das Wasser aus, damit niemand die garstige Kröte bemerken solle.
Unterdessen war das geblendete arme Mädchen aus dem Sumpfe herausgekrochen und war unter einen Baum am Wege gekommen, und da es ganz müde geworden, war es

gleich eingeschlafen. Als es erwachte, wußte es nicht, ob es Tag oder Nacht sei und es fing laut an zu jammern; da kamen drei ganz weiße Schwäne herangeflogen, die hörten die Klage und setzten sich auf den Baum und sprachen: »du armes Kind, benetze deine Augenhöhlen mit dem Morgentau, der auf den Baumblättern liegt!«
Kaum war das geschehen, so hatte es frische Augen und sah noch weit besser, als zuvor. Nun sah es auch, daß es schon lichter Tag war und daß die Leute ins Feld gingen. Es machte sich auf und wandelte auf der Landstraße fort und kam gegen Mittag an die Königsburg. Überall aber standen die Leute still, sahen das Mädchen an und staunten; denn auf dem ganzen Wege hinter ihr wuchsen die schönsten Blumen, und wie sie so freundlich die Leute grüßte, verbreitete sich der angenehmste Duft. Als man dem jungen König meldete, es sei eine Bettlerin draußen so und so, rief er freudig: »Das ist keine Bettlerin, daran erkenne ich meine liebe Braut; auf, machet die Tore weit und führet sie herein zu mir!« Er eilte aber selbst hinaus ihr entgegen, herzte und küßte sie.
Die Bosheit der Stiefmutter und ihrer häßlichen Tochter kam nun an den lichten Tag. Der König ließ beide in ein Faß einschließen, das inwendig ganz mit Nadeln beschlagen war, und sie von einem Berge ins Meer hinabrollen. Dann aber feierte er eine glänzende Hochzeit, und das arme Mädchen war jetzt die liebste und glücklichste Königin.

Vom irischen Fischer fordert die Wasserfrau Leben gegen Leben: »Gib mir deinen ältesten Sohn, wenn er einundzwanzig ist, so will ich dafür sorgen, daß du jeden Tag Glück hast.« Das klingt nach Handel – doch das Ende des Märchens legt einen anderen Schluß nahe.

# Der Fischer von Kinsale und die Alte aus dem Meer

Es war einmal ein Fischer in Kinsale, der hatte sieben Kinder. Er war sehr arm, so arm, daß häufig die Frau und die Kinder nicht einmal einen Bissen zu essen hatten. Einmal, als er nicht auf See hinausfahren konnte, ging er an den Strand, um Schnecken und Muscheln zu sammeln, aber nicht einmal Schalentiere fand er. Deswegen versuchte er es am nächsten Tag doch wieder auf See, aber er fing nichts, und als er schon auf dem Heimweg war, ohne auch nur einen Fisch, sah er, wie eine wunderschöne Frau ihren Kopf aus dem Wasser streckte. Er hielt an, sie kam näher und sprach:

»Armer Fischer, du dauerst mich in deinem Kummer. Gib mir deinen ältesten Sohn, und ich will dir beistehen. Ich will dafür sorgen, daß du jeden Tag Glück hast.« – »Das gefällt mir nicht«, sagte der Mann, »mein Sohn ist nun fast so alt, daß er mir eine Hilfe sein wird.« – »Du kannst ihn behalten, bis er einundzwanzig ist«, sagte die Frau, »ich helfe lieber den Armen als den Reichen, und du wirst es nicht zu bereuen haben. Du hast viele Kinder. Laß mir diesen Sohn, und du hast dein Glück gemacht.«

Was sollte er machen. Besser, als ohne einen Bissen für Weib und Kinder heimzukommen, war es doch immer noch, auf diesen Vorschlag einzugehen, und also versprach er ihr den Jungen, sobald dieser einundzwanzig sei.

»Nun wirf deine Netze aus«, sagte die Frau, »du wirst viele Fische fangen.«

Der Fischer tat wie ihm geheißen, und tatsächlich holte er einen reichen Fang ein. Die Kinder warteten an der Küste und fragten sich, von wem ihr Vater aufgehalten worden sein könnte. Der Fischer brachte Korb um Korb voller Fische an Land, und die schönsten Tiere aus dem Fang schickte er an Freunde. Die Freunde schickten ihm ein Gegengeschenk, und so hatte er Speisen aller Art.

Jeden Tag ging das nun so, und bald besaß der einst arme

Fischer so viel Geld, daß er sich einen hübschen Bauernhof kaufen konnte, und bald darauf einen zweiten, und später einen dritten, bis er endlich das ganze Dorf besaß. Er hatte viele Kühe und Pferde und Schafe und Vieh aller Art. Er schickte seine sieben Söhne zur Schule, und trotzdem klimperte immer noch Geld in seinen Taschen, denn zweimal in der Woche kam die Frau aus dem Meer und warf ihm Gold in sein Boot, denn das Fischen hatte er nicht aufgegeben. Er besaß schöne Pferde und kaufte Zaumzeug und Sättel, und seine sieben Söhne ritten im Land umher wie die Kinder eines Edelmannes.

Als nun die Zeit näherrückte, da er dem Meerweib seinen ältesten Sohn geben sollte, wurde der Vater traurig über sein Versprechen. Und seine Traurigkeit wurde immer schlimmer, bis er ganz krank war und das Bett hüten mußte. Seiner Frau und seinen Kindern hatte er nie ein Wort von dem Meerweib erzählt. Sie wußten also nichts von ihr.

Da ging nun der älteste Sohn, der Sean hieß, eines Morgens zu seinem Vater und fragte ihn, was ihm denn solchen Kummer mache.

»Geh fort, mein Sohn. Ich werde heute nicht aufstehen«, sagte der Vater.

Der junge Mann holte seine Mutter ins Zimmer, und dann schwor er, das Haus zu verlassen, wenn sein Vater ihm nicht sage, worum er sich sorge.

»Es wäre besser für dich gewesen«, sagte der Vater, »du hättest diese Geschichte nicht gehört, aber ich will nicht, daß du uns verläßt. Also werde ich dir alles erzählen.«

Und er erzählte ihm, wie alles gekommen war. Wie die schöne Frau aus den Wellen auftauchte, wie sie versprochen hatte, ihn reich zu machen, wenn er ihr seinen ältesten Sohn überlasse. »Ich war damals sehr arm«, sagte er, »du und die anderen Kinder waren noch klein. Es blieb mir gar nichts anderes übrig, als auf den Vorschlag einzugehen.«

»Mach dir nichts daraus, Vater. Selbst, wenn ich nun gehe, bleiben dir immer noch sechs Söhne, und wenn mich das Weib nicht gerade umbringt, werde ich mich schon durchschlagen. Tut sie es aber, dann wird die Welt auch ohne mich Tag und Nacht haben. Aber vielleicht findet sie mich ja gar nicht. Gib mir dein bestes Pferd aus dem Stall, und ich will in die Welt reiten und mein Glück suchen.«

Der Vater gab ihm sein bestes Pferd, und Sean ritt fort. Vater und Mutter aber beteten, bis er auf und davon war. Der junge Mann reiste, bis er an einen schönen Strand kam, und während er dort entlangritt, sah er einen Bären, einen Falken und einen Igel. Die drei stritten sich, wem das Schaf gehören sollte, das da vor ihnen lag. Als sie nun Sean kommen sahen, sprachen sie: »Ein hunderttausendfaches Willkommen dir, Sean, Sohn des Fischers von Kinsale! Wir haben hier einen Streit. Willst du ihn uns schlichten helfen?«

»Das will ich gern tun, und ihr sollt alle drei zufrieden sein«, sagte Sean.

Sean gab den Rumpf des Schafes dem Bären, den Kopf dem Falken, die Eingeweide dem Igel, und dann wollte er weitergehen.

»Warte«, rief der Bär, »wir wollen dir gute Wünsche und ein Geschenk mit auf den Weg geben. Mein Geschenk an dich ist dies: Wenn du Kummer hast, brauchst du nur meinen Namen zu rufen, und im Augenblick wirst du in einen Bären verwandelt sein.«

»Jeder gibt, was er kann«, sagte der Igel, »die Macht, dich in einen Bären zu verwandeln, habe ich nicht, aber wenn du in Schwierigkeiten bist und meinen Namen rufst, sollst du ein Igel werden.«

Der Falke aber versprach ihm, daß er sich auf gleiche Weise bei Gefahr in seine Gestalt verwandeln könne. Nun ritt Sean weiter und überlegte sich, daß er doch eigentlich einmal versuchen müsse, ob der Zauber denn auch wirke. Er sprang vom Pferd, band den Zügel an den Sattelknauf, ließ das Tier weiden und sagte: »Ich will auf der Stelle in einen Falken verwandelt werden, um über das Meer zu fliegen.«

Im Augenblick war er ein Falke, der prächtigste Falke, der sich denken läßt.

Er flog übers Meer, erreichte die andere Küste und flog weiter. Am Mittag des folgenden Tages sah er unter sich eine schöne Kutsche, und darin saßen drei hübsche, junge Frauen, drei Schwestern, die fuhren auf einen Jahrmarkt. Er stieß herab und begann den Wagen zu umflattern. Die älteste Schwester griff nach dem Falken, fing ihn, holte ihn in die Kutsche und streichelte ihn.
»Ich werde den Vogel mit heim nehmen«, sagte sie, »er soll nur mir gehören.«
Als sie zum Jahrmarkt gekommen waren, sperrte sie den Vogel in der Kutsche ein. Sie kam eher vom Tanz zurück als ihre beiden Schwestern, aber da war kein Vogel mehr, vor der Kutsche stand Sean, der Sohn des Fischers, in seiner wahren Gestalt. Der jungen Frau gefiel er auch so recht gut, und sie redete dort mit ihm eine Weile.
»In vier Tagen«, sagte sie, »kommen viele starke Männer zum Schloß meines Vaters. Dann soll entschieden werden, wen wir heiraten. Das Schloß meines Vaters ist mit einer hohen Mauer umgeben, und auf der Mauerkrone sind scharfe Spitzen aus Stahl. Und mein Vater hat ausrufen lassen, wer mit einem Pferd über diese Mauer hinwegsetzt, der soll eine seiner Töchter zur Frau bekommen.«
»Würde auch derjenige dich zur Frau bekommen, der ohne Pferd über die Mauer springt?«
»Nein, er muß auf einem Pferd von draußen in den Schloßhof springen und dann wieder zurück.«
»Wenn ich daheim wäre, könnte ich schon eine Stute auftreiben, um über die Mauer zu setzen, aber so ist nicht genügend Zeit, die anderen werden da sein, ehe ich mein Pferd geholt habe.«
»Nicht jedes Pferd kommt über die Mauer. Pferde, die so gut zu springen vermögen, sind äußerst selten. Meine alte Amme hat ein Pferd, das fliegt über die Mauer wie ein Vogel, aber sie wohnt tausend Meilen von hier, und du wirst es nicht schaffen, zu ihr zu gehen und wieder zurückzukommen. Wenn du eher gekommen wärst, hättest du dir die Stute holen können. Ich hätte dir einen Brief mitgegeben. Meine Amme verweigert mir nichts.«

»Dann schreib rasch den Brief. Vielleicht schaffe ich es, ihn hinzubringen und wieder zurückzukommen.«
Sie schrieb den Brief rasch. »Ach, es ist zu spät«, sagte sie, »bis morgen oder übermorgen schaffst du das nie.«
Er nahm den Brief, und als er außerhalb des Dorfes angekommen war, verwandelte er sich wieder in einen Falken. Fort flog er und hielt nicht inne, bis er zum Schloß der alten Amme kam, und dort nahm er wieder menschliche Gestalt an. Nun gab es da Wachen am Tor, die wollten ihn nicht hereinlassen. Er aber fackelte nicht lange und schlug gleich dem ersten Mann den Kopf ab.
»Richte deiner Herrin aus«, sagte Sean zu dem zweiten Mann, der auf Wache stand, »daß ich hier bin und einen Brief für sie habe.«
Der Mann überbrachte die Botschaft rasch.
»Öffnet ihm die Tore«, sagte die Amme, »das muß ein tapferer Bursche sein mit einem wichtigen Auftrag.« Die Tore flogen auf. Sean übergab der Amme den Brief, und sie las ihn.
»Ich kann dir die Stute nicht verweigern«, sagte sie, »aber ich fürchte, du wirst nicht in der Lage sein, sie zu reiten. Zauber wird sich auf dem Weg zurück gegen dich erheben. Du wirst an einen Strand kommen, sieben Meilen breit, dort sind spitze Stäbe nur handbreit voneinander entfernt in den Boden gerammt, und jeder Stab ist zwölf Fuß hoch. Wenn du an diesen Strand kommst, dann gib der Stute aus dieser Flasche hier zu trinken. Das wird ihr Kraft verleihen, über die Stäbe hinwegzusetzen. Hast du den Strand hinter dir, so wirst du an ein Gebirge kommen, das ist sieben Meilen lang, und es hat feuerspeiende Berge dort. Gib dem Pferd wieder einen Schluck aus der Flasche, und es wird über das Gebirge hinwegsetzen. Eine alte Hexe, die sich all dies ausdenkt, wird dann sieben Meilen Meer gegen dich anrollen lassen. Die Stute kommt durch das Wasser, aber ich fürchte, du wirst dich nicht auf ihrem Rücken halten können, so sehr du dich mühst.«
»Gebt mir die Stute«, sagte Sean, »mir ist noch nie ein Pferd unter die Augen gekommen, das ich nicht hätte reiten können.«

Mit diesen Worten sprang er auf den Rücken der Stute und ritt davon. Das Tier hatte sieben Jahre den Stall nicht verlassen, und es erhob sich in die Luft, so viel Kraft besaß es. Zweimal überholte Sean einen Wind, der vor ihm am Himmel dahinsauste. So war er eine Zeitlang geritten, als er unten auf der Erde etwas erblickte, was ihm wie ein Wald vorkam. Es waren aber die scharfen Eisenspitzen an dem Strand. Er holte die Flasche hervor, ließ die Stute trinken, und hin flog das Tier, sieben Meilen weit über die spitzen Stäbe.

Er ritt mit großer Geschwindigkeit und erreichte bald das Gebirge mit sieben Meilen Breite. Er ließ die Stute zum zweiten Mal einen Schluck aus der Flasche nehmen, und das Tier gewann eine solche Kraft, daß es auch über das wilde Gebirge hinwegsetzte. Die Stute stürmte weiter, bis Sean die sieben Meilen See vor sich sah. Er riß am Zügel und ließ die Stute zum dritten Mal trinken, und das Tier überwand auch dieses Hindernis. Sean ritt weiter und hielt nicht inne, bis er an das Schloß kam. Die junge Frau wartete auf ihn. Sie schaute aus einem hohen Fenster. Im Burghof standen viele Leute. Recken aus allen Teilen der Welt waren gekommen. Schließlich kam die Stunde, zu der die Reiter ihre Geschicklichkeit unter Beweis stellen sollten. Viele scheiterten. Manche stürzten schon vor der Mauer vom Pferd, andere blieben an den Eisenspitzen hängen. Zum Schluß kam Sean, der Sohn des Fischers aus Kinsale. Er gab seiner Stute die Sporen und setzte über die Mauer. Er ritt im Schloßhof herum und sprang abermals von dort aus über die Mauer, und sein Pferd hatte eine solche Geschwindigkeit, daß er es erst eine Meile von dem Schloß entfernt wieder zügeln konnte. Sean kam zurück und sagte zu dem Vater des Mädchens: »Ich habe deine Tochter gewonnen.«

Das Pferd des Siegers wurde in den besten Stall gestellt, und alle schickten sich an, ein großes Gelage zu feiern. Als das Fest vorbei war, sagte der vornehme Herr:

»Wir können diese Hochzeit erst dann feiern, wenn auch meine beiden jüngeren Töchter Ehemänner haben. Dann sollen alle zusammen heiraten. Das wird nicht lange

dauern, denn in ein oder zwei Tagen wird ein neuer Wettkampf stattfinden.«
All jene, die überlebt hatten, gingen heim, wurden aber aufgefordert, es demnächst ein zweites Mal zu versuchen.
Als der Tag des Wettkampfes herangekommen war, kamen wieder viele Recken. Einer versuchte es, ein zweiter versuchte es, und die anderen folgten, aber bis Mittag war es keinem gelungen über die Mauer zu setzen. Da kam ein junger Mann mit großer Geschwindigkeit angeritten, sprang in den Schloßhof, sprang wieder heraus.
»Nun, Herr«, sagte der zu dem reichen Mann, »will ich eure Tochter zur Frau haben.«
»Du hast gewonnen«, sagte der Vater, »aber mit der Heirat mußt du warten, bis ein Mann für meine dritte Tochter gefunden ist.«
Das Pferd wurde in einen guten Stall geführt, wieder gab es ein Fest, und abermals forderte der Vater alle auf, in zwei Tagen zu einem neuen Wettbewerb wiederzukommen.
Am Morgen des zweiten Tages versammelten sie sich wie schon bei den anderen Wettkämpfen in großer Hast. Wieder ließen viele Pferde und viele Reiter das Leben. Und wieder tauchte gegen Mittag ein Reiter auf, der die Mauer übersprang und nun sein Anrecht auf die Hand der jüngsten Tochter geltend machte. Am nächsten Tag wurden die drei Schwestern mit den drei jungen Männern verheiratet. Sieben Tage feierte man. Am achten Tag wurde Sean, der Sohn des Fischers aus Kinsale, unruhig und sagte zu seinem Schwiegervater:
»Ich mache mir Sorgen, daß für mein Pferd nicht gut gesorgt wird. Schick doch jemanden in den Stall und laß dort ausmisten und das Tier striegeln.«
Ein Junge bekam diesen Auftrag, und er machte sich auf den Weg zum Stall. Vor der Tür aber stand dort eine Frau, und es war niemand anders als das Meerweib, das Seans Vater reich gemacht hatte.
»Mach mir die Tür auf«, sagte sie, »damit ich ins Schloß gehen und dort am Tisch mit essen und trinken kann.«
Der Junge sah sie zum zweiten Mal an, und plötzlich

bemerkte er, daß es das häßlichste alte Weib war, das ihm je zu Gesicht gekommen war.
»Nein«, sagte er, »dich lasse ich doch nicht hinein. Die würden mich ja hinauswerfen. Die ganze Gesellschaft würde vor dir erschrecken.«
»Laß mich hinein«, sagte sie, »ich werde keinem etwas zuleide tun.«
»Das werde ich nicht tun. Ich werde die Hunde auf dich hetzen.«
Als der Junge dies gesagt hatte, versetzte sie ihm einen Schlag, daß er durch den ganzen Schloßhof taumelte. Er rappelte sich hoch und rief die Hunde. Als die Alte sie kommen sah, tat sie einen Satz und saß auf dem höchsten Baum in der Nähe des Schlosses, dann wandte sie sich wieder an den Jungen und sagte zu ihm:
»Drinnen hat der Mann meiner Tochter die älteste Tochter deines Herrn geheiratet, aber das hat alles gar keinen Zweck. Er gehört mir, mir allein.«
Der Junge ging ins Schloß und rief den Sohn des Fischers. Sean kam mit dem Jungen vor die Tür, und der Junge sagte: »Als ich mich um Euer Pferd kümmern wollte, stand da eine schöne Frau, aber als ich ein zweites Mal hinsah, hatte sie sich in die häßlichste Alte verwandelt, die ich je gesehen habe. Sie bat mich, sie in das Schloß hineinzulassen. Ich lehnte das ab und drohte ihr an, die Hunde auf sie zu hetzen, da versetzte sie mir einen Schlag und sprang auf den Baum. Und als sie dort oben saß, hat sie behauptet, Ihr wäret der Mann ihrer Tochter und gehörtet ihr.«
Sean fiel ein, daß sein einundzwanzigstes Lebensjahr genau an diesem Tag endete, und er machte sich bereit, der häßlichen Alten gegenüberzutreten. Er zog sein Schwert und ging auf sie zu. Im Augenblick glitt sie vom Baum herab, stieß einen Seufzer aus, packte Sean und fuhr mit ihm durch die Luft davon. Alle, die im Schloß anwesend waren, sahen, wie die Alte Sean entführte. Alle sprangen auf ihre Pferde, und Seans Frau bestieg die Stute ihrer Amme, und sie setzten den beiden nach.
Am Abend sahen sie, wie die Alte sich über dem Meer

fallen ließ und mit Sean in den Wellen verschwand. Seans Frau zügelte ihre Stute und wartete. Sie weinte und klagte, und bald sah sie den Kopf der Alten aus dem Wasser schauen. Da rief sie sie an und sprach zu ihr: »Gib mir meinen Mann wieder. Du hast kein Recht auf ihn.«

»Ich denke nicht daran, ihn zurückzugeben«, sagte die Alte, »meine eigene Tochter steht mir näher als du, und außerdem habe ich genug für ihn bezahlen müssen.«

»Gib meinen Mann heraus«, sagte die Frau, »was immer du dafür haben willst, ich will es dir geben.«

»Ich will nichts haben, aber wenn du zu uns ins Wasser kommst, lasse ich deinen Mann frei.«

»Gut«, sagte Seans Ehefrau, »lieber bin ich bei ihm in deinem Schloß als hier an Land ohne ihn.«

Nun erhob sich die Alte aus dem Wasser, und mit einem Sprung war sie auf dem Strand, und Sean war bei ihr, und er war so trocken, als komme er eben aus einem Ofen. Die Alte griff nach der Frau, aber während sie das tat, mußte sie Sean loslassen. Der aber verwandelte sich augenblicklich in einen Bären und wollte die Alte töten. Aber ehe er dazu kam, war sie mitsamt seiner Frau wieder in den Wellen verschwunden.

Nun kam Seans Schwiegervater mit seinen zwei anderen Töchtern heran, und er fand Sean ganz allein an der Küste. »Wo ist deine Frau, oder hat sie dich etwa verlassen?« fragte der Schwiegervater.

Sean erzählte, was geschehen war, nur daß er sich in einen Bären verwandelt hatte, erwähnte er nicht.

»Es war deine Schuld«, sagte der Schwiegervater, »du magst es vielleicht an guten Manieren haben fehlen lassen. Ich kann nicht verstehen, was für Ansprüche sie sonst erheben könnte.«

»Ich habe ihr nie etwas zuleide getan«, sagte Sean.

»Ich glaube dir nicht«, sagte der Schwiegervater, »du mußt sie beleidigt haben. Wärest du ein edler Ritter, hättest du gewußt, was da zu tun ist, und sie hätte meine Tochter laufenlassen müssen.«

Jetzt wurde Sean zornig, und er sprach:

»Ihr beleidigt mich. Ich werde Euch zeigen, was für ein Mann ich bin, und Ihr werdet schon sehen, daß Ihr mir unrecht getan habt.« Darauf ging er zu der Stute, die seine Frau zurückgelassen hatte, sprang auf ihren Rücken und ritt fort. Seine Frau hatte ihm erklärt, daß, wenn er das Tier einmal nicht mehr brauche, er nur den Zügel am Sattel festmachen solle. Dann werde es allein in seinen Stall zurückkehren. Als ihn sein Schwiegervater und dessen Begleiter nicht mehr sehen konnten, schickte Sean die Stute heim zu der Amme. Im nächsten Augenblick verwandelte er sich in einen Falken und flog zu jener Stelle hin, an der die Alte seine Frau in die Wellen gezogen hatte. Den ganzen Tag kreiste er über der Stelle. Am Abend sah er in einiger Entfernung plötzlich eine wunderbare Insel liegen, und in deren Mitte erhob sich ein Schloß. Er flog zu der Insel und nahm wieder menschliche Gestalt an. In dem Schloß traf Sean eine braunhaarige Frau und einen Mann.
»Herzlich willkommen, Sean, Sohn des Fischers von Kinsale«, sagte die Frau, »jetzt mußt du aber erst einmal etwas essen und trinken.«
»Vielen Dank für diese Begrüßung und die Gastfreundschaft«, sagte Sean, und als er gegessen und getrunken hatte, stand er vom Tisch auf.
»Ich weiß«, sagte die Frau, »was dich hierhergeführt hat. Aber leider muß ich dir sagen: Es hat keinen Zweck, hier nach deiner Frau zu suchen.«
»Wenn ich sie nur einmal wenigstens sehen könnte«, sagte Sean. »Ich denke, dann könnte ich sie auch mit mir nehmen.«
»Ich kümmere mich um die Viehherden auf dieser Insel«, sagte der Mann. »Die häßliche Alte hält mich hier. Sie hat drei Töchter. Jeden Tag kommen sie hierher. Bald werden sie da sein. Sie sind unerhört häßlich. Lieber möchte man sterben, als ihnen lange ins Gesicht zu schauen.«
Tatsächlich zeigten sich die drei Töchter bald darauf, und häßlichere Frauen wie diese ließen sich nicht denken.
Die Älteste erblickte Sean.
»Pech für dich«, rief sie, »du bist nicht willkommen auf

dieser Insel. Meine Mutter hat dich gekauft. Sie hat einen hohen Preis für dich gezahlt. Sie hat deinen Vater zum reichen Mann gemacht, damit du mich heiratest, aber du mochtest nicht zu mir kommen. Das wird dir noch leid tun.«

»Lieber ließe ich mich vierteilen, als daß ich dich heiraten würde, du häßliches Geschöpf!« sagte Sean.

Darüber geriet sie so in Zorn, daß sie nicht mehr sprechen konnte. Als sie wieder Atem schöpfen konnte, rief sie aus: »Bereite dich auf das Sterben vor, in fünf Minuten wird man dich in Stücke schneiden.«

In diesem Augenblick stürzten sich die drei auf ihn mit ihren Klauen. Er versuchte ihnen zu entkommen, aber er hatte keine Waffe. Sie kämpften miteinander, und es war ein langer, verzweifelter Kampf, und er wurde mehr und mehr müde dabei. Da kam ihm der Einfall, sich in einen Bären zu verwandeln, und als er das getan hatte, gewann er die Oberhand, bekam eine der Frauen zu fassen und zerriß sie in Stücke, und bald erging es den beiden anderen nicht besser. Der Hirt und seine Frau schauten zu, aber sie hüteten sich, Partei zu ergreifen.

»Das war eine schwere Arbeit«, sprach die Frau des Hirten, »aber das ist noch gar nichts, verglichen mit dem, was dir noch bevorsteht. Komm jetzt, ich will dir zeigen, wo sich deine Frau aufhält.« Sie führte ihn auf die Spitze eines Berges. Er sah, wie aus dem Meer etwas Rauch aufstieg. »Dieser Rauch«, sprach die Frau, »kommt aus dem Schornstein des Schlosses, in dem die Alte wohnt. Der Schornstein ragt aus dem Wasser. Wenn du dort hingehst und deine Frau befreien kannst, dann vergiß mich nicht.«

Er verwandelte sich in einen Falken und flog übers Meer, bis er an die Stelle kam, an der der Rauch aufstieg. Im nächsten Augenblick war er ein Igel und begann um den Rauch herumzuschwimmen. Endlich ließ er sich im Wasser untersinken und sah den Schornstein der Alten. Er rollte sich zu einem Ball zusammen und sprang den Schornstein hinab. In der Küche, am Herd, stand ein Mädchen, das kochte Abendessen für die Alte und ihre

Töchter. Der Igel landete geradewegs auf ihrem Rücken. Als das Mädchen merkte, was es war, erschrak sie zuerst, aber sofort wurde aus dem Igel ein stattlicher junger Mann. Und wer kam eben in diesem Moment zur Küchentür herein? Niemand anders als seine Frau, und als sie sah, wer da vor ihr stand, sank sie in Ohnmacht.
»Wie bist du denn hierhergekommen?« fragte sie, als sie sich wieder erholt hatte, »wie hast du mich nur gefunden? Aber alles ist vergeblich. Wie kommen wir hier lebend fort?«
»Ich konnte einfach nicht ohne dich leben«, sagte Sean.
»Sag, was weißt du über die Alte?« fragte Sean das Küchenmädchen.
»Es gibt keinen Menschen, der sie töten könnte. Sie hat Stahlnägel auf ihren Fingern, und sie braucht nur die Hand zu heben, und schon reißt sie dir die Haut ab, vom Kopf bis zu den Fersen.«
Es dauerte nicht lange, und die Alte selbst kam, und verglichen mit der Mutter waren ihre Töchter noch wahre Schönheiten. Jeder Mensch hätte bei ihrem Anblick es mit der Angst zu tun bekommen. Sie war nicht wenig verblüfft, als sie Sean hier vor sich sah:
»Unglück auf deinen Hals, Sohn des Fischers von Kinsale. Dich heiße ich in meinem Schloß nicht willkommen. Mit dir werde ich kurzen Prozeß machen. Schaff mir meine Töchter wieder her, oder du kommst hier nie mehr lebendig heraus.«
»Ich bin nur hier, um meine Frau abzuholen«, sagte Sean. Die Alte sprang ihn an und kratzte ihn mit ihren Nägeln. Sean wich ihr aus und versetzte ihr einen Schlag, aber was er auch tat, er konnte sie nicht töten. Zum zweiten Mal sprang sie ihn an. Er wußte, lange würde er sich nicht mehr gegen sie verteidigen können. Da verwandelte er sich in einen großen Bären, packte als Bär mit seiner Klaue die Alte an der Hüfte, schüttelte sie und brach ihr die Wirbelsäule. Darauf verwandelte er sich wieder in einen Menschen, und seine Frau fiel ihm um den Hals. »Jetzt sind wir gerettet«, rief sie, »die Alte ist tot. Aber wie kommen wir von hier fort?«

»Keine Angst«, sagte Sean, »ich kann mich in drei verschiedene Wesen verwandeln, und ich werde dich sicher an Land bringen.«
Sie durchsuchten das ganze Schloß und fanden viel Gold und Silber und andere kostbare Dinge. Solange die Alte gelebt hatte, war sie eine große Zauberin gewesen. Sie hatte den besten Fisch und das Beste von jeder Speise und jedem Getränk. Der Fisch hing eingesalzen in der Küche, bereit, gekocht zu werden, und das Mädchen hatte das Essen fertig. Also aßen sie erst einmal und ließen es sich schmecken. Sean vertraute das Schloß mit allem darin dem Küchenmädchen an, bis er wiederkommen würde. Dann verwandelte er sich und seine Frau in zwei Falken. Sie flatterten auf und flogen durch den Schornstein davon. Vom Schornstein aus flogen sie zu der Insel, und als sie dort gelandet waren, nahmen sie wieder ihre eigene Gestalt an. Der Hirt und seine Frau begrüßten sie herzlich.
»Gott schütze euch, ihr habt ja eure Frau bei euch«, sagten sie.
»Allerdings, und die Alte wird keinem Menschen mehr etwas Böses antun. Wollt ihr vielleicht in ihrem Schloß wohnen?«
»Wir würden lieber hierbleiben«, sagte der Mann. »Wir sind auf der Insel hier ganz zufrieden.«
Am nächsten Morgen brach Sean auf. Erleichtert sagte der Hirt: »Jetzt wird niemand mehr Steuern und Dienste von uns verlangen.«
Sean und seine Frau traten hinter einen Berg. Dort verwandelten sie sich in Falken, stiegen in die Luft und flogen zu dem Schloß von Seans Schwiegervater. Dort nahmen sie wieder menschliche Gestalt an. Die beiden Schwestern sahen sie kommen und freuten sich. Der Vater begrüßte sie herzlich.
»Du bist ein tapferer Mann«, sagte er zu Sean, »ich habe dir unrecht getan.«
»Meine Frau wurde mir entführt«, sagte Sean, »ich habe sie vom Meeresgrund heimgeholt.«
»Das hast du«, sagte der Schwiegervater, »du mußt bei

mir bleiben. Die Hälfte meines Besitzes soll dir gehören.«
»Ich bleibe nicht hier. Ich will zurück in meine Heimat«, sagte Sean, »und alles, was ich von Euch verlange, ist, daß Ihr meiner Frau ihren Teil Mitgift gebt.«
»Das will ich gern tun«, sagte der Schwiegervater, »und das Geld bringe ich euch selbst nach Kinsale.«
Sean und seine Frau verabschiedeten sich von allen, dann traten sie wieder hinter einen Hügel, verwandelten sich in zwei Falken und flogen bis nach Kinsale, zum Haus von Seans Vater. Als die Mutter sie kommen sah, kam sie fast um den Verstand vor lauter Freude. Der Vater freute sich nicht weniger.
Am nächsten Tag gab es ein großes Fest, und die ganze Stadt war dazu eingeladen. Bald kam der Schwiegervater, und er brachte so viel Geld mit, daß man ein ganzes Fischerboot hätte füllen können. Wenn Sean und sein Vater früher einmal arm gewesen waren, so waren sie jetzt reich bis an ihr Lebensende. Und mehr kann sich niemand erhoffen.

So bereitwillig die Wasserfrau ihre Gaben unter die Menschen verteilt, so unerbittlich zeigt sie sich gegenüber denen, die sie kränken oder mißachten (vgl. »Die Große Māyā« im ersten Kapitel). Der Brahmane in einem indischen Märchen rührt an die Eitelkeit der Flußgöttin Gaṅgā, und prompt straft sie ihn mit dem Entzug ihrer ehrenden Gegenwart. Das religiöse Bad ist für den Inder brahmanischen Glaubens Pflicht. Besonders wirksam ist es im heiligen Strom der Gaṅgā. Wo sich der Fluß Namunā, verkörpert von einer Göttin gleichen Namens, mit der Gaṅgā vereinigt, ist der Badeplatz besonders heilig. In dem Märchen wird Gaṅgā einmal als »Jahnus Tochter« bezeichnet, eine Anspielung auf eine Begebenheit, wonach König Jahnu, dessen Opferplatz die Gaṅgā überflutet hatte, sie ausgetrunken haben soll; auf Bitten der Götter gab der König die Gaṅgā durch sein Ohr wieder von sich; seitdem gilt er als ihr Vater.

## Gaṅgā oder Schon der Name der Mitgemahlin erregt den Zorn

In dem Orte Brahmaputra, welcher in der Nähe der Gaṅgā lag und dessen Zierde die Brahmanen bildeten, lebte auch ein Brahmane, welcher Caturbhuja hieß. Trotzdem dieser in vielen Wissenszweigen bewandert war, ging es ihm doch infolge seiner Armut sehr schlecht. Er ging, soweit die Erde reichte, Könige, Minister, Heerführer, Karawanenbesitzer, Handelsherren, Markgrafen und andere reiche Leute um Spenden an. Sein böses Schicksal aber verhinderte, daß er auch nur einen Heller erhielt. Da dachte er: »Was soll einem mittellosen Manne das Leben? Ist doch der Tod besser, als die Armut. Denn:

Ein kluger Armer ging nach dem Bestattungsplatze und sagte zu einem Leichnam: ›Steh einen Augenblick auf und nimm mir die Last meiner Armut ab. Inzwischen will ich müder Mann endlich das Glück genießen, welches dir der Tod beschert hat!‹ Der Tote aber dachte: ›Der Tod ist besser als die Armut‹, und verharrte in Schweigen.

Darum bringt selbst der Tod Glück, in jener und schon in dieser Welt; man muß ihn nur an einer heiligen Badestelle suchen.« So dachte er, und weil die Stelle, an der sich Gaṅgā und Namunā vereinigen, ganz besonders heilig ist, begab er sich dorthin und badete in der Gaṅgā Fluten; und während er nun fastete, sich mit allem seinem Denken nur in die Gaṅgā versenkte und nur auf die Gaṅgā seine Blicke richtete, erschien ihm diese infolge der Macht seiner Kasteiung. Eine herrliche Erscheinung in ihren leuchtenden Geschmeiden, Gewändern und duftenden Salben und bedeckt von dem Schnee der Jasmin-, Lotus-, Kampfer- und Orangenblüten, trug sie einen schönen goldenen Wasserkrug. Scharen der Götter und Titanen huldigten dem Lotus ihrer Füße, und mit Jahnus Tochter zugleich erschien ihm die Tochter Sūryas.[1] Bei ihrem Anblick schien es Caturbhuja, als sähe er die Herrlichkeit der Erlösung selbst mit seinen Augen; er faltete den Lotus seiner Hände zur Knospe, und indem er mit seinem Haupte den Boden der alles tragenden Erde berührte, sang er aus dem Stegreif folgendes Gedicht, in welchem er sein Vorhaben beschrieb:

»O Mutter, die wie Durgā[2] Śivas Herz beglückt
Du Siegesbanner, das auf Himmels Höhen weht,
Du Perlenkette, die die hehre Erde schmückt:
Vernimm, Bhāgīrathī, was meine Lippe fleht.
Laß wohnen mich an *dir*, nur *deinen* Namen denken,
Auf *deinen* Wogen schaukeln, *deine* Fluten trinken;
In *dich* allein laß meine Blicke sich versenken,
Bis meines Leibes Glieder einst im Tod versinken.«

Als die heilige Bhāgīrathī (= Gaṅgā) dieses Gedicht gehört hatte, dachte sie: ›Mit welcher Liebe hängt dieser Mann an mir! Denn obwohl er mich selbst sieht, der es ein leichtes ist, alle Wünsche zu erfüllen, so begehrt er doch weiter nichts, als an meinem Gestade zu sterben.‹ Darum sagte sie zu ihm: »Wünsche dir, mein Freund, was dein Herz begehrt!« Und schon öffnete er die Lippen, um zu reden: da gab sein Unstern der dabeistehenden Namunā ein, zu Gaṅgā zu sagen: »Allmächtige Bhāgīrathī! Wie kannst du diesem Schurken einen Wunsch gewähren?« Die vom Himmel flutende Göttin antwortete: »Ich will diesem Brahmanen eine Gnadengabe gewähren, liebe Schwester, weil er mir in solcher Liebe zugetan ist und mir ein Preislied gesungen hat.« Aber die Tochter des Sonnengottes erwiderte: »Ein schönes Preis-

1 Namunā (die heutige Jumna) ist die Tochter des Sonnengottes Sūrya.

2 Durgā ist ein anderer Name für Pārvatī, Śivas Gemahlin

lied, heilige Göttin, welches ausdrücklich den Namen deiner Feindin, deiner Mitgemahlin Durgā enthält! Darum verdient der Schurke nicht, daß du ihm auch nur ins Antlitz siehst.«
Als Namunā so gesprochen, geriet auch Gaṅgā über die Erwähnung ihrer Mitgemahlin Durgā in Zorn; sie ließ den Brahmanen ihre Verachtung fühlen und begab sich wieder an ihren Ort.

Gaṅgās Eifersucht wird damit begründet, daß sie neben Durgā (Pārvatī) die zweite Gemahlin des Śiva ist. Der Ganges war einst ein himmlischer Fluß, die Gaṅgā seine göttliche Verkörperung. Als einmal der Erde und all ihren Lebewesen nach einer großen Dürre die Vernichtung drohte, baten sie die Weisen des Himalāya, auf die Erde niederzukommen, um sie zu retten. Die ungestümen Wassermassen drohten das ausgedörrte Erdreich fortzuspülen, hätte nicht Śiva, der auf dem heiligen Berg Kailāsa saß, die Kaskaden mit seinem Haar aufgefangen, so daß sie gebändigt zur Erde niederliefen.

Nicht die Verfehlung eines einzelnen, sondern der moralische Verfall einer Gesellschaft liefert den Anlaß zur Rache in einer kongolesischen Sage. Die Alte ist nicht auf den ersten Blick die »typische« Wasserfrau und doch gibt es gute Gründe, sie in diesem Zusammenhang zu sehen.

## Die Sage vom See Mogalo

Der Stamm der Bwaka lebt im Norden, zwischen den Flüssen Locea und Oubangui, in der Nähe von Libenge.
Dort kommt es nicht selten vor, daß Jungen während der Beschneidung, die gleichzeitig mit der

Initiation stattfindet, sterben, da man keine Desinfektionsmittel benutzt. Den Frauen ist es verboten, in die Nähe der Initianden zu gehen, und wenn jemand dabei stirbt, darf es nicht vor Ablauf des Jahres, das für die Busch-Schule bestimmt ist, bekanntgegeben werden. Es ist in dieser Gegend durchaus üblich, daß eine Mutter, die auf diese Weise ihren Sohn verloren hat, sich das Leben nimmt; es heißt, manche hätten sich, mit dem Kopf voraus, auf die Erde gestürzt in der Hoffnung, sich dabei das Genick zu brechen. Wieder andere setzen sich einfach dem Tod aus, indem sie sich in den Busch zurückziehen und wie ein Baum irgendwann vor Hunger und Auszehrung sterben. Die Alte in dieser Geschichte hat sich aber etwas anderes ausgedacht.

Lange bevor der weiße Mann kam, vor unendlich langer Zeit, lebte eine einsame alte Frau. So unglaublich es schien, sie gebar einen Sohn. Als die Zeit der Beschneidung herannahte, gab es keinen Gleichaltrigen, der ihn hätte begleiten können. So nahmen ihn schließlich einige Männer mit in den Busch. Er starb während der Operation. Niemand überbrachte seiner Mutter die Nachricht, und sie war auch nicht besorgt, denn die Busch-Schule kann wohl ein Jahr dauern, und während der ganzen Zeit bleiben die jungen Männer im Wald. Täglich stellte sie einen Topf Haferbrei an den Weg, gleich am Eingang des Busches. Der Novizen-Meister, der das Essen entgegennahm, pflegte zu sagen: »Es geht ihm gut.«

Als das Jahr vorüber war, kamen die jungen Männer aus dem Busch zurück. Einer unter ihnen ging zur Hütte der Alten, trug ein Bettgestell hinaus, stellte es aufrecht gegen die Wand, kletterte auf das Dach und entfernte das Büschel aus Elefantengras vom Dachfirst: all dies tat er, ohne ein Wort zu sagen. Da hatte die Mutter des toten Jungen verstanden und brach in Tränen aus. Sie wußte, ihr Sohn war heimlich im Busch begraben worden.

Und sie beschloß, nicht an dem Ort zu bleiben, wo sie der Geist ihres Sohnes verfolgen würde. Also ging sie fort, indem sie sagte, sie ginge in den Busch. Sie ging und sammelte giftige Blätter; viele Arten kannte sie. Daraus

braute sie eine ganze Kalebasse voll Gift. Dann legte sie sich mitten auf den Weg, der zum Tanzplatz führte, ganz von Staub bedeckt.
Alle Jungen und Mädchen aus den Dörfern, die erfolgreich initiiert worden waren, kamen dort vorbei zum *dua*, einem gemischten Tanz, mit dem man den Abschluß der Initiationsriten feiert. Jeden von ihnen bat die alte Frau, sie mit einer Hirscrispe zu säubern, alle weigerten sich. Zum Schluß kam ein junges Mädchen daher, das von ihrer Schwester geschlagen worden war, die nicht wollte, daß sie zum Tanz ginge. Sie war aber trotzdem gegangen, obwohl sie noch sehr jung war. Sie war die einzige, die stehenblieb.
Sie nahm Wasser aus dem Fluß und wusch den Körper der alten Frau mit ihren eigenen Händen, denn sie fand die Hirserispe zu hart und zu scharf. Anschließend rieb sie die Alte mit wohlriechendem Öl ein. Die Frau war dankbar und sprach: »Du sollst die ganze Nacht und den ganzen Morgen tanzen, aber zur Mittagsstunde mußt du vom Tanzplatz verschwunden sein, denn es wird etwas Schreckliches geschehen. Du darfst auch deine Eltern warnen und alle in deiner Familie, wie du es für richtig hältst, aber den Dorfleuten darfst du nichts verraten.«
Das Mädchen ging also zum Tanz, und als der Morgen anbrach, warnte es seine Eltern und die jüngste Schwester, sie sollten gehen, aber sonst niemandem etwas sagen. Sie sagten zu den Tanzenden, sie gingen sich ein wenig am Nachmittag ausruhen.
Nun stand die Alte auf, lief um den Tanzplatz herum und besprengte dabei den Boden mit dem Zaubergift aus ihrer Kalebasse. Alle Leute dachten, dies sei eine Beschwörung gegen Regen, eine Aufgabe, die gewöhnlich von alten Frauen übernommen wurde. Aber hier zeigte sich eine andere Wirkung – eine verhängnisvolle. Plötzlich versank der ganze Tanzplatz mit allen Tänzern im Boden! Unter donnerndem Getöse schossen Fontänen aus kochendheißem Wasser aus der Erde. Alle Tänzer starben und verwandelten sich in Fische. Heute ist an der Stelle des Tanzplatzes ein See. Die Dörfer sind verlassen.

# Kapitel 7
# Die Verführerin

Das Kräuseln der Wellen wird zu fließendem Haar, es fällt herab auf nackte, weiße Schultern, glänzt in der Sonne wie Gold, süßer Gesang schwebt über den Wassern. – Immer ist da Bewegung, sehnsuchtsvoller Klang, Verheißung – Gefahr...

Von überirdischer Schönheit leuchtet das Antlitz der Wasserfrau. Und gerade diese Schönheit löst Schrecken aus, denn die Wirkung der göttlichen Schönheit ist Schrecken. Im Mann weckt sie die Erinnerung an eine frühkindliche Erfahrung: der Traum, die eigene, als makellos schön empfundene Mutter zu besitzen, ist tabuisiert. In den Mythen, die von Liebesverhältnissen zwischen Göttinnen und Sterblichen erzählen, hat der Traum von der Göttlichen Geliebten Ausdruck gefunden und deutet auf die Gefahr: Zeus drohte den sterblichen Liebhabern der Göttinnen mit einer Bestrafung, die der Kastration gleich kam; und wehe dem Mann, der es wagte, einer Göttin untreu zu werden: unerbittlich traf ihn ihre Rache.

Überdeutlich erkennt der Held in der Wasserfrau seine Begehren und Ängste gegenüber der Weiblichkeit. Wer sich mit ihr einläßt, betritt mehrfach tabuisiertes Gebiet: jenseitige Welt, ungezügelte Sexualität außerhalb der gesellschaftlichen Norm, Inzestbereich, eine Begegnung, die alle Chancen und Risiken in sich birgt – zu größter Bewußtwerdung und Erkenntnis ebenso wie zu Wahnsinn und Tod.

Keine hat so sehr die Phantasie der olympischen Götter wie der sterblichen Menschen beschäftigt wie Aphrodite! Ein jeder wollte sie besitzen – doch was wäre sie als Gezähmte? Schaumgeboren, nackt dem Meer entstiegen, soll sie auf einer Muschelschale zur Insel Kythera (südlich des Peloponnes) gefahren sein. Wo immer ihre Füße die Erde berührten, entsprangen Gras und Blumen. Die Horen, die die Stunden und Jahreszeiten in ihrer zyklischen Wiederkehr verkörpern, kleideten und schmückten sie. Duftende Salben und Öle bereiteten ihr die Chariten fürs Schlafgemach. Kein Gott vermochte ihrem magischen Liebesgürtel zu widerstehen.

## An Aphrodite

Aphrodite, die goldbekränzte, schöne, besing ich,
Sie, die rings die Höhen des meerumflossenen Kypros
Alle beherrscht, wohin sie des Zephyrs schwellender, feuchter
Windhauch über die Wogen des lautaufrauschenden Meeres
Trug im schmeichelnden Schaum. Die Horen im goldenen Stirnreif
Nahmen sie freudig auf, sie hüllend in göttliche Kleider,
Taten ihr auf das unsterbliche Haupt den prächtigen goldnen,
Schöngefertigten Kranz, und in die durchstochenen Ohren
Fügten sie Blüten aus Messing und aus gepriesenem Golde.
Ihren zarten Hals und den silberschneeigen Busen
Schmückten sie mit goldenem Geschmeide, mit dem sie ja selber
Prangen, die Horen im goldenen Stirnreif, wenn zu der Götter
Lieblichem Reigen sie schreiten und zu dem Hause des Vaters.
Aber nachdem sie mit Schmuck den Leib der Göttin umkleidet,
Führten sie zu den Unsterblichen sie. Die sahen sie, boten
Freudig zum Willkomm ihr die Hände, und jeglicher wünschte
Sie als ehelich Weib zu seiner Behausung zu leiten,
Staunend über die Schönheit der veilchenbekränzten Kythere.
Heil dir, du Augenschöne, du Liebliche. Laß mich im Wettkampf
Hier den Sieg erringen, gib Segen meinem Gesange.
Ich aber werde deiner und andrer Gesänge gedenken.

Wer war diese hinreißende, in allen Liebeskünsten bewanderte, duft- und mythosumflossene Gestalt?
Vieles spricht dafür, daß Aphrodite orientalischen Ursprungs und mit den Phönikern gewandert war, die einst in der Gegend von Kythera eine Kolonie zum Fang von Purpurschnecken gegründet hatten. Sie könnten dabei Erinnerungen an die babylonische Ischtar und die kanaanäisch-syrische Aschtaroth (Astarte) mitgebracht haben.
Im homerischen Schöpfungsmythos dagegen ist Aphrodite die Tochter des Zeus und der Dione-Tethys, der Göttin des Meeres, aus der alles Leben seinen Ursprung nahm. In diesem Mythos spiegelt sich die Inbesitznahme der alten, titanischen, der Mutter-Göttin geweihten Heiligtümer durch die hellenischen Eroberer. Auch das Orakel der Dione zu Dodona zählt dazu. Da die Weissagekraft des Orakels an die Göttin gebunden war, wird sie bei Homer zur Geliebten des Zeus und schenkt ihm eine Tochter: Aphrodite. Diese verdankt dem Homer nicht nur den Vater, sondern auch einen Gatten: Zeus verheiratet Aphrodite mit dem lahmen Schmiedegott Hephaistos. Als wahrer Vater ihrer drei Kinder – Phobos, Deimos und Harmonia – gilt Ares, der ungestüme und streitsüchtige Gott des Krieges.
Der Betrug wurde eines Tages dem Hephaistos hinterbracht, worauf dieser ein Fangnetz schmiedete, fein wie Spinnweb, doch unzerreißbar. Er band es unsichtbar um die Pfosten des Ehebettes und gab vor zu verreisen. So fanden sich Aphrodite und Ares am andern Morgen unter dem Netz gefangen, und Hephaistos hatte nichts Eiligeres zu tun, als alle Götter zusammenzurufen, um den Ehebruch zu bezeugen.
Von Ranke-Graves zeigt uns diese Szene in anderem Licht: Das Netz, in dem Aphrodite hier gefangen wird, war ursprünglich ihr eigenes Requisit als Göttin des Meeres. Ein solches Netz trugen wahrscheinlich auch ihre Priesterinnen während der Frühlingsfeier. Zu den Feiern gehörte das Bad der Aphrodite-Priesterinnen im Meer, ein Ritual der Erneuerung nach vollzogenem

sakralen Koitus. Über den Sinn dieses uralten Ritus in vorhellenischer Zeit schreibt Gerda Weiler: »Der Jüngling, mit dem die Priesterin schlief, empfing durch die Heilige Hochzeit göttliche Weihen. Er empfing sie stellvertretend für die gesamte Natur, die er verkörperte: Liebe war das schöpferische Agens, die Kraftquelle, die das Wachsen der Pflanzen bewirkte, die Fruchtbarkeit der Tiere sicherte und das Ansteigen der Wasser in den Flußläufen verursachte. Die Liebe knüpfte das menschliche Dasein in die kosmische Ordnung ein und gewährleistete die Erhaltung des Lebens, den Sieg der geistigen, seelischen und physischen schöpferischen Kräfte über Untergang, Tod und Verwesung.«

Aphrodite war, Devereux zufolge, von allen prähellenischen Göttinnen die am wenigsten ins hellenische Patriarchat integrierte Gottheit. Mit ihrer unverhohlenen, direkten Sexualität könnte sie Sammelpunkt aller nicht zu zähmenden Kräfte gewesen sein. Vor diesem Hintergrund muß wohl auch ihre Verbindung zum Kult des Dionysos gesehen werden, zum Ritual der Mänaden, der Bünde von »wahnsinnigen Frauen«, die zu bestimmten Zeiten ihre Alltags-Normalität abstreiften und mit dem Ruf: »Ins Gebirg, ins Gebirg« hinauszogen in die wilde Natur: mit gelöstem Haar, das Fell eines Rehkitz oder Panthers umgehängt, von Schlangen umringt, in der Hand den efeuumrankten Thyrsosstab.

An ihren griechischen Kultstätten trägt Aphrodite am häufigsten den Beinamen »Urania«, ein Hinweis auf den Glauben an ihre Abstammung von dem Himmelsgott Uranos. Danach entstieg Aphrodite als »Schaumgeborene« dem Meer, nachdem Kronos seinen Vater Uranos entmannt, und das Glied ins Meer gefallen war. Zuvor hatte Uranos mit Gaia lauter Monster gezeugt, die er haßte und im Leib der Erde (Gaia) verbarg. Diesem furchtbaren Treiben des Vaters hatte Kronos ein Ende gesetzt. Durch das Erscheinen Aphrodites kommt »die Ordnung in die Welt und die Unveränderlichkeit der Arten, so daß willkürliche und verderbliche Zeugung unmöglich wird« (Eliade, Die Religionen).

Als »Urania« ist sie in den Winden und Wolken des Himmels, sie bringt das Meer zum Lächeln. Daher galt Aphrodite den Seeleuten als Schutzpatronin, eine Funktion, die – im übertragenen Sinne – auf die heilige Jungfrau Maria überging: in der Anrufung »Ave Maris Stella« (Meerstern sei gegrüßet) lebt dieser alte Glaube fort.

## An Aphrodite

*›Pervigilium Veneris‹* *

Der Mantel der Nacht ist ausgebreitet. Wer zählt seine Edelsteine? Sie öffnet die Flügel, Schlaf und Traum an den mütterlichen Busen zu drücken.
Die Nacht ist mein. Nimm mich auf, Ernährerin der Götter! Liebliche Opferin, du beschwichtigst das Beben der hundertarmigen Schicksalsverfolgerinnen und entflammst die abendlichen Altäre des Eros.
Die Sterblichen haben geruht, die Felder haben geschlürft der Alltränkenden Becher. Der Morgenstern mit dem Fackelpaar verfolgt den fliehenden Wagen, doppelte Gottheit, die wir Stern nennen und Genius der Aphrodite, und es begleiten ihn die Schwestern, welche an die Vergangenheit die Zukunft binden. Die erhobene Rechte erleuchtet den Abstieg der Nacht; die Fackel der Linken ergießt sterbend das Licht der Morgenröte in aufsteigender Glut, Fackelträgerin des Sonnengottes, umgürtet von seinem Schimmer!
Die Nacht entflieht, die Sonne steigt auf und alle Kinder des Himmels beten an mit verhülltem Antlitz. Der Hufschlag der flammenden Rosse weckt die Morgenhitze, die Stimmen von tausend Vögeln grüßen von jedem Baum den werdenden Tag. Die Nacht ist nicht mehr, und die Göttin des Mondes ruht in der Kammer der Grotte.

* Die als ›Pervigilium Veneris‹ überlieferte Gebetshymne entstand wahrscheinlich im Umkreis der schließlich zum römischen Staatskult erhobenen Aphrodite-Venus-Verehrung im Heiligtum auf dem Eryx in Nordwestsizilien.

Herrin der Nacht, Mutter des Eros, auch der Tag ist dein, allmächtige, heilige Gottheit! Nicht brauchst du zu fliehen das Auge des Zeus: tausche Gestalt und Namen, jungfräuliche Hoffnung des Morgens, und werde im Kochen des Mittags Erquickerin der durstenden Herzen. Du weckst die Stimmen in den tausend Vögeln jedes Baums; du entzündest die Herzen in den tausend Seelen jeder Hütte, durch dich ist süß die Kümmernis des Lebens. Durch dich leben und sind wir, durch dich alle Götter.

## Odysseus: Die Sirenen, Skylla und Charybdis

Das erste Abenteuer, das wir zu bestehen hatten und von welchem uns Kirke geweissagt, erwartete uns am Eilande der Sirenen. Dieses sind sangreiche Nymphen, die jederman bezaubern, der auf ihr Lied horcht. Am grünen Gestade sitzen sie und singen ihre Zauberlieder dem Vorüberfahrenden zu. Wer sich zu ihnen hinüberlocken läßt, ist ein Kind des Todes, und man sieht deswegen an ihrem Ufer moderndes Gebein genug umherliegen. Bei der Insel dieser verführerischen Nymphen angekommen, hielt unser Schiff stille, denn der Fahrwind, der uns bis hierher gelinde vorwärts getrieben, hörte mit einemmal auf zu wehen, und das Gewässer schimmerte wie ein Spiegel. Meine Begleiter nahmen die Segel von den Stangen, falteten sie zusammen, legten sie im Schiffe nieder und setzten sich ans Ruder, um das Schiff so vorwärts zu bringen. Ich aber gedachte an das Wort, das Kirke, die mir dieses alles voraussagte, gesprochen hatte. »Wenn du an die Insel der Sirenen kommst und ihr Gesang euch droht, so verklebe die Ohren deiner Freunde mit Wachs, daß sie nichts hören; begehrst du aber selbst ihr Lied zu vernehmen, so befiehl, daß man dich, an Händen und Füßen gefesselt, an den Mast binde, und je sehnlicher du deine Freunde bittest, dich loszubinden, desto fester sollen sie die Seile schnüren!«

Daran dachte ich jetzt, zerschnitt eine große Wachsscheibe und knetete sie mit meinen nervichten Fingern; das weiche Wachs strich ich sodann meinen Reisegenossen in die Ohren. Sie aber banden mich auf mein Geheiß aufrecht unten an den Mast; dann setzten sie sich wieder an die Ruder und trieben das Fahrzeug getrost vorwärts. Als die Sirenen dieses heranschwimmen sahen, standen sie in der Gestalt reizender Mägdlein am Ufer und stimmten mit wundersüßer Kehle ihren hellen Gesang an, der also lautete:

Komm, preisvoller Odysseus, erhabener Ruhm der Achajer,
Lenke das Schiff ans Land, um unsere Stimme zu hören.
Denn noch ruderte keiner vorbei im dunkelen Schiffe,
Eh' er aus unserem Munde die Honigstimme gehöret:
Jener sodann kehrt fröhlich zurück und mehreres wissend.
Denn wir wissen dir alles, wie viel in den Ebenen Trojas
Argos' Söhn' und die Troer vom Rat der Götter geduldet,
Alles was irgend geschah auf der vielernährenden Erde.

So sangen sie. Mir aber schwoll das Herz im Busen vor Begierde, sie zu hören; ich winkte meinen Freunden mit dem Kopfe, mich loszubinden. Aber sie mit ihren tauben Ohren stürzten sich nur um so rascher aufs Ruder, und zwei von ihnen, Eurylochos und Perimedes, kamen herbei und legten mir, wie ich früher befohlen hatte, noch viel stärkere Stricke an und schnürten auch die alten fester zusammen. Erst als wir glücklich vorübergesteuert und ganz außer dem Bereich der Sirenenstimmen waren, nahmen meine Freunde sich selbst das Wachs aus den Ohren, und mir lösten sie die Fesseln wieder. Ich aber dankte ihnen herzlich für ihre Beharrlichkeit.

Kaum waren wir etwas vorwärts gerudert, als ich von ferne Wasserstaub und eine mächtige Brandung gewahr wurde. Das war die Charybdis, ein täglich dreimal unter dem Fels hervorquellender und wieder zurückwallender Strudel, der jedes Schiff verschlingt, das in seinen Rachen

gerät. Meinen Begleitern fuhren die Ruder vor Schrecken aus der Hand; sie flossen dem Strome nach, und das Fahrzeug stand stille. Ich selbst sprang von meinem Sitze auf, durcheilte das Schiff und sprach den Freunden Mut ein. »Liebe Freunde«, sagte ich, »wir sind ja keine Neulinge in den Gefahren. Was auch kommen mag, ein größeres Leid als in der Hölle des Zyklopen kann uns nicht betreffen; und doch half euch dort meine Klugheit hinaus. Bleibt fest auf euren Bänken sitzen und schlaget mutig mit den Rudern« – denn sie hatten sie wieder gefangen – »auf die Brandung los. Ich denke, Zeus hilft uns durch schleunige Flucht aus dieser Not. Du aber, Steuermann, nimm alle deine Besinnung zusammen und lenke das Schiff durch Schaum und Brandung, so gut du kannst! Arbeite dich an den Fels hin, damit du nicht in den Strudel geratest!« So hatte ich die Freunde vor dem Strudel Charybdis gewarnt, von welchem mir Kirke erzählt hatte; aber von dem Ungeheuer Skylla, das gegenüber drohte, schwieg ich noch weislich.
Eines andern Gebotes hatte ich jedoch vergessen, das Kirke mir auch gegeben. Sie hatte mir nämlich verboten, mich zum Kampfe mit diesem Ungeheuer zu rüsten; ich hüllte mich aber in meine volle Waffenrüstung, nahm zwei Speere in die Hand und stellte mich so aufs Verdeck, um dem herankommenden Ungeheuer zu begegnen. Aber obgleich mir die Augen vom Umherschauen schmerzten, konnte sie mein Blick doch nicht entdecken, und so fuhr ich denn voll Todesangst in den immer enger werdenden Meerschlund hinein. Diese Skylla hatte mir Kirke so geschildert: »Sie ist kein sterblicher Gegner, vielmehr ein unsterbliches Unheil; Tapferkeit vermag nichts gegen sie, die einzige Rettung ist, ihr zu entfliehen. Sie wohnt gegenüber der Charybdis in einem sein spitzes Haupt in die Wolken streckenden Fels, ewig von dunkelem Gewölk umfangen, von keinem Sonnenstrahl erleuchtet und ganz aus glattem Gesteine aufgetürmt. Mitten in diesem Fels ist eine Höhle, schwarz wie die Nacht; in dieser haust Skylla und gibt ihre Gegenwart nur durch ein fürchterliches Bellen kund, welches über

die Flut herüberhallt, wie das Geschrei eines neugebornen Hundes. Dieses Ungeheuer hat zwölf unförmliche Füße und sechs Schlangenhälse, auf jedem derselben grinst ein scheußlicher Kopf mit drei dichten Reihen von Zähnen, die sie fletscht, ihre Opfer zu zermalmen; halb ist sie einwärts in die Felskluft hinabgesenkt, ihre Häupter aber streckt sie schnappend aus dem Abgrunde hervor und fischt nach Seehunden, Delphinen und wohl auch größeren Tieren des Meeres. Noch nie hat sich ein Schiff gerühmt, ohne Verlust an ihr vorübergekommen zu sein; gewöhnlich hat sie, ehe sich's der Schiffer versieht, in jedem Rachen einen Mann zwischen den Zähnen, den sie aus dem Schiffe geraubt hat.«
Dieses Bild hatte ich vor meiner Seele und spähte vergebens umher. Indessen waren wir mit dem Schiffe ganz nahe an die Charybdis geraten, die die Meeresflut mit ihrem gierigen Rachen einschlürfte und wieder ausspie; die brauste wie ein Kessel über dem Feuer, und weißer Schaum flog empor, solange sie die Flut herausbrach; wenn sie dann die Wogen wieder hinunterschluckte, senkte sich das trübe Wassergemisch ganz in die Tiefe, der Fels donnerte, und man konnte in einen Abgrund von schwarzem Schlamm hinuntersehen. Während nun unsere Blicke mit starrem Entsetzen auf dieses Schauspiel gerichtet waren und wir unwillkürlich mit dem Schiffe zur Linken auswichen, waren wir plötzlich der bisher nicht entdeckten Skylla zu nahe gekommen und ihre Rachen hatten auf einen Zug sechs meiner tapfersten Genossen vom Bord hinweggeschnappt; ich sah sie mit schwebenden Händen und Füßen zwischen den Zähnen des Ungeheuers hoch in die Lüfte gezückt; noch aus seinen Rachen heraus riefen sie mich hilfeflehend beim Namen: einen Augenblick darauf waren sie zermalmt. So viel ich auf meiner Irrfahrt erduldet habe, ein jammervollerer Anblick ist mir nicht geworden!

Im Bild von Skylla und Charybdis, die dem Odysseus in der Meerenge von Messina auflauern, erfüllt sich ein männliches Trauma. Beide sind Namen für die vernichtende Meeresgöttin: Skylla, die »Reißende«, und Charybdis, die »Hinuntersaugende« (von Ranke-Graves).
Doch bevor Odysseus zu Skylla und Charybdis gelangt, muß er die Sirenen passieren. Die Sirenen sind Vogelfrauen; sie leben auf einer grünen Grabesinsel, vergleichbar der Insel Avalon, die den Geist des toten Königs Arthur aufnimmt. Bekannt sind Darstellungen auf Grabmälern, wo die Sirenen als Todesengel Klagelieder zur Begleitung von Leiermusik singen. Da man annahm, die Seele der Verstorbenen fliege in Gestalt eines Vogels davon, wurden die Sirenen häufig mit Raubvogelklauen vorgestellt, die sich der davoneilenden Seele bemächtigen, nicht ohne erotische Absicht. Von Ranke-Graves vermutet, daß die Sirenen ursprünglich die um den toten König trauernden Priesterinnen und zugleich die die Insel heimsuchenden Vögel als Dienerinnen der Todesgöttin verkörperten. Sie dürften einem vorolympischen Kult zugehören, was auch erklärt, warum sie in einem Wettkampf mit den Musen unterlagen. Die Musen sollen den Verliererinnen die Flugfedern ausgerupft haben. Daher saßen die Sirenen – flugunfähig – auf der grünen Insel zwischen den gebleichten Gebeinen der Seeleute, die sie einst angelockt hatten.
Die Sirene als Meerjungfrau mit Fischunterleib taucht erst in nachklassischer Zeit auf. Die früheste Erwähnung der fisch- statt der vogelgestaltigen Sirene findet sich in dem »liber monstrorum« eines anonymen Verfassers des ausgehenden 6. Jahrhunderts. Der in der zweiten Hälfte des 4. Jahrhunderts entstandene »Physiologus« schildert die Sirenen noch halb weiblich, halb vogelgestaltig. Er galt vom 7. bis zum 12. Jahrhundert als das »klassische Kompendium der Naturgeschichte und ein orthodoxes Lehrbuch der Moral«. Das »Bestiarium« des Klerikers Guillaume le Clerc (um 1210) nennt beide Möglichkeiten: oben herum ist die Sirene die schönste Frau der Welt, ihr Unterleib gleicht einem Fisch oder dem eines Vogels.

Das Bild des an den Schiffsmast gebundenen Odysseus wurde in späterer Zeit zum Bild des Christen, der sicher allen Lockungen dieser Welt entgeht, wenn er sich fest an das Schiff der Kirche, an den Mastbaum als Kreuz Christi anklammert.
Den Lockungen der diesseitigen oder eher einer allzu verführerischen anderen Welt hat sich der Held im folgenden brasilianischen Märchen am Vorabend seiner Hochzeit zu stellen.

## Der Gesang der Yara

Unten, im Süden von Brasilien, wo die Sonne so heiß scheint, daß Mensch und Tier den Tag verschlafen, wo selbst die großen Wälder unter der lastenden Hitze verstummen und erst am Abend erwachen, lebten ein junger Mann und ein Mädchen. Das Mädchen war in der Stadt Corumba aufgewachsen und hatte diese kaum jemals verlassen. Der junge Mann aber kam aus dem Norden und war nach Corumba gekommen, der Stadt am Fluß, um Arbeit zu finden. Einige Zeit nach seiner Ankunft feierte man etwas außerhalb der Stadt ein großes Fest, und zu diesem Fest kamen alle Leute von nah und fern zusammen. Manche gingen zu Fuß, manche kamen in Kutschen gefahren; aber alle hatten ihre schönsten Kleider an, und die Frauen und Mädchen trugen Blumen im Haar.
So ein Fest hatte Alfonso, der junge Mann aus dem Norden, noch nie erlebt. Er stand schweigend am Rande und sah den leichtfüßigen Tänzern zu. Plötzlich aber fiel ihm ein junges Mädchen in einem gelben Kleid auf. Sie trug rote Granatapfelblüten im Haar und schien dem jungen Mann die Schönste von allen zu sein. Als das Fest vorüber war und der junge Mann mit seinen Freunden nach Hause wanderte, war er seltsam verändert.
Während der Arbeit am nächsten Tag sah er ständig das liebliche Gesicht des Mädchens vor sich und konnte an nichts anderes denken. In der Nacht fand er keinen

Schlaf, lief ziellos durch die nächtlichen Straßen oder ging in den Wald und badete in einem der tiefen Waldseen dort.
So vergingen viele Wochen. Der Zustand des Jünglings besserte sich nicht. Eines Abends aber sollte sich alles ändern. Alfonso wanderte wieder durch die Stadt und kam zufällig an dem Haus, in dem das schöne Mädchen Julia wohnte, vorbei. Sie stand mit dem Rücken zur Hauswand und versuchte verzweifelt, mit ihrem Fächer einen wilden Hund abzuwehren.
Alfonso sprang hinzu und schlug mit einem Faustschlag den tollwütigen Hund zu Boden. Dann führte er das verängstigte Mädchen zu der kühlen Veranda, auf der ihre Eltern saßen. Von der Stunde an war er ein gern gesehener Gast in dem Haus, und nicht lange danach verlobten sich Alfonso und die schöne Julia.
Jeden Tag nach Feierabend ging Alfonso nun zu Julias Elternhaus. Es war mit Efeu überwachsen, Kolibris flogen von Ast zu Ast, und die grauen Papageien schrien im Chor. Das Mädchen erwartete ihn gewöhnlich im Garten, sie verbrachten ein bis zwei Stunden unter dem Nachthimmel, und die Sterne waren groß und hell und zum Greifen nahe. »Alfonso, was hast du gestern abend gemacht, nachdem du nach Hause gegangen bist?« fragte Julia eines Abends.
»Wie immer, Julia«, anwortete er. »Es war zu heiß zum Schlafen, und so ging ich in den Wald und badete in einem der Waldseen neben dem Fluß. Ich gehe oft dorthin, seit einigen Monaten schon, aber gestern nacht geschah etwas Sonderbares. Ich wollte gerade ein letztes Mal in den See springen, als ich Gesang vernahm. Die Stimme kam mal vom rechten, mal vom linken Ufer, und sie klang süßer als Nachtigallengesang, die Worte aber verstand ich nicht. Ich zog mich rasch an und durchsuchte jeden Busch, sah hinter jeden Baum, doch konnte ich niemand entdecken.«
Während Alfonso so sprach, wurde Julia schreckensbleich. Seit ihrer Kindheit hatte sie immer wieder Geschichten von jenen seltsamen Wesen gehört, die im

Wasser hausen oder sich unter den Büschen am Flußufer verbergen. Gegen diese Geister, so erzählte man sich, half nur ein starker Zauber. Konnte die Stimme, von der Alfonso sprach, von einem jener Wesen sein? Vielleicht, wer weiß, hatte gar die gefürchtete Yara selbst gesungen, Yara, die Wasserfrau, welche die jungen Männer am Vorabend ihrer Hochzeit zu sich lockt?

Während diese Gedanken durch Julias Kopf gingen, stand sie wie gelähmt da und bekam kein Wort heraus. Schließlich faßte sie sich und sagte leise: »Alfonso, willst du mir etwas versprechen?«

»Wie ernst du geworden bist, Julia! Sag, was du möchtest.«

»Versprich mir eines, Alfonso, bade nie wieder in jenen Seen im Wald!«

»Aber warum denn nicht? In all den heißen Nächten, in denen ich keinen Schlaf fand, bin ich zu den Waldseen gegangen, und mir ist nie etwas zugestoßen.«

»Alfonso, wenn du mir das nicht versprichst, werde ich vor Angst wahnsinnig werden. Gib mir dein Wort.«

Alfonso sah das Mädchen an, und da er sah, wie blaß sie geworden war, fragte er sie, wovor sie sich so ängstige.

»Hast du nicht ihren Gesang gehört?« flüsterte Julia.

»Die Stimme? Ja, und sie klang süßer als Nachtigallengesang. – Wie könnte die mir jemals gefährlich werden?«

»Erst wirst du nur die Stimme hören, dann wirst du die Erscheinung sehen und dann – den Tod.« Julia fuhr mit hastigen Worten fort, von Yara, der Wasserfrau, zu erzählen.

Von den Mädchen und Frauen, die am Seeufer ihre Wäsche wuschen und von Yara entführt worden waren, um ihr in ihrem Reich unter dem Wasser zu dienen, und von den jungen Männern, die Yara zu sich ins Verderben lockte. »Du kommst aus dem Norden, Alfonso«, sagte sie, »du kennst dich nicht aus, aber glaube mir – es war die Stimme der Yara, die du gehört hast.«

Alfonso vernahm ihr Wort und lachte. Er sah die Furcht in ihrem Gesicht, und doch konnte er sich nicht beherrschen, je mehr er aber lachte, desto verzweifelter wurde

Julia. »Du hast sie gesehen«, rief sie entsetzt. »So lachen nur die, denen die Yara sich gezeigt hat!«, und sie weinte bitterlich.
Als Alfonso das Mädchen weinen sah, umarmte er sie und versprach ihr alles, was sie wollte.
Julia lief ins Haus und kam mit einem Kästchen zurück. Sie öffnete das Kästchen, nahm eine vielfarbene Muschel heraus und sang in die Muschel.
Vielleicht könne er sein Versprechen nicht halten, sagte sie, die Macht der Yara wäre groß, und der Klang ihrer Stimme ließe die Männer alles vergessen, was ihnen lieb wäre. Wenn er aber sein Wort brechen und doch noch einmal zu dem Waldsee ginge, solle er die Muschel bei sich tragen. »Sobald du dann die Stimme der Yara vernimmst«, sagte Julia, »halte schnell die Muschel an dein Ohr – dann wirst du mein Lied hören, vielleicht ist mein Lied stärker als der Gesang der Yara.«
Es war schon Mitternacht, Alfonso war auf dem Heimweg.
Der Mondschein lag auf dem Fluß, das Wasser rauschte kühl und einladend, und die Bäume des nahen Waldes schienen ihre Arme nach dem Jüngling auszustrecken. Alfonso blickte entschlossen in die andere Richtung und lief eilends nach Hause.
Drei Nächte lang hielt er sein Wort, das Lied der Yara aber summte in seinen Ohren und wurde täglich lauter. Am vierten Abend machte er sich schon um elf Uhr auf den Heimweg. Der Wald rauschte und flüsterte und lockte süß, Alfonsos Verlangen, in den See zu springen, wurde übermächtig. Kurz entschlossen kehrte er um und schlug den gewohnten Waldpfad ein. Am See angekommen, hielt Alfonso inne und spähte mißtrauisch in das nächtliche Dunkel. Er fühlte sich beobachtet, und doch konnte er niemand entdecken. Der Wald schien zu schlafen, kein Laut war zu hören, sanft und friedlich lag der Mondschein auf Büschen und Bäumen. Alfonso zog sich aus und warf die Kleider auf einen Haufen, stieg ans Ufer und wollte soeben in das Wasser springen. Da plötzlich fühlte er Blicke auf seinem Rücken, als stände jemand

hinter ihm. Alfonso drehte sich um – da stand eine wunderschöne weißgekleidete Frau, halb verborgen zwischen Schilf und Farn, und sah ihn an. Mit einem Sprung packte er sein Kleiderbündel, floh den Waldpfad zurück, und die Angst, eine weiße Hand auf seinen Schultern zu fühlen, jagte ihn voran.
Er lief und hielt nicht an, bis er die letzten Bäume hinter sich hatte, und wagte erst dann einen Blick zurück – im Dunkel des Waldes meinte er eine weißgekleidete Gestalt zu sehen, die ihm mit beiden Armen winkte.
Das war genug; der junge Mann rannte wie gehetzt die Straße entlang zur Stadt zurück.
Am nächsten Morgen, noch vor Sonnenaufgang, ging Alfonso wieder in den Wald. Er wollte nachschauen, ob sich irgendwelche Spuren von Yara, der Wasserfrau, am Seeufer fänden. Er durchsuchte jeden Busch, sah hinter jeden Stein – der Platz war leer, bar jeden Geheimnisses. Grau schimmerte der See im ersten Tageslicht, und die Papageien schrien.
»Wahrscheinlich hab' ich den ganzen nächtlichen Spuk nur geträumt«, sagte sich Alfonso und ging in die Stadt zurück. Er konnte sich aber kaum auf seine Arbeit konzentrieren, und jeder, der ihm begegnete, fragte ihn erschrocken, ob er krank sei; denn sein Gesicht war totenbleich, seine Augen glänzten fiebrig. Ja, ich muß krank sein, dachte Alfonso. Es wäre gefährlich, heute nacht baden zu gehen, denn mein Kopf glüht vor Fieber. Und dennoch zählte er die Stunden und wartete sehnsüchtig auf den Abend.
Nach Feierabend ging er wie gewöhnlich zu dem efeubewachsenen Haus. Julia sah seine bleiche Stirn und seine Fieber-Augen und wußte sogleich, daß ihrem Liebsten etwas Schreckliches zugestoßen war.
»Frag nicht, Julia, morgen abend werd' ich dir alles erzählen«, sagte er. »Mach dir keine Sorgen, ich hab' nur furchtbare Kopfschmerzen.«
An diesem Abend verließ Alfonso Julia früher, noch vor Anbruch der Nacht. Er ging nicht zur Stadt zurück, er lief den Pfad zum Waldsee entlang und hielt nicht an, bis

er am Seeufer stand. Dort brach er sich einen starken Ast von einer Espe ab und sah sich wartend um. Er horchte, alle Nerven angespannt, in den nächtlichen Wald und fuhr bei dem leisesten Laut – beim Fallen eines Blattes, dem Schrei eines Nachtvogels – zusammen. Nach und nach aber beruhigte er sich; er lehnte sich mit dem Rücken gegen einen Baum und verharrte dort, halb träumend, halb wachend. Wie lange er so stand, wußte er nicht, in diesem Zustand können Minuten eine Ewigkeit sein und Stunden wie Augenblicke vergehen. Doch plötzlich schreckte Alfonso hoch; ihm war, als hätte jemand seinen Namen geflüstert.

»Wer ist da?« rief er und wurde hellwach. – »Ist da«, antwortete das Echo aus dem Wald. Alfonso starrte auf das schwarze Wasser zu seinen Füßen, seine Augen schmerzten, aber er konnte den Blick nicht abwenden, und nach einiger Zeit sah er einen Schimmer Licht aus dem Wasser steigen. Der Lichtschein wurde größer und heller, Alfonso begann am ganzen Leib zu zittern, er versuchte, den Kopf zu wenden, wegzuschauen – umsonst. Etwas, das stärker war als er, zwang ihn, unbeweglich in den schwarzen See zu schauen. Das Wasser teilte sich, die Wellen kräuselten sich sanft, und eine wunderschöne Frau erschien. Alfonso wollte davonlaufen, doch seine Füße waren wie festgewachsen. Die Frau lächelte ihm zu und streckte ihre Arme aus, Alfonso stand wie gelähmt, die schöne Wasserfrau glitt näher, Alfonso versuchte mit letzter Kraft, sich aus der Verzauberung zu lösen, die Frau aber schwamm lächelnd näher und näher. Sie hatte das Ufer fast erreicht, nur noch zwei Schritte trennten sie von dem jungen Mann; Alfonso umklammerte mit beiden Händen den Ast und war fest entschlossen, ihn als Schlagwaffe zu gebrauchen. Nun aber schien die Wasserfrau an der Reihe, sich zu fürchten, und sie zögerte einen Moment, während Alfonso vorwärts drang, den Ast immer noch hocherhoben in beiden Händen. In seiner Aufregung aber vergaß er den See, und erst als er mit beiden Füßen im kalten Wasser stand, hielt er unwillkürlich inne. Die Yara bemerkte sein

Schwanken, sie wiegte sich sachte hin und her und – begann zu singen. Ihr Gesang schwebte leise wie ein Windhauch um den See, drang näher, klang ferner und erfüllte den ganzen Wald. Alfonso fühlte, wie alle Kraft von ihm wich und seine Sinne vergingen. Er ließ den Ast fallen und hörte nicht einmal sein Aufklatschen im Wasser, seine Arme sanken willenlos herab, dabei aber berührte seine Hand Julias Muschel, die er immer bei sich trug. Trotz seiner Benommenheit fielen ihm Julias Worte ein, er griff in seine Tasche, nahm mit zitternden Fingern die Muschel hervor und konnte sie doch kaum mit seinen ohnmächtigen Händen halten. Yara sang nun betörender und süßer denn je, Alfonso aber preßte die Muschel an sein Ohr. Aus ihrem Inneren drang Julias Stimme mit dem Lied, das sie für ihn hineingesungen hatte, und wenn Julias Gesang zuerst auch schwach und dumpf klang, die Töne schwollen an, wurden heller und lauter – bis der Nebel, der Alfonso umfangen hatte, sich lichtete. Er richtete sich auf und sah sich um, ihm war wie einem Schläfer, den der Traum in ein seltsames, fernes Land getragen hatte, der Traum verblaßte, sein Kopf war frei, seine Augen hellwach und klar. Der Mondschein lag auf dem dunklen Wasser, die Bäume warfen schwarze Schatten; es war sehr still, nur das Summen der Nachtfalter war zu hören.

Das Märchen zeigt eine menschliche Braut, die um die Gefährdung des Geliebten weiß und die Macht der Wasserfrau zu bannen vermag: durch ihren magischen Gesang in eine Muschel!
Duerr erwähnt in »Sedna« einen Brauch zur Verehrung der afro-brasilianischen Meeresgöttin Iemanjá, die mit den Worten »Gegrüßet seist Du silberne Meeresmuschel!« besungen wird – eine Beschwörungsformel auch

dies, die dazu dienen soll, die wirkliche Begegnung mit der Göttin zu verhindern.

»Halb zog sie ihn, halb sank er hin, / Und ward nicht mehr gesehen«, beschreibt Goethe in seinem Gedicht »Der Fischer« die verführerische Macht der Nixe, die als »Loreley«, »Donauweiblein« oder »Mümmele« (Schwarzwald) zu einem festen Bestandteil des Volksglaubens geworden ist. Hier nun zwei Liebesabenteuer mit tödlichem Ausgang – was für den einen in Verklärung endet, ist für den anderen ein schmählicher Tod.

## Die Nixe des Hüttensees

In dem zürcherischen Dorfe Hütten lebte einmal ein schöner Jüngling mit dunklem Haar, aber hellen, blauen Augen und frischem Mund. Er war der schönste und beste Knabe weit und breit, und wo er auf der Kilbi* erschien, wünschte ihn jedes Mädchen zum Tänzer und noch viel lieber zum Gatten für das ganze Leben. Der Jüngling aber achtete der schönsten und reichsten Mädchen nicht; ernst und gleichgültig wechselte er Tänzerin um Tänzerin. Die Nixe im Hüttensee war ihm im Traume erschienen, und so schön wie sie war keines der Mädchen der Gegend; sie liebte er, die er doch niemals zu sehen und zu gewinnen hoffte. So oft er konnte, warf er sich in sein aus einem mächtigen Eichenstamm gezimmertes Schiffchen und ruderte auf dem kleinen Gewässer hin und her.

Als er einmal so das Boot auf dem glatten Spiegel hintreiben ließ, ergriff er plötzlich eine weiße Rose, welche er an seiner Brust trug, und warf sie als Liebespfand in den See. Da teilten sich die Wellen in der Nähe des Bootes, und ein schönes Mädchen im leichten grünlichen Gewande der Nixen stieg empor. Es öffnete die Arme und rief mit der wohllautendsten Stimme: »Komm hinab zur Braut in die Flut!« Freudig sprang der Jüngling in den

* Kilbi = Kirchweih

See, und die Wellen schlossen sich sanft murmelnd über seinem Haupte. Man sah ihn nie wieder, und nie fand man seinen Leichnam. Der See aber, in den er die weiße Rose geworfen hatte, bedeckte sich fortan jeden Sommer mit weißen Seerosen, welche aus dem Garten des Nixenschlosses emporwuchsen.

## Der Schäfer

Ein Schäfer im Saalkreis folgte einer Nixe auf den Grund eines Sees. Als er sich nach seinen Verwandten und Freunden sehnte, sagte sie zu ihm: »Wenn du wiederkommst, so geh', aber wehe dir, wenn du dein Wort brichst!« Dem Schäfer gefiel es oben auf den Wiesen und unter der Sonne so wohl, daß er beschloß, wieder seine Schafe zu hüten. Doch nahm er sich in acht, daß er keinem Fluß, See oder Brunnen zu nahe kam. Aber einmal war ein so heißer Tag. Und der Schäfer wußte sich vor Durst nicht zu retten. Da war eine kleine Lache am Wege. ›Hier kannst du trinken‹, dachte er. Und er neigte sich. Da spürte er einen Druck im Genick und hörte ein heiseres Kichern. Und sein Gesicht wurde so fest in die Lache gedrückt, daß er ertrank.

# Kapitel 8

# Herrscherin im Totenreich

In den Jenseitsvorstellungen vieler Naturvölker gilt das Wasser als Reich, in das die Seelen der Toten eingehen. Unbestreitbar ist das Wasser »ein Stoff, der ihrem Sinnen, Trachten, Denken und Gefühl eine natürliche Grenze setzt.« (Birger Mörner). So wird es identisch mit dem Totenreich, oder es wird gedacht als ein »Durchgang« zu einem jenseitigen Land, einer fernen Insel. Wasser steht für die Grenze zwischen Leben und Tod.

In den folgenden Mythen und Märchen führt die Reise der Toten zu einer Wasserfrau. Die Furcht vor dem Tod kann ihr dämonische Züge verleihen (bei der polynesischen Miru), sie kann auch tröstliche Vorstellungen nähren (keltische Anderswelt).

In der nordischen Meeresgöttin Ran verbinden sich bedrohliche und gütige Aspekte. Sie trägt Züge einer Todesgeliebten, deren Bett der Ertrunkene besteigt, und die Tafelfreuden, zu denen sie lädt, wecken Erinnerungen an ein vorgeburtliches Paradies.

Das Eingehen in ein Wasser-Totenreich ist als eine Rückkehr in den Leib der »Urmutter« zu verstehen, verbunden mit dem Glauben an zyklische Wiederkehr.

## Ran

Nach altnordischem Glauben lebt am Grunde des Meeres die Göttin Ran, die die ertrunkenen Seeleute in einem großen Netz auffängt. Ran ist die Gattin des Ägir. Die beiden besitzen eine große Halle mit vielen Kesseln, wo sie alljährlich die Götter bewirten. Ägir liebte das Gold, um damit seine Halle zu erleuchten – weshalb Gold auch »Ägirs Feuer« genannt wurde. Es war von Vorteil für den Ertrunkenen, wenn er Gold bei sich trug; so heißt es in der Fridthjofssaga: »›Es steht zu erwarten‹, sprach Fridthjof, ›daß einige von unsern Leuten zur Ran fahren werden. Wir werden nicht viel gleich sehen, wenn wir dahin kommen, wenn wir uns nicht prächtig schmücken. Es scheint mir rätlich, daß jedermann einiges Gold bei sich trage.‹ Da hieb er den Ring entzwei, das Geschenk der Ingibjörg, und teilte ihn unter seine Leute aus und sprach die Weise: ›Diesen roten Ring, den Halfdan besaß, muß man entzwei hauen, ehe uns Ägir verdirbt. Gold soll man sehen an den Gästen, ehe wir der Gastung bedürfen. Das taugt vornehmen Recken mitten in Rans Sälen.‹«

Und der Isländer Sneglu-Halli, der den Untergang seines Schiffes voraussagt, singt um die Mitte des 11. Jh.: »Deutlich sehe ich, wie ich bei Ran sitze; einige sind beim Schmaus mit den Hummern; klar ist's, daß man beim Dorsche gaste.«

Daß der Ertrunkene an der Tafel der Ran freundlich bewirtet wurde, konnte sich den Hinterbliebenen auf der Erde dadurch mitteilen, daß der Seetote ganz durchnäßt seine eigene Leichenfeier besuchen kam.

Auch Freuden anderer Art erwartete sich der Held vom Zusammensein mit der Ran. Fridthjof: »Jetzt muß ich wahrlich der Ran Bett besteigen, ein andrer wird das der Ingibjörg einnehmen.«

Sicher bargen diese Vorstellungen für den Seefahrer, der den Gefahren des Meeres tagtäglich ausgesetzt war, etwas Tröstliches. Doch neben die schützende Meeresgöttin tritt ihr bedrohlicher Aspekt. Denn im Gegensatz zum Gatten Ägir, der die ruhige See verkörperte, fließt »die rotgefärbte Welle aus dem weißen Rachen der Ran« (Skaldendichtung).

Die Ran hatte neun Töchter: die Wogen (Udr, Bara, Kolga, Bylgja), die Brandung, das stürmische Unwetter, die blutgierige (Blodughadda) Meerriesin. Ein Seesturm war wie ein Kampf mit diesen Ungeheuern. Als neun Wellen finden sie sich auch in der keltischen Mythologie, in Irland und Wales: im Bild der Pferde des Meeresgottes Manannan oder der Locken seiner Gemahlin.

Die Rückkehr in den Leib der Urmutter ist Thema der polynesischen Todesmythologie. Wie wir uns dies vorzustellen haben, erzählt der schwedische Ethnologe Mörner in der folgenden Geschichte.

## Die dämonische Miru

Östlich von Tonga, in Polynesien, liegen die Hervey- oder Cooks-Inseln. Auf Mangaia, der südlichsten dieser Inseln, erzählt man sich folgende eigenartige Sage von der Wanderung der Seele nach dem Tode:

Die Seelen der Verstorbenen irren einige Zeit noch am Strande umher. Dann versammeln sie sich am Strande. Aus dem Meere steigt der Riesenbaum Bua herauf. Auf ihm, in seinen Ästen, nehmen die Seelen Platz. Darauf versinkt der Baum. Unter dem Baume bemerken die Seelen ein großes Netz. Der Gott Akaanga hält es mit seinen Begleitern ausgespannt. Hier hinein fallen die Seelen und werden ins Süßwasser geschafft, das sich unmittelbar am Fuße des Baumes befindet. Alsdann wird das große Netz an den Strand gezogen, und die dem Ertrinken nahen Seelen werden nun der furchtbaren Dämonengöttin Miru vorgestellt. Sie bietet ihren unfreiwilligen Gästen ein sonderbares Essen an: Schwarze Käfer, rote Erdwürmer, Krabben usw. Ihre bildschönen Töchter bereiten den Ankömmlingen dazu Kawa. Die durstigen Seelen trinken begierig den Trank; sind sie trunken, werden sie von der Miru in ihrem Ofen gebraten. Die Alte frißt sie mit ihren Kindern auf und wirft die schlechten Bissen Akaanga und seinen Dienern hin.

Dies Schicksal haben alle zu erwarten, die eines natürlichen Todes sterben. Ihre Seelen sind auf ewig verloren. Andere sagen aber auch wieder, daß die Seelen, nachdem sie den Magen dieser Götter passiert haben, wieder auferstehen.

Anders ist das Schicksal der Menschen, die im Kampfe fielen. Auch ihre Seelen versammeln sich am Strande.

Diesmal steigt ein Berg aus dem Meere empor; auf seinen Gipfel führt eine Leiter, die aus den Speeren und Keulen gefertigt wurde, welche im letzten Kampfe verwendet wurden. Vom Gipfel des Berges aus können sie geradenwegs in den blauen Himmel einziehen. Wer im Kriege fällt, ist unsterblich. Sie führen im Jenseits ein herrliches Leben. Mit Tanzen und Lachen bringen sie ihre Zeit hin und haben für die, welche unten blieben, nur die allergrößte Geringschätzung übrig; sie lassen ihre Ausscheidungen auf sie herabfallen.

Auch die keltischen Anderswelt-Inseln dienen dem verstorbenen König oder Helden als Ort, um zu genesen. Die bekannteste ist Avalon, wo sich der tote König Arthur regenerierte. Avalon ist das Reich der »meergeborenen« Fee Morgane: Immergrüne Auen, Apfelbaumhaine und liebliche Jungfrauen erwarten hier den Auserwählten. Die Bewohner dieses Elysiums genießen ein leidloses, von Musik, Tanz und Liebesfreuden erfülltes Dasein ewiger Jugend. Zu einer solchen »Insel der Frauen« führt die Reise des irischen Helden Bran, der einer Einladung des Meeresgottes Manannan folgt.

## Die Reise des Bran

Es kam Nachricht von Manannan, Sohn des Lir, an Bran, er solle ihn besuchen kommen auf Emhain, der Insel der Frauen. Und dies war die Art und Weise, in der die Aufforderung an ihn gelangte. Er ging eines Tages nahe seiner Hügelfeste umher, als er süße Musik vernahm, die ihn in den Schlaf lullte. Als er nun wieder erwachte, hielt er einen silbernen Zweig in der Hand, über und über bedeckt mit weißen Apfelblüten. Er trug den Zweig heim in seine Hügelfeste. Und als all seine Leute um ihn versammelt waren, stand da plötzlich eine Frau in seltsamen Kleidern vor ihm, die sang ein Lied von Emhain, der Insel der Frauen, wo es keinen Winter gebe, keinen Kummer, wo kein Wunsch unerfüllt bleibe und wo die goldenen Pferde des Manannan über den Strand preschten. Und wer dort Spiele spielt oder Sport treibt, der wird davon nicht müde. Sie lud Bran ein, diese Insel zu suchen, und als ihr Lied zu Ende war, ging sie fort, und der Apfelzweig sprang von Brans Hand in ihre Hände. Er konnte es nicht hindern. Am nächsten Morgen brach er auf mit einer Flotte curraghs*. Sie fuhren übers Meer, bis sie einem Krieger begegneten, der lenkte seinen Streitwagen durch die Wellen, als fahre er auf Land. Er grüßte sie und sagte ihnen, er sei Manannans Sohn Lir. Auch er sang von der Insel Emhain und lud sie dorthin ein.

Unterwegs kamen sie an der Insel der Freude vorbei. Sie versuchten mit den Bewohnern ins Gespräch zu kommen, aber die lachten nur und deuteten mit den Fingern auf sie. Also sandte Bran einen von seinen Gefährten an Land, aber kaum hatte sein Fuß den Strand berührt, da brach auch er in Gelächter aus und benahm sich so wie die anderen Bewohner dieser Insel.

Also fuhr Bran weiter. Bald darauf erreichte er die Insel der Frauen, und die Große Frau wartete dort auf sie und zog sie an Land.

Sie genossen alle Freuden dieses vielfarbigen Landes, aber nachdem Zeit vergangen war, von der sie meinten, es sei ein Jahr, bekamen Brans Gefährten Sehnsucht, nach Irland heimzukehren. Jene Frau, die Brans Geliebte war, warnte sie. Reisten sie ab, dann werde Kummer sie heimsuchen, aber Bran antwortete, er wolle Irland nur einmal besuchen, dann werde er wiederkommen. Darauf warnte sie ihn, umsehen dürfe er sich, auch mit seinen Freunden sprechen, aber er und alle seine Genossen sollten sich hüten, Erde zu berühren. Also segelten sie fort, und den Küsten Irlands näherten sie sich an einem Ort, der wird Srub Bruin genannt.

* Kleine Boote

Die Menschen am Strand winkten, und als Bran ihnen seinen Namen nannte, antworteten sie, einen solchen Mann gebe es nicht mehr, aber sie hätten in alten Geschichten davon gehört, wie Bran, Sohn des Febal, fortgesegelt sei zu der Insel der Frauen. Als das Nechtan, einer unter der Mannschaft, hörte, sprang er aus seinem curragh und watete durch die Brandung, aber als er seinen Fuß auf den Boden Irlands setzte, fiel die Last aller Jahre, die unterdessen in der Welt der Sterblichen verstrichen waren, auf seine Schultern, und er wurde zu einer Handvoll Staub. Bran aber ließ sich an Land tragen und nahm sich in acht, den Boden nicht zu berühren, weder mit Händen noch mit den Füßen. Er berichtete seinen Landsleuten, was er erlebt hatte, und dann wandte er sich wieder mit seiner Flotte von curraghs fort von der Küste, und nie hat man ihn und seine Gefährten in Irland je wiedergesehen.

In mitteleuropäischen Volkssagen findet sich die Vorstellung, daß die Wassergeister die Seelen von Ertrunkenen in Töpfe oder Gläser einsperren und streng bewachen. In späterer Zeit wird dieses Bild mit dem Glauben verknüpft, die Wassergeister besäßen selbst keine Seele (im christlichen Sinne), daher bemächtigten sie sich der unsterblichen Seelen von Menschen. Für den jungen Burschen, der bereit ist, die Seele des ertrunkenen Vaters vom Grunde des Sees heraufzuholen, wird daraus seine eigene Seelenreise, die ihm zur künftigen Braut verhilft.

# Die Wasserfräulein

Im Kalterer See war ein Mann ertrunken. Als sein Sohn später auf dem Wasser fuhr, sah er ein grünes Männlein, das ihm freundlich zurief: »Komm' mit mir in mein Haus!« Der Bursche wollte jedoch nicht, denn er fürchtete das Seemandl und noch mehr scheute er den Wassertod. Als der Grüne dies bemerkte, kam er auf ihn zu und gab ihm eine Floßfeder mit den Worten: »Nimm diese Feder und folge mir keck, denn solange du sie bei dir trägst, kannst du nicht ertrinken.« Er führte den Jüngling in die Tiefe des Sees, wo sie zu einem wunderschönen Kristallhaus kamen. Der grüne Mann führte ihn hinein und zeigte ihm all die Pracht und Herrlichkeit. Wie sie so durch die schönen Zimmer gingen, sah der Bursch seinen Vater leibhaftig in einem kristallenen Kasten liegen. Er bat nun den Führer flehentlich um seinen Vater. »Du kannst ihn haben, wenn du die Leiche deines Vaters und seine Seele, die dort im Glase sich befindet, den bewachenden Fräulein entreißen kannst. Nimm diese Nebelkappe und versuche dein Glück.«

Der Bursche macht sich unsichtbar und singt in einer Ecke ein wunderschönes Lied. Als die Fräulein dies hören, eilen sie neugierig den lieblichen Tönen zu. Augenblicklich enteilt er, springt auf die Leiche des Vaters zu, greift nach dem Glas, in dem sich die Seele befindet, und eilt mit beiden von dannen. Wie staunte er aber, als er dem See mit seinem kostbaren Raube entstiegen war und ein Fräulein an der Leiche seines Vaters angeklammert fand! Sie war nun seine Gefangene und ging mit ihm und seinem geretteten Vater nach Hause, wo sie treu und redlich diente. Der Jüngling, der später das Seefräulein heiratete, besuchte noch oft den Wassermann in seiner kristallenen Burg.

Heidnisch-keltische und christliche Elemente vermischen sich in der eindrucksvollen Figur der »Wäscherin der Furt«, einer Dichtung der gälisch-keltischen Renaissance aus der Zeit um die Jahrhundertwende.
Die Eigenschaft des Wassers, Körper aufzulösen, zu reinigen und zu läutern, ist das zentrale Motiv. Im folgenden ein Auszug aus dieser Dichtung, die unter dem Namen einer keltischen Bardin »Fiona McLeod« erschien – in Wahrheit aber von einem Mann stammt. Das Pseudonym wurde erst nach dem Tod des Autors William Sharp gelüftet.

## Die Wäscherin der Furt

Es war Mondschein, als der Harfner sich niederlegte. Der Laut fließenden Wassers erfüllte seine Ohren.
»Komm«, sagte eine Stimme.
So stand er auf und ging. Als der kalte Hauch des Wassers sein Gesicht traf, legte der Führer, der ihn leitete, eine Frucht in seine Hand.
»Iß, Torcall Dall!«
Er aß. Er war nicht mehr Torcall Dall. Er fühlte, wie seine Sehkraft ihm wiederkehrte. Aus der Finsternis kamen Schatten; aus den Schatten die großen Äste von Bäumen; aus den Ästen dunkle Zweige und dunkle Büschel von Blättern; über den Zweigen weiße Sterne; unter den Zweigen weiße Blumen; und hinter diesen das Mondlicht auf dem Gras und der Mondschein auf einem Fluß, der dunkel und tief strömte.
»Nimm deine Harfe, o Harfner, und sing das Lied von dem, was du siehst.«
Torcall hörte die Stimme, aber er sah niemand. Kein Schatten regte sich. Dann trat er hinaus auf das mondbestrahlte Gras; und an der Furt sah er ein Weib, das sich bückte und Leichentuch über Leichentuch wusch, gewoben aus Mondstrahlen; das sie dort wusch im fließenden Wasser und leise ein Lied sang, das er nicht vernahm. Er

sah nicht ihr Gesicht. Aber sie war jung und hatte langes schwarzes Haar, das herabfiel, wie nächtlicher Schatten über den weißen Felsen.
So nahm Torcall seine Harfe, und er sang:

»Ehre den großen Göttern, kein Schwert seh ich hier ziehen,
Nein, ich sehe nichts als eines Stromes Schimmer,
Sehe Schatten auf der Flut, die immer fliehen,
Und ein Weib, das Leichentücher wäscht für immer.«

Aber das Weib blickte nicht auf von dem dunklen Wasser, noch hörte sie auf, die Leichentücher zu waschen, die aus den gewobenen Mondstrahlen bereitet waren. Der Harfner hörte diesen Sang über dem Seufzen des Wassers:

»Maria Magdalena ist mein Name, und ich liebte Christum.
Und Christ ist Gottes Sohn und Maria seine Mutter in Treuen.
Und dieser Strom ist des Todes Strom, und die Schatten
Sind fliehende Seelen, die verloren gehn, wenn sie nicht bereuen.«

Da trat Torcall näher an den Strom. Ein schwermütiger Wind strich darüber hin.
»Wo sind all die Toten der Welt?« sagte er.
Aber das Weib antwortete nicht.
»Und was ist das Ende, du, die Maria genannt wird?«
Da richtete das Weib sich auf.
»Möchtest du die Furt überschreiten, o Torcall der Harfner?«
Er erwiderte kein Wort darauf. Aber er lauschte. Er hörte ein Weib schwach und leise singen, fern, fern im Dunklen. Er trat näher.
»Möchtest du die Furt überschreiten, o Torcall?«

Er erwiderte kein Wort darauf, sondern er lauschte nochmals. Er hörte ein kleines Kind in der Nacht weinen. »Ach, einsames Herz der Weißen«, seufzte er, und seine Tränen fielen.
Maria Magdalena wendete sich um und blickte ihn an. Es war das Antlitz des Kummers, das sie hatte. Sie beugte sich nieder und nahm die Tränen auf.
»Es sind Glocken der Freude«, sagte sie. Und er hörte ein schwaches, süßes Klingen in seinen Ohren.
Ein Gebet stieg aus seinem Herzen. Ein blindes Gebet war es, aber Gott gab ihm Schwingen. Es flog zu Maria, die es nahm und küßte und ihm Gesang gab.
»Es ist der Sang des Friedens«, sagte sie. Und Torcall hatte Frieden.
»Was ist das Beste, o Torcall?« fragte sie, – rauschend – süß wie Regen in den Bäumen war ihre Stimme. »Was ist das Beste? Das Schwert oder Frieden?«
»Frieden«, antwortete er, und er war jetzt weiß und war alt.
»Nimm deine Harfe«, sagte Maria, »geh hinein in die Furt. Aber siehe, jetzt bekleide ich dich mit einem weißen Grabtuch. Und wenn du fürchtest, daß die Flut dich ertränkt, so folge den Glocken, die deine Tränen waren; und wenn die Dunkelheit dich erschreckt, so folge dem Sang des Gebetes, das aus deinem Herzen kam.«
So schritt Torcall der Harfner in die aufwallende Flut.

Jungfrau – Quelle – Lebenswasser bilden eine symbolische Einheit, die kaum weiterer Erklärung bedarf. In der folgenden schweizerischen Sage ist die Jungfrau aber nicht nur Hüterin des Wassers, sie selbst *ist* die Seele des Brunnens, sie ist es, die dem Wasser Kraft verleiht.
Der weitverbreitete heidnische Glaube an Quelljungfrauen konnte durch das Christentum nie völlig verdrängt werden; vielerorts ist die Jungfrau Maria an ihre Stelle getreten.

## Die Quelljungfer

Am Fuße des majestätischen Galandaberges über dem Dorf Haldenstein bei Chur steht die Ruine der Burg gleichen Namens. Die ist großenteils zerfallen, ein Teil ist mit dem Felsen, auf dem sie stand, in die Tiefe gestürzt. Unweit von der Ruine sprudelt eine reiche Quelle mit herrlichem Wasser. Dort sieht man zu Zeiten eine weibliche Gestalt, weiß angetan, neben der Quelle sitzen. Es ist die Quelljungfer, die Seele des Brunnens, die dem Wasser Kraft verleiht, Kranke zu heilen. In früheren Zeiten wallten viele zur Quelle, und vielen schenkte sie die verlorene Gesundheit wieder. Die Quelle fließt heute noch so klar wie vor Jahrhunderten; die Quelljungfer hat man aber lange nicht mehr gesehen, und das Wasser scheint seine Heilkraft verloren zu haben.

Deutlich sind im russischen Volksmärchen vom »Jungen Recken« die Grenzen zwischen den Welten markiert: ein tiefer Graben trennt das Diesseits vom Totenreich, und nur der Sprung über einen hohen Zaun führt in das Reich des Lebens. Dort schläft in der hintersten Kammer die Jungfrau, die das begehrte Lebenswasser hütet. Drei Sphären sind zu durchlaufen, Sinnbild für die Stufen zur höheren Erkenntnis (nach altpersischem Glauben gelangte die Seele mit drei Schritten in den Himmel).

## Der junge Recke und das Wasser des Lebens

Es lebten einmal ein Zar und eine Zarin, die hatten drei Söhne. Eines Tages schickte der Zar seine Söhne aus, sie sollten seine Jugend suchen.

Die Zarensöhne brachen auf und kamen an einen Pfahl, an dem sich der Weg gabelte. Auf dem Pfahl stand geschrieben: »Gehst du rechts, wirst du satt, dein Pferd aber bleibt hungrig; gehst du links, bleibst du hungrig, dein Pferd aber wird satt; gehst du geradeaus, erwartet dich der sichere Tod.«

Der älteste Zarensohn ritt nach rechts, der mittlere nach links und der jüngste geradeaus. Ob nun der jüngste Bruder lange ritt oder kurz – auf einmal tat sich vor ihm ein tiefer Graben auf. Er überlegte nicht lange, was er tun sollte; er schlug ein Kreuz, gab seinem Pferd die Peitsche, setzte hinüber und sah ein kleines Häuschen dicht an dem Rand eines dunklen Waldes. Das Häuschen stand auf Hühnerbeinen. »Häuschen, Häuschen! Dreh dich mit dem Hintern zum Wald, mit der Tür zu mir.« Das Häuschen drehte sich. Der Zarewitsch trat ein: Dort saß Baba Jaga. »Pfui, pfui«, sagte sie, »bislang war vom Russen nichts zu sehen und nichts zu hören. Nun kommt ein Russe leibhaftig und springt mir von selbst ins Maul. Was willst du, junger Recke, fliehst du die Tat oder suchst du die Tat?« – »He, alte Vogelscheuche! Hättest du nichts gesagt, so hätte ich nichts gehört. Du sollst mich vorher essen und trinken lassen und erst dann ausfragen.« Die Baba Jaga gab ihm zu essen und zu trinken, fragte ihn aus und gab ihm ihr geflügeltes Pferd: »Jetzt mußt du zu meiner mittleren Schwester reiten, Väterchen.«

Ob er lange ritt oder kurz – schließlich sah er ein Häuschen; er trat ein: Dort saß die Baba Jaga: »Pfui, pfui! Bislang war vom Russen nichts zu sehen und nichts zu hören. Nun kommt ein Russe leibhaftig und springt mir von selbst ins Maul. Was willst du, junger Recke, fliehst du die Tat oder suchst du die Tat?« – »He, Tante! Gib mir zu essen und zu trinken, dann kannst du mich ausfragen.« Sie gab ihm zu essen und zu trinken und fragte ihn dann aus: »Was führt dich in dieses ferne Land?« – »Mein Vater hat mich ausgeschickt, seine Jugend zu suchen.« – »Dann gebe ich dir mein bestes Pferd, du mußt zu meiner ältesten Schwester reiten.«

Ohne zu zögern, machte sich der Zarewitsch auf den Weg. Ob er nun lange ritt oder kurz – er kam abermals an ein Häuschen auf Hühnerbeinen. »Häuschen, Häuschen, dreh dich zu mir mit der Tür, zum Wald mit dem Hintern.« Iwan Zarewitsch trat ein. Dort saß die Baba Jaga. »Pfui, pfui!« sagte sie, »bislang war vom Russen nichts zu sehen und zu hören. Nun kommt ein Russe leibhaftig und springt mir von selbst ins Maul. Was willst du, junger Recke, fliehst du die Tat oder suchst du die Tat?« – »He, alte Vogelscheuche! Du hast mir nichts zu essen und zu trinken vorgesetzt und fragst mich schon aus!« Die Baba Jaga gab ihm zu essen und zu trinken, fragte ihn aus und gab ihm ein Pferd, das noch besser war als die beiden ersten: »Reite mit Gott! Unweit von hier liegt ein Reich – du darfst nicht durch das Tor reiten, es wird von Löwen bewacht. Du mußt deinem Pferd die Peitsche geben und über den Zaun setzen, aber gib acht auf die Saiten und bleibe ja nicht hängen, sonst gerät das ganze Reich in Aufruhr, und dann ist es um dich geschehen! Wenn du über den Zaun gesetzt hast, geh sofort in den Palast – geradewegs in das hinterste Zimmer. Öffne ganz leise die Tür, dahinter schläft die Zar-Jungfrau; das Fläschchen mit dem Wasser des Lebens ist unter ihrem Kopfkissen versteckt. Nimm das Fläschchen und eile zurück, laß dich nicht von ihrer Schönheit betören!«
Der Zarewitsch tat genau so, wie ihn die Baba Jaga lehrte – nur in einem versah er es – er ließ sich von der Schönheit der Jungfrau betören... Als er sich auf sein Roß schwang, knickten die Beine des Pferdes ein, als er über den Zaun setzte, stieß er an eine Saite. Im Nu war das ganze Reich auf den Beinen. Die Zar-Jungfrau erwachte und befahl, ihr Pferd zu satteln; aber die Baba Jaga wußte schon, was dem jungen Recken widerfahren war, und traf ihre Anstalten, um die richtige Antwort zu geben; kaum hatte sie den Zarewitsch verabschiedet, als die Zar-Jungfrau angebraust kam. Als sie in das Haus trat, war das Haar der Baba Jaga wirr und zerzaust. Die Zar-Jungfrau sagte: »Wie konntest du es wagen, diesen Taugenichts in mein Reich hereinzulassen? Er fragte

nicht und trank von meinem Kwas, verschwand und ließ zurück das angebrochne Faß.« – »Mütterchen, Zar-Jungfrau! Sieh doch mein Haar, wie zerzaust es ist: Ich habe lange mit ihm gerungen, aber ich kam gegen ihn nicht an.« Die beiden anderen Baba Jaga sagten dasselbe. Die Zar-Jungfrau ritt dem Zarewitsch nach und wollte ihn schon ergreifen, da setzte er über den Graben. Die Zar-Jungfrau rief ihm nach: »Erwarte mich in drei Jahren; ich werde auf einem Schiff kommen.« Vor lauter Freude merkte der Zarewitsch nicht, wie er zu einem Pfahl kam und nach links abbog; er gelangte auf einen silbernen Berg – auf dem Berg stand ein Zelt, vor dem Zelt stand ein Pferd, das fraß Sommerweizen und trank Honigwasser, und in dem Zelt ruhte ein junger Recke – sein leiblicher Bruder. Der jüngste Zarewitsch sagte: »Wir wollen unseren ältesten Bruder suchen.« Sie sattelten ihre Pferde und ritten nach rechts; sie gelangten zu einem goldenen Berg – auf dem Berg stand ein Zelt, vor dem Zelt stand ein Pferd, das fraß Sommerweizen und trank Honigwasser, und in dem Zelt ruhte ein junger Recke – ihr ältester Bruder. Sie weckten ihn und ritten zusammen zu dem Pfahl zurück, wo sich die drei Wege trafen; dort stiegen sie ab und wollten sich ausruhen. Die beiden älteren Brüder fragten den jüngsten: »Hast du unseres Vaters Jugend gefunden?« – »Ich habe sie gefunden.« – »Wo hast du sie gefunden und wie?« Er erzählte ihnen, wie sich alles zugetragen hatte, legte sich ins Gras und schlief ein. Die Brüder zerstückelten ihn und verstreuten seinen Leib über das ganze Feld; dann nahmen sie das Fläschchen mit dem Wasser des Lebens an sich und begaben sich zu ihrem Vater.
Auf einmal kam der Feuervogel geflogen, er trug die über das Feld verstreuten Stücke zusammen, so daß sie sich zu der Menschengestalt zusammenfügten; dann brachte er in seinem Schnabel von dem Wasser des Todes, besprengte die Stücke – und sie wuchsen zusammen. Er brachte von dem Wasser des Lebens, besprengte die Gestalt – und der Zarewitsch wachte auf, erhob sich und sagte: »Wie lange habe ich geschlafen?« Der Feuervogel antwortete: »Du

schliefest ewig, wenn ich nicht wäre!« Der Zarewitsch dankte ihm und begab sich nach Hause; sein Vater zürnte ihm und verbannte ihn vom Hof; da hatte der Zarewitsch drei Jahre lang kein Dach über dem Kopf.

Als drei Jahre vorüber waren, kam die Zar-Jungfrau auf einem Schiff gefahren und sandte dem Zaren einen Brief, er solle ihr den Schuldigen ausliefern; wenn er sich widersetze, würde sie sein ganzes Reich zerstören und niederbrennen. Der Zar schickte seinen ältesten Sohn zu ihr; er kam zu dem Schiff. Die beiden Knaben, die Söhne der Zar-Jungfrau, sahen ihn und fragten ihre Mutter: »Ist das vielleicht unser Vater?« – »Nein, das ist euer Onkel.« – »Wie sollen wir ihn empfangen?« – »Nehmt jeder eine Peitsche und gebt ihm damit das Ehrengeleit!« So mußte der älteste Zarewitsch einen ruhmlosen Rückzug antreten! Die Zar-Jungfrau drohte abermals und verlangte nach dem Schuldigen! Der Zar schickte seinen mittleren Sohn – aber dem erging es nicht anders als dem ältesten.

Da befahl der Vater, den jüngsten Zarewitsch zu suchen und als er gefunden war, wollte ihn der Vater auf das Schiff zu der Zar-Jungfrau schicken. Aber der Zarewitsch sagte: »Ich gehe erst dann, wenn eine Brücke aus Kristall gebaut wird, vom Ufer bis zum Schiff, und wenn auf der Brücke allerlei köstliche Speisen und Getränke aufgetragen werden.« Was sollte man tun? Die Brücke wurde gebaut, köstliche Speisen zubereitet, Wein und Met herbeigefahren. Der Zarewitsch rief seine Freunde zusammen und sagte: »Gebt mir das Geleit, eßt und trinkt nach Herzenslust!« Als er über die Brücke ging, riefen die Knaben: »Mütterchen, wer kommt da?« – »Euer Vater.« – »Wie sollen wir ihn empfangen?« – »Nehmt ihn bei den Händen und führt ihn zu mir.« Da fielen sie einander um den Hals, küßten und liebkosten einander; und dann fuhren sie zu dem Zaren und erzählten ihm, wie sich alles zugetragen hatte. Der Zar jagte seine älteren Söhne aus dem Haus, lebte mit seinem jüngsten in Frieden und in Freude und mehrte das Gute.

# Teil III

# Eigenleben

# Kapitel 9
# Nixen-Alltag

Die erste eingehende Beschreibung der Nixen als Elementargeister verdanken wir dem Doktor Theophrastus Paracelsus und seinem »Liber de nymphis, sylvis, pygmaeis et salamandris« von 1589. Der Gelehrte räumt den Nymphen die erste Stelle ein vor den Geistern der Luft, der Erde und des Feuers. Paracelsus schildert die Welt der Wassergeister als ein Abbild der Menschenwelt, nur was die Ordnung angeht, so entspreche sie »der Ordnung angeborner Natur«. Doch stehen die Nymphen deutlich über den Tieren, sie sind »den Menschen am gleichsten«. Was ihnen fehlt, ist eine *Seele*. Das treibt sie zu den Menschen, denn durch die Vermählung können sie erlöst werden, wie auch ihre Kinder in diesem Falle ganz dem Menschenvater nachschlagen. Im Gegensatz zu seinem Zeitgenossen Martin Luther hält Paracelsus die Nymphen wie die ganze Schöpfung für ein Mirakel, das allein Gott vollbringen konnte.

Die deutschen Nixen vergleicht Jacob Grimm mit »romanischen feen und unsern weisen frauen, in der sonne sitzend, ihre langen haare kämmend, oder auch mit dem obertheil des leibs, der von hoher schönheit ist, aus wellen tauchend. Den untertheil soll, wie bei sirenen ein fischartiger schwanz bilden – doch diese vorstellung ist unwesentlich und wol nicht echt deutsch.«

Es wird vermutet, daß der Fischunterleib erst mit dem romanischen Baustil aus dem Mittelmeerraum zu uns gekommen ist. Darstellungen von Seejungfrauen finden sich in Kirchenportale und -türknöpfe geschnitzt; sie zieren Kapitelle und Kirchengestühl in ganz Mittel- und Nordeuropa; Bestiarien wie das des Guillaume le Clerc – etwa um 1210 entstanden – dienten als beliebte Vorlagebücher für die darstellende Kunst.

Wie die Berg- und Baumelben werden die Wasserelben oder Nixen zu den Lichtgeistern gezählt im Unterschied zu den schwarzen Elben, die der dunklen Erde angehören. Licht und Dunkel nach germanischer Vorstellung haben nicht die Bedeutung von Gut und Böse, sondern sind allein aus dem zugehörigen Element abgeleitet.

Im Unterschied zu den anderen Elben stellt man sich die

Nixen in Familien lebend vor. Den weiblichen Nixen wird ein ätherisch zartes, feines, mildes und liebliches Wesen nachgesagt, obwohl sie im Zorn auch gefährlich werden können. Die männlichen Nixe sind eher von roher Art, »blutrünstig und grausam, meist häßlich, alt und verschrunzelt« (Wolf), weshalb man sie mehr in die Nähe der Kobolde rückt. Wen wundert es da, daß die Nixendamen lieber zu den Festen und Tänzen der Menschen eilen? Der Nix sieht dies gar nicht gern, und die Töchter, die verspätet – nach Mitternacht – heimkehren, müssen es mit dem Leben büßen. Man sieht es an den Blutstropfen, die anderntags auf dem Wasser schwimmen.

Der Nix wiederum trachtet danach, die menschlichen »Jungfrauen und Mägde« zu sich hinabzuziehen, »wegen Fleisch und Blut, das beim Menschen warm ist« und wegen ihrer Seele, die er auch seinem Geschlecht einverleiben möchte.

Während die Nixe durch ihren Gesang den Menschen bezaubert, spielt der Wassermann gern auf der Harfe oder Geige; zuweilen soll er auch Menschen in dieser Kunst unterrichten.

Die Vorstellung vom koboldhaften Wassermann dürfte mit seiner elbischen Abstammung zusammenhängen. Wasserleute, die dem Geschlecht der Riesen entstammen, sind Ägir und Ran, die nordischen Meeresgottheiten. Wie lebendig der Glaube an sie im Volk war, zeigt die Sage von »Inge von Rantum und der Meermann«. Sie beginnt: »Einst war der Meermann Ekke Nekkepen seines alten Meerweibes Ran überdrüssig geworden und wollte eine schöne Menschenfrau freien ...«

Auch die Volksballade von »Wassermanns Frau«, die sich in unterschiedlichen Versionen in der deutschen, skandinavischen, slawischen und französischen Überlieferung findet, läßt eher auf einen stattlichen Wassermann schließen.

Der Volksglaube an Wassergeister ist schon allein in den Ländern Europas so vielfältig ausgeprägt, daß hier nur Streiflichter möglich sind. Die ostslawische Rusalka zum

Beispiel ist eine schöne, aber gefürchtete Wassernymphe mit langem, grünbekränztem Haar. In Neumondnächten tanzen die Rusalki auf Waldlichtungen und versuchen, Vorübergehende anzulocken. Gelingt es ihnen, dann lachen sie so schallend, daß der Mensch von diesem Lachen stirbt. Es kommt auch vor, daß sie dem Menschen ein Rätsel aufgeben. Löst er es, so verlieren sie die Macht über ihn, und er ist frei.

In Griechenland hat der Glaube an Nereiden, die Höhlen, Brunnen, Flüsse, Seen oder das Meer bewohnen, die Jahrtausende überdauert. Ursprünglich Wesen der niederen Mythologie, sind sie die fünfzig Töchter des Nereus, genannt »der alte Mann des Meeres«. Nereiden sind Mittagsdämonen und Nachtgeister. Will man in der Nacht Wasser am Brunnen holen, so muß man zuerst dem Wasser »guten Abend« sagen, wenn man sich nicht in Gefahr bringen will. In ihren zahlreichen anderen Eigenschaften ähneln die Nereiden den deutschen Nixen: sie tanzen und singen gern, spinnen, bewachen Schätze, rauben kleine Kinder und gehen Liebesverhältnisse mit Sterblichen ein.

Wie dicht die Welt der Elementargeister an die Menschenwelt heranrückt, zeigen die Volkssagen. Die Nixe gehört zum Dorfbrunnen, zum Fluß, der sich durch die Stadt zieht, nicht selten trägt sie einen lokalen Namen. Man kennt ihre Gewohnheiten und Empfindsamkeiten als wären es die eigenen. Es ist ein Geben und Nehmen und sich gegenseitig Respektieren. Dazu gehören auch die jahreszeitlichen Feste, die der Verehrung der Wassergeister dienen. Ihren Höhepunkt bildeten die Bräuche zur Johannisnacht: So warfen am 24. Juni die Mädchen in Warschau Rosenkränze in die Weichsel, und je nachdem, wie sie auf den Wellen tanzten, wurden sie nach bestimmten Anzeichen gedeutet. Nach einem spanischen Lied brach man am Johannismorgen Blumen an der Quelle des Guadalquivier. Auch die alljährliche Reinigung des Brunnens konnte mit diesem Tag verbunden sein.

Das Fest der Sommersonnenwende wurde zugleich mit

Feuerrädern, die den Lauf der Sonne symbolisierten, gefeiert. Es war also ein Fest des Feuers und des Wassers, was in dem estnischen Märchen von den »Zwölf Töchtern« (s. Kap. 6) anklingt: in der Johannisnacht, als die Mädchen zur Fiedel um ein Feuer herumtanzen, hört die Magd eine innere Stimme, die sie auffordert, zur Quelle des Dorfes zu gehen, wo die weiße Quelljungfrau sie erwartet.
Es ist die Quelljungfrau oder die Teichnixe, die aus den Tiefen des Unbewußten emportaucht – scheu und verletzlich, die wilden, gesellschaftlich unerwünschten Seiten des Menschen verkörpernd. Daß diese Geister wieder und wieder sich zeigen, läßt sich damit deuten, daß die ungezähmten, naturhaften Seiten unseres Wesens danach drängen, in die Persönlichkeit integriert zu werden und ins Bewußtsein zu gelangen.
Die Doppelnatur der Nixe symbolisiert diese Wandlungsfähigkeit. Denn zugleich mit den wilden, grausamen Zügen verkörpert sie die reinigende Kraft, die Schönheit, den Reichtum, die geheimen Schätze, die es aus dem »Meer des Unbewußten« zu bergen gilt. In ihr wird das Wasser im wahrsten Sinne des Wortes »lebendig«: in den schönen Tänzerinnen wie in den »Waschweiberln«, in der Eitelkeit der »Unstrutnixe« und der Gefährlichkeit der »Wassermuhme«, im kompromißlosen Ausleben von Rache und Eifersucht ebenso wie in ihrem schalkhaften Treiben.

## DREI PORTRÄTS

### Wassermuhme

In Schleswig-Holstein erzählt man:
Allerlei Geister halten sich auch in den Gewässern auf. Sie schaukeln sich im Mondenschein auf den Blättern der weißen Seerosen, den »Mummeln«, und unter ihnen lauert die Wassermuhme, um den in die Tiefe zu ziehen, der die schöne

Blume brechen will. Darum warnt man die Kinder, wenn sie an den Brunnen oder an die Marschgräben und Teiche herangehen: »Kiek nich öwer't Slängels (Geländer), de Watermöm treckt di in'n Sod!«

## Die Unstrutnixe

Die Unstrutnixe, so erzählte eine alte Frau, ist ein gar gutes und böses Ding. Sie hat lange und triefende Haare, die vom Kopf bis auf die Ferse herunterhängen. Ihre Augen sind klein und wässrig, und wenn sie freundlich gesinnt ist, so blinzelt sie mit denselben wunderbar schelmisch. Ihr Antlitz ist schön und einnehmend, doch blaß vom Wasser. Ihre ganze Gestalt ist wohlgeformt und regelmäßig. Ihr Kleid rauscht wie Seide, ist aber aus Stoffen gewebt, die tief unter den Wellen begraben liegen. Zuweilen steigt sie an das Ufer, aber nur in den Dämmerstunden und lustwandelt auf und nieder. Sie ist trotz ihrer Einsamkeit im Wasser eitel; denn nicht selten lächelt sie wohlgefällig, wenn der glatte ruhige Spiegel der Flut ihr Bild zurückstrahlt, und in solchen Augenblicken beglückt sie die Menschen gern mit ihrer Gunst.

## Edain, die Fee

Er sah eine Frau am Rande der Quelle mit einem hellen silbernen Kamm, verziert mit Gold. Sie wusch sich die Haare in einer silbernen Schale mit vier goldenen Vögeln darauf und purpur-glitzernden Juwelen am Rand der Schale. Sie trug einen zottigen purpurnen Mantel aus feiner Schafwolle, und silberne Broschen mit Filigranarbeit und eingelegt mit Gold schmückten den Mantel, darunter aber hatte sie ein langes Hemd mit einer Kapuze an, steif und glatt, aus grüner Seide mit Stickereien aus rotem Gold.

Schöne Ornamente aus Gold und Silber, die Zwillingstiere darstellten, erkannte man auf dem Hemd über ihren Brüsten und beiden Schulterblättern. Die Sonne schien grell auf sie, und die Männer sahen das Gold funkeln inmitten der grünen Seide. Sie hatte zwei goldgelbe Tressen, und aus jeder waren vier Zöpfchen geflochten, mit einer Perle am Ende eines jeden. Die Farbe ihres Haars glich der von Wasserschwertlilien im Sommer oder von rotem Gold, das poliert worden ist.

Sie hatte die Spangen aus ihrem Haar genommen, und ihre Arme staken durch die Halsöffnung ihres Kleides. Ihre Oberarme waren wie Schnee einer einzigen Nacht, und sie waren weich und gerade, und ihre klaren, lieblichen Wangen waren so rot wie der Fingerhut auf dem Moor. Ihre Augenbrauen waren schwarz wie die Flügel eines Käfers, ihre Zähne waren wie Perlen, und ihre Augen waren blau wie Natterkopf, ihre Lippen waren rot wie Zinnober, und ihre Schultern standen hoch und glatt und weich und weiß, ihre Finger waren rein weiß und lang, ihre Arme waren lang. Die schlanken Seiten ihres Körpers waren weich wie Wolle und weiß wie der Schaum der Welle. Ihre Hüften waren warm und glänzend. Rund, klein, fest und weiß waren ihre Knie. Ihre Schienbeine waren kurz, weiß und gerade. Ihre Fersen waren gleichmäßig, gerade und hübsch anzusehen von hinten. Hätte man einen Meßstab neben ihre Füße gelegt, man hätte keinen Fehl gefunden.

Helles Mondleuchten stand auf ihrem Gesicht, Stolz sprang von ihren sanften Brauen, ein Ausdruck wie beim Liebeskampf leuchtete aus ihren königlichen Augen, und auf jeder Wange hatte sie ein Grübchen, die kamen und vergingen: eines wie Blitzen von raschem Purpur so rot wie das Blut eines Kalbs, das andere mit der hellen Weiße von Schnee. Sanfte weibliche Würde lag in ihrer Stimme, ihr Schritt war gemessen, der Gang einer Königin. Sie war die schönste, die lieblichste und vollkommenste unter den Frauen der Welt, jeder dachte: sie muß eine der Feen sein.

## Süße Pfannkuchen

In vielen Dörfern werden die Nixmädchen als schöne, flotte Tänzerinnen gerühmt. Aber nicht nur deswegen waren sie in Lomnitz, Ottendorf und Dittmannsdorf gern gesehen, sie brachten ihren Tänzern stets süße Pfannkuchen mit. Die mußten freilich gleich verzehrt werden, denn wenn sie mal einer bis zum andern Tag aufhob, so fand er in seiner Tasche wohl eine vertrocknete Kröte statt süßen Gebäcks.

Aber wenn es beim Tanz noch so schön war, zur bestimmten Stunde brachen die Mädchen auf, oft zum Ärger ihrer Tänzer. Die brachten sie oft bis ans Wasser heim, aber die Mädchen verschwanden dort vor ihren Augen. Manche gaben den Burschen ein blinkendes Goldstück oder auch kleine Münzen fürs Heimschaffen.

Aber kecke Burschen ließen auch am Rande des Wassers von ihrer Schönen nicht ab und stiegen mit hinab. Die Nixmädchen, die auf dem Schießhause am Bobersberge (bei Großenhain) zur Musik waren, schlugen mit einer Gerte ins Wasser. Das teilte sich, und sie kamen trocken hinunter in die Nixenhöhle. Das war eine richtige Stube. Die Mädchen setzten ihren Gästen Fische und Gebackenes vor. Aber da kam der alte Nix, und die Burschen mußten sich unterm Bett verstecken. Der alte schnupperte herum und sagte: »Es reucht nach Christen, es stinkt nach Fisten.« – »Ach Vater«, beruhigten ihn die Töchter, »das kommt daher, weil wir mit Christen zu Tanze waren.«

Beim Abschied steckten die Nixmädel ihren Besuchern gebackene Pflaumen und Birnen in die Tasche. Aber was brachten sie am anderen Tage daraus zum Vorschein? Eingetrockene Hutschken (Kröten) und Frösche!

Auch die Volkersdorfer Burschen kriegten in der Nixhöhle Kaffee und Kuchen, soviel sie wollten, und sie ließen sich's gut schmecken. Als es Tag werden wollte, litt es sie nicht länger unten in der Tiefe. Aber die Wassermannstöchter hielten sie fest und wollten sie nicht fortlassen. Da rannten sie, was sie konnten, und sie hörten eine Stimme vom Teiche her, die rief: »Hätt'st du nicht Dorant und Dosten*, da sollt' dich meine Hand schon fassen.« Die Zauberkräuter, die sie heimlich zu sich gesteckt hatten, waren ihre Rettung gewesen. Sonst wären sie nimmer ans Licht gekommen.

## Nixenbraut

Nicht weit von Kirchhain liegt ein tiefer See, der Nixenborn geheißen; und öfter lassen sich auch die Nixen sehen, um sich an den Gestaden zu sonnen. Die Mühle, die dort am Wasser liegt, heißt ebenso: Nixen-Mühle; da baden Nökken und Nixen sich alle am hellen Mittag. Sie haben alsdann unten einen dünnen farbigen Leib wie eine glatte Schlange, tun jedoch niemandem etwas Böses. Nur wer sie ockert, atzelt und itzelt, der muß es büßen.

Sie verkehren wohl auch mit den Menschen, haben dann ganz menschliche Gestalt; und so läßt sich ihre Art nur daran erkennen, daß ein Saum ihres Gewandes immer feucht bleibt.

So kamen eine Zeitlang drei wunderschöne Jungfrauen aus jenem See in die Spinnstube des Dorfes Nieder-Gleen, brachen aber unweigerlich immer um elf Uhr mit dem erstem Glockenschlag auf. Ein Bursche des Ortes hatte sich in die eine Nixe verliebt und verstellte also die Wanduhr um eine ganze Stunde.

Ahnungslos gingen die Jungfrauen fort. Doch am nächsten Morgen schwammen drei Blutstropfen auf dem Wasser des Sees; und am dritten Tag verstarb der an der Täuschung Schuldige.

* Dorant und Dosten = Origanum (Wohlgemuth) und Marrubium (Helfkraut, Gotteshülf)

Früher schon ist uns die schreckliche Miru, eine polynesische Unterweltsgöttin, begegnet. Von ihrem Sohn Tautiti wird erzählt:

## Der Tau-titi-Tanz

Tau-titi, dem erbarmungslosen Seelenfresser, ist ein Tanz geweiht, der seinen Namen trägt. Tau-titi hatte vier Töchter; man nannte sie Tapairu, »die Unvergleichlichen«, denn sie waren von makelloser Schönheit. Sie liebten es, in der Oberwelt aufzutauchen, wenn ein Tanz zu Ehren ihres Vaters aufgeführt wurde. Diese Tänze fanden stets im Mondlicht statt; und wenn irgendwo in der nördlichen Hälfte Rarotongas ein solcher Tanz war, konnte man sicher sein, daß sie am Abend bei Sonnenuntergang erschienen und ein Weilchen in einem kleinen schattigen Fluß, dem Au-paru (Weicher Tau) badeten.

Dann kletterten sie den fast senkrecht ansteigenden Berg hinauf, der die Quelle überragte, trockneten sich und flochten ihre schönen Zöpfe in den Strahlen des Mondes, erst dann machten sie sich auf den Weg, den Vorführungen der Sterblichen beizuwohnen.

Wenn aber der Tanz in der südlichen Hälfte der Insel stattfand, erschienen die Unvergleichlichen bei zwei kleinen Flüssen, Vai-pau und Vai-kaute, und verrichteten ihre Toilette auf dem Kamm des benachbarten Hügels. Die Feen, die immer mit der Verehrung von Tane' in Verbindung standen, nahmen sogar bisweilen am Tanze teil, sofern ein Ende des Tanzplatzes mit frisch geschnittenen Bananenblättern bedeckt war; wenn sie dann eine ganze Nacht hindurch auf diesen zarten Blättern fröhlich getanzt hatten, war kein einziges Blatt auch nur im geringsten beschmutzt oder zertreten.

Mit dem Erscheinen des Morgensterns im Osten waren sie verschwunden, zurück in ihr düsteres Reich in Avaiki.

Es heißt, auf Hawaii genau wie in Rarotonga kann man

eine Fee daran erkennen, daß sie auf frisch geschnittenen Blättern tanzt, ohne eine Spur zu hinterlassen.

## HILFREICHE GEISTER

Es ist ein alter Menschheitstraum, die Arbeit möge sich auf magische Weise von selbst erledigen. Natürlich sind nur Wesen mit überirdischen Fähigkeiten imstande, solche Wunder zu vollbringen.
Die Eigenschaften des Wassers, zu reinigen, bis in jeden Winkel hineinzufließen und in seinem Wirken nie nachzulassen, was selbst für die kleinste Menge Wasser gilt – all diese Eigenschaften verkörpert das böhmische »Waschweiberl«.
Auch von den schottischen Elfen sagen die Brüder Grimm, sie seien klein »wie ein schönes Kind von einigen Jahren«, und sie vermuten, dies hänge mit der Verniedlichung der Engel zu »Engelchen« (etwa ab dem 13. Jahrhundert) zusammen.
Modernes ökologisches Denken nimmt die böhmische Sage von den »kostbaren Geschenken« vorweg. Der Reichtum wächst nach, solange der Mensch nur soviel davon nimmt, wie er zum täglichen Leben braucht. Gier und Raffsucht machen ihn nur arm.

### Das Waschweiberl

Zur Zeit der Heuernte sah man in einem Bache unter Erlengesträuch jährlich eine Schar badender Weibchen erscheinen, die plätscherten und lärmten und allerlei Fetzen und Windeln zum Trocknen an das Gesträuch hingen. Sie waren nicht größer als einjährige Kinder. Aus einiger Entfernung durfte man ihnen zusehen, ohne daß sie sich daran kehrten; wollte man ihnen aber näher kommen, so erhoben sie ein Geschrei, rafften ihre Fetzen und Windeln zusammen, hüpften in das Wasser und verschwanden.

Ein Bauernbursch, sonst ein findiger Vogel- und Taubenfänger, richtete einmal auch eine Falle im Gesträuch am Bache auf und wirklich ging ihm ein Waschweiberl in die Falle. Es hatte ein weißes, reines Leinwandkleidchen an, das bis an die halbe Wade reichte, und die Haare hingen aufgelöst über Nacken und Schultern herab.

Ohne Sträuben ließ sich das Weibchen nach dem nächsten Bauernhof tragen und sah sich da frisch mit schwarzen Äuglein um. Kaum in die Stube gebracht, streifte das Weiberl die Hemdärmchen zurück, schürzte das Kleidchen auf und begann zum Verwundern und Ergötzen der Hausbewohner geschäftig aufzuräumen, Geschirr zu waschen, auf die Wandbänke steigend die Fenster zu reinigen, kurz, es war ruhelos vom Morgen bis Abend, ohne sich im geringsten was schaffen oder dreinreden zu lassen. Während der Abenddämmerung kam das Wassermännlein, klammerte sich draußen an die Wand und sprach zum Fenster hinein; das Waschweiberl klammerte sich von innen an die Wand und sprach zum Fenster hinaus; und da taten sie vertraulich, und er trug ihr auf, nichts von ihren Geheimnissen auszuplaudern.

Als der Winter nahte, dachten die Hausleute daran, das Waschweiberl mit Schuhen zu versehen, aber es reichte die Füßchen nicht dar, um ein Maß nehmen zu lassen; man streute daher Mehl auf den Boden der Stube und nahm das Maß nach den Fußstapfen des Weibchens. Als die Schuhe fertig waren, stellte man sie dem Weibchen auf die Bank. Aber da fing es zu weinen und zu schluchzen an, weil man seine Bemühungen belohnen wollte, streifte die Hemdärmelchen wieder vor, entschürzte das Kleidchen und stürzte laut klagend davon. Und es wurde nicht mehr gesehen.

Ein anderes Mal soll man wieder eins von den Waschweiberln gefangen haben. Das soll aber schlimm, bissig und ganz unverträglich gewesen sein. Wenn man ihm die bis an die Ferse reichenden Haare aus dem Gesicht streichen wollte, soll es auf einen gespien haben. Schlimme Weiber hat man genug; daher ließ man das bissige Ding schleunigst wieder frei.

## Kostbare Geschenke

Die kleinen Wesen, welche im Herrnweiher bei Bergreichenstein wohnten, dehnten früher einmal ihre harmlosen Ausflüge bis in die Stadt aus, und nie kamen sie mit leeren Händen. Besonders zur Erntezeit erwiesen sie sich den Menschen hilfreich, solange sie nicht beleidigt wurden.
Einst kam in das Haus, an dessen Stelle jetzt das Spital steht, ein solches vor Nässe triefendes Weiblein und beschenkte die armen, braven Bewohner mit einem Stück Leinwand und einem Laib Brot. Es bemerkte, daß es ihnen von nun an nicht mehr an Nahrung und Kleidung fehlen werde, doch dürften sie das Gewebe stets nur bis auf eine Elle verbrauchen, und auch von dem Brote müßten sie stets ein Stückchen übrig lassen. Die beglückten Häuslersleute hielten sich treulich an die Worte der unscheinbaren Spenderin und hatten ihr Leben lang nie Not. Doch ihre Nachfolger kehrten sich nicht mehr an die Vorschriften, verkauften die Leinwand und verzehrten das Brot. Von dem Tage an war wieder bittere Not in dem Hause.

## Die Meerfräulein

Oberhalb Kematen in Tirol wohnten einst auf dem Spucherschrofen die »Meerfraielen«, die von manchen Leuten auch Venedigerfräulein geheißen wurden. Sie ließen sich nur selten blicken, doch wußte man, daß sie von Gestalt halb Mensch, halb Fisch waren.
Gerne hielten sie Sicheln feil und legten davon immer einige auf dem Felsen aus. Man brauchte dann bloß etliche Kreuzer hinzugeben und konnte sich dafür eine nehmen. Die Sicheln waren ungewöhnlich scharf geschliffen, doch ein wenig schmal. Als aber einmal ein Bauernbursche die Sicheln wegnahm und, anstatt sie zu bezahlen, den Schrofen verunreinigte, verschwanden die

Meerfräulein auf immer. Der Übeltäter büßte seinen Frevelmut mit dem Leben, er starb bald an der Auszehrung. In einem Bauernhaus von Axams hat man noch lange Zeit eine Sichel der Fräuleins aufbewahrt.

## RACHE UND EIFERSUCHT

Wer den Zorn der Nixen erregt, hat nichts zu lachen, selbst wenn er, wie der fränkische Metzger oder die dänischen Bauern, im Recht zu sein glaubt. Ihre entschiedene, kompromißlose Art deutet auf den *elementaren* Charakter der Wassergeister, was sich noch einmal – wortwörtlich – in den Wasser- und Sandmassen ausdrückt, die zur Rache geschickt werden. Unerbittlich ist der Wassermann auch gegen seinesgleichen, wenn ihn die Eifersucht packt.

### Die Wasserfräulein von Osterburken

In der Kirnau am heiligen Brunnen bei Osterburken lebten früher zwei Wasserfräulein. Diese kamen öfter in die Stadt herein und kauften bei dem alten Metzger Burkart Fleisch. Kaum aber hatten sie den Laden verlassen, so bemerkte der Metzger, daß sich das Geld, das sie für das Fleisch bezahlt hatten, in Fischschuppen verwandelte. Ärgerlich darüber, packte er einst eines der Mädchen bei den Händen; allein sofort waren die Brunnenfräulein verschwunden, dagegen stürzten aus unversiegbaren Quellen von den Wänden und aus allen Räumen des Hauses große Wassermassen. Am heiligen Brunnen aber fand man am anderen Tag vergossenes Blut. Die Wasserfräulein ließen sich von jenem Tag an nirgends mehr blicken.

## Die Meerfrau und ihre Rinder

Draußen in »Nordstrand« – so erzählt man in Tisvilde – wohnt eine Meerfrau, die einmal ihre Rinder auf den Strand trieb und sie den ganzen Tag auf dem Tibirker Feld grasen ließ. Das gefiel den Bauern der Gegend nicht, die noch von der Zeit Arilds her ein wenig geizig waren, und sie machten sich bereit, diese Rinder einzufangen. Darum paßten sie am Abend auf und richteten es so ein, daß sie die Meerfrau mit allen ihren Rindern in eine Hürde in der Nähe des Dorfes trieben, aus der sie sie nicht eher freigeben wollten, als bis sie für das Grasen auf ihren Feldern bezahlt hätte. Aber als sie ihnen nun sagte, daß sie kein Geld zum Bezahlen hätte, verlangten sie, daß sie ihnen den Gürtel gebe, den sie um ihre Mitte trug, und der kostbar anzusehen war und glänzte, als wäre er aus Edelsteinen. Sie mußte sich darein finden und kaufte sich los, indem sie ihnen den Gürtel gab. Aber als sie darauf ihre Rinder zum Strand trieb, sagte sie zu ihrem großen Stier: »Wühl jetzt!« und sofort begann er mit seinen großen Hörnern in die Erde zu stoßen und den ganzen Sand am Strand entlang aufzuwühlen. Als jetzt der Nordwestwind kam, wehte der Sand übers Land auf das Dorf Tibirke zu, so daß die Kirche fast darunter begraben worden wäre. Und von dem kostbaren Gürtel hatten die Bauern nur eine ärmliche Freude, denn als sie nach Hause kamen und ihn sich richtig beschauen wollten, war er aus gewöhnlichem Schilf geflochten.

## Streit unter Wasserleuten

Ein Mann ging von Rothenburg nach Halle. Unterwegs traf er einen anderen. Sie kamen in ein Gespräch. Und der Fremde erzählte: »Ich bin der Nix von Rothenburg und habe dem von Giebichenstein meine Frau auf vierzehn Tage geborgt. Sie soll ihm haushalten, weil seine Frau krank ist. Der Giebichensteiner hat mir versprochen, mir meine Frau nach den vierzehn Tagen wiederzubringen. Heut ist aber schon der sechzehnte, und niemand läßt sich sehen. Nun werd' ich meine Frau selber holen und werd' dem Giebichensteiner zeigen, wie es allen gehen muß, die ihr Wort nicht halten. Gib nur hier am Ufer acht, ob nicht bald ein Blutfleck auf dem Wasser erscheinen wird. Das ist ein Zeichen, daß einer von uns im Kampfe gefallen ist.« Nun ging der Nix über das Wasser bis mitten in die Saale. Dort stieg er hinab. Nach kurzer Zeit quoll helles Blut auf die Oberfläche des Wassers. Doch wer getötet wurde, konnte der Bauer nicht erfahren.

## Die Seejungfrauen

Ehe es Dampfmaschinen gab, fuhren die Schiffe noch mit Segeln über die Meere. Der Atlantik war damals noch fünfzehn Meilen tief, und es gab auch in jenen Tagen noch Seejungfrauen. Wenn man nun auf einem Schiff den Namen eines Mannes rief, gleich hörte man sie aus der Tiefe sagen: »Den gib mir.« Und gehorchte man ihnen nicht, zogen sie das Schiff hinunter auf den Meeresboden.

Deshalb mußte der Kapitän seinen Männern die Namen von Gegenständen geben: Beil, Hammer, Tisch, Stuhl. Wann immer er einen Mann brauchte, rief er: »Hammer, komm an Deck und halt Ausschau.« Riefen dann die Seejungfrauen: »Gebt mir den Hammer«, so warf man einen Hammer über Bord, und das Schiff konnte seine Reise ungehindert fortsetzen.

Oder der Kapitän rief: »Axt, troll dich in den Heizraum und leg Kohlen nach.« Dann riefen die Meerjungfrauen: »Wir wollen die Axt haben!« Und also warf man eine Eisenaxt ins Wasser.

Eines Tages aber machte der Kapitän einen Fehler und sagte: »Sam, geh in die Küche und kümmere dich um das Essen.« Sofort meldeten sich die Seejungfrauen und verlangten: »Schickt uns den Sam runter!«

Nun gab es sonst niemanden und nichts an Bord, was Sam hieß, also mußten sie den armen schwarzen Matrosen ins Wasser schmeißen. Die Seejungfrauen fingen ihn sofort. Eine von ihnen, die sehr lange Haare hatte, wickelte ihn darin ein, so daß er nicht naß wurde. Als sie mit ihm daheim angekommen war, wickelte sie ihn wieder aus und sprach: »Huh, du siehst aber hübsch aus, magst du Fisch?« Und Sam spricht: »Nein, ich würde mir nie einen Fisch kochen.« – »Schön, dann wollen wir heiraten.« Also hielten sie Hochzeit. Aber nach einiger Zeit ließ Sam sich mit einer anderen Seejungfrau ein, und bald konnte von Jungfrau da nicht mehr die Rede sein. Aber seine Freundin war eifersüchtig auf seine Frau. Die beiden Damen bekamen sich in die Haare. Die Freundin bezog Prügel, und Sams Angetraute sagte zu ihr: »Du darfst Sam nie wiedersehen.« – »Warte nur, dir werde ich es noch heimzahlen«, antwortete die Freundin.
Sie trifft Sam wieder und fragt ihn, ob er nicht einmal wieder auf das feste Land zurückwolle. Er sagt ja, da packt sie ihn, wickelt ihn in ihr Haar, und ehe er noch Atem holen kann, liegt er schon auf einer Sandbank vor der Küste.
»Wenn du mir nichts Gutes tun kannst, sollst du ihr auch nichts Gutes tun«, sagt die Freundin noch und schwupp, ist sie wieder hinabgetaucht.
Das waren Sams Erfahrungen mit den Seejungfrauen. Er erzählte den anderen, wie hübsch es da unten gewesen war, alles prima eingerichtet, mit Möbeln und so, aber keine Männer. Und deswegen gibt es auch so wenig Seejungfrauen. Sam sagte auch, sie würden sich rot anmalen, wie das die Frauen in der Stadt heute tun... die Lippen. In alten Tagen kannten die Leute keinen Lippenstift, aber Sam hat Bilder von den Seejungfrauen gemalt, und so sind auch die Weiber auf dem festen Land hinter diesen Dreh gekommen.

Als urmütterliches Symbol trat die Wasserfrau in den ersten Kapiteln auf, später haben wir sie als Schutzpatronin der Geburt und als Schicksalsfee kennengelernt. So erscheint es ganz natürlich, daß das Helgoländer Meerweibchen Einfluß nehmen kann auf glückliche oder schwierige Geburt.
Wie aber kommt es zu der Auffassung, die Wasserfrau bedürfe der menschlichen Hilfe, wenn sie selbst in »Kindsnöten« liegt? Möglicherweise spielt die »Erlösungsbedürftigkeit« der Nixen dabei eine Rolle und dazu der Glaube, die erste Berührung des Neugeborenen durch eine Menschenhand würde ihm guttun.

## Des Meermanns Frau in Kindesnöten

Ein Segelschiff wurde einst auf der Reise nach England vom Sturm überfallen und geriet in große Gefahr. Zu allem Überfluß versagte auch noch das Steuerruder, und als die Schiffsleute über Bord sahen, um zu erkunden, wie das käme, gewahrten sie einen Wassermann.
Er steckte seinen Kopf dicht am Ruder aus den Wogen und verlangte nach dem Schiffer. Der Kapitän, ein unerschrockener Mann, fragte ihn, wer er sei und was er wolle. »Ich bin der Meermann, mein Weib liegt in Kindesnöten; und da sie keine Hilfe hat, macht sie solchen Lärm in ihrer Wohnung. Deine Frau muß herunterkommen und ihr bei der Geburt helfen.« – »Meine Frau schläft und kann nicht kommen«, antwortete der Schiffer. »Sie muß kommen!« rief der Meermann, »sonst macht meine Alte noch ärgeren Sturm und Seegang, und ihr geht mit Mann und Maus unter.« Die Frau des Kapitäns hatte alles gehört: »Ich komme gleich«, rief sie und stieg mit dem Meermann hinab in die Tiefe. Alsbald ward es stille und die See war ruhig. Der Schiffer hatte große Sorgen um seine Frau, aber über eine kleine Weile

hörte er unten in der See so lieblich das alte Wiegenlied »Heia, heia, hei« singen, und die Wellen gingen so eben und gleichmäßig, als wenn die ganze See wie eine Wiege geschaukelt würde. ›Aha‹, dachte er, ›das Kind ist schon geboren und alles ist gut gegangen.‹ Es dauerte keine Stunde, da kam seine Frau wieder herauf aus der See und stieg glücklich wieder an Bord. Sie war kaum einmal naß geworden, hatte die ganze Schürze voll von Gold und Silber, und wußte viel zu erzählen. Das Meerweib hatte ein Kleines bekommen, welches man auf Sylt Seekalb zu nennen pflegt, aber die Meerfrau meinte, es sei so schön wie ein Engel.

## Das Meerweib hilft bei der Geburt

In früheren Zeiten erschien das Meerweibchen auf Helgoland schwangeren Frauen, wenn es ihnen abhold war, halb als Mensch und halb als Fisch. War es ihnen aber günstig, so kam es als schöne Jungfrau und stand ihnen mit freundlicher Miene bei der Entbindung bei, die dann immer durch ihre Gegenwart und Hilfe leicht und glücklich geschah. Es gab in alter Zeit auf Helgoland gewisse, überaus schöne Mädchen, die man für Töchter der Meerweiber hielt und vor denen man darum immer große Scheu und Verehrung zeigte.

## Durch Spucke gebannt

Als einmal eine Hebamme unten bei der Nixe baden war, lief ihr ein Auge. Sie trocknete sich's mit einem Handtuche der Nixe. Fast ein Jahr nach der Taufe traf die Hebamme die Nixfrau auf dem Markte zu Harzgerode. »Ei, guten Tag«, sagte sie und ging auf sie zu. Die Nixfrau war aber gar nicht erfreut. Die Hebamme mußte erst das eine Auge zumachen und dann das andere. Und als die Nixfrau wahrgekriegt hatte, mit welchem Auge sie gesehen wurde, spuckte sie auf ihre Schürze und strich damit über das Auge. Nun konnte die Hebamme die Nixfrau nicht mehr sehen.

## DER KIELKROPF ODER WECHSELBALG

Im ganzen deutschsprachigen Raum sind sie verbreitet: die Sagen vom Wechselbalg oder Kielkropf. Es heißt, Wechselbälger seien stets männliche Kinder gewesen, mit anderen Worten, sie schlugen ihrem Wassermann-Vater nach.

Wollten die Nixen ihr eigenes Geschlecht ›veredeln‹, so mußten sie sich einen menschlichen Liebhaber holen oder ein neugeborenes Menschenkind gegen ihr eigenes vertauschen. Eine weitere Möglichkeit bestand darin, den Ertrunkenen die ›Seele‹ zu rauben. Von solchen Seelen, die am Grunde der Gewässer in Töpfen aufbewahrt wurden, erzählte das Märchen in Kapitel 8.

Vielleicht war die Sache auch ganz anders und die Wechselbälger waren mißgestaltete Menschenkinder (mit Wasserköpfen), die man der Nixe unterzuschieben versuchte? Wie dem auch sei – daran läßt Martin Luther keinen Zweifel – sie sind des Teufels.

Nach slawischem Glauben entsteht der Wassermann aus einem ertrunkenen, nichtgetauften oder von der Mutter verfluchten Kind. Dies erklärt vielleicht seine menschenfeindliche Gesinnung.

## Was man sich von den Wechselbälgern erzählt

Ein besonders wachsames Auge müssen die Mütter auf ihre neugeborenen Kinder haben. Ehe man sich's versieht, geht die Tür auf. Leise huscht die Nixfrau herein, rafft das Kind aus der Wiege und legt dafür ihr eigenes hinein.

Der Buttenlob'l hat so einen Wechselbalg aufziehen müs-

sen. Ach, das ist eine Not! Wechselbälger sind mühselige und häßliche Kinder, sie schreien viel und sind unwillig (grillig). Sie lernen nicht reden, nicht laufen, tun, als wären sie blöde, und doch steckt von ihrem Ursprung her mehr in ihnen, als es den Anschein hat.
Ein Bauer in Markersdorf im Deutschböhmischen hatte ein so mühseliges Kind. Eines Mittags lud der Knecht Mist auf, und der Wagen versank bis zu den Achsen. Da brummte der Knecht: »Wenn schon niemand hilft, wenn nur wenigstens das dumme Kind helfen könnte.« Kaum hatte er das gesagt, war auch schon der Balg da, schob den Wagen heraus und meinte: »Sag aber ja nichts.« Aber nach dem Essen stellte sich der Knecht in die Tür und erzählte es. Da gab es einen Pfiff, und das Kind war durch den Rauchfang verschwunden.

## Das böse Weib vom Hutzebacher See

Im Hutzebacher See wohnte ehemals ein böses Weib, die war besonders den Buben gefährlich. Wenn einer in die Nähe kam, so packte sie ihn auf und trug ihn zum See, wo sie ihn lebendig fraß. Doch sind jetzt die Knaben von der Nixe verschont, seitdem ihr einmal eine böse Geschichte passiert ist.
Eine Köhlersfrau hatte ein kleines Knäblein in der Wiege daheim und war in den Wald gegangen, um Heidelbeeren zu suchen. Als sie wieder heimkam, hörte sie schon von fern ihr Kind entsetzlich schreien und fand statt ihres Söhnleins einen greulichen Wechselbalg in der Wiege; der hatte einen Kopf wie ein Sester*, Augen wie ein Kalb, war aber sonst am ganzen Leibe mager und fahl, wälzte sich in seinem eigenen Kot und krächzte wie ein Rabe. Die Mutter war in großer Not. Als ihr Mann heimkam, so bat sie ihn, den Unhold mit Ruten zu hauen. Das tat er denn auch, während sein Weib vor dem Hause ihr Gebet

* ein Trockenmaß in Baden und in der Schweiz.

verrichtete. Da hörte sie auf einmal ihr Söhnlein an dem See weinen, denn ihr Haus stand nahe daran; sie sprang hin und fand ihr rechtes Kind am Ufer liegen. Ihr Mann trug darauf den Wechselbalg an dieselbe Stelle, wo sein Kind am See gelegen hatte. Als die Nixe das sah, fuhr sie auf den Wechselbalg los, zerriß ihn, fraß ihn auf und verschwand. Der See fing aber schrecklich an zu brausen und zu toben, und man glaubt, die Nixe sei von diesem Fraß zersprungen, daher hätten die Kinder jetzt für immer vor ihr Ruhe.

## Der Kielkropf

Wie ist nun ein solcher Kielkropf oder Wechselbalg beschaffen? Lassen wir uns das von Doktor Martinus Luther erzählen.

»Vor acht Jahren war zu Dessau ein Wechselkind, das ich, Doktor Martinus Luther, gesehen und angegriffen hab, welches zwölf Jahre alt war, seine Augen und alle Sinne hatte, daß man meinete, es wäre ein recht Kind. Dasselbige tät nichts, denn daß es nur fraß, und zwar so viel, als irgend vier Bauern oder Drescher. Wenn man's angriff, so schrie es. Wenn's übel im Hause zuging, daß Schaden geschah, so lachte es und war fröhlich, ging's aber wohl zu, so weinete es. Diese zwo Tugenden hatte es an sich. Da sagte ich zu dem Fürsten von Anhalt: ›Wenn ich der Fürst oder Herr wäre, so wollte ich mit diesem Kinde in das Wasser, in die Moldau, so bei Dessau fleußt, und wollte das Homicidium* dran wagen!‹ Aber der Kurfürst zu Sachsen, so mit zu Dessau war, und die Fürsten zu Anhalt wollten mir nicht folgen. Da sprach ich: ›So sollten sie in der Kirchen die Christen ein Vaterunser beten lassen, daß der liebe Gott den Teufel wegnehme.‹ Das täte man täglich zu Dessau; da starb dasselbige Wechselkind im andern Jahre danach.«

* hier: die Kindstötung

Die Verständigung zwischen den Wasserleuten und den Menschen scheint selten ein Problem gewesen zu sein. Neugier treibt die Meerweiber zur Unterhaltung mit den Menschenfrauen, die sich mit der Flachsernte abmühen. Daß die Meerweiber überlange Brüste haben, wird damit erklärt, daß sie ihre Kinder beim Schwimmen auf dem Rücken tragen.

Wird in einigen Sagen berichtet, wie der Wassermann die Christen »nicht riechen kann«, so sind in anderen die Unterwasserreiche mit Kirchen, Bischöfen und allem Drumherum ausgestattet.

Doch wer am Ende glaubt, die beiden Welten seien völlig austauschbar, wird in der letzten Sage eines anderen belehrt. Die erfahrene Nixenmutter ahnt das Verhängnis. Auch wenn es dem Menschen bei den Wassergeistern noch so gut geht, eines Tages packt ihn die Sehnsucht nach Luft und Sonnenschein, Wald- und Wiesengrün – und der Mangel an Salz soll ein Übriges tun. Was aber wird aus dem gemeinsamen Kind? Für diese Frage braucht eine Nixe keinen Familienrichter.

## Bei der Flachsernte

Als die Leute von Radeland einst in der Nähe des Hohenfelder Strandes beim Flachsziehen waren, tauchten plötzlich drei Meerweiber aus der Ostsee auf. Sie hatten langes, gelbes, glattgekämmtes Haar und schneeweiße, herabhängende Brüste. Oben glichen sie schönen Jungfrauen, unten aber Fischen. Sie sahen lange schweigend zu. Dann fragten sie: »Wat wüllt ji mit dat Krut?« – »Dar schüllt Hemden von.« – »Wodennig fangt ji dat denn an?« – »Eerst moet wi den Flaß röpeln.« – »Is dat al nog?« – »Ne, denn mutt he eerst röten.« – »Un denn?« – »Denn kümmt he in de Spree.« – »Un denn?« – »Denn ward he brakt.« – »Un denn?« – »Denn ward he swungen.« – »Un denn?« –

»Denn ward he hechelt.« – »Un denn?« – »Denn ward he spunnen un wunnen un denn wevt. Un denn ward dat Linnen bleekt, un denn snied uns Frunslüd dat to, un denn neiht se dat tosamen, un denn hebbt wie eerst Hemden.« Da meinten die Meerweiber, sie wären doch besser daran, daß sie um so'n bißchen Zeugkram sich nicht soviel Mühe zu machen brauchten. Sie warfen alle drei ihre langen Brüste über die Schulter und schwammen zurück ins Meer.

## Kirchgang

Als ein Schiff an einem Sonntagmorgen vor der Jade geankert war, kam ein Seemännchen an die Oberfläche und bat, man möge doch den Anker wieder aufziehen; derselbe liege grade vor der Kirchentür, und die Kirche solle in einer Stunde anfangen.

## Eierwasser

Ein Schäfer, der in der Nähe des Sager Meeres weidete, sah, als einst ein starker Sturm in dem Gewässer wühlte, in der Tiefe einen heftigen Kampf zwischen alten bärtigen Kriegern. Als der Sturm sich gelegt hatte, kamen zwei kleine Mädchen aus dem Wasser und legten sich am Ufer nieder. Und eins sprach zum andern »Antje, Tantje, segg nich, war Eierwater god to is.« Dann sprangen sie wieder in die Flut und waren verschwunden.
Auf der Isle of Man hatte man einst eine Seejungfrau gefangen, ließ sie jedoch nach einiger Zeit wieder frei, weil sie alle Nahrung verweigerte. Die Leute begleiteten sie hinunter zum Strand und sahen, wie sie ins Wasser sprang und von ihrem Volk freudig empfangen wurde. Da hörten die Leute, wie eine andere Seejungfrau sie fragte, was ihr bei den Erdenmenschen aufgefallen sei,

worauf sie antwortete: »Nichts sehr Bewundernswürdiges. Aber so dumm sind sie, daß sie Wasser wegschütten, in dem sie Eier gekocht haben.«

Wozu das »Eierwasser« gut ist, könnte vielleicht die altnordische Mythologie uns sagen: Von dem Wasser aus dem Brunnen am Fuße der Weltesche heißt es, es sei so heilig, daß alles, was in den Brunnen kommt, weiß wird wie das Häutchen, das zwischen Eierschale und Eiweiß liegt. Die weiße Eihaut deutet auf (Wieder)Geburt.

## Von der weißen Lilie und dem Goldfisch

Einmal kamen nach Zschagast bei Leipzig ein paar Mädchen zum Tanze, die niemand kannte. Wie sie so dasaßen, rieten die jungen Leute, wer sie sein könnten. Schließlich holte sich einer von ihnen so ein Fräulein. Es tanzte gerne und »ooch anständig«. Als die Tour zu Ende ging, fragte der seine Tänzerin, ob er sie heimbringen dürfe. Sie nahm die Begleitung an. Nach langem Gehen kamen sie an einen See. »Hier ist meine Heimat«, sagte das Mädchen, »und wenn es dich nicht gereut, magst du mitkommen.« Sie tat ein paar Rutenschläge. Da wich das Wasser, und ein langer Gang wurde sichtbar. Sie gelangten in ein Dorf, kamen an mehreren Häusern vorbei, bis sie endlich in des Mädchens Wohnung traten. Das versteckte dort schnell den Begleiter.

Die Mutter kam auch gleich und sagte: »Du hast wohl jemand mitgebracht? Die Leute passen doch nicht zu uns. Wie lange wird's dauern, will er wieder raus.« Das Nixenmädchen holte den Burschen hervor, und er versprach, so und solange auf Probe auszuhalten. Da durfte er bleiben, und es gefiel ihm in der neuen Heimat so gut, daß er das Mädchen heiratete.

Als sie einen kleinen Jungen gekriegt hatte und das Kind etwa anderthalb Jahr alt war, bekam er aber doch Heimweh. Seine Schwiegermutter erlaubte ihm, daß er mit seiner Familie »auf Zeit« seine Angehörigen besuchte. Doch wie der Urlaub um war und sie wieder an den See kamen, sagte er: »Wir wollen doch lieber draußen bleiben, auf der Erde ist's doch schöner.« Davon wollte aber seine Frau nichts wissen. »Wenn du durchaus nicht mitkommen willst«, erwiderte sie, »müssen wir unser Kind teilen.« Obgleich er ihr den Jungen ganz überlassen wollte, zog sie blitzschnell ein Messer und schnitt das Kind mitten über dem Leib auseinander. Die oberste Hälfte mit dem schönen Lockenkopfe kriegte er. Die andere warf sie ins Wasser, und dort verwandelte sie sich sofort in einen Goldfisch. Er hatte kaum seinen Anteil im Ufersand verscharrt, da schoß auch schon eine schöne Blume wie eine weiße Lilie aus dem Grabe empor. Der Goldfisch schwamm zur Blume, die neigte sich nach ihm, und beide wisperten leise miteinander.
So waren die Eltern auseinandergekommen. Die Nixe ward nie mehr gesehen, und auch ihr Mann blieb verschwunden.

# Teil IV

# Dauerhaftere Beziehungen

# Kapitel 10

# Wasserschwestern

Vom Geheimnis verwunschener Prinzessinnen, die am Grunde der Meere leben, handeln die folgenden Märchen und Sagen. Oder auch – vom Reich der Wasserfrau als einem Ort der Verbannung:
Menschenfrauen, die »gefrevelt« haben, werden ins Wasser getrieben; es wird eins mit den »Wesen, die sich verausgaben und dahintreiben« (Gaston Bachelard).
Die Eskimofrau, die ihrer Sippe die Nachkommenschaft schuldig bleibt, wird ebenso ins Wasser getrieben wie das »Junge Mädchen vom Buchsee« mit seinem unehelichen Kind.
Rettende Zuflucht bietet das Meer Albhine*, der keltischen Königstochter, die im Auftrag eines mächtigen Zauberers entführt werden sollte.
Wo immer Ansprüche an Weiblichkeit – aus der Sicht einer männlich normierten Gesellschaft – von der Frau nicht erfüllt werden, wird das Wasser zum Reich der Ausgrenzung. Die »tief-gesunkene« wird zur »versunkenen« Frau (Jean Markale). »Unten«, im Bereich des Geschlechts, liegt ihre »Schuld«.
Wer aber glaubt, die aufmüpfigen Weiber seien damit aus der Welt geschaffen, irrt. Die Geschichten erzählen vom Weiterleben der Frauen am Grunde der Teiche und Meere. Sie verwandeln sich in Wassertiere, werden aufgenommen in den Chor der Sirenen, oder sie gründen – so die königliche Albhine – ihr eigenes Unterwasserreich. Und auf die eine oder andere Weise sorgen sie dafür, daß die Männerwelt sie nicht vergißt. Das Wasser ist der Ort der Verdrängung, nicht der Vernichtung.

* Albhine abgeleitet von Albwine = die die Elben zu ihren Freunden hat.

# Die Frau unter den Sirenen

Es war einmal eine schöne, junge Frau, die hatte einen Seemann zum Mann. Dieser Seemann mußte oft aufs Meer und blieb dann jahrelang aus. Während er nun auch wieder einmal auf einer großen Fahrt war, kam der König jenes Landes an seinem Hause vorbei und sah die hübsche, junge Frau. Er verliebte sich in sie, und er setzte ihr so lange zu, bis sie mit ihm auf das Schloß des Königs zog. Als aber der Seemann nach Hause kam, fand er sein Heim leer und verlassen, und von seiner Frau fehlte jede Spur.

Es verging eine geraume Zeit, und jener König wurde eines Tages der jungen Schiffersfrau überdrüssig und jagte sie davon. Und die Arme wußte nicht, was sie tun sollte. Von Reue über ihre Tat geplagt, kehrte sie nach Hause zurück und warf sich vor ihrem Gatten auf die Knie nieder, um ihn um Verzeihung zu bitten.

Der Seemann aber, so sehr er seine Frau einmal geliebt hatte, war zu sehr erzürnt und ergrimmt, als daß er ihren Verrat hätte vergessen und verzeihen können. Er kehrte ihr den Rücken zu und sagte:

»Ich kann dir nicht verzeihen und werde dir niemals vergeben; du wirst die Strafe erhalten, die du verdienst. Bereite dich darauf vor zu sterben!«

Die Frau raufte sich die Haare, sie bat ihn, sie flehte ihn an, aber er ließ sich nicht erweichen. Er richtete sein Schiff, warf seine Frau über die Schulter, als wäre sie ein Sack, lichtete die Anker und segelte ab. Als er auf hoher See war, sagte er:

»Jetzt ist deine Stunde gekommen!« Und damit stieß er sie vom Boot hinab in die Wellen. Dann sprach er bei sich: »Nun bin ich gerächt«, und segelte in seinen Hafen zurück.

Die Frau aber sank langsam immer tiefer ins Meer, und da, wo sie in die Tiefe glitt, war der Platz, wo die Sirenen sich zu treffen pflegten. Kaum hatten die Sirenen die schöne, junge Frau gesehen, da riefen sie:

»Seht da! Was für eine hübsche, junge Frau! Eine so schöne Frau soll sterben und von den Fischen gefressen werden! Nein! Wir wollen sie retten und sie mit uns führen!«
Und damit nahmen sie die junge Frau bei der Hand und führten sie in ihren Palast, der am Grunde des Meeres lag. Dort war alles hell und erleuchtet, und die Sirenen geleiteten die Frau in einen Saal, und eine Frau kämmte ihr die schwarzen Haare, eine andere besprengte ihr Arme und Brust mit wohlriechenden Essenzen, eine dritte hängte ihr eine Kette aus Korallen um den Hals, und wieder eine andere steckte ihr Ringe mit Smaragden an die Finger. Die junge Frau wußte kaum, wie ihr geschah, sondern sah sich um, als ob sie träumte.
»Schiuma, komm mit uns, Schiuma!« riefen die Sirenen. Da verstand die junge Frau, daß dies der Name war, den ihr die Sirenen geben wollten. Sie begleitete sie in einen anderen Saal des Palastes, wo alles voll von jungen Männern und Frauen war, die miteinander tanzten. Auch Schiuma mußte sich in diesen Reigen mischen. Aber in all dem festlichen Trubel und in aller Freude dachte die junge Frau traurig an ihren Gatten, und so konnte sie nicht lachen wie die anderen.
»Schiuma, was ist mit dir los? Bist du nicht glücklich?« fragten sie die anderen Sirenen. »Warum hast du so ein trauriges Gesicht? Warum verharrst du immer in Schweigen?«
»Ach nichts, ich habe nichts«, sagte die junge Frau, aber es gelang ihr nicht zu lächeln.
»Komm mit uns, wir wollen dich singen lehren!« sagten die Sirenen, und sie brachten ihr einige von ihren Liedern bei, mit denen sie die Seeleute so betörten, daß sie sich in die Fluten stürzten. So wurde auch Schiuma in den Chor der Sirenen aufgenommen, der in den Vollmondnächten auftauchte, um zu singen und seine Schlingen nach den Seeleuten auszuwerfen.
Eines Nachts sahen die Sirenen ein großes Schiff kommen, das mit ausgebreiteten Segeln dahinfuhr.
»Komm mit uns, Schiuma«, sagten die Sirenen, »komm

mit uns, denn wir wollen singen!« Und sie tauchten auf und sangen folgendes Lied:

»Und das ist unser Lied beim Mond, dem hellen,
Und das ist unser Lied beim vollen Mond:
O Seemann, stürze kühn dich in die Wellen,
Willst sehen du, wo die Sirene wohnt!«

Da stürzte sich vom Schiff ein Mann kopfüber in die Fluten, verzaubert von der Musik der Sirenen. Schiuma aber hatte ihn im Schein des Mondes erkannt: es war ihr Gatte!

»Den werden wir in eine Koralle verwandeln!« sagte eine Sirene. »Nein, in weißen Kristall!« sagte eine andere.

»Nein, wir werden aus ihm eine Muschel machen!« wieder eine andere.

»Halt! Wartet! Ich bitte euch!« rief Schiuma. »Tötet ihn nicht! Verzaubert ihn nicht!«

»Aber warum nimmst du dir sein Schicksal so zu Herzen?« fragten die Sirenen.

»Ach, ich weiß nicht. Ich möchte auch einmal ausprobieren, ob ich zaubern kann, auf meine Weise. Ich bitte euch, überlaßt ihn mir wenigstens für einen Tag! Dann...«

Die Sirenen, die Schiuma immer nur traurig gesehen hatten, konnte ihr die Bitte nicht abschlagen, und so sagten sie:

»Gut, so nimm du ihn mit und mach, was du willst!«

Es war aber schon Morgendämmerung, und die Sirenen legten sich zur Ruhe. Da nahm Schiuma ihren Mann mit hinunter in den Palast der Sirenen auf dem Grunde des Meeres und schloß ihn in einem Zimmer ein. Als die Sirenen schliefen, näherte sie sich dem Raum, wo sie ihren Gatten eingesperrt hatte, und sang:

»Und das ist der Gesang beim Mond, dem hellen,
Ich kannte dich im Leben und war undankbar,
Jetzt muß mich, die Sirene, Reue quälen;
Doch rett ich dich auf eigene Gefahr.«

Da hob der Seemann den Kopf, und er verstand, daß jene, die da sang, nur seine einstige Frau sein konnte. Er begann etwas Hoffnung zu schöpfen, und er fühlte, daß er ihr im Grunde seines Herzens schon vergeben hatte und daß es falsch gewesen war, der Reuigen nicht zu verzeihen.

Die Sirenen aber schliefen am Tage, und am Abend erhoben sie sich, um ihre Netze nach den Schiffen auszuwerfen. Schiuma wartete, bis es dunkel geworden war. Dann öffnete sie das Zimmer, wo ihr Mann eingesperrt war, fand ihn und sagte:

»Still! Die Sirenen sind fortgeschwommen, aber sie sind noch nicht weit und könnten dich hören. Setze dich auf meinen Rücken und halte dich fest! Ich werde dich hinauftragen.« Und so schwamm sie mit ihrem Gatten zur Oberfläche des Meeres.

Sie schwamm Stunde um Stunde, endlich sah sie ein großes Schiff kommen.

»Schrei um Hilfe!« befahl sie ihrem Gatten. Und er rief:

»Zu Hilfe! Zu Hilfe!« Da setzten die Seeleute ein kleines Boot aus und holten den Schiffbrüchigen an Bord. Kaum war er oben, da stammelte er:

»Die Sirene, die Sirene... Die Sirene, meine Frau...«

»Er ist verrückt geworden«, sagten die Seeleute. Und zu ihm selbst sprachen sie: »Beruhige dich nur! Du bist gerettet! Hier gibt es weit und breit keine Sirene.«

So kehrte der Seemann in seinen Hafen zurück, aber er konnte keine Ruhe finden und mußte immer an seine junge Frau denken. Und er war ganz unglücklich, wenn er daran dachte, daß seine junge Frau bei den Sirenen war, und er sprach für sich:

»Ich habe sie zurückgestoßen, als sie mich um Verzeihung gebeten hat, und sie hat mir das Leben gerettet.« Und er beschloß, so lange durch die Welt zu segeln, bis er sie wiedergefunden hätte.

In diesen Gedanken ging er so dahin und kam in einen Wald, und endlich schritt er an einem Nußbaum vorbei, von dem man sagt, daß sich dort die Feen treffen. Und da saß auf einem Ast eine Fee und sprach ihn an:

»Schöner Jüngling, warum bist du so traurig?« Da hob er seinen Kopf, erblickte sie und entgegnete:
»Ich bin traurig, weil meine Frau zu einer Sirene geworden ist und weil ich nicht weiß, wie ich sie wiedererlangen soll.«
»Du scheinst mir ein guter Kerl zu sein«, sprach die Fee, »und ich will dir gern helfen, deine Frau wiederzugewinnen. Aber ich muß eine bestimmte Bedingung stellen. Bist du dazu bereit?«
»Ich tue alles, was Ihr mir sagt.«
»Paß auf! Es gibt eine gewisse Blume, die wächst nur im Palast der Sirenen, und sie heißt ›die Schönste‹. Du mußt sehen, in den Besitz dieser Blume zu gelangen, und mußt sie mir nachts unter diesen Nußbaum legen. Dann wirst du deine Frau wieder zurückerhalten.«
»Aber wie soll ich es machen, eine Blume vom Grunde des Meeres zu bekommen?«
»Das ist deine Sache«, sagte die Fee, »wenn du deine Frau wiederhaben willst, wirst du schon die Wege finden.«
»Ich werde es versuchen!« versprach der Seemann.
Er kehrte auf sein Schiff zurück und lichtete die Segel. Als er auf hoher See war, begann er den Namen seiner Frau zu rufen. Nach einiger Zeit hörte er etwas plätschern, und da sah er, daß sie im Kielwasser seines Schiffes schwamm.
»Liebste Frau«, sagte er, »ich möchte dich retten; aber um dich zu retten, muß ich eine Blume haben, die im Palast der Sirenen auf dem Grunde des Meeres wächst und die ›die Schönste‹ heißt.« – »Das ist unmöglich, denn das ist eine Blume, die die Sirenen den Feen geraubt haben, und an dem Tage, an dem die Feen diese Blume wiedergewinnen würden, müßten die Sirenen sterben. Da auch ich eine Sirene bin, müßte also auch ich sterben.«
»Du würdest nicht sterben«, sagte der Seemann, »weil die Fee mir versprochen hat, dich zu retten.«
»Gut, ich will es bedenken«, antwortete die Sirene, »komme morgen wieder hierher, dann werde ich dir Bescheid geben.«

Am nächsten Tag kehrte der Seemann zur gleichen Stunde an den Ort zurück, wo er seine Frau getroffen hatte.

»Was nun?« fragte er sie.

»Um dir die Blume, welche ›die Schönste‹ heißt, bringen zu können, mußt du alles verkaufen, was du besitzt. Und mit dem Erwerb aus dem Verkauf mußt du die schönsten Edelsteine kaufen, die du auftreiben kannst. Die Edelsteine aber mußt du rings um das Schiff hängen. Da die Sirenen sehr begierig nach Schmuck sind, werden sie dann alle kommen, um die Edelsteine anzustaunen, und so werden sie sich aus dem Palast entfernen, so daß ich dir die Blume bringen kann.«

»Gut, ich werde es so machen, wie du mir rätst«, entgegnete der Seemann. Dann kehrte er in seinen Hafen zurück, verkaufte all sein Hab und Gut und erwarb die schönsten und leuchtendsten Edelsteine, die er im ganzen Land auftreiben konnte. Mit den Ketten und Schnüren aus diesen Juwelen schmückte er sein Schiff. Dann stach er wieder in See.

Als er auf das Meer gekommen war, begannen alle Edelsteine im Lichte der Sonne zu glänzen und zu gleißen. Dieser Schein lockte die Sirenen an und weckte ihre Habgier. Sie umschwammen das Schiff und begannen zu singen:

»Und das ist der Gesang der leuchtenden Sonne,
Dein Schiff erstrahlt in farbenprächtigem Scheine.
O Seemann, was gäbe es noch größere Wonne,
Wenn du uns schenktest deine Ketten, Ringe, Steine!«

Aber der Seemann hörte nicht auf ihre Bitten, sondern er fuhr langsam fort, und die Sirenen folgten ihm, und so entfernten sie sich immer mehr von ihrem Palast. Auf einmal hörte man ein dumpfes Donnergrollen vom Grunde des Meeres, und die Wasser hoben sich zu einer niegesehenen Woge, und alle Sirenen versanken tot in der Tiefe. Aus der Woge aber erhob sich ein gewaltiger

Adler, und auf diesem Adler ritt jene Fee, die der Seemann auf dem Nußbaum gesehen hatte. Und hinter der Fee saß die junge Frau, die mit davonflog. Und als der Seemann zu Hause ankam, da war seine Frau schon dort und erwartete ihn. Und sie lebten nun glücklich und zufrieden beisammen.

Selten gelingt eine Rückkehr zu den Menschen, denn die Frau braucht dazu Einsicht und Mithilfe eben des Mannes, der sie verstoßen hat. Ein bekanntes innerseelisches Phänomen: Was verdrängt wurde, will aktiv reintegriert werden. Und nur wenn der Mann bereit ist, alles dafür herzugeben, wie es der italienische Seemann tut, nimmt die Geschichte ein glückliches Ende.

## Die Klappmütze

Es waren einmal fünf Brüder. Die lebten auf einer Insel und hatten nur eine einzige Schwester. Diese Schwester besaß einen Pflegesohn, den sie schon als Säugling bekommen und aufgezogen hatte. Die fünf Brüder liebten ihre Schwester so sehr, daß sie sie immer bei sich behalten wollten. Sie erlaubten ihr nicht einmal, Bekannte zu besuchen, und heiraten durfte sie schon gar nicht, obwohl viele junge Männer um sie freiten.
Aber eines Tages kam ein junger Mann, der der einzige Sohn seiner Eltern war. Er wollte das junge Mädchen gerne heiraten. Und da willigten die Brüder ein.
Der junge Mann zog nun sofort in das Haus seiner Schwäger und liebte seine Frau sehr.
Da aber die Schwester keine Kinder bekam, begann die Liebe der Brüder abzukühlen. Sie machten sich über ihre Kinderlosigkeit lustig und verspotteten sie bei jeder Gelegenheit. Ihr Mann aber liebte sie immer noch.

Als im nächsten Frühjahr der Mann auf Jagd war, luden die Brüder rasch ihr Reiseboot voll und fuhren fort. Sie ließen ihre Schwester ganz allein mit ihrem Pflegesohn zurück, fuhren so lange, bis sie einen neuen Wohnplatz entdeckt hatten, und ließen sich dort nieder.
Als der Mann nun von der Jagd nach Hause kam, wurde er sehr zornig, weil ihn seine Schwäger verlassen hatten, und da er glaubte, daß seine Frau daran Schuld habe, verprügelte er sie. Und das tat er später immer wieder, sobald er von der Jagd zu seinem Wohnplatz zurückkam. Die junge Frau war nun so verzweifelt, daß sie beschloß, die Kunst der Angakoks (Schamanen) zu erlernen. Sie ging in die Berge und wanderte zu einem Inlandsee, an dessen Ufer sie so lange übte, bis sie sich in einen Seehund verwandeln konnte.
Als ihr Mann wieder eines Tages auf Jagd war, sagte sie zu ihrem Pflegesohn, daß er sie begleiten solle. Und als sie zu einer Stelle kamen, wo das Meer offen vor ihnen lag, sagte sie: »Viermal komme ich nach oben, aber beim fünften Mal tauche ich für immer unter, und dann siehst du mich nicht mehr.«
Darauf sprang sie ins Meer, kam aber sofort wieder als Seehund nach oben. Als sie zum viertenmal auftauchte, schlug sie ihre Pelzkapuze über den Kopf. Daher unterscheiden sich die Klappmützen von den anderen Seehunden durch eine Kapuze, die sie auf dem Kopf tragen.
Als sie sich nicht mehr zeigte, ging der Pflegesohn weinend heim und wartete vergebens auf die Rückkehr seiner Pflegemutter, die indessen nach Norden schwamm, um ihre Brüder zu suchen. Unterwegs sah sie viele Kajaks. Aber die Strömung war so stark, daß sie nicht in ihre Nähe kommen konnte. Endlich ließ die Strömung ein wenig nach, und da sah sie nun einen einsamen Kajakfahrer. Sie schwamm dicht an ihn heran und erkannte ihren ältesten Bruder.
Zuerst wollte sie direkt vor ihm auftauchen, aber überlegte es sich wieder, weil sie daran denken mußte, wie gut er früher zu ihr gewesen war. Und sie weinte die bittersten Tränen. Aber dann mußte sie daran denken, wie ihre

Brüder sie verlassen und dadurch Schuld an dem bösen Benehmen ihres Mannes bekommen hatten. Und sie tauchte nun vor ihrem Bruder auf, hielt absichtlich die Augen fest geschlossen und ließ sich von ihm harpunieren. Dann schwamm sie so hastig davon, daß der Kajak kenterte. Und als sie das merkte, schwamm sie zurück und setzte sich auf das Boot, so daß ihr Bruder ertrank.
Das gleiche Schicksal teilte ihr Mann, den sie später traf, und dann schwamm sie weinend weit in die See hinaus.
Seit jener Zeit pflegt sie sich immer draußen im Meer aufzuhalten und kommt erst im Spätsommer in die Nähe der Küste, um nach ihrem Land und den Inseln zu schauen.
Die große Klappmütze kommt gern im August und zieht besonders zu der Südspitze der Kittissut-Inseln. Und die weibliche Klappmütze ist immer die schlimmste und gefährlichste, wenn es gilt, einen Kajak zum Kentern zu bringen.

Rache ist das einzige Mittel, das der jungen Eskimofrau bleibt, um auf das erlittene Unrecht zu reagieren. Ob sie ausreicht, um die Sache zu einem Ende zu bringen? Die alljährliche Wiederkehr der gefährlichen weiblichen Klappmützen läßt das bezweifeln.

In ein Schloß unter den Wogen des Meeres geleiten neun Wasserfrauen den irischen Helden Ruad. »Hier war es licht und still, und der Menschen Leid und Gram drang nicht hinab, bis in diese strahlende Tiefe.« Wie kommt es dann, daß Albhine, die Königin der Meerfrauen, von einer unendlichen Sehnsucht erfüllt ist?

# Albhine, die Herrin der Meerfrauen

Ruad, der Sohn Rigdonns, des Königs der Meermänner, wollte seinen Freund, den Sohn des Königs von Lochlann, jenseits des Meeres besuchen, denn das war sein Pflegebruder, mit dem er aufgewachsen war. Und als die Knaben einst mannbar geworden waren, hatten sie einander das Versprechen gegeben, sich von Zeit zu Zeit zu besuchen, um die Bande brüderlicher Liebe nicht locker werden zu lassen zwischen ihnen. Dies gegebene Wort wollte Ruad nun dem Freunde einlösen. So rüstete er drei Schiffe, bemannte sie mit rüstigen Gefährten, lichtete die Anker und stach in See.

Die Männer hatten anfangs glückliche Fahrt. Doch noch hatten sie nicht die Hälfte des Seeweges nach Lochlann zurückgelegt, als die drei Schiffe plötzlich mitten in den Wellen des Meeres stillestanden, als würden sie von schweren Ankersteinen am Grunde festgehalten. Welche Bewegungen die Schiffer auch immer machten, die Boote wieder flott zu bekommen, nichts hatte Erfolg, und sie verharrten an derselben Stelle.

Da sprang schließlich Ruad über Bord, um nachzuschauen, was die Schiffe denn hemmte, obwohl der Wind in den Segeln stand. Als er aber unter die Wogen tauchte, sah er neun wunderschöne Frauen, wie er sie lieblicher nie wahrgenommen hatte, und an dem Steuer eines jeden seiner Schiffe hingen drei von den Meerfrauen, wiegten sich lachend und hielten es in seiner Fahrt auf. Als Ruad zu ihnen hinabstieg, kamen sie ihm sogleich fröhlich entgegengeschwommen und luden ihn ein, mit ihnen in ihr Wasserschloß am Grunde des Meeres zu kommen. Als er aber, von ihrem Liebreiz bestrickt, noch eine Zeit zauderte, drohten sie ihm, nie würden seine Schiffe an ihr Ziel gelangen, wenn er ihnen nicht folgen wollte. Doch es bedurfte dieser Drohung gar nicht, nur allzu willig nahm Ruad die Einladung der Meerfrauen an, ließ seine Gefährten und tauchte mit den Schönen hinab in die Tiefe. Die umringten ihn und geleiteten ihn in ihr Heim unter den Wogen des Meeres. Hier war es licht und still: hier stürmten die Wogen nicht mehr unter dem Atem der Winde, und der Menschen Gram und Leid drang nicht hinab bis in diese strahlende Tiefe.

Mit köstlichen Speisen und Tränken bewirteten die Wasserfrauen ihren Gast, dem in ihrer Halle wohlig wurde wie nie zuvor in seinem Leben. Neun Ruhebetten standen da an den gläsernen Wänden, neun Betten mit schwellenden Kissen und roten Füßen aus getriebener Bronze. Und als Ruad gegessen und getrunken hatte zu ihrem Dank, nahm ihm die eine der Frauen den kristallenen Becher aus der sinkenden Hand und geleitete ihn zu ihrem Lager. »Wie heißt du?« fragte Ruad sie, als sie sich über ihn neigte und ihm zulächelte, »und wessen Tochter bist du?« Da sang die Wasserfrau mit zarter flüchtiger Stimme: »Ich bin der Schaum des Meeres, mich zeugten Wind und Woge. Sieh, meine Schulter ist weiß wie Schwanengefieder, und meine Liebe ist frisch wie der Schnee in der wirbelnden Winterluft, aber auch so vergänglich wie rinnende Tropfen.« Da ruhte Ruad bei ihr die erste Nacht. Doch als er am Morgen erwachte, war ihm alles wie ein zauberischer Traum.

Am folgenden Abend lud ihn die zweite Frau auf ihr Bett, und wiederum richtete Ruad die Frage an sie: »Wie heißt du und wer sind deine Erzeuger?« Da tanzte die Meerfrau vor ihm und sang dabei: »Ich bin die Welle, die Tochter des schweifenden Sturms und der beharrenden Tiefe. Siehe, meine Locken sind grün wie die Gräser des Meeres, doch rosig sind meine Lippen, und die Blüten meiner Brüste wie das Morgenrot über den Wassern. Doch flüchtig ist meine Liebe wie der Tau auf den Spitzen der Schiffsmasten.« Da lag Ruad diese zweite Nacht bei der Meerfrau, die sich selbst die Welle nannte, und als er erwachte, meinte er, sie hätte ihn nur im Traum umarmt.

Am dritten Abend bat ihn wieder eine andere der Frauen zu sich auf die Kissen, und als Ruad sie nach ihrem Namen fragte, lächelte sie und sprach: »Ich bin die Nebelfrau über den Wassern, mich zeugte der Herbst

und die Sonne. Sieh, mein Leib ist weiß wie der Wolken Schleiergespinste, meine Arme sind weich wie die Daunen der brütenden Eiderente. Oh, komm, Geliebter, nie möchtest du sanfter ruhen!« Da schlief Ruad bei ihr bis zum Sonnenaufgang, und nie, glaubte er, weicher gebettet gewesen zu sein als an der Brust der Nebelfrau.
Am vierten Abend sang ihm eine andere der Meerfrauen und saß nackt und schön am Rande seines Bronzebettes: »Ich bin das Leuchten des Meeres, Geliebter, und kein Druide weiß um meine Abkunft. Siehe, geheimnisvoll flammt mir ein Feuer aus dem dunklen Stern meiner Augen. Selige Nacht genießt, wen ich brünstig in meine Arme schließe: wie in flüssiger Lohe gebadet schimmert sein Leib, und sein Herz träumt unaussprechliche Wonne. Doch wie ein Traum verfliegt das Feuer im Dämmer des Morgens.« Da nahm sie Ruad in seine Arme und verbrachte mit ihr die vierte Nacht.

In der nächsten Nacht nahte sich ihm die fünfte der Frauen und sprach leise zu ihm: »Siehe, Geliebter, meine Haut gleißt wie Perlmutter, ich bin die Muschelkönigin, und Perlen bedecken mein nachtdunkles Haar. Höre mir zu, ich offenbare dir das geheime Raunen der Muscheln! Nichts spendet dir erquickenderen Schlaf als die hauchleise Musik der rosigpurpurnen Verborgenheit der Meeresmuschel.« Da glaubte Ruad ein geheimnisvolles süßes Rauschen zu vernehmen, und während sie ihn liebkoste, senkte sich unsagbar köstliche Vergessenheit über ihn.
In der sechsten Nacht bot ihm die sechste der Wasserfrauen ihr Lager, und als Ruad sich darauf ausstreckte, warf sie ihm ihren Schleier über die Augen und flüsterte ihm ins Ohr: »Blicke nicht auf, Geliebter! Ich bin die Abendröte über dem Meer, und Scham färbt meine Wangen, wenn ich mein Haupt neben das deine auf die Kissen lege. Doch all meine Herrlichkeit will ich dir schenken, daß du lange und glücklich von mir träumen sollst, ist meine Glut auch vergänglich wie tanzende Lichter über den gleitenden Wogen zur Nacht.« So sprach sie, und Ruad streckte verlangend seine Arme nach ihr aus.

Am nächsten Abend saß die siebente der Meerfrauen auf seinem Lager. Die war schön und bleich wie eine Blume, die in der Nacht leuchtet. »Siehe«, sprach sie zu ihm, »ich bin das Mondlicht über dem Meer, mein Schleier duftet herbsüß im Nachtwind, und meine Schenkel glänzen silberzart wie der Schmelz funkelnder Fischschuppen. Sanft sind meine Küsse, und wen immer das stille Leuchten meiner Augen trifft, der wünscht sich Flügel, sacht gegen den Sternhimmel hinauszuschweben.« Leise sang sie ihm ihr sehnsüchtiges Lied, und Ruad lauschte ihr stumm zur Seite.

In der folgenden Nacht bat ihn die achte der Frauen, ihr Lager mit ihr zu teilen, und als sie Ruad nach ihrem Namen fragte, sagte sie mit neckischer Miene: »Ich bin die Tochter des Ler und einer Wasserfrau, und mich nennen sie die Strudelnixe vom Kessel des Breccan. Große Gewalt ist mir gegeben im feuchten Reich meines Vaters: die bunten Fische umspielen mich, wenn ich durch die Wogen eile, die Tümmler tragen mich freudig auf ihren Rücken durch den Lichtglast des Meeres, und die Robben werfen ihre glatten glänzenden Leiber von den Klippen in die Wasser, wenn ich mich nahe, und schwimmen mir jubelnd entgegen. Bisweilen treibe ich freilich auch mutwillige Scherze, und so habe ich meine Gefährtinnen überredet, deine Schiffe anzuhalten, um dich hinabzuholen zu unserer schimmernden Insel auf dem Grunde der See. Du wirst mir darum nicht gram sein, seit du hier von uns bewirtet wirst; denn Friede herrscht hier und Wonne ohne Ende.« So sprach die Wasserfrau, scherzte mit Ruad und legte ihm ihre zarten weichen Hände an die Hüften.

Am neunten Abend endlich trat die letzte der Wasserfrauen zu Ruad und fragte ihn, wie es ihm in ihrem Schloß gefiele. Diese Frau war weit schöner und lieblicher als alle die anderen, und immer schon hatte Ruads Auge verlangend auf ihr geruht, ohne daß sie bisher Miene gemacht hatte, ihn zu erhören. Da entgegnete der Seefahrer: »Wenn du mir deine Gunst auch schenken wolltest, die du mir die edelste und lieblichste unter den

Frauen hier scheinst, so wäre ich der glücklichste Sterbliche.«
»Flüchtige Zärtlichkeiten spendeten dir meine Schwestern, Ruad Rigdonns Sohn, aber wenn du meiner genießen willst, so bleibst du mein und darfst nach keinem anderen Weib mehr Verlangen haben«, sagte das Weib.
»Wer bist du, daß du so herrisch sprichst?« fragte sie der Seefahrer verwundert.
»Ich bin die Herrin dieser Insel hier unter den Wogen. Meine Geschichte ist kurz. Einst war ich Tuadh, die Tochter des Königs Conaire Mor von Tara. Sorglos wuchs ich auf in der Obhut meines Vaters. Aber der Zauberer der Söhne der Göttin Danu, Manannan mac Lir, hatte von mir erfahren und beschloß, mich zu rauben. So sandte er einen Boten, der mich in einer Nacht gewaltsam von Tara entführte. Bis zum Inbher Glais schleppte mich der Räuber und legte mich, während ich schlief, an der Mündung des Flusses nieder, um ein Boot zu holen, auf dem er mich über See zum Wohnsitz des Mächtigen schaffen wollte. Doch meiner erbarmte sich Tethra, der Gott der Wasser, und sandte eine Flutwelle, die mich davontrug und mir hier in der Tiefe Zuflucht gewährte vor den Nachstellungen Manannans. Nun lebe ich hier als Meerfrau. Doch ich bin der Herrlichkeit hier überdrüssig. So stieg ich herauf, einen Mann zu fangen, der mich zurückbringen soll zu Gestaden, wo Menschen wohnen. Aber nur dem will ich folgen, der mich von Herzen liebt...«
Hingerissen von dem Zauber ihrer Schönheit, versprach ihr Ruad, was immer sie von ihm verlangte. »Doch die Tuadh von einst ist lange tot, und hier heißen sie mich Albhine, kehre ich aber mit zurück zu den Menschen, so werde ich mit einem neuen Leben auch einen neuen Namen empfangen«, sagte sie weiter und reichte Ruad die Hand. Der ergriff sie, behielt sich aber vor, seinem Freunde in Lochlann das Wort halten zu dürfen, ehe er die schöne Wasserfrau nach Erinn mitnähme. Da bedeutete ihm Albhine: »Wenn du mir versicherst, auf der Heimfahrt von Lochlann wieder zu mir zu kommen, so

werden wir dich morgen dorthin tragen, und so wirst du deinem Freunde nicht untreu werden.« Darauf ging Ruad voller Freuden ein, versprach der Meerfrau, ganz gewiß zu ihr zurückzukehren, und folgte ihr auf das Lager, das sie für ihn und sich zur Nacht bereitet hatte.

Nachdem nun Ruad die neunte und seligste Nacht bei den Meerfrauen auf der Insel unter den Wogen der See verbracht hatte, geleiteten sie ihn am folgenden Morgen hinauf an die Oberfläche des Meeres. Über den Wassern flimmerte ein heiterer Sonnenschein, und eine leichte kühle Brise strich wohlig über die sanft gleitenden Wellen. Die Meerfrauen flochten ihre Hände ineinander und trugen lachend und singend ihren Gast hinüber zu den Ufern von Lochlann. Als Ruad dort an Land gestiegen war, schaute er sich noch einmal um. Da sah er die schimmernden Leiber der Frauen über den Wellen leuchten, und ihre Haare wehten wie schwarze und goldene Flammen im Morgenwind. Sie winkten ihm noch einmal zu und verschwanden dann in dem Schaum der grünen Wogen.

Ruad Rigdonns Sohn ging in das Haus seines Freundes. Der nahm ihn freundlich auf, und solch Wohlgefallen hatten die beiden an ihrem Zusammensein, daß Ruad sieben Jahre in Lochlann am Hofe des Königs verblieb. Dann aber rüstete ihm der Freund ein Schiff zur Heimfahrt. Inzwischen hatte Ruad die Meerfrauen längst vergessen, dachte nicht mehr an Albhine und wußte natürlich auch nicht, daß sie in jener Liebesnacht von ihm ein Pfand empfangen und ihm einen wunderschönen Sohn geboren hatte.

Als er nun auf der Heimfahrt wieder in die Nähe jener Stelle der See geriet, wo die Wasserfrauen einst seine Schiffe angehalten hatten, erblickte er auf einem sonnenbeschienenen Felsen, der aus den Wogen emporragte, etliche Wesen, die er in der Ferne für Robben hielt. Aber als das Schiff in die Nähe segelte, erkannte er wohl, daß es die Meerfrauen waren, die sich dort sonnten, und mit Erstaunen sah er, daß die eine einen hübschen Knaben bei sich hatte, der ganz nach Menschenart gebildet war.

Als die Meerfrauen nun das Segel erblickten, sprangen sie sogleich ins Wasser, schwammen eilig zu dem Schiff hin und umringten es. Ruad suchte sich vor ihren Blicken zu verbergen und trieb die Schiffer zu höchster Eile an, so daß sie Riemen auslegten und nach Kräften zu rudern begannen, weil sie beim Segeln nach Ruads Meinung noch zu langsame Fahrt machten. Da stießen die Meerfrauen einen schrecklichen Schrei aus, daß den Seeleuten das Blut in den Adern erstarrte. Albhine aber schwamm mit ihrem Söhnlein ganz nahe an die Wand des Schiffes heran und rief den Schiffern zu: »Wehe euch, die ihr einen Treulosen heimgeleitet! Laßt ihn hervortreten, ich will mit ihm reden! Sonst dreimal Wehe eurem Kiel!« Die erschrockenen Schiffer hörten bei dieser Mahnung zu rudern auf und nötigten Ruad an den Schiffsrand zu treten. Als Albhine des Geliebten ansichtig wurde, rief sie zu ihm hinauf: »Hast du mir nicht dein Wort gegeben, Ruad Rigdonns Sohn, heimzukehren zu mir, wenn du von Lochlann zurückkommst? Sieh, sieben Jahre lang harrte ich deiner, und im siebten Jahr wartet dies Kind hier auf seinen Vater. Ist dir dein Versprechen nicht mehr heilig?«
Ruad wich ihr aus und antwortete listig: »Ich will erst heimfahren zu meinem Vater, Albhine.«
»So nimm mich mit dir und diesen Sohn«, sagte die Meerfrau darauf. »Oder sind wir dir nicht ebenbürtig?«
»Ich will meine Mutter daheim erst darauf vorbereiten, daß du kommen wirst. Dann kehre ich wieder und hole dich.«
Albhine ersah aus seinen Worten wohl, daß er sie betrügen wollte. Da ergriff sie den schönen Knaben, erwürgte ihn vor den Augen seines Vaters und ließ den kleinen Körper in die Tiefe des Meeres hinabsinken. »Fahre denn hin zu deinem Vater und zu deiner Mutter, du Treuloser!« schrie sie in wildem Schmerz, und ihre Stimme klang jetzt nicht sanft und dunkel wie damals, als sie Ruad ihre Liebe gestand, sondern schrill wie die einer klagenden Möwe, und die Schiffer erschauerten bis ins Mark, als sie rief: »Aber ich weiß nicht, ob sie dich

lebend je wiedersehen werden.« Darauf entwich sie nach dem Heck des Schiffes und folgte schwimmend der Spur des Schiffes, als es weiterfuhr. Die andern Wasserfrauen aber blieben allmählich zurück und verschwanden in der Ferne. Als aber Ruad in die Nähe der Küste seiner Heimat kam, da wühlte Albhine mit zauberischen Kräften gerade da, wo sich am Gestade von Muiredh der Fluß aus dem Innern von Erinn ins Meer ergießt, eine ungeheure Flutwelle auf. Die packte das Schiff, schleuderte es gegen die Klippen und zerschellte es. So kamen dort Ruad Rigdonns Sohn und die Mannschaft von Lochlann elend um.
Nach Albhines Namen aber heißt der Fluß seitdem Inbher n-Ailbhine, und der Barde singt ein Lied davon.

An den Geschichten, die kein so »glückliches Ende« finden wie das italienische Märchen, fällt auf, daß etwas bleibt, das die Erinnerung an das Unrecht wachhält: die gefährliche Klappmütze, die alljährlich im August wiederkehrt; ein Fluß, der Albhines Namen trägt.
Ganz anders die Volkssage von dem Mädchen, das sich und ihr Kind ertränkt – unverkennbar steht dahinter der sittliche Zeigefinger.

## Das Mädchen vom Buchsee

Zwischen Moosburg und Betzenweiler am Seelwald lag einst der Buchsee. Dort hatte einst ein Mädchen ihr Kind ertränkt und sich dann aus Verzweiflung selbst in den See gestürzt. Seitdem hört man sie in zwei bestimmten Nächten im Jahr am Seeufer ächzen. Auch erscheint sie gelegentlich unschuldigen Mädchen in schwarzer Tracht und warnt sie davor, ihrem Beispiel zu folgen. Sie weissagte einmal, es komme die Zeit, da der See austrocknen werde. Dann müsse sie so viele Tränen weinen, bis das Becken des Sees sich wieder fülle. Und dann müsse sie noch so lange schweben, bis sich wieder ein unglückliches Mädchen im See ertränke. Dann werde sie erlöst sein.

# Kapitel 11

# Die geraubte Wasserfrau

In Märchen verkörpern oft ganz persönliche Gegenstände eines Menschen einen wesentlichen Teil seiner Macht. Das kann ein Kleidungsstück, Schmuck oder Haar oder ihr Name sein. Wer immer einen dieser Gegenstände an sich nimmt bzw. »den Namen weiß«, gewinnt damit Macht über dessen Besitzer oder Besitzerin.
Zu den bekanntesten Märchen dieses Typs gehört das weltweit verbreitete Motiv der Schwanjungfrauen. Der Mensch, der der Jungfrau ihr Tierkleid raubt, während sie im See badet, nimmt ihr damit die Möglichkeit der Rückverwandlung – ein Akt der »Zähmung«, der »Zivilisierung« zweifelsohne. Ein solches Geschehen können die Menschen des arktischen und subarktischen Nordeurasiens und Amerikas aber ebensogut in der Natur beobachtet haben: Schwäne sind Wasserzugvögel, die im Frühjahr nach Norden fliegen, um sich dort zu paaren und anschließend ihre Brut aufzuziehen. Bis zum Herbst sind sie flugungfähig. Dann drängt es sie, zusammen mit den Jungen zurückzukehren in ihre südliche Heimat. – Genau dies geschieht mit Umtschegins Braut: sie fliegt zurück dorthin, wo die Sonne am Mittag steht, also nach Süden. Wer die Wasserzugvögel domestizieren wollte, mußte ihnen die Flugfedern stutzen – im Märchen: das Schwanenkleid vorenthalten.
Schwäne sind beispielhaft in ihrem Familiensinn. Sie paaren sich nur einmal im Leben und ziehen ihre Brut gemeinsam auf.

## Umtschegin und die Schwanenmädchen

Es lebten einmal ein Mann und eine Frau, die hatten zwei Kinder: den älteren Sohn Umtschegin und den jüngeren Klein-Bujun. Wer weiß, wie lange sie schon gelebt hatten? Gut ließ sich das wilde Rentier jagen: Der Mann fing alles, auch die Frau fing alles. So wurde der Mann alt. Wie lange haben diese Frau und der Mann gelebt? Die Frau

und der Mann starben nacheinander dahin. Wer weiß, nach wievielen Jahren sie starben? Nur das Märchen mag es wissen. Keiner sonst weiß es.
Und so blieben nach ihrem Tode Umtschegin und Klein-Bujun zurück, Klein-Bujun als Kindlein von ein paar Jahren. Umtschegin trat an die Stelle des Mannes. Er ging gewöhnlich zur Jagd; dieses und jenes, alles erbeutete er. Hatte er Nahrung erbeutet, so brachte er alles heim. Umtschegin ging ständig zur Jagd auf wilde Rentiere, und Klein-Bujun blieb immer daheim. So lebten sie.
Einst vernahm Klein-Bujun ganz nahe Stimmen und Lachen von Mädchen. Er ging hin und beobachtete sie. Um sich daran zu erinnern, verknüpfte Klein-Bujun an seinem Gewand alle Riemenhafteln miteinander. Nachdem er die verknüpft hatte, kehrte er abends heim. Als er heimgekehrt war, kam der ältere Bruder. Angekommen, versuchte der Ältere dem Jüngeren das Obergewand auszuziehen, doch er konnte es nicht. Umtschegin fragte seinen Bruder: »Wozu hast du das so verknüpft? Wozu hast du's verknüpft?«
Der jüngere Bruder konnte sich gar nicht erinnern; warum er die Knoten gebunden hatte, war ihm ganz und gar entfallen. Der Ältere knüpfte lange und unter viel Mühen die Hafteln auf und brachte seinen Bruder zum Schlafen. Dann wurde es Morgen.
Als der Morgen anbrach, ging der ältere Bruder zur Jagd. Als Umtschegin zur Jagd gegangen war, kamen am Fuße eines Hügels, in einer ausgetrockneten Bucht, jene sieben Schwäne (die Mädchen, die Bujun betrachtet hatte) zum Spielen. Klein-Bujun war wiederum allein daheim, wiederum ging er hin. Die Schwanenmädchen fingen an zu sprechen wie Menschen: »Klein-Bujun, bist du wieder gekommen?« – »Ja, ich bin gekommen.« – »Hast du deinem Bruder gestern etwas erzählt?« – »Nein, ich hatte es vergessen.« – »Dann ist es gut. Nimm für dich als Geschenk diesen Schlagball (muklin).« – »Nein, ich nehme ihn nicht. Was macht ihr hier? Was sucht ihr bei mir? Was seid ihr in meine Heimat suchen gekommen? Meine Heimat ist es! Was macht ihr hier?! Ich werde

meinem Bruder alles erzählen!« – »Tu es nicht. Wir spielen ja nur. Und die Bucht ist doch breit, die Trockenstelle ist groß. Schau dich nur um! Wollgras ist da, und die Trockenbucht ist weit. Schau doch ringsum! Wir spielen ja nur. Siehst du die großen Hügel? Wir werden nicht auf allen spielen. Erzähle deinem Bruder nichts!«

Der Vormittag ging vorbei. Als dann Mittag vorüber war, flogen die sieben Schwäne zur Tagesmitte, dorthin, wo die Sonne ist. Klein-Bujun dachte bei sich: ›Erzähle ich es mal meinem Bruder‹ und blieb allein. Allein geblieben, kehrte er heim. Daheim angekommen, schlief Klein-Bujun ein. Nichts aß er, nichts tat er. Während er schlief, kam sein älterer Bruder zurück. Was er erbeutet hatte, weiß niemand. Umtschegin machte sich ans Kochen. Der jüngere Bruder war tod-, todmüde. Er suchte ihn zu wecken, konnte ihn nicht wecken – der war überaus müde. Schließlich weckte er ihn doch irgendwie auf.

Umtschegin fragte: »Du da, Klein-Bujun, wo verweilst du immer? Es geht schon zwei Tage so.« Aber Klein-Bujun band nur die Hafteln noch fester zu. Der ältere Bruder gab dem jüngeren zu essen, dann schlief er fest ein. Am dritten Tage, in der Morgenfrühe, fragte Umtschegin wieder Klein-Bujun: »Wer ist dagewesen?« – »Niemand.«

Umtschegin ging am dritten Tage von neuem auf die Jagd. Als er jagte, wie weit ist er gegangen? Doch während er dahinging, entschloß er sich, am Ende seines Wanderns zu erfahren, was mit seinem Bruder vor sich gehe. Später kehrte er heimlich zurück, versteckte sich dann. Als er sich außerhalb seines Zeltes versteckt hatte, kamen die sieben Schwäne geflogen. Fliegend sangen sie, über ihm fliegend:

»Bujun, Bujun, Klein-Bujun,
wo hast du dein Brüderchen Umtschegin versteckt?
Bujun, Bujun, Klein-Bujun,
da ist er, nicht wahr,
er hat sich versteckt.«

Als sie so gesungen hatten, flogen die sieben Schwäne, ohne sich niedergelassen zu haben, zurück.
Da ging Umtschegin zu seinem Bruder, wieder fragte er seinen Bruder: »Sind sie herbeigekommen?« – »Ja, sie sind herbeigekommen, schon seit ein paar Tagen sind sie zusammen gekommen. Darum habe ich jene Hafteln verknüpft, um mich daran zu erinnern.« – »Ah, dann ist es gut. Was machen sie denn immer?« – »Sie legen all ihr Gefieder immer wieder ab. Haben sie's abgelegt, verbergen sie sich irgendwo. Sie verwandeln sich, werden kleine Mädchen, laufen herum, spielen, laufen über den ganzen Hügel, laufen über die ganze Bucht.« – »Aber wo, wo verstecken sie immer ihr Gefieder?« Das zeigte Klein-Bujun.
Dann brach der vierte Tag an. Umtschegin sagte: »Ich gehe« zu seinem Bruder und ging jagen. Die sieben Schwänchen kamen zu Klein-Bujun. Als die sieben Schwäne gekommen waren, stimmten sie ein Lied an:

»Bujun, Bujun, Klein-Bujun,
ist dein älterer Bruder Umtschegin
hier oder nicht?«

Klein-Bujun blickte auf sie und sagte: »Mein Bruder ist nicht da. Er ist weggegangen, wie er schon früher wegzugehen pflegte.« Die sieben Schwäne ließen sich herab. Ganz von oben herab stürzten sie sich. Mit ihren Flügeln allein stürzten sie sich herab. Den ganzen Himmel ließen sie laut widerhallen. Sie ließen sich auf einer Stange nieder, dort ließen sie sich nieder, landeten. Dort gelandet, versteckten sie ihre Gefieder, versteckten sie alle hier und dort. Umtschegin hatte sich heimlich in einem Nadelgebüsch verborgen, ohne daß die Mädchen ihn sahen. Dann, während sie spielten, stahl er ein Schwanengefieder. Das Schwanengefieder versteckte er. Dann ging er zu Klein-Bujun. Bei Bujun angelangt sprach er: »Bujun, das Gefieder dieses einen Mädchens habe ich gestohlen, in der Höhlung eines Baumes versteckt. Sprich zu niemandem darüber! Sprich nichts!« – »Ich

werde nichts sagen.« – »Erzähle unter keinen Umständen, daß es in der Höhlung eines Baumstamms versteckt ist!« – »Eh, warum sollte ich das sagen?«
Umtschegin aber ging zu den sieben Schwänen. Als die sieben Schwäne ihn erblickten, schrien sie auf: »Oh, dieser Umtschegin ist ja gekommen!« Dann liefen sie zu ihrem Gefieder. Sechs Schwanenmädchen fanden ihr Gefieder, flogen fort. Das siebte fand sein Gefieder nicht. Sie suchte überall, konnte es aber nicht finden. Sie fand es nicht. Am Gipfel des Hügels lief sie suchend dahin am Ufer der Bucht entlang, hier entlang, dort entlang lief sie suchend dahin. Als sie erkannt hatte, daß sie nichts finden konnte, bat sie Umtschegin: »Bist du so alt wie ich, so sei mein Ehemann, auch wenn du jünger bist, sei mein Ehemann. Aber mein Gefieder gib her!« – »Ich gebe es nicht her. Komm schon! Willst du meine Frau werden, so wirst du meine Frau. Willst du nicht meine Frau werden, wirst du auch meine Frau. Wohin kannst du schon gehen?«
Dann ging Umtschegin mit ihr zu seinem Zelt. In sein Zelt ließ er sie eintreten als Gattin. Wieviele Monate, wieviele Jahre sie so lebten, weiß niemand. Sie lebten, lebten.
Einmal erinnerte sich diese Frau ihres früheren Tuns, wollte mit Klein-Bujun spielen. Es war wieder Sommer geworden. Sommer war's geworden, da kamen die Stellen wieder zum Vorschein, wo einst die Schwäne gespielt hatten. Die Bucht war ein Spielfeld geworden. Diese Frau führte absichtlich Klein-Bujun zum Fuße des Hügels. Dann sprach sie: »Bujun, Bujun, laß uns hier spielen. Haben wir hier nicht gespielt, als wir früher die sieben Schwäne waren? Nun laß uns als zwei Schwäne spielen!« – »Hallo, spielen wir!« – »Bujun, Bujun, ich möchte dir diesen Schlagball geben, den wollen wir treiben.« Sie jagten diesem Ball hinterher. Klein-Bujun lief nach dem Ball. Jene Frau lief dem Ball gar nicht hinterher. Sie ließ ihn absichtlich gewinnen, um ihn gutgelaunt zu stimmen. Dem Ball lief immer nur Klein-Bujun hinterher. Ihn zu packen, lief er hierhin, dorthin. Er war

sehr tüchtig. Es gelang Klein-Bujun, den Ball zu packen. »Bujun, ist es nicht schön, in der Bucht zu spielen?« – »Oh, das war ein herrliches Spiel.« – »Bujun, sag mir, wo hat dein Bruder mein Schwanengefieder versteckt?« – »Ich weiß, ich weiß! Wo es versteckt ist, weiß ich.« – »Wo hat er es versteckt?« – »Das geht dich nichts an. Wir wollen heimkehren.« – »Nimm auch diesen Ball! Er mag jetzt immer bei dir bleiben. Du magst hier spielen. Dein Bruder Umtschegin wird ein wildes Rentier erlegen und bringen. Ich will mein Schwanengefieder anlegen und es herholen.« – »Eh, ich weiß! Dort, dort! Da ist doch wohl die Höhlung eines versteinerten Baumes, da hat es mein Bruder versteckt.« – »Wo ist es? Laß uns hingehen!«
Klein-Bujun fand es und gab es ihr. Sie streifte es über. Als sie es übergestreift hatte, machte sie sich davon: »Klein-Bujun, du magst deinem Bruder sagen: Er soll mich nicht suchen. Nur drei Jahre lang werde ich fort sein, das sage ihm, das magst du sagen.« Als sie so gesprochen hatte, flog sie fort, auf die Sonne zu, wo sie in der Tagesmitte ist.
Am Abend sank die Sonne tief, sank tief. Als die Sonne tief stand, ging sie endlich ganz unter. Umtschegin kam zurück, niemand war daheim. Da niemand in seinem Zelt war, ging er zum Fuß des Hügels, ans Ufer der Bucht. Als er hinschaute, spielte sein Bruder Klein-Bujun mit einem Schlagball. »Bujun, was ist mit dir los? Wo ist deine Schwägerin? Deine Schwägerin – wohin ist sie verschwunden?« – »Ich weiß es nicht. Diesen Schlagball hat sie mir geschenkt. Dafür habe ich ihr gezeigt, wo ihr Gefieder verborgen war.« – »Eh, so magst du denn mit diesem Schlagball auch leben. Ich aber möchte fortgehen. In welche Richtung ist sie verschwunden?« – »Dorthin, wo die Sonne am Mittag steht, ist sie geflogen. In die Sonne schauend, ist sie losgeflogen«, sagte Klein-Bujun. »Dorthin gehe ich. Aber du bleibst mit diesem Schlagball.« So sprechend, zog Umtschegin fort.
Ging er kurz, ging er lang – man weiß gar nichts. Manchmal litt er Not, manchmal war er fröhlich. Manchmal ging er, manchmal ward er beflügelt, manchmal ward

er ein Wurm. Einmal war er nahe daran zu sterben, seine Kraft versiegte. Er konnte nichts, nichts mehr tun, alles ging zu Ende. Während er so sich quälend dahinging, zeigte sich vor ihm ein Hügel. Auf jene Anhebung legte er sich wie auf ein Kopfkissen nieder, gedenkend zu sterben, zu vergehen. Während er wie auf einem Kopfkissen lag und schwer atmete, stieg von irgendwoher ein Rauchgeruch ihm in die Nase. Als der Rauch ihm in die Nase kam, wühlte er mit den Händen die Erde auf. Plötzlich sah er: Er hatte auf dem Rauchloch eines Zeltdaches gelegen. Früher, irgendwann einmal, war hier ein Zeltdach gewesen. Jenes Zeltdach war draußen zu Erde geworden, das Zeltdach war ganz mit Erde bedeckt. Ganz ungewöhnlich viel Erde lag darüber. Mit Mühe fand er den Türvorhang, ging Schritt für Schritt hinein.
Ins Zelt trat er ein, eine Frau lag da: »Ah, Umtschegin, bist du's, der gekommen ist?« – »Ja, ich bin gekommen. Woher kennst du mich, den Umtschegin?« – »Deine Frau ist hier vorbeigekommen. Setz dich!« – »Oh, ich bin recht hungrig.« Er sah: Oben an der Zeltdecke der Frau kam die Erde heraus, die Erde war durch ein Fell von Tierköpfen verdeckt. Diese Frau öffnete ihre Zeltdecke, mitten aus der Zeltdecke zog sie Fleischstückchen hervor und gab sie ihm. Dann goß sie einen Fingerhut voll Wasser, mitten aus ihrer Zeltdecke, reichte es ihm hin. – Sehr böse hatte sie sich das ausgedacht, sehr böse. – Umtschegin wußte nicht, wo die Frau dies gefunden hatte: Als er hinsah, hatte sie es mitten aus ihrer Zeltdecke herausgeholt. Als er hinschaute, da brannte mitten im Zelt ein flackerndes Feuer. Umtschegin tat, als trinke er das Wasser, das ihm die Frau gegeben hatte, goß es aber in den Busen, mit dem hervorgezogenen Fleisch tat er das gleiche. Die Frau fragte: »Wohin gehst du? Suchst du deine Frau? Wenn du sie auch noch so suchst, du wirst sie nicht einholen. Ich aber will dir den Weg zeigen. Holst du sie ein, so holst du sie ein, wenn nicht, dann nicht. Hier liege ich zwar, weiß aber Bescheid. Wenn du ein kühner Mensch bist, wirst du erfolgreich zurückkehren. Ich will dir den Weg zeigen. Bist du von hier aus

weit gegangen, dann lebt dort meine ältere Schwester.« Umtschegin ging hinaus. Er war recht frohen Mutes. Hinausgetreten, wollte er jenen Fingerhut voll Wasser und jenes Fleisch unterm Busen fortwerfen. Aber dort war nichts mehr. Sein Magen war plötzlich voll, er war satt geworden. Er war ein wie ehemals satter Mensch geworden. Umtschegin war ein Mensch geworden wie der, der früher sein Zelt verlassen hatte. Ein solch satter Mensch war er geworden. So schritt er nun dahin. Wie lange er ging, weiß niemand. Manchmal flog er oben dahin, manchmal ging er unten wie ein Hermelin. Wie lange, wie lange er ging – wer weiß es? Nur das Märchen mag es wohl wissen. Von neuem versiegte seine Kraft. ›Hier mag ich sterben‹, dachte er und legte sich auf einen Hügel, einen Abhang. Als er wie auf einem Kissen lag, stieg ihm Rauch in die Nase. Als der Rauch zu ihm aufstieg, atmete Umtschegin schwer. Aus dem Hügelchen von unten her, rauchte es. Mit Mühe und Not kam er kriechend dahin. Der Türvorhang öffnete sich von selbst. Als sich die Tür geöffnet hatte, trat er ein, wie ein dem Tode Geweihter kam er dahin. Nur eine Frau war da. Oben an ihrer Zeltdecke wuchs Rentiermoos, auch Riedgras wuchs da.

Die Frau fragte: »Wer bist du, bist du Umtschegin?« – »Ja, ich bin Umtschegin.« – »Du suchst deine Frau? Ah, deine Frau wirst du nicht finden.« – »Ja, ich suche meine Frau.« – »Ich will ein Feuer anzünden. Ein Flackerfeuer will ich anzünden, entflammen, zum Suppe kochen.« Da flammte das Feuer schon auf. Als er hinsah, da kochte die Frau nichts, bereitete auch nichts zu. Die Frau gab etwas mitten aus ihrem Zeltdach heraus und sagte: »Umtschegin, iß das.« Wie zuvor gab sie Wasser in einem Fingerhut: »Wenn du trinken magst, Umtschegin, trink das aus.« – ›Wo hat sie das gefunden?‹ dachte Umtschegin und nahm es. Dann gab die Frau drei Fleichstückchen. Umtschegin tat, als ob er äße, tat es aber in den Busen. Er hatte vor, wenn er hinausgegangen war, das Essen und das Wasser fortzuschütten. Die Frau fragte von neuem: »Du suchst deine Frau?« – »Ja«, sagte Umtschegin, »aber wie finde ich sie?« – »Ah, ich will es dir zeigen, so wirst du sie finden.« – »Oh, hilf mir, Tante, ich bin ein Erdenmensch, ich bin nicht vom Teufel gekommen, ein Erdenmensch bin ich.« – »Oh, wenn du ein Erdenmensch bist, will ich es dir zeigen«, sagte die Frau, »ich gebe dir meinen Brustschmuck (Udschik). Nimm meinen Brustschmuck. Noch ehe du müde geworden bist, ehe du dich abgequält hast, wird vor dir ein riesiges Meer erscheinen. Doch woher willst du die Kraft nehmen, dieses Meer von alleine zu durchschwimmen? Jene Kraft wird dir dieser Brustschmuck geben. Lege du diesen meinen Brustschmuck quer hin und schreie so: ›Nun gefriere vor meinem Brustschmuck!‹ Dann wird es zu Eis gefrieren. Du setzt dann über das Eis, du läufst dann darüber. Wenn du es mutig überquerst, wirst du es überqueren, wenn nicht, dann nicht.« Die Frau gab ihm ihren Brustschmuck, zog ihn unter dem Rentiermoos hervor. »Tante, du hilfst mir«, versicherte Umtschegin. Er nahm den Brustschmuck und ging hinaus. Hinausgehend, hinausgegangen, wollte er jene drei Fleischstückchen und jenen Fingerhut voll Wasser wegschütten, aber es war nichts mehr da. Sein Magen, sein Bauch war schon voll. Aber den Brustschmuck hielt er fest. Er ging den Weg, den ihm die Frau gewiesen hatte.

Wie lange, wie lange er gegangen ist, weiß niemand. Manchmal flog er oben, manchmal ging er unten. Schließlich erschien vor ihm ein großes Meer. Als das Wasser, das Meer erschien, legte er den Brustschmuck quer, wie die Frau es gesagt hatte, dann schrie er: »Nun gefriere vor meinem Brustschmuck!« Sowie der Brustschmuck da war, gefror das Meer auch. Umtschegin aber, zu einem Hermelinmännchen geworden, setzte über auf das andere Ufer des Meeres. Er hatte übergesetzt, ein Hermelinmännchen geworden, zog er nun dahin. Wieviel er gegangen ist, wer weiß es? Nur das Märchen mag es wissen. Manchmal mühte er sich, manchmal freute er sich, manchmal flog er oben, manchmal ging er unten. Manchmal ward er beflügelt, manchmal ging er, ein Wurm geworden. So begann er matt zu werden. Er wurde matt. ›Möge ich hier sterben‹, dachte er, begann ein Hügelchen zu suchen. Plötzlich bemerkte er ganz nahe sieben Schwäne. Wie sie in Umtschegins Heimat zu spielen gepflegt hatten, so spielten sie und spielten auch alle zusammen. Als er ihr Spiel betrachtete, da hatte Umtschegins Frau ein Vögelchen gebeten, auf ihr Kind aufzupassen. Dieses Vöglein sang:

»Kindlein, weine nicht,
Umtscheginchen, dein Papachen,
hat sich als tapferer Mensch erwiesen,
er ist beim Kommen, er ist gekommen.«

Die Schwäne hatten Umtschegins Ankunft nicht bemerkt. Sie beschimpften und schlugen das Vöglein: »Was singst du? Bringe das Kind nicht zum Weinen. Wir spielen noch. Bringe das Kind nicht zum Weinen.«
Als sie den Vogel beschimpft und viel geschlagen, geschlagen hatten, liefen die Mädchen fort. Sie gingen spielen. Über kurz oder lang stimmte das Vöglein von neuem an:

»Kindlein, weine nicht,
Umtscheginchen, dein Papachen,
hat sich als tapferer Mensch erwiesen,
ein gewaltiges Meer hat er durchquert,
er ist beim Kommen, er ist gekommen.«

Die Mädchen schlugen das Vöglein von neuem: »Was pflegst du das Kindchen anders als sonst? Was singst du anders als sonst?« Und von neuem liefen sie fort. Um in ihrer Bucht, in ihrem Berglein herumzulaufen, um zu spielen, gingen sie fort. Das Vöglein sprach wieder zu seinem Kinde, seinem Kindlein, hob abermals an zu singen:

»Kindlein, weine nicht,
Umtscheginchen, dein Vater,
hat sich als tapferer Mensch erwiesen,

auf der Oberfläche der Erde
ist er zum Hermelinmännchen geworden,
er ist beim Kommen,
er ist gekommen.«

Da die Schwäne zum Spielen fortgegangen waren, ließ sich Umtschegin das Schwanengefieder der Mutter dieses Kindes vom Vöglein zeigen, fand es, nahm es. Als sie des Vögleins Gesang hörten, kamen die Schwäne wieder und schlugen das Vöglein. Umtschegin verbrannte jenes Schwanengefieder, das er genommen hatte, im Lagerfeuer. Jene Schwäne erblickten das Feuer und den Rauch; sechs fanden ihr Schwanengefieder und flogen davon. Nur ein Schwan, des Kindleins Mutter, blieb zurück. Von ihren Gefährtinnen blieb sie zurück, sie konnte ihr Gefieder nicht finden. So wurden sie für immer Erdenmenschen, Umtschegin und die Schwanenfrau. Auch das Vöglein wurde ein Erdenmädchen. – Alle wurden sie Besitzer von großen Rentierherden. – Umtschegin zog nun in sein Land. Das zu durchquerende Meer durchzog er. Die Männer, die im Lande waren, sagten: »Heda, laß uns mit ihm davonziehen!«, sie hatten schon lange darauf gewartet. So viele geworden, zogen sie weiter in Umtschegins Heimat. Wie lange sie auch gingen – sie kamen bald in ihre Heimat. Als sie in Umtschegins Heimat ankamen, lagen von Klein-Bujun nur die Knochen noch da. Da taten sie Klein-Bujuns Skelett zusammen, gossen Lebenswasser darauf. So wie er früher gewesen war, so schlief er aus, wurde wach, stand nun auf. So waren sie gut in Umtschegins Heimat zurückgekehrt.
Umtschegin und Klein-Bujun erlegten viele wilde Rentiere. Sie wurden große Rentierbesitzer. So lebten sie. Wer weiß, wie lange sie lebten? Nur das Märchen mag es wissen.

Durch den Verlust der Schwanenbraut wird Umtschegin zur Besinnung gezwungen. Die Reise in *ihre* Welt – zur Sonne – verhilft ihm zur seelischen Reifung. Die Fähigkeit, sich in verschiedene Tiere zu verwandeln, entspricht der paläolithischen Jägermentalität. Die Frage des Schwanenmädchens zu Beginn, ob Umtschegin ihr »gleichaltrig« sei, hat eine tiefere Bedeutung: Ist er unsterblich wie sie selbst, oder jünger, also ein Mensch?

Seehunde – wie Schwäne – suchen zur Paarungszeit weit entfernte Gebiete auf, wo sie ihre Jungen großziehen, um dann gemeinsam mit ihnen zurückzukehren.
Nach Benwell/Waugh sahen die Nordmänner in den Seehunden »entfernte Vettern, denen es schlecht geht« – sie waren gefallene Engel, von Gott dazu verdammt, im Wasser zu leben, aber mit der Fähigkeit ausgestattet, Menschengestalt anzunehmen. Was einem Seehundweibchen bei dieser Gelegenheit widerfuhr, schildert das folgende Märchen.

## Das Seehundweibchen

Die Seehunde sind zuerst von Menschen gekommen, welche sich selbst hinabgestürzt und in der See ertränkt haben. Einmal in jedem Jahre, und das ist in der Epiphaniasnacht, ist es ihnen vergönnt, aus dem Balg zu schlüpfen, und da sind sie andern Menschen gleich: sie vergnügen sich da mit Tanz nach der Weise der Menschen auf dem Steingrund am Strande und in den Klippenhöhlen.
Einmal versteckte sich ein Bursche vom südlichen Hofe in Mikladal unter einem Stein am Strande; nach Sonnenuntergang sah er eine Menge von Seehunden herbeischwimmen; und wie die ans Land gekommen waren, fuhren sie aus ihren Bälgen, legten sie am Strande hin und glichen nun richtig andern Menschen. Der Bursche sah auch ein wunderschönes Mädchen aus dem Seehundsbalg schlüpfen und sogleich faßte ihn großes Verlangen nach

ihr. Er holte sich heimlich ihr Fell, das sie abgelegt hatte. – Die Seehunde tanzten und vergnügten sich die ganze Nacht; aber als der Tag zu grauen begann, fuhr jeder wieder in seinen Balg. Nur das wunderschöne Mädchen konnte seine Haut nicht wiederfinden, weinte und jammerte, denn da war die Nacht vergangen und die Stunde des Sonnenaufgangs war gekommen. Aber ehe sich die Sonne aus dem Meer erhob, bekam sie Witterung von ihrer Haut bei dem Burschen und mußte nun zu ihm. Sie bat ihn flehentlich und mit guten Worten um ihr Fell, aber er hörte nicht darauf, sondern ging die Schlucht aufwärts nach Hause, und sie mußte ihm und dem Fell, das er bei sich trug, folgen. Er nahm sie nun zu sich und sie lebten gut miteinander wie andere Ehegatten. Aber er mußte auf der Hut sein, sie nicht zu dem Fell kommen zu lassen; er verbarg es daher in einer Truhe, versperrte diese gut und trug den Schlüssel am Leib. Eines Tages war er mit ausgerudert, und wie er da draußen auf dem Meere saß und einen Fisch aufzog, kam seine Hand zufällig an den Gürtel, wo der Schlüssel gewöhnlich hing; da durchfuhr es ihn, denn er wurde erst jetzt gewahr, daß der Schlüssel vergessen war und er rief in Sorge und Schmerz: »Heute werde ich verwitwet.« Alle zogen ein und setzten sich an die Ruder, um schleunigst heimzurudern. Zu Hause merkte er, daß sein Weib verschwunden war, aber die Kinder, die sie zusammen hatten, saßen ruhig daheim. Damit ihnen kein Schaden widerführe, während sie allein drinnen säßen, hatte sie das Feuer auf dem Herde gelöscht, Messer und alles Scharfe unter Schloß und Riegel gebracht. Dann war sie zum Strand hinabgesprungen, in die Haut gefahren und hatte sich in die See gestürzt. Sie hatte den Schlüssel gefunden, als der Mann ausgerudert war, schloß die Kiste auf, sah hier die Haut liegen und war nicht länger zu halten.

Gerade wie sie in die See sprang, tauchte das Männchen, welches früher mit ihr in Liebe zusammengelebt hatte, an ihrer Seite auf und nun schwammen sie beide von dannen; – alle diese Jahre hatte es hier gelegen und auf sein

Weibchen gewartet. Als die Kinder, die sie mit dem Manne hatte, zum Strand hinabkamen, sah man einen Seehund vor dem Lande liegen und auf sie schauen, und alle dachten, das möchte ihre Mutter sein.
So vergingen viele Jahre. Einmal geschah es, daß die Mikladalmänner hinaus auf den Paarungsplatz wollten, um Seehunde zu schlagen, da kam die Nacht zuvor das Seehundweibchen im Traume zum Bauern auf dem südlichen Hofe und sagte ihm, sie sollten das Männchen, das vor der Höhle liege, nicht erschlagen, weil das ihr Gatte sei, und die zwei Jungen, die im Innersten der Grotte lägen, müßten sie schonen, weil das ihre Söhne seien, und sie sagte auch, wie sie gefärbt waren. Aber der Bauer schenkte dem Traum keine Beachtung und ging mit den Männern. Sie erschlugen alle Seehunde, und bei der Verteilung bekam der Bauer das ganze Männchen, die Vorder- und Hinterbeine der Jungen. Zum Nachtmahl hatten sie das Haupt, die Vorder- und Hinterbeine gekocht, und als es vorgesetzt wurde, hörte man ein Krachen und großes Getöse und das Seehundweibchen kam als der häßlichste Troll in die Rauchstube, schnupperte in den Trog und rief zornig: »Hier liegt der Alte mit der aufgestülpten Nase, die Hand Hareks und der Fuß Fridriks – und das soll gerächt werden an allen Männern von Mikladal. Es sollen ihrer so viele abstürzen oder ertrinken, bis es genug sein werden, daß sie sich an den Händen halten und die ganze Insel Kallsóy umspannen können.« So ist es leider auch gekommen, aber die Menge der Toten ist noch immer nicht so groß geworden, daß sie schon genügen würden, um jene Insel zu umspannen.

Die Fee Tapairu ist eine der vier »unvergleichlichen« Schönen, die gern zu den Tanzfesten auf der polynesischen Insel Rarotonga erschien (vgl. Kapitel 9).

Diesmal wird sie als nächtliche Diebin von Feldfrüchten geschildert, was auch in verschiedenen Schwanjungfrau-Märchen anklingt. Das Recht, sie zu fangen, wird mit Verfehlung und Frevel begründet, doch offensichtlich trägt der Häuptling Ati Verlangen nach ihr.

## Ati und Tapairu

In dem Dorf Ao-rangi, dessen Name in Neuseeland so bekannt ist wie der höchste Berg Mount Cook, obwohl seine Bedeutung viel geringer ist, in diesem Dorf gab es einen kleinen Brunnen, Vai-tipi. In der Nacht, die auf Vollmond folgte, sah man eine Frau und einen Mann mit heller Gesichtsfarbe aus dem kristallklaren Wasser sich erheben. Zu einer Stunde, die für die Bewohner dieser Welt Schlafenszeit war, kamen sie aus der Welt der Schatten herauf, um *taro*, Paradiesfeigen, Bananen und Kokosnüsse zu stehlen. Dann trugen sie all diese guten Sachen fort, um sie roh in der Dunkelwelt zu verspeisen. Die beiden Feenwesen hatten natürlich nicht bedacht, daß sie von Sterblichen beobachtet wurden und daß man einen Plan ausheckte, um sie einzufangen. Ein großes Streichnetz aus starkem Garn wurde dazu angefertigt und an der Quelle eine ständige nächtliche Wache eingerichtet. Beim ersten Auftauchen des Neuen Mondes kamen sie wieder herauf und – wie gewohnt – liefen sie, um die Plantagen zu plündern. Nun legte man das Netz vorsichtig am Boden des Brunnens aus und machte sich dann auf die Jagd nach den holden Geschöpfen aus der Geisterwelt. Das Feenmädchen erreichte als erste den Brunnen. Sie tauchte hinab und schon war sie gefangen und im Triumph fortgetragen. Als man aber das Netz nach dem Gemenge mit ihr wieder auslegte, blieb darin ein kleines Loch; so konnte das Feenmännchen entkommen.

Die schöne Gefangene wurde die Lieblingsfrau des Häuptlings Ati, der den Brunnen nun mit großen Steinen auffüllen ließ, damit seine Feenbraut ihm nicht in die

Dunkelwelt entschlüpfen sollte. Sie waren glücklich miteinander. Auf ganz Rarotonga war sie bekannt als Tapairn – die Unvergleichliche des Ati. Sie gewöhnte sich an das Leben der Sterblichen und an ihr neues Dasein in der Welt des Lichts. So kam die Zeit, daß sie ein Kind erwartete; und als sie niederkam, bat sie ihren Mann, das Kind aus ihrer Seite zu schneiden. »Danach begrabe meinen toten Leib«, sagte sie, »aber trage Sorge für unser Kind.« Ati aber weigerte sich, so zu verfahren. Statt dessen ließ er der Natur ihren Lauf, so daß die Fee lebende Mutter eines Knaben wurde.

Als der Junge größer geworden war und an Kraft gewonnen hatte, brach seine Mutter eines Tages vor ihrem Mann in Tränen aus, sie war untröstlich. Da erklärte sie ihm, sie sei so traurig bei dem Gedanken, daß alle Mütter im Schattenreich bei der Geburt ihres ersten Kindes sterben müßten. Ob er sie wohl dorthin begleiten würde, um dem Brauch ein Ende zu machen? Ati stimmte dem zu, und also wurden die großen Steine aus dem Brunnen fortgeschafft. Man sammelte die verschiedensten Pflanzensäfte, mit denen die Fee Atis Körper sorgfältig bestrich, um ihm den Abstieg ins Feenreich zu erleichtern.

Dann nahm sie ihren Mann bei der Hand, und sie tauchten bis zum Grunde des Brunnens. Fast hatten sie den Eingang zur Unsichtbaren Welt erreicht, doch Ati war so erschöpft, daß sie mit ihm umkehren mußte. Fünfmal wiederholten sie ihren Versuch, aber es half nichts! Da weinte die Fee, weil ihr Mann sie nicht begleiten durfte; denn nur den Geistern der Toten und Unsterblichen ist der Zutritt gestattet.

Voll Trauer nahmen sie am Brunnen Abschied voneinander. »Ich werde allein gehen und sie lehren, was ich von dir gelernt habe«, sagte die Unvergleichliche. Darauf tauchte sie ein in das klare Wasser und war auf Erden nie wieder gesehen.

Anders als in dem Märchen von Umtschegin, in dem der Held einen Reifungsprozeß mit Hilfe der übernatürlichen Braut durchmacht, wird Tapairus Rückkehr zu ihrem Volk als siegreicher Einzug der Zivilisation in die Dunkelwelt geschildert.
Ähnlich rechtfertigend klingt die friesische Sage vom »Meerminneke« von Edam. Die entwürdigende Behandlung, die die Gestrandete durch die Menschen erfährt, zählt nichts gegen den Triumph einer Bekehrung zum Christentum.

## Das Meerminneke

Gegen das Jahr 1400, ein wenig vor dem Tode Herzogs Albrecht von Bayern, des Grafen von Holland, kam in einem großen Sturme und Unwetter ein wild und ungezähmt Seeweib in der Südersee zum Vorschein, und ist durch eine Öffnung in den Deichen ins Purmermeer getrieben, schlafend und wachend, von einem Ende zum andern, und suchte Atzung und Kost auf dem Grunde des Wassers. Sie war ganz nackt am Körper und trug keine Kleider, jedoch war sie mit mannigfachen Sachen behangen, als da sind Moos, Schilf und anderes. Und also schwamm sie viele Zeit um und wieder, und wußte nicht wohin, denn die Öffnung, durch welche sie gekommen war, hatte man wieder verstopft. Die Frauen und Mägde, welche mit Kähnen von Edam und anderswoher kamen, und über das Purmery ihre Kühe zum Melken führten, sahen das Weib treiben und schwimmen im Wasser und erschraken sehr und wunderten sich darob. Und als sie sie öfter sahen, wurden sie es gewohnt und gingen näher, um sie zu beschauen, und zuletzt faßten sie Mut und versammelten sich, und zogen die Meerminne mit Gewalt aus dem Wasser in ihre Kähne und brachten sie nach Edam auf die Straße. Es konnte aber niemand ihre Sprache verstehen, auch verstand sie unsere Sprache nicht. Da wusch man sie und zog ihr die Seegewächse ab und Kleider an deren Stelle an, und sie begann Speise zu essen, doch wollte sie immer klüglich wieder ins Wasser springen; sie wurde aber zu gut bewahrt. Und da ist viel Volkes zugelaufen, um sie zu sehen, und die Haerlemer wollten sie von den Edammern haben, und die Edammer schenkten sie ihnen. Da lernte sie spinnen und lebte noch lange, bis sie starb; da wurde sie auf dem Kirchhofe begraben, weil sie öfters das heilige Kreuzzeichen gemacht hatte.

## Die Asrai

Ein Fischer war mit seinem Schleppnetz in der dunklen Nacht auf dem See. Als der Mond aufging, ruderte er sein Boot in den Schatten. Sein Netz wurde schwer, und er hatte Mühe, es einzuziehen. Als der Mond voll am Himmel stand, sah er, daß er eine Asrai gefangen hatte. Das zarte Geschöpf war wunderbar schön anzuschauen. Er hatte alte Leute sagen hören, daß diese Wasserelfen nur einmal in hundert Jahren von ihren kühlen, tiefen Behausungen unter dem Wasser herauskämen, um den Mond anzusehen und um zu wachsen. Diese Asrai schien etwa die Größe eines zwölfjährigen Mädchens zu haben, und so konnte er nicht abschätzen, wie uralt sie sein mußte.

Er sprach zu ihr, denn sie machte ihm keine Angst, und sie schien ihn zu bitten, sie gehen zu lassen. Aber was sie sprach, klang für ihn nur wie das Säuseln im Riedgras am Seeufer. Der Fischer war schon halb entschlossen, sie freizugeben, aber er wollte sie seinen Kindern zeigen, und dann fing er an zu überlegen, daß die reichen Leute im Schloß sie vielleicht gern in ihren Fischteichen zeigen wollten und ihn gut dafür bezahlen würden. So verhärtete er sein Herz und begann den weiten Weg nach Hause zu rudern.

Die Asrai streckte einen Arm aus dem Netz heraus und zeigte wieder und wieder auf den schwindenden Mond, und dann legte sie eine Hand auf seinen Arm – »wie kühler Schaum war die Berührung«, sagte er später. Aber die Menschenwärme schien ihr weh zu tun, denn sie schrak vor ihm zurück und drückte sich auf den Boden des Boots nieder, und dabei bedeckte sie sich mit ihrem langen grünen Haar. Er befürchtete, das Tageslicht könnte für sie zu stark sein, und deckte nasse Binsen über sie. Der See war lang, und die Sonne war aufgegangen, als er zu seiner eigenen Bucht kam.

Er zog das Boot an Land und hob die Binsen von der Stelle weg, an der die Asrai gelegen hatte. Sein Netz war leer, und ein nasser Fleck war alles, was von ihr übriggeblieben war. Aber der Arm, den sie berührt hatte, war eiskalt und blieb es für den Rest seines Lebens, und nichts konnte ihn wieder warm machen.

## Das Seeweibchen vom Minser Olloog

Vor der nordöstlichen Spitze von Jeverland liegt in der Jade eine Sandbank, welche bei Ebbezeit trocken läuft. Sie heißt das Minser Olloog, weil dort das alte Kirchdorf (jeversch Loog) Minsen gestanden hat. Einst hatten die Bewohner des Dorfs ein Seeweibchen gefangen, das schleppten sie ins Land herein und plagten es sehr und wollten von ihm Mittel gegen allerlei Gebrechen wissen. Aber das Seeweibchen hatte nur einen unverständlichen Reim zur Antwort:

»Kölln oder Dill,
ick segg jo nich, wo't got foer is,
un wenn ji mi ok fillt,«

(Kölln oder Dill [Suppenkraut],
Ich sag' euch nicht, wo's gut für ist,
Und wenn ihr mich auch schindet)

und wußte endlich den Händen ihrer Peiniger zu entwischen. Schnell eilte es dem Wasser zu, und wie es die See erreicht hatte, wandte es sich um und spritzte mit den Händen Salzwasser über den Deich; dann tauchte es unter und verschwand. Am andern Tage erhob sich ein schwerer Sturm, die Flut türmte sich auf, durchbrach den Deich und riß das Dorf mit seinen Gärten und Ländereien in die Tiefe hinab. Nur die kahle Sandbank, halb Wasser, halb Land, zeigt noch die Stelle des versunkenen Dorfes an.

# Kapitel 12

# Verzauberte Tier- oder Pflanzenbraut

Nicht immer zeigt sich die Wasserfrau dem Helden in Menschengestalt; sie verbirgt sich auch in der Pflanze, im Tier als seine zukünftige Braut.
Von den drei Söhnen, die der alternde Vater ausschickt, findet gewöhnlich der jüngste, der »Dümmling«, das Glück. Denn im Märchen zählt nicht der auf seinen Vorteil bedachte, sondern der gutherzige, mit der Natur fühlende Mensch. Und in einem ganz und gar naturhaften Zustand befinden sich die Bräute: Blume, Drachen- und Fischprinzessin.
Durch Übernahme von Verantwortung, durch die Anerkennung ihrer Gleichwertigkeit, durch unbeirrbares Vertrauen oder auch durch Witz und Geschicklichkeit gelingt es dem Märchenhelden, die Verzauberung zu lösen.

## Der Jäger Rangge und die Drachentochter

Einstmals lebte in Tibet ein tapferer junger Jäger, der hieß Rangge. Er hatte weder Vater noch Mutter, einsam und allein verbrachte er seine Tage. Häufig stieg Rangge auf einen hohen Berg in seiner Nähe, jagte dort Gazellen, Nashörner, Tiger und Leoparden und fristete so sein Leben. Hoch auf dem Gipfel des Berges gab es einen großen See, den die Leute aus der Gegend »Lieblingssee« nannten. Die ganze Oberfläche des Sees war mit eisigem Schnee bedeckt, so daß er aussah wie ein glitzernder weißer Daunenteppich.
Eines Tages, als Rangge mit seinem Gewehr auf dem Rücken den Berg hinaufstieg, um zu jagen, sah er zu seinem großen Erstaunen, daß am sonst so ruhigen und schönen See überall Eisbrocken und tote Fische herumlagen. Er dachte: ›Was ist hier nur geschehen?‹ Plötzlich hörte er das Klatschen schlagender Flügel am Himmel. Schnell kletterte er auf einen hohen Baum, griff nach seinem Gewehr und spähte in die Tiefe. Da sah er aschgraue Wasservögel mit langen Hälsen heranfliegen.

Sie verdunkelten den ganzen Himmel und glichen einem weit ausgebreiteten grauen Netz, das den ganzen See bedeckte.
An der Spitze flog ein besonders großer, besonders weißer Wasservogel mit langem Hals, der drei dumpfe Schreie ausstieß. Die anderen Vögel fielen sofort mit schrillem Gekreische ein und schnappten nach den großen und kleinen Geschöpfen im See. Sie bissen zu und schossen wieder hoch in die Lüfte. Da hatten sich aber schon Krabben, Schildkröten, Seeschlangen und große Fische an ihnen festgebissen und ließen sie nicht mehr los. Doch die langhalsigen Wasservögel brauchten nur einmal mit ihren spitzen Schnäbeln nach ihnen zu picken, und die Wassertiere fielen herab und stürzten sich auf dem Eis oder am Ufer zu Tode.
Rangge überlegte: ›Warum nur sind diese fürchterlichen Wasservögel den ganzen langen Weg hierher zum See geflogen und kämpfen nun mit den Tieren im Wasser?‹ Verwirrt und ohne lange nachzudenken, legte er sein Gewehr an und gab drei Schüsse ab. Kaum waren die Schüsse verhallt, da fiel auch schon der weiße langhalsige Wasservogel kopfüber auf die Erde. Mit wildem Gekreische flogen die Vögel ohne ihren Anführer davon.
Der See war wieder spiegelglatt. Rangge sah, daß der Tag zur Neige ging, deswegen briet er den weißen langhalsigen Wasservogel, aß davon und bereitete sich darauf vor, die Nacht auf dem Berg zu verbringen. Plötzlich sah er, wie langsam aus dem dünnen Nebel über dem See ein Palastwächter auftauchte. Perlmuttfarbene Schuppen schimmerten an seinem ganzen Körper. Schritt für Schritt ging er über das Wasser auf den Jäger zu. Als er vor Rangge stand, verbeugte er sich tief nach den Vorschriften und sagte: »Du bist der Wassertiere Wohltäter. Der Beherrscher der Wasser hat mir befohlen, zu dir zu kommen. Er bittet dich, mir zu folgen, denn er möchte sich persönlich bei dir bedanken.«
Rangge schaute verdutzt drein, dann murmelte er: »Was hat das nur alles zu bedeuten?«
Der Palastwächter sagte: »Heute haben unser Wasserkö-

nig und der langhalsige Schneetyrann im See miteinander gekämpft. Der Schneetyrann wollte die Tochter des Wasserkönigs heiraten, der Wasserkönig hat aber der Heirat nicht zugestimmt. Deswegen kam er mit seinen Truppen und griff uns an. Der Kampf hat fast den ganzen Tag gedauert, und wir vermochten kaum noch standzuhalten. Da hast du glücklicherweise zu deiner Flinte gegriffen, den Schneetyrannen erschossen und uns gerettet.« Als Rangge diese Worte hörte, konnte er nicht umhin, den gebratenen langhalsigen Vogel in seiner Hand zu betrachten. Weiter hörte er den Palastwächter sprechen: »Der Beherrscher der Wasser erwartet dein hehres Erscheinen!«

Rangge nahm die Einladung an. Er sah, wie der Palastwächter mit den purpurfarbenen Schuppen auf das Wasser deutete, und sofort teilte sich das Wasser des Sees. Es schien zu einem endlosen Wandschirm aus Kristall zu werden. Nun bat der Palastwächter Rangge, zwischen den beiden kristallenen Wandschirmen zum Grund des Sees zu gehen. Sehr schnell gelangten sie so zum Palast des Wasserkönigs.

Der Wasserkönig trug eine goldene Robe und sah sehr mächtig aus. Freundlich sagte er zu Rangge: »Junger Mann, hab Dank, daß du uns geholfen hast, die Sippe des Schneetyrannen zu vernichten. Was immer du von den einzigartigen kostbaren Schätzen hier im Palast haben möchtest, das schenke ich dir.«

Rangge sah sich überall um: Im Blumengarten wuchsen weiße Korallen und wunderschöne gelbe Achate. Die Stufen zum Palast waren dicht ausgelegt mit strahlenden Perlen, auf den Säulen wanden sich jadegrüne Drachen... All die vielen Dinge verwirrten ihn. Doch plötzlich sah er auf einem Tisch in einer weißen Vase eine hübsche zierliche rote Blume stehen und sagte zum Wasserkönig: »Ich habe Euch zwar geholfen, aber ich möchte nichts von den kostbaren Schätzen haben. Wenn Ihr mir unbedingt etwas schenken wollt, dann gebt mir dort die Blume in der Vase!«

»Diese...«, der Wasserkönig zögerte einen Augenblick,

sagte aber schließlich fest entschlossen: »Junger Mann, wenn du die Blume wirklich gern hast, dann will ich sie dir schenken. Aber du mußt sie jeden Tag mit frisch geschöpftem Flußwasser gießen, und so mußt du sie hundert Tage lang wässern!«

Behutsam nahm Rangge die Blume entgegen. Plötzlich wurde ihm schwarz vor den Augen, doch als er sich die Augen rieb, wurde sein Kopf wieder klar. Er merkte, daß es hell geworden war; er lag am Ufer des Sees und hatte den gebratenen Wasservogel noch nicht ganz gegessen. Die überraschende Begegnung im Palast glich nur noch einem Traume. Aber neben ihm lag doch tatsächlich die Blume!

Voller Freude nahm Rangge die Blume auf und ging nach Hause. Tag für Tag, ob es stürmte oder schneite, schöpfte er aus dem weit entfernten Fluß Wasser und goß damit die Blume. Ehe er sich versah, waren die hundert Tage vergangen.

Eines Tages, als Rangge von der Jagd nach Hause kam, sah er, daß in seinem Zimmer mustergültige Ordnung herrschte. Außerdem standen auf dem Tisch herrlich duftender Schnaps und ein leckeres Essen: Rangge knurrte der Magen, so daß er große Bissen aß und große Schlucke trank. Nachdem er sich sattgegessen und -getrunken hatte, dachte er bei sich: ›Ob mir vielleicht ein gutherziger Nachbar in der Nähe geholfen hat? Ich muß mich unbedingt bei ihm bedanken.‹

Rangge fragte seine Nachbarn, aber niemand hatte ihm geholfen. So vergingen einige Tage, und jedesmal, wenn Rangge nicht zu Hause war, nahm jemand die Gelegenheit wahr, machte ihm liebevoll das Zimmer und kochte ihm leckeres Essen.

Eines Tages ging Rangge wie gewöhnlich zur Jagd. Auf halbem Wege kehrte er aber verstohlen nach Hause zurück und wartete hinter der Tür versteckt auf des Rätsels Lösung. Nachdem er ein Weilchen gewartet hatte, sah er, daß die weiße Blumenvase, die er aus dem Palast des Wasserkönigs mitgenommen hatte, plötzlich zweimal schwankte. Die rote Blume in der Vase zitterte ganz leicht, schwebte zu Boden und verwandelte sich in ein hübsches Mädchen. Das Mädchen krempelte die Ärmel hoch und brachte in kurzer Zeit mit viel Geschick das Zimmer in Ordnung. Wie seltsam: Sie holte aus der Vase die herrlichsten Speisen und stellte eine nach der anderen auf den Tisch.

Rangge kam gar nicht aus dem Staunen heraus und freute sich sehr darüber. Da er aber fürchtete, das Mädchen könnte in die Vase zurückspringen und nicht wieder hervorkommen, stürzte er voll Angst ins Zimmer, faßte es bei der Hand und sagte aufgeregt: »Mädchen, hab Dank, daß du das Zimmer für mich aufgeräumt und mir Essen gemacht hast!«

Das Mädchen lächelte und sagte sanft: »Ich bin die Drachentochter aus dem See. Mein königlicher Vater hatte Angst, daß ich von dem langhalsigen Schneetyrannen entführt würde. Deswegen hat er mich durch einen Zauber in eine Blume verwandelt und mich in eine Vase gestellt. Nur wenn mich jemand hundert Tage lang mit Flußwasser begoß, konnte der Zauber wieder gelöst werden. Das hast du geduldig für mich getan, und deswegen hat uns das Schicksal füreinander bestimmt.«

Rangge fühlte sich überglücklich und heiratete die Drachentochter. In tiefer Zuneigung verbrachten sie ihre Tage. Aber die Zeit des Glücks währte nicht lange. Als der Verwalter des Fürsten dieser Gegend sah, daß Rangge eine schöne Drachentochter geheiratet hatte, daß es ihm weder an Nahrung noch an anderen Dingen gebrach, wurde er sehr eifersüchtig. Der Fürst ließ Rangge zu sich rufen und fragte: »Ich habe gehört, daß es dir zu Hause von Tag zu Tag besser geht. Sage mir sofort warum! Wenn du dich weigerst, lasse ich dich bestrafen.«

Rangge erwiderte: »Die Familie meiner Frau zollt seit Menschengedenken den Wassergeistern ihren Respekt. All die Sachen in unserem Hause haben uns die Wassergeister gegeben.« Der Fürst sagte: »Wenn deine Frau Dinge von den Wassergeistern bekommen kann, dann richte ihr doch aus, sie solle sich von ihnen zweihundert schnelle Pferde geben lassen. Morgen früh machen wir dann mit diesen schönen Pferden einen Wettkampf. Wenn aber die Pferde der Wassergeister das Rennen verlieren, wenn du mich also betrogen hast, dann mußt du mir zur Strafe deine Frau geben.«

Das traf Rangge wie ein Blitz aus heiterem Himmel! Tieftraurig kehrte er nach Hause zurück und erzählte der Drachentochter, was der Fürst gesagt hatte. Sie aber lachte nur: »Nun, wenn du Wettkampfpferde brauchst, dann bekommst du sie. Morgen kannst du die Pferde mitnehmen, warum bist du also so traurig?«

Am nächsten Tag holte die Drachentochter in aller Frühe ein Pferd aus Papier aus der Vase und dann noch ein Päckchen aus Papier. Er sah, wie sie das Papierpferd anhauchte, und sofort verwandelte es sich in ein großes weißes Geisterpferd. Dann gab sie Rangge das Päckchen aus Papier und erklärte ihm Verschiedenes mit unverständlichen Worten. Halb im Vertrauen, halb im Zweifel bestieg Rangge den Schimmel und erreichte einem Kometen gleich das Haupttor des Palastes. Er öffnete das Päckchen aus Papier und blickte hinein: Darinnen waren viele kleine Papierpferde, nicht größer als Ameisen. Er erinnerte sich der Worte der Drachentochter und warf all die Papierpferdchen in die Luft. Die winzigen Tiere fielen zu Boden, wälzten sich auf der Erde und verwandelten sich in echte Pferde! Im Nu trabten gut je einhundert stattliche Schimmel, Rappen und Gescheckte vor dem Haupttor des Palastes umher und wieherten laut.

Der Fürst wachte erschreckt auf. Als er vor das Haupttor trat, sah er die vielen Pferde, die voller Bewegungsdrang hin- und herliefen. Jedes einzelne Tier war größer, kräftiger und gesünder als eines von seinen. Sie schienen einfach keine Pferde von dieser Welt zu sein. Er wußte, seine Pferde hätten keine Chance, das Rennen zu gewinnen und gab deswegen bekannt, der Wettkampf würde nicht stattfinden.

Der Fürst ließ jedoch nicht von seinem Vorhaben ab, sondern dachte sich einen anderen Plan aus. Er sagte zu Rangge: »Vor dem Haupttor des Palastes ist ein Teich. Morgen sollst du ihn mit Wasser füllen, aber du darfst

keinen Eimer benutzen, und du darfst auch nur ein einziges Mal gehen, um Wasser zu holen. Wenn morgen der Teich nicht voll ist, mußt du mir zur Strafe deine Frau geben!«
Rangge kehrte wütend zurück nach Hause und erzählte alles der Drachentochter. Sie tröstete ihn: »Rangge, beruhige dich. Morgen begleite ich dich mit der Blumenvase und werde dir helfen, das Wasser heranzutragen. Warum bist du also besorgt?« Als der Fürst am nächsten Morgen Rangge mit der Drachentochter kommen sah, dachte er: ›Dieses hübsche Mädchen wird heute die Meine.‹
Ohne jede Hast ging die Drachentochter zum Fluß, füllte die weiße Vase bis zum Rand mit Wasser, gab sie Rangge und wies ihn an, das Wasser im Beisein des Fürsten in den Teich zu gießen. Rangge brauchte nur ganz leicht die Vasenöffnung zu neigen, und schon floß klares Wasser in den Teich. Doch seltsam, das Wasser in der Blumenvase schien unerschöpflich zu sein: Ununterbrochen floß Wasser in den Teich. Der Fürst stand da, den Mund vor Entsetzen weit aufgerissen. Es dauerte nicht lange, da hatte sich der Teich mit dem Wasser aus der Vase gefüllt. Aber immer mehr Wasser floß heraus, der Teich konnte es nicht mehr fassen und floß über. Gurgelnd spülten die Wellen hinüber zu der Stelle, wo der Fürst stand. Er taumelte und fand bald keinen Halt mehr. Schon umspülten gewaltige Wassermassen seinen Bauch, sie überfluteten seine Brust. Da schrie er gellend laut: »Hilfe, Hilfe!«
Das war Rangge unerträglich, er hörte auf zu gießen und reichte der Drachentochter die Vase zurück.
So wurde der Fürst, triefend vor Nässe, von seinem Untertan gerettet. Als er nun so in die Enge getrieben war, reute ihn, was er getan hatte, und er sagte zu Rangge: »Ich danke dir, daß du mich gerettet hast. Nie mehr will ich euch behelligen!«
Rangge antwortete nicht. Er faßte die Drachentochter bei der Hand und ging fröhlich mit ihr nach Hause.

Instinktiv ergreift Rangge während der Schlacht zwischen Schneetyrann und Wassertieren für die Schwächeren Partei. Als Belohnung wählt er nicht gleißende Edelsteine, sondern die zarte rote Blume – er wählt das Leben, nicht die Versteinerung.
»Hundert Tage lebendiges Wasser holen vom Fluß« symbolisiert die Zeit der Übernahme von Verantwortung. Aus ihrem Naturzustand erlöst, kann nun die Drachentochter ihre magischen Kräfte entfalten. Aber noch ist Rangges Entwicklung nicht abgeschlossen: erst im Auftreten einer äußeren Bedrohung (der Fürst) gelingt es, die hinzugewonnenen Kräfte auf die Stufe des *Bewußtseins* zu heben.

Mond – Frau – Wasser werden zu einer Einheit in »Mondblume«. Eine poetische Erzählung vom unbeirrbaren Vertrauen des Helden in die Stimme seines Herzens wie in die der Geliebten.

## Die Mondblume

Es lebte einmal – es ist so lang her, daß ich nicht mehr daran denken kann – es lebte einmal ein großer und mächtiger Häuptling, ein reicher Herr, der viele Herden besaß und dem viel Land gehörte. Er war ein König unter den Häuptlingen, so mächtig und so stark war er.
Dieser Mann hatte drei Söhne. Und als er alt wurde, fragten sie ihn eines Tages: »Du, Vater, sage uns, wer einmal deine Herden, deine Häuser und deinen Landbesitz erben soll. Sag du es uns, Herr, damit es keinen Streit zwischen uns Brüdern gibt.«
Der Vater aber liebte alle seine drei Söhne gleich, und er konnte sich nicht entscheiden, einen zu bevorzugen. Da dachte er lange nach und kam doch zu keinem Entschluß. Da ließ er alle Zauberer seines Landes rufen, und als sie vor seiner Hütte saßen, ging er hinaus und sagte: »Alte und weise Onkel, wie ihr wißt, habe ich drei Söhne:

Subu, Boba und Bofa. Nun weiß ich nicht, wem ich alle meine Sachen vererben soll, und ich will aber auch nicht, daß nach meinem Tod ein Streit ausbricht und die Brüder sich gegenseitig umbringen. Was soll ich tun?«
Die Zauberer schwiegen lange, tranken Schnaps und rauchten ihre Pfeifen. Da tuschelten sie untereinander, und endlich stand einer auf und sagte: »Hoher und weiser Herr. Wir wissen nichts, gar nichts. Aber der Älteste von uns wohnt auf einem Berg. Er ist schon so alt, daß er nicht mehr gehen oder reiten kann. Man muß zu ihm hingehen, wenn man etwas von ihm will. Aber er ist mächtig klug.«
Da sagte der König: »Gut, geht nach Hause! Morgen werden wir uns auf den Weg machen, um den Zauberer-Ältesten zu besuchen.«
Am andern Tag ließ er sich sein Reittier, einen Maulesel, bringen, und Subu mußte ihn führen, während Boba und Bofa die Lebensmittel und die Waffen des Vaters tragen mußten.
So wanderten sie den ganzen Tag durch das Buschland, und am Abend befahl der Vater, zu halten und ein Lager aufzuschlagen. Dann schickte er seine Söhne aus, Holz für das Feuer einzusammeln. Als die drei Brüder durch die Gegend streiften, stießen sie auf eine Fallgrube, in der ein Elefant war. Boba und Bofa kümmerten sich nicht um das Tier, aber Subu hatte Mitleid mit dem Elefanten, und er warf so lange Steine und Erde in die Grube, bis der Elefant heraussteigen konnte. Und als er wieder in Freiheit war, sagte der Elefant zu Subu: »Du hast mir das Leben gerettet, denn morgen wären die Jäger gekommen und hätten mich getötet. Wenn du selbst einmal in Not kommen solltest, so rufe: ›Juijuijuijui‹, und dann werde ich kommen und dir helfen.«
In der Zwischenzeit waren Boba und Bofa zum Lager zurückgegangen und hatten ein Feuer angezündet. Der Vater fragte: »Wo ist denn euer Bruder Subu?« – »Er ist hingegangen, um sich mit einem Elefanten zu vergnügen«, sagten sie.
Als endlich auch Subu mit seinem Holz zum Lager kam,

fragte der Vater: »Subu, wo bist du gewesen? Und was hast du getrieben, daß du erst jetzt kommst?« – »Vater, ich habe einen Elefanten befreit, der in eine Fanggrube gefallen war.« Da sagten Boba und Bofa: »Immer muß er sich in die Sachen anderer einmischen. Hättest du doch den Elefanten dort gelassen, wo er war. Morgen werden die Jäger kommen, und wenn sie merken, daß du den Elefanten befreit hast, dann werden sie böse sein und uns verfolgen.«

Der Vater aber sagte nichts.

Am nächsten Tag zog der Häuptling mit seinen drei Söhnen weiter, und am Abend waren sie am Fuße eines hohen Gebirges angekommen. Da befahl der Vater wieder, ein Lager aufzuschlagen und Holz für ein Feuer zu sammeln. Und die drei Brüder gingen weg, jeder in einer eigenen Richtung, denn sie brauchten viel Holz, um das Feuer die ganze Nacht brennen lassen zu können und damit die wilden Tiere abzuschrecken.

Subu war noch nicht weit gegangen, da stieß er auf eine Falle, in der ein Leopard gefangensaß. Er wagte es nicht, sich der Falle zu nähern, aber da sprach ihn der Leopard an und sagte: »Subu, wenn du mich herausläßt, sollst du es nicht bereuen, denn dann werde ich dein Freund sein und dir helfen.« Da ging Subu hin und half dem Leoparden aus seiner Falle heraus.

Auch diesmal kam Subu als letzter mit seinem Holz zum Lager zurück, und der Vater fragte ihn: »Subu, was ist das, daß deine Brüder schon lange da sind, und du kommst erst jetzt?« – »Herr, ich habe eine Falle gefunden, in der ein Leopard gefangensaß, und ich habe ihn befreit.«

Da wollten Boba und Bofa über Subu herfallen und ihn verprügeln, und sie schrien: »Immer läßt er die wilden Tiere laufen! Was nun, wenn der Leopard heute nacht kommt und uns auffrißt. Auch wir haben jeder eine Falle mit einem Leoparden gesehen, aber wir haben uns gehütet, die bösen Tiere herauszulassen, sosehr sie uns auch angefleht haben.«

Aber der Vater sagte: »Laßt Subu in Frieden, kocht lieber

das Essen und geht zeitig schlafen. Morgen müssen wir auf den Berg steigen. Das wird sehr mühsam werden.«

Als die Brüder eingeschlafen waren, schlich sich Subu davon, und er suchte, bis er die beiden andern Leoparden gefunden hatte. Und er befreite auch sie aus ihren Fallen, dann kehrte er zum Lager zurück und legte sich schlafen.

Am nächsten Tag war Subu recht müde, denn er hatte nur wenig geschlafen; aber er beklagte sich nicht, und als der Berg so steil wurde, daß der Maulesel nicht mehr gehen konnte, nahm er willig seinen Vater auf die Schultern und stieg weiter den Berg hinauf.

Der Berg hatte keine Spitze, sondern er war oben rund wie ein Topf, und innen hatte er einen tiefen Krater. In dem Krater wohnte der Zauberer.

Als der Häuptling oben angekommen war, wurde es schon finster, und so konnte man nicht mehr den Weg suchen, der innen hinunterführte. So befahl der Vater wiederum, das Lager aufzuschlagen und ein Feuer zu machen.

Nun war es aber mit dem Feuer schwer, denn es wuchsen keine Bäume und Büsche mehr oben auf dem Berg. Boba und Bofa begnügten sich daher damit, ein paar Büschel Gras auszurupfen und damit zum Lager zurückzukehren. Subu aber kletterte ein Stück in den Krater hinunter, bis er zu einem Gebüsch kam. In dem Buschwerk aber hatte sich ein Affe in einer Liane verfangen und konnte sich nicht befreien. Subu half ihm heraus, und der Affe sagte: »Subu, du bist jetzt mein Freund, und wenn du meine Hilfe brauchst, dann werde ich dasein.«

Als Subu mit dem Holz zum Lager kam, sagten die Brüder nichts, aber der Vater sprach: »Da seht, ihr Faulen: es gibt doch Holz, und ihr habt nur Gras gebracht.« Boba und Bofa schämten sich, aber auf ihren Bruder hatten sie eine Wut.

Am nächsten Tag suchten sie den Abstieg in den Kessel, und sie fanden eine Schlucht, die in den Krater hinunterführte. Sie kamen unten an und fanden die Hütte des alten Zauberers. Der Vater ließ die Söhne vor der Hütte zurück und ging hinein. Der Zauberer saß am Feuer und rührte in einem Topf um. Der Häuptling verbeugte sich und sagte: »Friede und langes Leben!« – »Setz dich, Häuptling!« sagte der alte Zauberer, ohne aufzusehen. »Ich weiß schon, warum du kommst. Du willst mich wegen der drei Söhne befragen. Ich könnte dir sagen, wer von ihnen der Tüchtigste ist. Aber du sollst sie selber erproben, sonst glaubst du mir nicht. Darum rate ich dir: schicke sie aus, sie sollen die Mondblume bringen! Wer sie heimbringen kann, der soll dein Erbe und die andern seine Diener sein.«

Der Häuptling kehrte nach Hause zurück, dann schickte er die Söhne um die Mondblume aus. Sie wußten aber nicht, wo sie die Mondblume finden könnten, und so befragten sie die Zauberer, und die alten Onkel sagten: »Da müßt ihr auf das höchste Gebirge gehen, das es gibt. Oben auf dem höchsten Gipfel hat ein Storch sein Nest, und dieser Storch fliegt jeden Monat einmal auf den Mond. Und dort in einem Teich wächst die Mondblume. Da ist jedoch schwer hinzukommen, denn eine große Schlange bewacht den Teich und frißt alle Wesen, die in ihre Nähe kommen.«

Die drei Brüder machten sich also auf den Weg. Sie wanderten und wanderten, bis ihnen die Füße weh taten, und als sie kaum mehr weiterkonnten, da waren sie erst am Fuße eines hohen Gebirges. Da sagte Boba: »Geht ihr weiter, wenn ihr Lust habt! Ich aber bleibe hier, und wenn ich ausgeruht habe, dann gehe ich wieder heim. Soll die Herden erben, wer will! Ich kann auch so leben und will mir nicht den Hals brechen.«

Während Boba sich ins Gras legte und schlief, begannen Subu und Bofa auf das Gebirge hinaufzusteigen, und als sie schon meinten, sie seien oben angekommen, da sahen sie eine wüste Ebene, auf der abermals ein hoher Berg stand. Dieser Berg aber war so hoch, daß sein Gipfel in den Wolken verschwand. Die ganze Ebene aber war erfüllt von wilden Tieren.

Da verließ auch den Bofa der Mut, und er sagte zu Subu: »Nein, hier ist nichts zu erben. Sterben aber mag ich nicht. Komm, laß uns umkehren. Mag unser Vater die

Herden unter uns aufteilen, oder mag er sie auch behalten. Ich gehe nicht weiter.« – »Versuchen wir es wenigstens!« meinte Subu. Aber Bofa wollte nicht, und so machte sich Subu allein weiter auf den Weg. Er durchquerte die Ebene und kam zu dem Berg, der war so steil wie ein Turm und so glatt wie Glas. Einen ganzen Tag versuchte Subu, auf den Berg hinaufzuklettern, aber wenn er einmal zwei oder drei Meter hoch gekommen war, rutschte er wieder aus und fiel auf den Boden herunter. Er wollte schon aufgeben, denn es wurde finster, und auf den nächsten Tag warten, da kam auf einmal jener Affe, den er befreit hatte, und sagte: »Subu, du und ich sind Freunde. Ich werde dir helfen, denn wenn du auf den Mond willst, mußt du noch heute auf die Spitze des Berges gelangen. Heute nacht ist Vollmond, und dann wird der Storch zum Mond fliegen. Wenn du aber heute nicht hinaufkommst, dann mußt du einen Monat lang warten. Komm, gib mir deine Hand, und ich werde dich hinaufziehen!« Und er packte Subu bei einer Hand und kletterte den Berg hinauf, indem er Subu hinter sich herzog. Und ganz schnell waren sie oben an der Spitze, über den Wolken. Da sah Subu das Nest des Storches.
Der Affe aber sagte: »Gevatter, tust du mir einen Gefallen?«
Der Storch antwortete: »Gevatter, was soll es denn sein?« – »Schau, Gevatter, dies hier ist mein Freund Subu, der mir das Leben gerettet hat. Er möchte auf den Mond hinauf. Kannst du ihn hinfliegen?« – »Was will er denn auf dem Mond?« – »Er will sich eine Mondblume aus dem Teich holen.« – »Soso! Das ist aber gefährlich. Wenn er in der Nacht hingeht, dann findet er die Blume nicht, und wenn er am Tag hingeht, dann frißt ihn die Schlange. Aber wenn er will, dann kann ich ihn hinauffliegen. Wie er wieder herunterkommt, ist dann seine Sache, denn ich muß noch diese Nacht zurückfliegen.«
Damit nahm der Storch Subu auf seinen Rücken und flog zum Mond hinauf. Und dort setzte er ihn ab, aber weit vom Teich weg, und sagte: »Warte, bis es Tag ist! Viel Glück!« Und flog davon.

Subu wartete bis zum nächsten Morgen, dann machte er sich auf den Weg zum Mondteich. Aber als er in die Nähe kam, roch ihn die Schlange, und sie kroch auf ihn zu, um ihn zu fressen. Subu ging zwar mutig mit einem Prügel auf sie zu, aber das hätte ihm nicht geholfen, denn die Schlange war so groß, daß sie hundert Männer hätte fressen können. In der größten Not erschienen jedoch plötzlich die drei Leoparden, die Subu aus ihren Fallen befreit hatten, und sie stürzten sich auf die Riesenschlange.
Es gab einen langen Kampf hin und her, denn die Leoparden konnten die Schlange nicht überwinden, aber auch die Kraft der Schlange reichte nicht aus, die Leoparden zu erwürgen, denn wenn sie einen umschlungen hatte, dann bissen sie die beiden andern so, daß sie ihn wieder loslassen mußte. So rangen sie lange, bis sie alle erschöpft waren. Da kroch einer der Leoparden zu Subu und sagte: »Geh du jetzt schnell zum Teich und hol die Blume. Wir werden inzwischen mit der Schlange weiterkämpfen. Aber beeile dich, denn wir sind schon müde und können der Schlange nicht mehr lange widerstehen.«
Da sprang Subu so schnell er konnte zum Ufer des Teiches. Er riß jedoch nicht eine Blume aus, sondern er grub ihre Wurzeln frei, wickelte sie in ein großes Blatt und lief zurück. Da gaben die Leoparden die Schlange frei und rannten mit Subu so weit, daß die Schlange ihnen nicht mehr folgen konnte. Sie ist nämlich an die Nähe des Teiches gebunden.
Nun saß Subu da auf dem Mond, wo es nichts zu essen und zu trinken gibt, und dachte: ›Wenn ich jetzt bis zum nächsten Vollmond warten muß, bis der Storch wieder heraufgeflogen kommt, dann bin ich schon vorher verhungert und verdurstet.‹ Und er war verzweifelt, weil er meinte, daß alles umsonst gewesen sei.
Aber was taten in der Zwischenzeit die Leoparden? Ja, was taten sie? Sie sprangen auf die Erde herunter und gingen den Elefanten suchen, jenen Elefanten, dem Subu aus der Fallgrube herausgeholfen hatte.
Als sie endlich den Elefanten gefunden hatten, riefen sie:

»Onkelchen, unser Freund, der auch dein Freund ist, sitzt auf dem Mond und kann nicht mehr herunter.« – »Soso«, sagte der Elefant, der ein Witzbold war, »wenn er nicht kann, warum ist er dann hinaufgestiegen?« – »Aber Onkelchen, das mußt du doch selbst wissen: er wollte eine Mondblume holen.« – »Hm, hm«, sagte der Elefant, »besser die Mondblume hätte sich den Subu geholt. Nun, das wird sie noch tun. Aber beruhigt euch, ich werde also unserm Freund Subu helfen!«
Damit machte er sich auf zu dem Gebirge, das unterm Mond liegt. Und dort blies er sich auf, daß er dick und groß wie ein Berg wurde. Und dann streckte er seinen Rüssel, der so dick wie der stärkste Baumstamm war. Er reckte und streckte ihn, bis er so dünn wurde wie ein Seil. Aber dabei wurde der Rüssel länger und länger und reichte bis zum Mond hinauf. Und da sagte der Elefant: »Los, Subu, rutsche an meinem Rüssel herunter! Aber schnell, schnell, denn ich kann nicht lange so stehen!«
Da nahm Subu das Blatt mit der Mondblume zwischen die Zähne und rutschte am Rüssel des Elefanten hinunter auf die Erde.
Drei Tage später war Subu bei seinem Vater. »Hier, Herr: da ist die Mondblume.« – »Gut gemacht, Söhnchen. Pflanze sie im Garten ein. Ich werde dir eine Frau suchen, dann sollst du heiraten und mein Nachfolger werden.«
Da ließ der Häuptling alle Mädchen seines Stammes zusammenrufen, und er zeigte sie Subu und sagte: »Hier wähle dir eine Frau aus!«
Aber Subu wollte keine gefallen, oder vielleicht gefielen ihm auch alle, und er wollte keine kränken, ich weiß es nicht. Jedenfalls mußten die Mädchen alle wieder heimgehen, denn Subu konnte sich nicht entscheiden. Und zu seinem Vater sagte er: »Vater, ich bitte dich, laß mir noch ein wenig Zeit, und ich werde schon eine Frau finden.«
Der Vater war damit zufrieden.
Die Mondblume aber war im Garten eingepflanzt und wuchs und gedieh gut. Und in der nächsten Vollmondnacht hörte Subu eine schöne Stimme singen:

»Mondblume nennt man mich,
Am Blütenkleid erkennt man mich.
Wer mich pflückt zur Vollmondnacht,
Wird von mir glücklich gemacht.«

Da stand er auf und ging der Musik nach, und so kam er in den Garten, und dort sah er, daß die Mondblume aufgeblüht war, und in der Blüte saß ein kleines Mädchen und sang. Er wagte sich nicht zu rühren und schaute die Blume an, bis sie sich am Morgen wieder schloß und das Mädchen damit verschwand.
Als sein Vater aufgewacht war, ging Subu zu ihm und erzählte ihm, was er in der Nacht gehört und gesehen hatte. Sein Vater hörte ihm ruhig zu, und sagte: »Subu, wir müssen aufpassen. Wenn wir jetzt etwas falsch machen, dann werden wir es später bereuen. Es könnte sein, daß das Mädchen stirbt, wenn wir die Blume abreißen. Es ist das beste, du gehst zu dem alten Zauberer, bei dem wir damals waren, und fragst ihn um Rat.«
So machte sich Subu abermals auf und wanderte zu dem alten Zauberer. Der saß immer noch an seinem Feuer und sagte, ohne aufzusehen, zu Subu: »Friede mit dir, Söhnchen! Du hast meinen Kindern geholfen, und meine Kinder haben es wieder an dir gutgemacht, denn der Elefant, der Affe und die Leoparden sind meine Kinder. Nun, du willst wissen, wie du es machen mußt, daß du das Mädchen zur Frau bekommst, die in der Mondblume wohnt. Ich werde es dir sagen: Wenn wiederum Vollmondnacht ist und das Mädchen singt:

›Mondblume nennt man mich,
Am Blütenkleid erkennt man mich.
Wer mich pflückt zur Vollmondnacht,
Wird von mir glücklich gemacht‹,

dann mußt du selbst singen:

›Pflücken möchte ich dich gern:
Schöne wie der Morgenstern,

Doch ich fürchte, weh zu tun.
Sag mir schnell: was mach ich nun?‹

Dann warte ab, und tu das, was das Mädchen sagen wird.«
Subu kehrte nach Hause zurück und erzählte seinem Vater, was ihm der Zauberer geraten hatte. Und als die nächste Vollmondnacht kam, gingen sie gar nicht schlafen, sondern sie setzten sich in den Garten und warteten. Und um Mitternacht öffnete sich die Mondblume, und das Mädchen erschien und sang:

»Mondblume nennt man mich,
Am Blütenkleid erkennt man mich.
Wer mich pflückt zur Vollmondnacht,
Wird von mir glücklich gemacht.«

Da sang Subu zurück:

»Pflücken möchte ich dich gern:
Schöne wie der Morgenstern,
Doch ich fürchte, weh zu tun.
Sag mir schnell: was mach ich nun?«

Und darauf das Mädchen:

»Liebster, pflücke mich nur gleich,
Trag mich dann zum nächsten Teich,
Laß mich auf dem Wasser treiben,
Dann werd ich dir ewig bleiben.«

Da ging Subu hin, pflückte die Blüte ab und trug das Mädchen in der Blüte zum Teich, setzte sie aufs Wasser und ließ sie mit der Blüte dahintreiben. Dabei schlief Subu ein, und als er am nächsten Tag aufwachte, saß ein sehr, sehr schönes Mädchen neben ihm. Das war das Mondblumenmädchen. Am gleichen Tag haben sie geheiratet.

»Freunde, was ich hier berichte,
Ist das Ende der Geschichte.
Hat sie jemand nicht gefallen,
Soll er eine Runde zahlen!«

Subus Reise zum Mond führt über den Glasberg, den Sitz der entkörperten Seelen. Erst jenseits dieses Berges kann er neues Leben – die Mondblume – finden. Ähnlich wie der tibetische Held Rangge wird auch Subu am Schluß des Märchens noch einmal auf eine harte Probe gestellt. Was er soeben erworben hat, soll er noch einmal freigeben ... treiben lassen auf dem Teich.
Ohne beschwerliche Reise zum Mond, findet der norddeutsche Schneider den Weg zum Herzen der Fischprinzessin: Er erzählt ihr einfach eine Geschichte ...

## Die Fischprinzessin und der Schneider

Da war einmal eine Prinzessin, die war in einen Fisch verwünscht. Und jeden Mittag Schlag Zwölf stieg sie aus dem Wasser. Oben war sie dann ein Mensch und unten ein Fisch. Und wenn sie einer zum Sprechen hätte bringen können, wär sie erlöst gewesen. Und der hätte sie dann zur Frau haben dürfen.
Viele sind gekommen, aber keiner hat sie zum Sprechen bringen können.
Da kam eines Tages ein Schneider angereist, dem kam die Geschichte zu Ohren. Er geht zum König und fragt ihn, ob er nicht auch einmal hin dürfe.
Der König will es ihm erst nicht erlauben. Aber er will ja auch, daß seine Tochter erlöst wird, und zuletzt stimmt er zu.

Als die Prinzessin aus dem Wasser steigt, fängt der Schneider an zu erzählen. Da war mal ein Bildhauer, sagt er, und ein Schneider und ein Doktor, die gingen alle zusammen durchs Holz. Da sagt der Bildhauer, er will den anderen mal zeigen, daß er seine Kunst versteht. Und wie er so weitergeht, liegt da ein großer Baumstamm – daraus haut er einen Menschen. Ganz natürlich war der, wie ein Mensch. Bloß, daß er ja nicht lebte. Da sagt der Schneider, er wolle ihnen auch mal zeigen, daß er seine Kunst versteht. Er nimmt Blätter und näht daraus Kleider und zieht sie dem Menschen an. Da sah er ganz natürlich aus – wie ein Mensch. Bloß, daß er nicht lebendig war. Da sprach der Doktor, nun wolle er auch mal zeigen, daß er seine Kunst versteht. Und da tritt er näher und haucht ihm den Atem ein. Und da ist er lebendig. Da war er ein ganz natürlicher Mensch.
Da sagt die Prinzessin, als der Schneider das erzählt hatte: »Kerl, du lügst!«
Da hat sie der Schneider doch zum Sprechen gebracht. Und da wurde sie wieder ein Mensch. Und der Schneider hat sie zur Frau bekommen.

Erst eine Lügengeschichte vermag den Bann, dem die Fischprinzessin erlegen war, zu brechen. Vielleicht litt diese Dame bloß an ihrem Prinzessinnendasein und den ebenso langweiligen Brautwerbern?
Schwerwiegender ist das Problem mit der »Fischseele«, das eine nigerianische Sage beschreibt. Im Stamm der Eket, so heißt es dort, seien Verwandtschaftsbeziehungen zwischen Frauen und Fischen nicht selten.

## Die Fischseele

Vor noch gar nicht langer Zeit versicherte ein Mann aus der Ortschaft Usun Inyan, seine Frau Esiet Idung habe ihm erzählt, daß ihre Seele sie zuweilen verlasse, und in den Leib eines Fisches im Kwa Ibo-Fluß einkehre.

Eines Tages kam sie schreiend zu ihrem Mann gelaufen: »Man hat mich gefangen, man hat mich gefangen, nun muß ich sterben! Ein Fischer hat meine Seele in seiner Falle am Ufer gefangen. Lauf zu der Stelle, ich werde dir genau sagen, wo es ist, und lasse mich frei, bevor es zu spät ist; denn wenn der Mann meine Verwandte tötet, muß auch ich sterben.«

In aller Eile nahm der Mann darauf hin ein Kanu und fuhr mit seinen Freunden zu der Falle, die ihm seine Frau beschrieben hatte. Sie öffneten das Tor und ließen alle Fische frei. Unter ihnen bemerkten sie einen besonders großen, der sich voll Freude in die Strömung stürzte. Als sie nach Hause zurückkehrten, war die Frau wieder gesund; alle waren aber fest davon überzeugt, daß sie gestorben wäre, hätte man den Fisch getötet.

# Kapitel 13

# Melusine, Russalka, Undine

Drei Erzählungen wurden für dieses 13. und letzte Kapitel ausgewählt, die erste geht auf einen Mann des 14. Jahrhunderts zurück, die beiden letzten wurden von Frauen des 20. Jahrhunderts verfaßt.
Sie kreisen um die Frage nach der Vereinbarkeit so verschiedener Welten, wie sie Wasserfrau und Mensch repräsentieren. Es ist zugleich die Frage nach dem Verhältnis des Menschen zu seinen seelischen Quellen, aus denen er neue Kraft bezieht. Es ist schließlich auch die Frage nach dem Verhältnis zwischen Mann und Frau.
»Wenn die Frau draußen ist, so ist die Seejungfrau noch draußener«, kennzeichnet Hans Peter Duerr die soziale Stellung der Frau in einem Kameruner Stamm. Das gilt für die »zivilisierte« Welt nicht minder: Was die Wasserfrau uns als Märchenspiegel vorhält, ist ein Vergrößerungsglas der patriarchalen Gesellschaft.

Wir beginnen mit der Geschichte von der Schönen Melusine, einer »Familiensaga« des ausgehenden 14. Jahrhunderts. Ihr Verfasser war Jean d'Arras, der von dem Schloßherrn Jean de Berry den Auftrag bekam, die Geschichte des Hauses Lusignan zu schreiben, in dessen Familienwappen Melusine figuriert. Der Auftrag war nichts Ungewöhnliches für jene Zeit, in der der Rückgriff auf den Mythos von der Ehe zwischen Mensch und überirdischem Wesen als Nachweis der halbgöttlichen Abkunft eines Geschlechts eine Blüte erlebte. Dabei wird die Wasserfrau zur »symbolischen und magischen Inkarnation des Aufsteigerwillens« (le Goff) in der niederen und mittleren Aristokratie. Jean de Berry entstammte dem Geschlecht der von Lusignan, einer bedeutenden Adelsfamilie aus dem Poitou, deren ältere Linie 1308 ausstarb, und aus der eine jüngere Linie seit 1186 den Titel des Königs von Jerusalem und seit 1192 den des Königs von Zypern trug.
Die Sage von der »Schönen Melusine« hat sich ab 1400 in zahlreichen Dichtungen der Hoch- und Volksepik über ganz Europa verbreitet: von Flandern, Bern, Augsburg, Heidelberg bis nach Polen und in die Ukraine.

Jean d'Arras hat seine Geschichte keineswegs frei erfunden. Als schriftliche Quellen dienten ihm – nach eigener Aussage – »die wahren Chroniken« (aus der Zeit um 1200) und all das, was »unseren Vorfahren gesagt und erzählt wurde«.
Die im folgenden kurzgeraffte Vorgeschichte zu der Begegnung zwischen Melusine und dem Ritter Raimund spiegelt die Sagenversion des Jean d'Arras, wie sie auszugsweise von Jean Markale in seiner Monographie »Mélusine« zitiert wird. Die ebenfalls stark gekürzt wiedergegebene Textfassung der Sage von Raimund und Melusina entstammt G.O. Marbachs Volksbuch-Ausgabe von 1838.

## Zur Vorgeschichte Melusinens

Der verwitwete schottische König Elinas trifft eines Tages an einer Quelle auf die wunderschöne Fee Pressine. Er macht ihr einen Antrag, und sie erklärt sich einverstanden, ihn zu heiraten – unter einer Bedingung: Falls sie Kinder bekäme, dürfe er nicht bei der Entbindung zusehen und auch sonst nichts »in dieser Richtung unternehmen«. Er verspricht es. In seiner Abwesenheit schenkt Pressine drei Mädchen das Leben: Melusine, Melior und Palestine. Eifersüchtig auf Stiefmutter und Stiefschwestern, stachelt der älteste Sohn des Königs die Neugier des Vaters an. Elinas vergißt sein Gelöbnis und dringt in Pressines Kammer ein, während sie die Töchter badet. Das Verbot ist übertreten: Pressine nimmt ihre Kinder und geht. Ihre Schwester, die Herrin der Insel Avalon, nimmt sie auf.
Als die Töchter fünfzehn Jahre alt sind, erfahren sie von ihrer Mutter, was sie in dieses Exil geführt hat: die Schuld des Vaters. Da beschließt Melusine, die Mutter zu rächen. Mit Hilfe ihrer Zauberkräfte schließen sie und ihre Schwestern den Vater in den magischen Berg Brumborenlion in Northumberland ein, dem er nie mehr entkommen wird. Als Pressine sieht, was die Töchter

angerichtet haben, wird sie zornig und verwünscht jede auf andere Weise.
Zu Melusine sagt sie: »Die Kraft des väterlichen Samens hätte auch euch der menschlichen Natur näherbringen können. Bald wäre der Augenblick gekommen, da wäret ihr dem Gesetz der Nymphen und Feen entzogen gewesen – für alle Zeiten. Dein Fluch wird nun folgender sein: Jeden Samstag wirst du dich vom Nabel abwärts in eine Schlange verwandeln. Wenn du aber einen Mann findest, der dich zur Frau nehmen will und dir verspricht, dich niemals samstags anzusehen, wenn er dich dabei nie entdeckt oder es niemanden wissen läßt, wirst du ein ganz normales Leben als Frau führen und ganz normal sterben. Wenn aber dein Geheimnis entdeckt wird, wirst du wieder deine frühere Natur annehmen.«

*

Und der zweite Erzählstrang: Raimund, der Sohn des verarmten Grafen vom Forst, wird von seinem wohlhabenden Onkel, dem Grafen Emmerich von Poitiers, aufgenommen und an Sohnes Statt erzogen.
Das Schicksal will es, daß Raimund seinen Onkel bei der Jagd versehentlich tötet, als er ihn vor einem wilden Eber retten will. Untröstlich irrt Raimund im Wald umher... er folgt allein dem Instinkt seines Pferdes.

## Die Geschichte von der edlen und schönen Melusina,

*welche ein Meerwunder und des Königs Helmas Tochter war*

So kam der junge Ritter in die Nähe eines Brunnens, der wurde der Durstbrunnen genannt. Bei dem Brunnen standen drei wunderholde Jungfrauen, aber Raimund war so sehr in seinen Kummer vertieft, daß er sie nicht wahr-

nahm: Da trat die jüngste und lieblichste ihm entgegen und sprach: »Ei, habe ich doch nicht geglaubt, daß es einen Ritter gäbe, der also ohne Gruß und freundliche Anrede bei Frauen vorüber eilet!« Aber Raimund hörte so wenig als er sah, sondern klagte immer noch sich selber sein Leid, als die Jungfrau seinem Roß in den Zügel griff und rief: »Seid Ihr aus adeligem Blut, Herr Ritter, so reitet nicht so ohne Gruß vorüber!« Da schlug Raimund die Augen empor und erblickte das wunderliebliche Fräulein, erschrak aber heftig, denn er wußte nicht, ob er ein irdisches Weib oder ein Geschöpf aus einer anderen Welt wahrnahm.
Aber wie erstaunte er, als ihn die Jungfrau beim Namen nannte und sagte: »Ach, Raimund, werter Freund, Eure Klagen sind mir herzlich leid!« – »Woher«, rief der Ritter, »woher, edles Fräulein, wisset Ihr meinen Namen, da ich Euch doch nie in meinem Leben erblicket. Hätte ich Euch nur einmal gesehen, Euer Bild würde nie meinem Andenken entschwunden sein. Seht, wenn ich Euch jetzt so anschaue, so heitert sich mein betrübtes Gemüt auf und es redet eine Stimme in meinem Herzen, als wäret Ihr es, von der ich einigen Trost in meinem Elende zu erwarten hätte.« Die Jungfrau erwiderte: »Raimund, obschon Ihr Euren Herrn und teuern Ohm getötet und Euch selbst dadurch in Angst und Jammer gestürzt habt, so möge Euch doch dieses zu einiger Beruhigung dienen, daß Ihr nur ohne Euern Willen diese Tat vollbracht habt. Folget meinen Lehren und es soll Euch an Glück, Gütern und Ehre niemals fehlen, vielmehr sollt Ihr glücklicher, reicher und geehrter werden, als irgendeiner aus Eurem Hause noch gewesen ist.«
»Holdseliges, liebreizendes Mädchen«, rief er, »sage, was ich tun soll, ich bin bereit, dir in allem Folge zu leisten!« – »Zunächst, lieber Raimund«, flüsterte sie, »sollst du mir schwören, beim allmächtigen Gott, daß du mich zu deinem ehelichen Weibe nehmen willst, und ferner sollst du geloben, daß, wenn ich nun deine Gemahlin bin, jeder Sonnabend ganz mein eigen sein soll, so daß du an diesem Tage weder nach mir begehrest, noch nach mir forschest,

noch mich von einem andern beobachten lässest. Dagegen will ich dir schwören und geloben, daß ich dein treues und gehorsames Weib sein will und an jenen Tagen, welche du mir frei geben sollst, mit Niemand zusammenkommen, noch an einen Ort mich begeben will, der dir zu Schaden und Nachteil gereichen könnte!« Raimund leistete glücklichen Herzens den geforderten Schwur, aber Melusina seufzte schwer und sagte wie in tiefer Bekümmernis: »Ach, Raimund, ich weiß wohl, daß du deinen Eid nicht halten wirst; aber ich sage dir: wenn du ihn brichst, so wirst du mich verlieren und nimmermehr wiedersehen, dein Glück wird schwinden, deine Güter werden abnehmen.« Der Ritter aber schwur noch einmal und versicherte hoch und teuer, daß er sein feierliches Gelübde unverbrüchlich halten werde.

Am Montage des Morgens früh ritten der Graf Bertram, seine Mutter, alles Hofgesinde und eine große Anzahl von Rittern und Knechten nach dem Durstbrunnen zu, um die Hochzeit mitzufeiern. Unterwegs dachte der Graf, es würde wohl mager dort zugehen und er und seine Dienerschaft würden schlechte Herberge finden, er schwieg aber still und wartete es ab. Wie sie nun durch den Wald zogen und von fern den Fels am Durstbrunnen erblickten, siehe, da schimmerten zwischen den Bäumen durch viele schöne, herrlich aufgeputzte Zelte, welche auf dem grünen Rasen standen, rings um den Durstbrunnen stieg Rauch auf von den Speisen, welche in den Küchen bereitet wurden; überall wimmelte es von Volk, vornehme Herren und Damen bewegten sich auf dem Rasen vor den Zelten, und zahlreiche Diener waren bemüht, ihnen aufzuwarten. Melusina hatte die wunderbare Schönheit ihres Körpers mit köstlichen Gewändern umgeben, tausend Edelsteine schimmerten wie Sterne auf dem hellblauen Grunde ihres Kleides, aber allen Glanz dieser Sterne überstrahlte das holdselige Angesicht der Jungfrau, gleich einer Sonne, so daß sie mehr einem Engel denn einem sterblichen Wesen glich. Graf Bertram, der ihr beim Eintritt in die Kapelle entgegeneilte, war wie geblendet von dieser überirdischen Erscheinung und überhäufte sie mit Ehrenbezeugungen, welche sie mit Sittsamkeit und Bescheidenheit aufnahm und so weit es sich ziemte, erwiderte. Indem ertönte eine liebliche Musik von unsichtbaren und unbekannten, aber überaus wohltönenden Instrumenten. Aller Herzen jubelten auf und Graf Bertram sprach bei sich selber: »Wahrlich, das ist ein herrliches Hochzeitsfest, wie an so seltsamem Orte niemals noch erhört worden.«

Als es aber Zeit zu sein schien, da traten Melusinas Jungfrauen zu ihr und baten sie, mit ihnen in das Schlafgemach zu gehen und führten sie in das für sie bereitete Zelt. Ringsum waren die Wände mit herrlichen Teppichen behangen, auf denen mit bunter Seide, Gold und Silber seltene Vögel, Blumen und Sterne gewirkt waren, Blumengirlanden und Fruchtgewinde zogen sich ringsum in zierlicher Ordnung und schwebten von Wand zu Wand.

Nachdem die Jungfrauen Melusina den Kranz und die Gewänder abgenommen, zogen sie sich sittig zurück, und Raimund wurde nun seinerseits in das Brautgemach von dem Grafen Bertram und dessen Mutter geführt. Auch der Bischof kam mit, segnete noch einmal das Paar und betete über dasselbe, daß es der allmächtige Gott in seinen gnädigen Schutz nehmen möge. Darauf zogen sich alle unter herzlichen Glückwünschen zurück.

Raimund und Melusina hatten das hochzeitliche Lager bestiegen, und mit zärtlicher Liebe hielten sie einander umschlungen; da sprach Melusina: »Raimund, mein allerliebster Freund und Gemahl! Das Glück hat uns zusammengefügt, daß wir in ehelicher herzinniger Liebe beieinander bleiben sollen bis an das Ende unserer Tage. Sieh, mein teurer Raimund, ich ergebe mich ganz in deinen Willen und dein Gebot, aber halte auch du, was du mir versprochen und mit feierlichem Schwur versichert hast. Du hast nicht mit Unrecht deinem Vetter, dem Grafen von Poitiers, geantwortet, daß ich von edlem Geschlecht sei. Glück, Ehre und Reichtum werden dir nimmer mangeln, höher als einer deiner Vorfahren wirst du steigen – wenn du hältst, was du mir gelobet hast.

Not, Armut und Kummer dagegen wird, mein geliebter Gatte, dein Los sein, wenn du dein Versprechen brichst; ach! und was das Traurigste für mich selber ist, du wirst auch mich verlieren und nie – nie mich wiederfinden!« Noch einmal gelobte ihr Raimund unter herzinnigem Umarmen, daß er seinen Eid mit unverbrüchlicher Treue halten werde. »O wenn du es tätest, mein Raimund«, rief Melusina, »dann wärest du in glücklicher Stunde geboren!« Damit umschlang sie ihn mit unaussprechlicher Zärtlichkeit. In Liebe und Entzücken durchwachten sie eine glückliche Nacht.

Acht Tage waren dem jungen Ehepaare in tausend Freuden verflossen, da erschienen auf Melusinas Befehl eine große Menge von Handwerksleuten und Arbeitern und begannen ein Schloß zu bauen. In dem Bezirk, welchen Raimund von seinem Herrn Vetter erhalten hatte, wurde die Waldung gelichtet, die schönsten Stämme wurden zu Bauholz verwendet und um den Felsen am Durstbrunnen ein tiefer Graben gezogen, denn auf jenem sollte das Schloß errichtet werden. Bald war auch die Grundmauer angelegt und der überaus starke und feste und dabei doch wunderbar schöne Bau schritt so schnell vorwärts, daß sich die Bewohner der Umgegend nicht genug verwundern konnten. Als aber das Schloß vollendet und auch inwendig auf das Prachtvollste ausgerüstet war, so daß Raimund mit seiner lieben Gemahlin es beziehen konnte, sprach Melusina:

»Das Schloß soll nicht anders denn Lusinia heißen und soll zu meines Namens Gedächtnis bis in die spätesten Zeiten stehen!«

Nachdem sich die glücklichen Gatten in dem schönen Schlosse wohl eingerichtet, es auch mit Mannschaft also besetzt hatten, daß bei seiner starken Befestigung kein Feind es einzunehmen im Stande gewesen wäre, kam die Zeit heran, daß Melusina eines Kindleins genesen sollte. Sie gebar einen starken und an Gliedern wohlgestalteten Knaben, und nannte ihn Uriens. Das Gesicht des Knaben, aus dem nachmals ein gar mannhafter Ritter wurde, war jedoch wunderbar mißgestaltet, denn es war kurz und breit, und unter der flachen Stirn lag ein grünes und ein rotes Auge, der Mund war groß und weit und die Ohren hingen lang herab. Auch die Söhne, welche Melusina in den folgenden Jahren zur Welt brachte, zeichneten sich sämtlich durch eine auffallende Gesichtsbildung aus. Der zweite Sohn, Gedes, hatte eine solche Röte im Angesicht, daß förmlich ein Schein von demselben ausging, übrigens aber war er schön gebildet und von geschickten Gliedmaßen. Dem Gyot, Melusinas drittem Sohne, stand das eine Auge etwas höher als das andere, obschon er übrigens schön war. Antoni ward der vierte Sohn geheißen; der hatte auf dem einen Backen einen Löwengriff, war ganz rauh von Haaren und hatte lange Nägel an den Fingern. Wer ihn sah, der mußte sich fürchten; er war wild und ein Schrecken seiner Feinde. Als es Gott fügte, daß Melusina ihren fünften Sohn gebar, welcher den Namen Reinhardt erhielt, da hatte der Knabe nur Ein Auge. Dasselbe stand ihm aber mitten auf der Stirn und er sah mit demselben so viel als andere mit zwei Augen. Der sechste Knabe, Geoffroy, brachte einen Zahn mit auf die Welt, der war so groß, daß er wie ein Eberzahn zum Munde herausragte. Als er den sah, erschrak Raimund, denn er gedachte der Missetat, die er an seinem edlen Ohm verübt hatte, als er den Eber töten wollte. Freimund, das siebente Knäblein, welches Melusina gebar, wurde ein kluges Kind, hatte aber auf der Nase einen garstigen haarigen Fleck, der war nicht anders anzusehen, denn wie ein Stück Wolfshaut. Hatte Reinhardt ein Auge zu wenig, so war dagegen sein Bruder Horibel mit einem zu viel ausgestattet. Denn außer den zwei gewöhnlichen Augen hatte dieser achte Sohn Melusinas noch ein drittes Auge auf der Stirn. Derselbe zeigte nachmals böse Sitten und ein arges Gemüt. Zuletzt gebar Melusina hintereinander noch zwei Söhne, von denen der ältere Dietrich, der jüngere wie sein Vater Raimund geheißen war, und die beide ohne Fehl waren. Raimund war Melusinas zehnter und letzter Sohn.

Indes war eine ansehnliche Reihe von Jahren verflossen und Melusina hatte während derselben noch manchen stattlichen Bau anfangen und vollenden lassen. Sie baute das schöne Schloß Favet, den festen Turm Mervent, die ansehnliche Stadt Portenach, das prächtige Schloß Larochelle, eine stattliche Brücke zu Soniets, sonderlich aber der Mutter Gottes zu Ehren ein großes und reich ausgestattetes Kloster, welches sie Malliers nannte.

Als Raimund und Melusina sich zu Favet aufhielten, kam ein Bote geritten, der brachte Raimund die fröhliche Nachricht, wie tapfer seine Söhne gestritten und wie Antoni ein Herzog von Lützelburg, Reinhardt aber ein König in Böhmen geworden sei. Raimund war hocherfreut, rief seine liebe Gemahlin und teilte ihr lächelnd die Botschaft mit. Melusina freute sich auch von Herzen und beide dankten Gott, daß er ihnen solchen Segen in ihren Kindern gegeben habe, denn drei waren mächtige Könige, ein vierter Herzog und ein fünfter Mönch zu Malliers geworden, welcher für alle beten konnte, daß ihr Glück Bestand haben möge. Ach, aber das Unglück welches über Raimund kommen sollte, stand schon vor der Tür, wie es gemeiniglich zu geschehen pflegt, daß großes Glück dem Menschen nur in um so größeres Elend, Not und Jammer sich verkehret, und wohl zu seinem eigenen Seelenheil, da es Gott selbst so geordnet hat.
Es war eines Sonnabends, als Raimund Melusina wie gewöhnlich vermißte, denn diesen Tag hatte sie sich von ihm ausbedungen. Raimund hatte bisher seinen Eid, daß er an diesem Tage nicht nach ihr forschen wolle, treu gehalten, denn er liebte sie und hatte keinen Argwohn gegen sie. In derselben Zeit aber war Raimunds Vater, der alte Graf vom Forst, mit Tode abgegangen und war ihm sein ältester Sohn als Graf gefolgt. Dieser kam an jenem Sonnabende seinen Bruder Raimund zu besuchen, und dieser hatte ihn zu ehren aus der Umgegend viele vornehme Gäste zu sich geladen. Als nun die Gäste ankamen, wendete sich der Graf vom Forst an Raimund und sagte ihm, er möge doch seine Gemahlin rufen lassen, daß sie die Gäste gebührend empfange. »Lieber

Bruder«, sagte Raimund, »heute verlange meine Gemahlin nicht zu sehen, morgen wird sie dich begrüßen.« Hierbei begnügte sich der Graf vom Forst fürs Erste, nach dem Mittagessen aber nahm er seinen Bruder auf die Seite und sagte zu ihm: »Raimund, lieber Bruder, glaube mir, daß ich herzlich um dich besorgt bin. Siehe, es geht ein allgemeines Gerücht im Lande, das sagt, du seist verzaubert, und deiner Gemahlin, nach der du keinen Sonnabend fragen darfst, wird viel Übles nachgesagt. Ich muß dir dies aber sagen, weil ich dein Bruder bin und die Schande mir zu Herzen geht, welche die Leute dir und deiner Gemahlin antun. Einige meinen, sie pflege heimliche Buhlschaft; andere, sie sei ein Ungeheuer, welches zu Zeiten die menschliche Gestalt annehmen müsse. Darum solltest du nachforschen, wie deine Frau die Sonnabende zubringt, um entweder selbst des bösen Zaubers dich zu entledigen, oder das üble Gerede der Leute aus Überzeugung widerlegen zu können.«

Als Raimund diese Rede seines Bruders vernahm, wurde er rot und bleich vor Zorn, griff nach seinem Schwert und eilte in die Gemächer seiner Gemahlin, welche sie besonders für sich hatte anlegen lassen, und die er bis dahin noch niemals, seinem Versprechen gemäß, betreten hatte. Bald kam er an eine eiserne Tür und stand still, überlegend was er zu tun im Begriff sei. Er gedachte der Rede seines Bruders und wie seine Gemahlin vielleicht in diesem Augenblick eine Sünde begehe, welche ihm selbst zu Schaden und Unehre gereiche, aber er wollte sie über der Tat ereilen, um sie desto gerechter mit seiner Rache zu treffen. Er entblößte das Schwert und trat der Tür näher, als er in derselben eine Öffnung entdeckte, durch welche er das ganze Gemach zu übersehen vermochte. Pochenden Herzens legte er sein Auge an die Öffnung. Er sah, wie das Gemach eine wunderbare Grotte war, auf deren Boden ein Springquell sein kristallhelles Wasser in ein weites Becken ergoß. Melusina ganz entkleidet badete sich. Sie tat als merkte sie nicht, daß sie beobachtet werde, und kämmte ihr langes, herrlich gelocktes Haupthaar. Wie erschrak und erstaunte Raimund, als er bemerkte, daß Melusina nur bis zur Mitte des Leibes ein überaus schönes blühendes Weib sei, von da an aber ihr Körper in einen garstigen Schlangen- oder Drachenschwanz auslief, welcher in azurblauer Farbe mit weißen Silberfaden besprengt glänzte.

Eine Zeitlang stand Raimund in den seltsamen Anblick und tiefes Nachsinnen versenkt, der Angstschweiß lief ihm von der Stirn, denn obgleich ihm vor der abschrekkenden Gestalt, in welcher ihm sein Weib erschien, innerlich graute, so sah er doch auch ihr holdes, nur Unschuld und Liebe ausdrückendes Gesicht, gedachte ihrer Tugend und Frömmigkeit, ihrer treuen Liebe und ihres Gehorsams. Er kämpfte einen harten Kampf mit sich selbst, ging endlich schweigend wieder zurück, machte sich selbst Vorwürfe, daß er sich zum Zweifel an der Treue seiner Gemahlin habe hinreißen lassen und faßte einen tiefen Groll gegen seinen Bruder, welcher ihn zu der Unbesonnenheit verleitet hatte, die ihm nach Melusinas Weissagung all sein herrliches Lebensglück kosten sollte.

Als ihn aber sein Bruder tiefsinnig und mit zornfunkelnden Augen zurückkommen sah, empfing er ihn mit den Worten: »Ich sehe es dir an, lieber Bruder, daß du die Untreue und Ehrlosigkeit deines Weibes entdeckt hast!« Raimund aber fuhr heftig auf: »Nein, du hast mich belogen! Du bist mir ein schändlicher Bruder und zur unglücklichen Stunde in dieses Haus gekommen, welches ich dir niemals vergessen kann. Hüte dich, daß du ferner meinem unschuldigen Weibe Übles nachredest, denn sie ist fromm und tugendhaft, und eile von dannen so bald als möglich, wenn dir dein Leben lieb ist. Ich sage dir, du allein bist schuld an meinem Verderben, denn du hast mich verführt zu tun, was mich um Glück und Güter und endlich um das Leben bringen wird. Darum geh und hüte dich, daß wir einander noch einmal begegnen, während wir leben!« Raimund tobte in seiner Wut also, daß jeder meinte, er sei von Sinnen gekommen, und der Graf vom Forst sowie alle anwesenden Gäste eilten, aus seiner gefährlichen Nähe zu entfliehen. Als sie fort waren,

versank Raimund in tiefes Herzeleid. Er gedachte, wie hoch und teuer er seinem lieben Weibe geschworen, an keinem Sonnabende ihr nachzuforschen, gedachte ihrer Drohung, die sie mit so herzinniger Wehmut mehr als einmal gegen ihn ausgesprochen, gedachte seines süßen herrlichen Glückes und wie dieses nun mit seinem holden Weibe für immer von ihm gehen werde.
Als aber der Sonntagmorgen anbrach, kam Melusina wie gewöhnlich zu ihm ins Schlafgemach, heiter und unbefangen, entkleidete sich und war wieder ganz ein natürliches schönes Weib. Sie legte sich zu ihm und umfing ihn mit liebreicher Zärtlichkeit, und indem sie merkte, daß er ganz kalt und vor Leid und Unmut krank war, redete sie ihn an: »Was ist dir, Raimund, mein allerliebster Gemahl! Bist du krank, so offenbare dich mir, daß ich mit Gottes Hilfe dir Beistand leisten kann!« Melusina kannte gar wohl die Ursache seines Leidens, hatte aber ein inniges Mitleid mit ihm, weil sie ebenfalls wußte, wie schweres Leid er um sein Unrecht trage und daß er an Niemand das Geheimnis verraten, welches er zu seinem eigenen Schaden aufgedeckt hatte. Raimund sagte, daß er sich erhitzt habe und nun von Krankheit und Frost befallen sei; Melusina tröstete ihn, daß er bald wieder genesen werde, küßte und liebkoste ihn. Da faßte Raimund wieder Mut und Hoffnung und wurde durch seines treuen Weibes zärtliche Pflege bald wieder gesund.

Raimund saß mit Melusina, seiner Gemahlin zu Tisch, da trat ein Bote ein, der eilte nicht sehr, grüßte die beiden und schwieg hernach ganz still. Als ihn nun aber Raimund fragte, was er bringe, da sprach er nach manchem schweren Seufzer: »Herr, obschon ich viel lieber schwiege, so ist es doch meine Pflicht, Euch die traurige Nachricht zu hinterbringen, daß eines Eurer Kinder nicht mehr am Leben ist.« – »Welcher ist es von meinen Söhnen?« fragte Raimund. »Es ist Freimund!« erwiderte der Bote. Da stießen Raimund und Melusina schwere Seufzer aus und Jener sagte weiter: »Ist er als ein Christ von hinnen gegangen und beerdigt worden?« – »Ach,

Herr«, sagte dagegen der Bote, »er konnte kein christliches Begräbnis erhalten, denn er ist mit allen Mönchen im Kloster zu Malliers verbrannt worden.«
Weiter meldete nun der betrübte Bote dem Raimund auf sein dringendes Befragen alles, was geschehen war, und wie Geoffroy in seinem Zorne diese Missetat begangen habe. Nachdem aber Raimund alles erfahren, redete er vor Schmerz und Zorn weiter kein Wort, sondern stieg auf sein Pferd und ritt gen Malliers. Da sah er die noch rauchenden Trümmer und hörte die Klagen der Landleute, welche herbeigekommen waren. Raimund saß auf seinem Pferde und rief nur: »Wenn Geoffroy, der Brudermörder, in meine Hände fällt, so soll er eines elenden Todes sterben!«
Hierauf ritt er nach Lusinia zurück, ging auf seine Schlafkammer, verschloß dieselbe hinter sich und erhob eine große Klage. Nachdem er die Wildheit seines Sohnes Geoffroy mehr als einmal verwünscht, kehrte er sich mit seinem Zorn gegen sich selbst und endlich sogar gegen sein gutes Weib Melusina. Er dachte daran, wie mißgeschaffen sowohl Geoffroy als auch seine übrigen Söhne zur Welt gekommen wären und wie Melusina selbst kein rechter Mensch, sondern ein Meerwunder sei. Deswegen klagte er nun diese, welche doch sein ganzes Glück begründet hatte, schändlicher Verführungskünste an, und war in großem Zorn.
Indes waren Melusina und die Dienerschaft Raimunds in Sorge, daß ihrem Herrn, welcher nicht wieder herauskam, ein Unfall zugestoßen und er krank sein möchte, und gingen deswegen zu dem Schlafzimmer, welches Melusina mit ihrem Schlüssel öffnete. Als diese nun ihren Gemahl in so tiefem Leid erblickte, redete sie ihm gar liebreich zu: »Raimund, lieber Gemahl, betrübe dich doch nicht also tief um eines Unglücks willen, welches abzuwehren du nicht vermögend warst. Übergib deinen Kummer Gott, welcher die Schicksale der Menschen leitet, und bedenke, daß er nach seiner Gerechtigkeit auch Übles in Segen verwandeln wird. Geoffroy, der diese Missetat begangen, wird in sich gehen und durch

schwere Reue Gott wohlgefälliger werden als er ihm vorher gewesen; denn der heilige und barmherzige Gott will nicht das Verderben, sondern die Rettung des Sünders.«

Raimund hatte kein Ohr für die weisen Reden seiner Gattin, denn der Zorn hatte ihn gänzlich aller Vernunft beraubt. Er richtete sich auf und blickte sein frommes Weib mit grimmigen Augen an, worauf er die unglücklichen Worte ausstieß: »Siehe, welchen trefflichen Anfang es mit deinem Geschlechte genommen, und so wird es nun fortgehen mir zu Schand und Gram. Weh, daß ich solche Brut mit dir gezeugt habe, denn du, du selbst bist nichts anderes als ein schändlicher, scheußlicher Wurm, eine böse, giftige Schlange!« Als Raimund diese Worte entfuhren, da erbleichte Melusina und sank, ohne nur einen Schrei auszustoßen, zu Boden. Ihre Frauen sprangen eilend herbei und suchten sie wieder ins Leben zurückzubringen. Nach langem fruchtlosen Bemühen gelang es endlich, Melusina richtete sich auf ihre Dienerinnen gestützt auf und sprach gegen Raimund gewendet mit leise klagender Stimme: »Wehe, Raimund, was hast du getan! Ach, warum hast du uns beide in Elend und Verderben gestürzt! Wehe mir, daß ich jemals an deinen holden Gebärden Wohlgefallen gefunden! Wehe mir, daß ich je liebend dich umfangen habe! Wisse, du unglücklicher, wortbrüchiger Mann, wie du für meine Liebe und Treue mir gelohnt hast: Angst, Not, Mühsal ohne Ruh und Rast sind mein unseliges Los, das ich tragen muß bis an das Ende aller Tage! O, hättest du dein Gelübde nicht gebrochen, hättest du wenigstens in deiner Brust verschließen können das Geheimnis, in welches du mit frevlem Übermut dich eingedrängt, so wäre ich bei dir geblieben, bis Gott mir wie einem anderen irdischen Weibe die Augen geschlossen und meine Seele von hinnen genommen, um mich in himmlischer Freude wieder mit dir zu vereinigen. Nun muß ich als ein unglückliches Gespenst hausen in diesem Leibe bis zum Tage des Gerichts! Wehe aber auch dir, auch dein eigenes Glück hat dein frecher Mund zerstört! Du wirst fortan ein

elendes Leben führen, denn der Vorwurf wird an deinem Herzen nagen mit bitterer Reue, dein Land wird zerteilt werden, und über dein Geschlecht wird manch schweres Leiden kommen. Ach, Raimund, siehe wie du übel und schändlich an mir und dir getan hast, und dennoch kann ich nicht aufhören, dich zu lieben. Höre denn noch meinen letzten Rat und vollbringe ihn, weil du mich immer fromm und wahrhaft erfunden hast, damit von deines Hauses Glück noch soviel gerettet werde, als möglich ist. Wenn ich von dir gegangen sein werde, so sollst du deinen Sohn Horibel töten, denn so er am Leben bleibt, wird er dich, dein ganzes Geschlecht und dein Land verderben. Deinem Sohn Geoffroy sollst du vergeben, denn die Mönche hat Gott in seine zornige Hand gegeben, weil sie ein gottloses Leben geführt haben und ihrem heiligen Gelübde untreu gewesen sind, und Geoffroy selbst wird sein Herz fortan ganz Gott zuwenden und das Kloster schöner wieder aufrichten, als es vordem gewesen ist. Du und alle unsere Nachkommen bis in die fernsten Geschlechter, Ihr alle sollt aber wissen, daß sooft Ihr eine Klage in der Luft über dem Schlosse Lusinia vernehmet und meine Gestalt über dem Schlosse dahinschweben sehet, sooft wird das Schloß einen andern Herrn bekommen, und so lange als man mich zuweilen in der Nähe des Durstbrunnen erblicket, wird das Schloß Lusinia, welches ich zu meines Namens Gedächtnis erbauet, bestehen, denn ich will es schirmen und bewachen, so lange als es mir von Gott vergönnt wird. Segne dich Gott noch einmal, Raimund, Raimund, mein allerliebster Freund, – lebe wohl – lebe wohl!«
Sieh, indem sie diese letzten Worte redete, sanken ihre Gewänder von ihr hernieder und nur ein langer weißer Schleier umflatterte sie und trug sie wie Fittiche durch das Fenster fort in die Luft, und zugleich verwandelte sich von den Hüften abwärts ihr Körper in einen unheimlichen Wurm, worüber alle, die es sahen, in einen Schrei des Erstaunens ausbrachen. Hoch in der Luft umfuhr sie das Schloß dreimal und stieß jedesmal ein herzzerreißendes Wehgeschrei aus; darnach aber verschwand sie.

Melusinas beide jüngste Kinder Dietrich und Raimund waren noch so jung, daß sie noch an der Brust genährt werden mußten, daher zwei Ammen für sie angenommen wurden. Diese nun erblickten oftmals beim Einbruch der Nacht, in der Dunkelheit, wie Melusina in das Gemach trat, hin zur Wiege ging und eines der Kinder nach dem andern herausnahm. Sie liebkoste die Kinder mit zärtlichen Gebärden, setzte sich mit ihnen zum Kamine, wärmte sie und reichte ihnen ihre Brust. Darauf trug sie dieselben wieder in die Wiege, hüllte sie wohl ein, küßte sie und verschwand wieder, wie sie gekommen war. Die Ammen, welche dies sahen, wagten nicht, ihr zu nahen, noch sie anzureden, denn sie fürchteten sich. Raimund aber, der es erfuhr, schöpfte daraus einige Hoffnung, daß er sein liebes Weib doch wohl noch einmal wiedersehen könne; sooft er jedoch in der Kammer auf sie wartete, ließ sich die Gestalt nicht blicken. Die Kinder wuchsen, genährt von der Milch ihrer Mutter, zusehends und in fröhlicher Gesundheit empor.

Die Tür zur verbotenen Kammer ist geöffnet – sind damit die Fragen nach Melusinas Geheimnis beantwortet?
Im Kern der Erzählung steht das Verbot, Melusina samstags im Bade zu sehen und ihr Geheimnis der Öffentlichkeit preiszugeben. Ein Verbot, das nicht nur dem Schutz der Gatten untereinander, sondern auch dem Schutz dieser besonderen Beziehung dienen soll – Schutz vor einer Gesellschaft, die die Ehe zwischen Mensch und überirdischem Wesen verurteilt.
Der Schlangenunterleib, Grund für das Sehverbot bei Melusina, ist Teil ihrer »wahren« Natur, denn – es gehört zur *Ganzheit* des göttlichen Wesens, männlich und weiblich zugleich zu sein! Eliade bezeichnet die zweigeschlechtliche Gottheit als Symbol der höchsten schöpferischen Kraft (»The Two and the One«). Aus diesem

Grund kannten die verschiedensten Kulturen Rituale, die für kurze Zeit eine Geschlechtsumwandlung vorsahen, verbunden mit ausschweifenden Festen, in denen alle überlieferten Werte »auf den Kopf gestellt« wurden. Beispiele dafür sind Feiern im Zusammenhang mit dem Dionysos-Kult und die altrömischen Saturnalien, Feste, die für eine »symbolische Wiederherstellung des uranfänglichen Chaos, des undifferenzierten Einen, das der Schöpfung vorausging«, stehen (nach Eliade). Aus diesem Chaos kann das neue Jahr erwachsen wie die Welt zu Beginn der Schöpfung.
Nehmen wir einmal an, Melusina sei im Besitz dieser schöpferischen Kräfte gewesen. Was bewegt sie dazu, an sechs Tagen in der Woche ihren Schlangenschwanz aufzugeben, um mit Raimund zu leben? Könnte es sein, daß diese Kräfte lediglich ein Potential darstellen, das sich erst in der Verbindung mit dem Menschen verwirklichen kann? Dann läge ein Irrtum darin, wenn der Mensch glaubte, Melusina wolle von ihrem Schlangenschwanz erlöst und ganz und gar wie eine Menschfrau (nach dem Bilde des Mannes) werden. Es würde sie ihrer übernatürlichen Kräfte berauben. Sie braucht das Bad am Samstag, ihre »Saturnalien«, um sich zu regenerieren, um wieder *ganz* zu werden.

Aber wie ist dies zu vereinbaren mit der Auffassung, sie »leide« samstags unter einem schrecklichen Fluch?
Die Frage führt zu Melusinas Vorgeschichte: Sie hatte sich erdreistet, ihren Vater zu »kastrieren« im Akt des Einschließens in den Zauberberg (nach Markale). Eine solche Entmachtung aber leistete sich allenfalls ein Sohn gegenüber dem Vater – denken wir an Kronos, der seinem Vater Uranos das Glied abschlug. Melusina hatte sich eine ganz und gar männliche Rolle angemaßt; nun mußte sie – so die Logik des *männlichen* Erzählers – das väterliche Glied, sozusagen als Verkörperung der auf sich geladenen Schuld, jeden Samstag »ertragen«. Folgerichtig konnte sie auch nur durch einen Mann von diesem Fluch erlöst werden.

Erinnern wir uns, daß Melusinas Verbot einen zweiten Teil beinhaltet, wonach auch Dritte nicht von ihrem Geheimnis erfahren durften. Erst als diese Bedingung mißachtet wird, muß Melusina fliehen. Die Unterscheidung ist nicht unwichtig: Raimund, der Auserwählte, war stark genug, durch seine Liebe zu Melusina ihre »wahre Natur« zu verkraften. Doch Raimund als Angehöriger einer patriarchalen Gesellschaft kann die Übermacht der Gemahlin nicht ertragen. Immerhin wird Melusina als eine Frau vorgestellt, die mit allen erdenklichen Vorzügen ausgestattet ist: schön, verführerisch, intelligent, weise, fruchtbar, und von beachtlichen Management-Qualitäten.

All diese Kräfte schlummern, bis sie den Mann trifft. Als Raimund ihr am Durst(!)brunnen begegnet, ist er leichte Beute. Sein Leben schien zerstört. Nur allzu bereit willigt er ein, der wissenden Jungfrau das Handeln zu überlassen. Als Raimund sie später im Zorn öffentlich verleumdet, gibt er ihr die Schuld an dem mißratenen Sohn – eine Projektion seines eigenen Versagens? Alles, was er hat (ist), verdankt er der Gemahlin. Ein unerträglicher Gedanke, den er nie loswerden wird – darauf deutet Melusinas Verwandlung in die »geflügelte Schlange«, die immer wieder auftauchen wird. In dieser neuen Gestalt rückt sie in die Nähe einer anderen ungebändigten Frau, die der Mann ins Reich der Schatten expediert hat: die hebräische Lilith.

Diese Lilith hat eine babylonische Vorgängerin mit Namen Lilitû, deren männliches Pendant der Dämon Lilû ist. Während Lilû, Inbegriff der Laszivität und Sinnlichkeit, die Frauen im Schlaf verführt, sucht Lilitû die Männer heim. Sie ist der Typ der unbezwingbaren Jungfrau, »die nie ihr Gewand vor ihrem Gatten gehoben und die keine Milch in ihren Brüsten hat« (Markale). Lilitû verkehrt sexuell mit Männern, führt aber nie den Koitus aus.

Dieses dämonische Weib namens Lilith spukt durch das ganze europäische Mittelalter, als Kindesräuberin und als eine, die nachts die Männer »aussaugt«, was im Grunde das Gleiche bedeutet: Sie treibt die Männer zur *Vergeudung* ihres Samens bis zur völligen Erschöpfung. Von diesem Samen – den nie geborenen Kindern – nährt sich Lilith, sie gebiert daraus neue Ungeheuer. Die Vorstellung, daß Dämoninnen oral befruchtet werden können, ist zum Beispiel, so Markale, in verschiedenen irischen Sagen zu finden.

Nun war es in der frühen Mythologie durchaus gebräuchlich, eine androgyne Gottheit als Zwillingspaar darzustellen; der babylonische Lilû und seine Gefährtin Lilitû könnten also auch zwei Aspekte einer einzigen Gestalt sein. Überträgt man diese Überlegung auf die Schöpfungsgeschichte in der Bibel, so findet sich eine Übereinstimmung mit dem Text Mose I, 27: »Und Gott schuf den Menschen ihm zum Bilde, zum Bilde Gottes schuf er ihn; und schuf sie einen Mann und ein Weib.«

Nehmen wir einmal an, diese beiden seien Adam und Lilith gewesen und folgen wir einer Hypothese, die ein kabbalistischer Text aus dem 11. Jh., das Alphabet des Ben Sirah (Alphabetum Siracidis), formuliert: Danach konnten sich Adam und Lilith, das erste von Gott geschaffene Paar, nicht einigen, wie ihr Verhältnis zueinander sein sollte. Als Adam auf seiner Vorherrschaft besteht, ruft Lilith den unaussprechbaren Namen Jahwes an. Da wachsen ihr Flügel, und sie erhebt sich in die Lüfte. Adam, wütend, daß ihn Lilith verlassen hat, verlangt von Jahwe, er möge sie ihm wiederbeschaffen. Jahwe schickt darauf drei Engel auf die Suche nach Lilith. Am Ufer des Roten Meeres holen die Engel sie ein, doch Lilith weigert sich, zu Adam zurückzukehren. Auf Jahwes Geheiß drohen die Engel, wenn sie nicht zurückkomme, werde sie täglich hundert ihrer Kinder, die sie mit Satan hat, verlieren. Lilith aber will sich eher im Roten Meer ertränken, als den Engeln folgen. Diese lenken schließlich ein unter der Bedingung, daß sie nie einem Neugeborenen, bei dem sie Seinen Namen geschrieben sehe, ein Leid antun würde.

Als Ersatz für die widerspenstige Lilith schafft nun Jahwe aus Adams Rippe die Eva. Der Fortgang der Geschichte

ist bekannt. Doch nicht Satan war die Schlange, die Eva den Apfel vom Baum der Erkenntnis reichte, sondern Lilith, die Gott dem Satan zur Gefährtin gegeben hatte.
Ikonographisch war die geflügelte Schlange im christlichen Mittelalter und noch lange danach ein häufig verwendetes Motiv. Ihr Konterfei auf Kirchenfenstern läßt ahnen, daß es zu Adam und Eva eine Vorgeschichte gegeben hat. Eine typische Darstellung vom »wahren Sündenfall« zeigt das Stundenbuch, das die Brüder Limburg 1470 für den Herzog von Berry angefertigt haben. Darin reicht eine gekrönte und geflügelte Lilith als Schlange Eva den Apfel.
Lilith war also zur Zeit der Entstehung der Melusinensage keine Unbekannte, und wenn es einen dämonischen Gegentyp zu der starken, schöpferisch tätigen Melusine gab, so war es die hebräische Lilith.
Trotz aller christlicher Übermalungen ist die schöne Melusina eine durch und durch ambivalente Figur, die die Auseinandersetzung zwischen übernatürlicher Weiblichkeit und menschlichem Helden herausfordert und führt. Zwar ist hier bereits der »Erlösungs«-Gedanke formuliert, der dem Menschen – aus der Sicht des christlichen Erzählers – eine »gottverliehene« Macht über die Naturgeister gibt, doch ebenso unbestritten ist die Macht der Fee.

Der Sage von Melusina sei ein Märchen gegenübergestellt, mit dem sich – seit seinem Erscheinen um die Mitte des 19. Jahrhunderts – insbesondere Frauen stark identifiziert haben: es ist Hans Christian Andersens Märchen von der »Kleinen Seejungfrau«. Es handelt sich dabei nicht um eine alte Überlieferung, sondern um eine Märchendichtung aus der Feder eines hochberühmten Verfassers. Das Märchen soll hier nur kurz skizziert werden, denn es gibt die Vorlage ab zu »Russalka«, einer modernen Persiflage des Andersen-Märchens durch die amerikanische Autorin Joanna Russ.
Die Kleine Seejungfrau treibt das Verlangen, eine unsterbliche Seele zu besitzen. Dazu braucht sie die

Liebe eines Irdischen. Der Prinz läßt nicht lange auf sich warten: Als sie 15 Jahre alt ist, rettet sie dem Ertrinkenden das Leben, aber davon wird er nie erfahren. Im Gegensatz zu den Wasserfrauen früherer Zeiten kann die Kleine Seejungfrau nicht so leicht ihre Gestalt wechseln: Um menschliche Beine zu bekommen, muß sie der Meerhexe das Kostbarste schenken, was sie besitzt: ihre wunderschöne Stimme. Und jeder Schritt wird sie schmerzen, als drängen spitze Pfrieme in ihre Füße ein. Nackt, eingehüllt in dichtes, langes Haar, findet sie der Prinz nun am Strand, und er gewinnt sie »so lieb... wie man nur ein gutes, liebes Kind lieben kann, aber sie zur Königin zu machen, kam ihm nicht in den Sinn«!
Sanft und traurig blickt sie zu ihm auf, stumm und leidend, aber ihre Liebe zu ihm kennt keine Grenzen. So wird sie der »richtigen« Königin die Brautschleppe tragen in dem Bewußtsein, daß sie mit dem Anbruch der Morgenröte, der auf die Hochzeitsnacht folgt, zu Schaum auf dem Meer werden muß. Eine letzte Chance zur Auflehnung gegen ihr Schicksal wird sie in dieser Nacht noch bekommen: Ihre Wasserschwestern haben im Austausch für ihr langes Haar ein Zaubermesser von der Meerhexe erkauft. Damit könnte sich die Kleine Seejungfrau in ihre ursprüngliche Gestalt zurückverwandeln, wenn sie es dem Prinzen ins Herz stößt. Was tut sie? Sie küßt dem Schlafenden die Stirn und wirft das Messer ins Meer... Die anbrechende Morgenröte läßt sie zu Schaum auf den Wogen werden; doch bald schon löst sie sich daraus, um eins zu werden mit den »Töchtern der Luft«. Und von ihnen, die ebenfalls keine Seele haben, erfährt sie, daß durch gute Taten eine solche zu erwerben sei und damit die Teilhabe »am ewigen Glück der Menschen«. Dreihundert Jahre währt die Probezeit der Luftgeister, doch Gott verkürzt sie mit jedem Tag, wo es einer Tochter der Luft gelingt, ein Menschenkind zu finden, das seinen Eltern Freude macht...
»Märchen für Kinder erzählt«, hat Andersen ohne Arg seine Sammlung betitelt.
Nein, von diesem »Findelkind mit den sprechenden

Augen« droht dem Prinzen keine Gefahr – allerdings kommt auch kein fruchtbarer Austausch mit ihm zustande. Hier erscheint die Natur ihrer wunderbaren Macht beraubt; all ihre magischen Kräfte (Stimme, Fischschwanz) hat die Kleine Seejungfrau hingegeben, um *ihm* ähnlich zu werden. Was bleibt, ist ein nacktes, schutzbedürftiges Naturwesen.

Joanna Russ führt uns eine moderne Meerjungfrau vor, die von der gleichen Sehnsucht erfüllt ist wie ihre Andersen-Schwester, nur – *ihr* Prinz läßt sich auf sie ein!

## Russalka oder die Meeresküste von Böhmen

Russalka könnte heute noch am Leben sein – so hieß es in dem Buch – wenn sie im großen weiten Meer gelebt hätte. Aber die böhmische Bucht ist ein Haff, in dem nur eine kleine Gemeinschaft von Wasserleuten lebt und wo das Leben leicht und angenehm ist; dort wurde Russalka geboren. Sie war ein Meermädchen oder eine Seejungfrau, wie sie auch genannt werden. Die Wasserleute haben keine Fischschwänze, wie euch manche Geschichten weismachen wollen, sie sehen Menschen ziemlich ähnlich, nur haben sie kaltes Blut und Schwimmhäute zwischen den Fingern, platte Füße mit Häutchen, und Kiemen und eine helle grüne Haut und platte Nasen und grünblaue Augen und ein extra Augenlid unter dem üblichen, das sich wie ein Schleier heben oder über das Auge senken läßt, ganz nach Belieben. ›Grünblau‹ bedeutet schimmernd, wie Perlmutt. So also sah Russalka aus.

Unter den Wasserleuten war sie eine reiche Erbin, deshalb war sie furchtbar versnobt. Nie hinterließ sie Geschenke für einen Meerjüngling, der ihr einen Gefallen getan hatte, denn keiner von ihnen gefiel ihr, und über die Weisheit der alten Meermutter rümpfte sie nur ihre platte Nase und war schnippisch zu den alten Meer-Gentlemännern, die ihr von ihrem gutaussehenden Vater erzählten (der schon seit Jahren tot war; ihre Mutter übrigens auch). »Unsinn«, sagte sie nur. Dann fing sie das Lesen an, und das war fatal. Im großen Meer wäre das nicht weiter schlimm gewesen, weil sie dort ihre eigenen Bücher haben und ihre See-Schulen und See-Laboratorien und See-Universitäten; dort hätte sie alles werden können, was sie nur gewollt hätte. Aber die Wasserleute in der böhmischen Bucht sind nett und beschränkt und schreiben keine Bücher, also las Russalka Landbücher und fing an, vom Land zu tagträumen. Keiner wußte, wo die Bücher herkamen – sie mochten von einem Schiff gefallen oder mit einer ertrunkenen Familie hinabgesunken sein – fest steht nur, daß Russalka, nachdem sie einmal mit dem Lesen begonnen hatte, noch unmöglicher wurde als zuvor. Sie haßte das Meervolk und überhaupt alles in der See. Wenn morgens die Meerjünglinge und Meerjungfrauen kamen und sie mitnehmen wollten zum Seetraubenpflücken oder zum Hüten der Meerkühe, hatte sie keine Lust, und wenn sie Späße machten und sich Geschichten erzählten, war sie mit ihren Gedanken immer woanders. Im großen Meer hätte man sofort gewußt, was mit ihr los war, man hätte sie fortgeschickt, Verträge mit den großen Walfischen auszuhandeln oder Karten anzufertigen von den kalten Strömungen in den tiefsten Abgründen, wo selbst dem Meervolk der Atem stockt, und wo die Kälte lähmt und wo es dunkel und gefahrvoll ist. Aber die böhmische Bucht war warm und seicht, und das Leben war träge; so wurde Russalka romantisch.

Den ganzen Tag starrte sie aus der Tiefe des Wassers nach der Sonne, die von unten wie eine Blüte aussieht, die auf den Wogen schaukelt. Wir kennen das von Leuten, die zuviel nach dem Mond sehen, und nennen das Mondsüchtigkeit, das Meervolk nennt es die Sonnensüchtigkeit. Stunden konnte sie damit zubringen, menschliche Skelette von Ertrunkenen zu betrachten, die das Meervolk in einem Friedhof aufgestellt hat, umgeben von hübschen Beeten aus See-Anemonen (die wie Blumen aussehen, aber in Wirklichkeit Tiere sind) und aus Seetang. Wenn wir in ihr Element hineinfallen, bedauern uns die Meermenschen und bringen uns an Land (wenn sie können), oder sie drücken uns nach oben an die Luft, damit wir atmen können, aber wenn wir erst einmal ertrunken sind, können sie nichts mehr daran ändern. Russalka war der Ansicht, die Skelette, selbst ohne Fleisch, seien stattlicher als die ihres Volkes. Wieder und wieder las sie die Bücher, um alles zu behalten, bevor sie verrotteten. (Eines davon war ein Märchenbuch und eines war Kapitän Cooks Anleitung zur Küstennavigation, wovon sie überhaupt nichts begriff.) Sie tagträumte von der Liebe, aber nicht mit Jünglingen ihres Volkes, sie hatte nämlich ein Vorurteil gegen grüne Haut, platte Nasen und Schwimmhäute an Händen und Füßen. Sie tagträumte von irdischen Männern. Kurz, für Russalka kam nur ein Mensch als Geliebter infrage, einer mit weißer Haut und gelbem Haar. Da ritt eines Tages der Prinz von Böhmen den Strand entlang mit seinem ganzen Gefolge, und Russalka erblickte ihn. Sie war ihrem Schicksal begegnet.

Manche behaupten, schuld gewesen wären die Banner und der glanzvolle Putz der Pferde und Russalka wäre eben eine ehrgeizige Person gewesen, aber glaubt das nicht. Es war viel schlimmer. Sie war von der menschlichen Krankheit befallen – haben zu wollen, was man nicht haben kann –, und vom Grunde ihres Herzens verachtete sie ihresgleichen. Sie war kühn und halsstarrig. Einen Tag lang dachte sie über den Prinzen nach, dann vergrub sie ihre Bücher im Schlamm am Grunde des Meeres, verkaufte ihre Meerkühe und das Land, das ihrer Familie gehörte, und mit dem Reichtum in beiden Händen (das Meervolk benutzt Muscheln als Geld) ging sie zu der großen Meerhexe, um mit ihr zu verhandeln.

»Mach mich zu einer Menschenjungfrau«, sagte sie. Die Meerhexe weigerte sich. Sie war eine bucklige Alte, geradeheraus in dem, was sie dachte, und nannte Russalkas Vorhaben töricht. Sie bot ihr an, sie an die finnische Küste zum Studium der Magie zu schicken, oder als Forscherin nach Labrador, an die Universität am Rande

des großen Pazifischen Grabens, wo man jedes Fach studieren und Meerwesen aller Nationen kennenlernen könnte.
Russalka sagte: »Ich werde mich am Strand niederwerfen und zu seinen Füßen sterben«, denn die Meerwesen sterben an der Luft, genau wie wir im Wasser. »Beim Grunde, Kind«, rief die alte Hexe (indem sie beim Meeresgrunde fluchte, wie wir beim Himmel, wenn wir rufen: »Um Himmelswillen!«), »und das alles für ein wunderliches Monster, das du einmal gesehen und dessen Leib du noch nicht einmal berührt hast!«

Doch Russalka war entschlossen. Wie die alte Meerhexe sagte, sie war von der Liebe entzündet und noch etwas, das schlimmer war. Denn das Feuer des Leibes läßt sich durch eine angenehme Person befriedigen, wie das Feuer des Herzens durch einen lieben Freund, doch das Feuer der Phantasie ist der Teufel selbst. Das Ende vom Lied war, daß die alte Meermutter einlenken und Russalka erzählen mußte, was zu tun sei und wann. Außerdem erzählte ihr die Hexe, was zu tun wäre, wenn sie sich zurückverwandeln wollte, was aber ganz nah am Meer zu geschehen hätte, damit sie sofort ins Wasser springen könne, sonst müßte sie an der Luft ertrinken. Das war nun ein Titrieren, Destillieren, Strahlen, Hydrieren und Oxydieren, denn die Frau, die ihr und ich eine alte Hexe nennen, war in Wirklichkeit eine ausgezeichnete Naturwissenschaftlerin. Sie weigerte sich aber, die Muscheln anzunehmen, gab Russalka den Rat, sie auf die Bank zu bringen oder sie jemandem auszuleihen, denn sie würde sie noch brauchen, wenn sie von dem »bleichgesichtigen Dummkopf« (so nannte die Meerhexe den Prinzen) genug habe und zur See zurückkäme.
Und so machte sich Russalka ans Werk. Das meiste war langweilig, sie mußte es auf Seepapier schreiben, um alles zu behalten. Eine ganze Woche brauchte sie, bis sie alle Zutaten beisammen hatte, und mit dem Zusammenbrauen verging fast noch ein Tag. Sie führte alles im seichten Wasser aus, um nicht zu ertrinken (weder so

noch so), und als alles geschafft war, stand sie im Sand am Strand in der schrecklichen hellen Leere der Luft; sie war erschöpft und fühlte sich furchtbar schwer, weil sie nicht mehr im Wasser war, und der Hunger machte sie ganz schwach. Von der Hexe hatte sie menschliche Füße zum Laufen und Lungen zum Atmen, ihre Kiemen und die Schwimmhäute waren verschwunden, und ihre Gestalt war irgendwie verändert. Doch ihre Haut war immer noch bleich, ihr Blut immer noch kalt und ihr langes Haar immer noch blaßgrün. Auch der Hexe waren Grenzen gesetzt. So hatte Russalka ihr extra Augenlid, ihre schrägstehenden Augen und die flache Nase und roch nach Salzwasser, aber nach dem Standard der böhmischen Landmenschen war sie eine hübsche Frau.

Sie ging auf das Schloß zu, das auf einem Felsvorsprung das Meer überblickte. Es war nicht weit zu gehen, aber Russalka war ohnmächtig vor Hunger, und die kühle Nacht zog herauf, wovon die Meerwesen immer schwerfällig und langsam werden. Sie versuchte, Mäuse zum Essen zu fangen, aber ihre Finger waren zu langsam und ihr Körper so schwer, weil er nicht mehr im Wasser war. Eine Weile ging sie, dann versuchte sie zu rennen. Zuletzt ließ sie sich nieder auf Hände und Knie, sie kroch. So war es schon Mitternacht vorüber, als eine fremde, schöne nackte Frau, einzig in ihr langes grünes Haar gekleidet, den Hof des Schlosses betrat und auf der Stelle auf den Steinen in Ohnmacht fiel.

Natürlich gefiel sie dem Prinzen auf den ersten Blick. Sie sah gut aus und war auf eine romantische, geheimnisvolle Weise aus der Nacht aufgetaucht. Vielleicht hatte er ein bißchen die gleiche Krankheit wie Russalka und liebte alles, was exotisch und anders war. Und anders sollte sie auch bleiben, denn ihre Stimme, die für das dichte Wasser geschaffen war, schmerzte sie so sehr an der dünnen, leeren Luft, daß sie schweigsam bleiben mußte. (Immer wieder schrieb sie Zettel mit den Worten: »Ich bin eine Meerjungfrau und habe das getan, weil ich dich liebe«, aber niemand im Schloß konnte lesen.) Wenn die Füße beim Gehen schmerzen, ist das gar nichts verglichen mit

dem Verlust der Stimme – und mit dem Schreiben von Zetteln, die keiner lesen kann und die auch keiner beachtet. Aber alles schien aufgewogen, als sie den Prinzen sagen hörte, er habe sich in die fremde Prinzessin verliebt (er ging davon aus, daß sie von königlichem Geblüt war wie er), und daß er vorhabe, sie zu heiraten.
Binnen einer Woche fand die Hochzeit statt. Russalka wurde wie eine Menschenfrau gekleidet, weißer Pelz um den Hals, ein weißer Satinrock mit Perlen besetzt, der Prinz ließ einen ganzen Schrank voll Kleider für sie nähen, alles weiße oder blaßgrüne Kleider, so daß sie immer wie eine Meerjungfrau oder wie ein Schnee-Engel aussehen würde.
Wenn man Geschichten wie diese erzählt, ist es üblich, den ersten Kuß zwischen Prinz und Prinzessin in der Hochzeitsnacht zu beschreiben (oder gar den ganzen Liebesakt); deshalb will ich euch erzählen, daß, sobald sie in dem herrlichen Brautgemach alleingelassen wurden, die Liebenden sich wirklich geküßt haben und daß sie beide gedacht hatten, es müßte großartig und schön sein.
Das war es nicht.
Für ihn fühlte sie sich kalt und glitschig an; für sie fühlte er sich heiß und rauh an. Jeder von beiden roch falsch. Fast hätte er sie fallenlassen, als er sah, wie ihr drittes Augenlid sich öffnete. Er versuchte, im Liebesakt fortzufahren, denn er war ein gutherziger, freundlicher Mann, und sie war schließlich seine Braut, die er gewählt hatte, aber es gelang ihm nicht. Er war perplex und unglücklich. Russalka bekritzelte endlose Zettel, die er nicht lesen konnte und die das Zimmermädchen am nächsten Tag auffegte.
Die Dinge wurden zunehmend schlimmer. Er konnte sich nicht daran gewöhnen, daß ihre Augen sich in blanke Perlen verwandeln konnten, was immer dann vorkam, wenn sie müde, gelangweilt oder in Gedanken war. Ihre Gewohnheit, kalten, rohen Fisch zu essen – denn von allem Warmen oder Gekochten wurde ihr übel – brachte ihn zur Verzweiflung. Ihre Art, nach Sonnenuntergang

ganz langsam, ja fast regungslos zu werden, erschreckte ihn. Und was Russalka selbst betraf, so juckten sie ihre feinen Kleider unerträglich, ihre Röcke waren zu schwer, und in einem Zimmer zu sitzen und zu sticken, langweilte sie zu Tode. So wartete sie den ganzen Tag auf den Prinzen und war in der Gesellschaft ihrer Dienerinnen, deren rauhe Haut und warmer Geruch sie abstießen und deren Geschwätz ihr zuwider war, und wenn er dann kam, war das Feuer der Liebe, das sie den ganzen Tag über in ihrem Herzen genährt hatte, mit einem Schlag erloschen. Sie versuchte, sich daran zu erinnern, was es für ein Gefühl war, als sie ihn von unter dem Wasser erblickt hatte – umsonst. Und wenn er dann fort war, kam es wieder über sie, und sie fühlte eine leidenschaftliche Liebe.

In manchen Geschichten wendet der Prinz an dieser Stelle seine Liebe einer Frau aus seinem eigenen Volk zu. Das stimmt aber gar nicht. Er liebte Russalka immer noch, weil er es für seine Pflicht hielt, und außerdem war er ein gutherziger Mensch. Was Russalka betraf, hatte sie außer ihm niemandem im Schloß zum Freund (den Dienerinnen war sie zu unheimlich, um sich mit ihr anzufreunden), und sie wollte um keinen Preis zugeben, daß sie sich geirrt hatte. Also wurde weiter versucht. Auch spürten sie, daß durch das nähere Kennenlernen etwas anderes zwischen ihnen zu keimen begann: eine distanzierte Aufmerksamkeit, ausgesuchte Höflichkeit, Mitleid, das der Verwirrung und Verzweiflung entsprang, so wie ihr gegenüber jemandem empfinden würdet, dem es schlecht geht.

Dann, eines Tages, erblickte der Prinz seine wunderschöne blasse Braut, wie sie in einem der Schloßhöfe an einem Zierteich saß, in dem Goldfische schwammen. (Sie liebte diesen Platz, weil sie der Teich an die See erinnerte, was aber niemand wußte.) Sie wirkte traurig und niedergeschlagen, und es fiel ihm wieder ein, wie sie erst vor wenigen Wochen aus der Nacht aufgetaucht war. Der Anblick bewegte sein Herz. Da tauchte diese wunderschöne traurige Dame in ihrem schillernden hellgrünen

Satingewand ihren hermelinbesetzten Ärmel in das Wasser des Teichs, fing einen Goldfisch mit der bloßen Hand und verspeiste ihn roh.

Ihr könnt euch vorstellen, was in dem Prinzen vorging. Sein größter Wunsch war, Russalka loszuwerden und sie nie wiederzusehen. Er war aber ein ehrbarer Mann und hatte sich ihr durch die Ehe verbunden. Da kam ihm eine Lösung, eine schöne, einfache Idee, und obwohl sie falsch war (wie die meisten schönen und einfachen Ideen), tröstete sie ihn auf wunderbare Weise:

Sie stand unter einem Bann.

Er hatte natürlich recht, obwohl er die Sache genau falschherum sah: Russalkas Blässe, ihre Trägheit bei Kälte, ihre glitschige Haut, ihr seltsamer Geruch und ihre merkwürdigen Eßgewohnheiten – all das beruhte nicht auf einem Zauber (wie der Prinz meinte), es waren die einzigen Dinge an ihr, die noch natürlich waren. Die Verzauberung war genau andersherum. Der Prinz glaubte nun, er könne sie in eine wunderschöne menschliche Braut verwandeln, und in der Freude über seine Entdeckung schickte er umgehend nach dem Hofzauberer. Der Zauberer befühlte Russalkas Puls, beklopfte ihre Knie, sah in ihren Hals, spähte in ihre Ohren und zählte ihre Zähne. Dann sprach er einen machtvollen Zauber über sie aus.

Es passierte nichts.

Dann versuchte es der Zauberer mit Nekromantie, Chiromantie, Geomantie, Aeluromantie und Megalopolisomantie (Geisterbeschwörung, Handlesekunst, Erdwahrsagung, Katzenmagie und mit der Magie sehr großer Städte). Nichts half. Russalka schrieb derweil auf immer neue Zettel: »Ich bin keine verzauberte Erdenprinzessin, ich bin ein verzaubertes Meerwesen, bitte laßt mich in Ruhe!«, aber niemand schenkte dem Beachtung. Der Zauberer war des Lesens kundig, aber nur ein bißchen, und er konnte ihre Handschrift nicht entziffern. Das führte dazu, daß man ihr alle Schreibutensilien wegnahm in der Annahme, ›zwanghafte Graphomanie‹ (ständiges Gekritzel) sei Teil des Zaubers.

Man ließ andere Zauberer holen. Der Prinz suchte die ganze Länge und Breite seines Reiches ab. Russalka versuchte, durch ihr Fenster zu fliehen, aber sie wurde gefangen. Dann versuchte sie, sich in ihrem Zimmer zu verbarrikadieren, aber sie stand unter ständiger Bewachung. Man beachte, daß der Zauber, mit dem die Meerhexe so einfach Russalka belegt hatte, nicht von den größten irdischen Zauberern gelöst werden konnte; doch schließlich ließ der Prinz Order ergehen, man möge den größten aller Erdenzauberer aus Transsylvanien (das bedeutet ›hinter dem Wald‹) herbeiholen.

Er war ein sehr, sehr alter Mann, hatte einen unglaublich langen, weißen Bart, trug ein langes blaues Gewand und einen spitzen Hut und war eine ehrfurchtgebietende Gestalt. Sofort war ihm klar, daß er es hier mit einem wahnsinnig machtvollen Zauber zu tun hatte, er wußte aber auch, wie man ihn lösen konnte.

Er ließ Russalka nackt zu sich führen, vor den Augen des ganzen Hofes, und sprach (vorbei war die Zeit, da sie Leute gebissen und mit ihnen gekämpft hatte; sie war jetzt sehr müde):

»Wir werden aus dir eine richtige Frau machen.«

Sie rang die Hände.

»Ja, ja«, sagte der alte Zauberer, »ich weiß, du möchtest nicht so sein, wie du bist. Ich weiß, du bist seltsam und traurig und kalt.«

Russalka fiel auf die Knie. Sie wollte sagen, ›laß mich zurückgehen ins Meer‹, aber es verstand sie ja niemand.

»Ja, ja, wir wissen, du willst von dem Bann erlöst werden«, sagte der alte Zauberer.

Russalka öffnete den Mund, um ihn anzuschreien, aber es kam kein einziger Laut.

»Ja, ja«, sagte der alte Zauberer, »das bringen wir schon wieder in Ordnung.« Aus der Tasche seines Gewandes zog er ein weißes Pulver, für dessen Zubereitung er einen ganzen Tag unter Verwendung seiner Zauberausrüstung zugebracht hatte: seiner Kolben und Röhrchen, seiner Messer und Stäbchen, seinen Teilen von toten Tieren, seinem Schießpulver und seiner Pilze. Er bewarf Russalka mit dem weißen Pulver, und auf der Stelle war sie eingehüllt in eine blasse Wolke, wie Nebel nachts über dem Meer. Durch diesen Nebel konnte der Prinz erkennen, wie etwas schimmerte und sich verwandelte. Aufgeregt wartete er, daß die Wolke verschwinden und ihm seine wunderschöne Braut enthüllen würde, doch als die Wolke tatsächlich verflogen war und er Russalka endlich sehen konnte, erschien sie ihm weder wunderschön noch menschengleich.

Sie sah aus wie ein riesiger Frosch.

Der Prinz erschrak. Er dachte, Russalka sei eine Dämonin, die sich verzaubert hatte, um ihn zu zerstören. Er fand ihre grüne Haut schrecklich und die Schwimmhäute zwischen ihren Fingern und Zehen widerlich. Er hielt ihre Kiemen für einen Spitzenkragen, bis sie anfingen, sich zu öffnen und zu schließen, da merkte er erst, daß sie ein Teil von ihr waren, und wandte sein Gesicht ab. Er konnte ihren Anblick nicht ertragen. Erst später sollte ihm klarwerden, was er getan hatte, und es sollte ihm sehr leid tun um Russalka. Er war ein guter Mann, und er vermochte sich nicht zu freuen bei dem Gedanken, eine Meerjungfrau sei aus Liebe zu ihm gestorben. Erst als er sehr alt und ein bißchen verrückt geworden war, sollte er sich heimlich liebkosen und sich einreden: »Ich bin der *einzige* Prinz auf der ganzen weiten Welt, für den eine Meerjungfrau aus Liebe gestorben ist.« Natürlich sollte er wiederheiraten, nicht nur, weil es sich für einen Prinzen so gehörte, sondern auch, weil er es wollte; aber er sollte auch eine Gedenkstätte um den Goldfischteich errichten lassen mit Säulen, einem Dach und einer niedrigen Mauer, die mit Bildern von allen Meerwesen bemalt wurde. Er sollte Lieder und Geschichten über sie erdichten lassen und sich fragen, ob ihre Meeresfreunde um sie trauerten – das taten sie natürlich eine Zeitlang, und sie erinnerten sich an sie als ›Russalka, du weißt schon, die einen Spleen hatte‹ – und nie sollte seine Erinnerung an sie sterben.

Er zwang sich dazu, sie anzuschauen. Heftig öffneten und schlossen sich Russalkas Kiemen. Sie schwankte auf dem Marmorboden des Thronsaales und zuckte wie ein Fisch, den man aus dem Wasser holt. Er versuchte, ihr etwas zu sagen: daß es ihm wirklich sehr leid täte, daß sie es noch einmal versuchen könnten, daß sie wieder ihre ursprüngliche Gestalt zurückerhalten könne, wenn sie wollte, daß er sie jetzt erst sehe, wie sie wirklich war, und daß er wisse, sie war schön unter ihresgleichen.

Er ergriff ihren Arm. Ihr extra Augenlid schob sich hoch, ihre Augen waren leer. Sie versuchte, in der dünnen hellen Luft zu sprechen, doch alles, was sie hervorbrachte, war ein schwaches Zischen; da – trotz der Schmerzen (sie war nämlich dabei, an der Luft zu ertrinken) – gelang es Russalka, ein Wort zu sagen, das einzige Wort, das sie je zu ihm sagte. Und sie meinte dabei sich und ihn.

»Narr«, sagte sie.

Und sie neigte sich zu seinen Füßen, sie fiel, sie lag da; zu seinen Füßen neigte sie sich, sie fiel, sie lag da tot.

Mit »Undine« greift Ingeborg Bachmann auf eine Mythenfigur zurück, deren volksliterarische Tradition in der »Sage vom Stauffenberger«, um 1320, wurzelt. Hauptmotiv der Sage ist die Einhaltung der Treue gegenüber einer Fee, die dafür den Mann mit allem ausstattet, was er sich wünscht. Bricht er sein Gelöbnis, indem er sich einer irdischen Frau verbindet, so muß er sterben.

Als F. de la Motte Fouqué 1811 seine romantische Erzählung »Undine« verfaßt, fügt er das Motiv der »Sehnsucht nach einer Seele« hinzu, auf das er in Paracelsus' Werk über die Elementargeister gestoßen war. So wandelt sich bei Fouqué das seelenlose, launenhafte Naturgeschöpf Undine durch die Heirat mit Ritter Huldbrand in eine liebende und Leid empfindende Frau. Der Preis für die unsterbliche Seele ist das irdische Leid und – die Absage

an die Natur. Das Leid ereilt Undine in der Gestalt einer irdischen Gegenspielerin, in die sich der Rittergemahl verliebt. Während einer gemeinsamen Flußfahrt erreicht das Drama seinen Höhepunkt: Der Ritter beleidigt Undine auf dem Wasser – sie entschwindet in die Fluten. Ein letztes Mal noch wird Undine auftreten: bei Huldbrands Vermählung mit der neuen Braut erstickt sie ihn mit einem Kuß.
Stand der mythische Erzähler traditionell als Beobachter außerhalb des Geschehens – und Joanna Russ bezieht den Leser/die Leserin sogar kommentierend in die Zuschauerrolle ein – so wählt Ingeborg Bachmann die völlige Identifikation mit ihrer Hauptfigur. So gewinnt Undine neue Konturen, neues Bewußtsein ihrer selbst und – neue Wahrnehmung ihrer Gegenwelt. Es ist die Rückgabe des Subjektstatus an die (Wasser-)Frau. Ein machtvoller Zauber liegt über ihren Worten, mit denen sie Abschied nimmt von den Menschen, den »Ungeheuern mit Namen Hans«, die die Normen einer patriarchalen Gesellschaft leben.
Im Märchen soll es ja vorkommen, daß »Hans« sich auf die entschwundene Braut besinnt und einen mühevollen Weg antritt...

## Undine geht

Ihr Menschen! Ihr Ungeheuer!

Ihr Ungeheuer mit Namen Hans! Mit diesem Namen, den ich nie vergessen kann.

Immer wenn ich durch die Lichtung kam und die Zweige sich öffneten, wenn die Ruten mir das Wasser von den Armen schlugen, die Blätter mir die Tropfen von den Haaren leckten, traf ich auf einen, der Hans hieß.

Ja, diese Logik habe ich gelernt, daß einer Hans heißen muß, daß ihr alle so heißt, einer wie der andere, aber doch nur einer. Immer einer nur ist es, der diesen Namen trägt, den ich nicht vergessen kann, und wenn ich euch auch alle vergesse, ganz und gar vergesse, wie ich euch ganz geliebt habe. Und wenn eure Küsse und euer Samen von den vielen großen Wassern – Regen, Flüssen, Meeren – längst abgewaschen und fortgeschwemmt sind, dann ist doch der Name noch da, der sich fortpflanzt unter Wasser, weil ich nicht aufhören kann, ihn zu rufen, Hans, Hans...

Ihr Monstren mit den festen und unruhigen Händen, mit den kurzen blassen Nägeln, den zerschürften Nägeln mit schwarzen Rändern, den weißen Manschetten um die Handgelenke, den ausgefransten Pullovern, den uniformen grauen Anzügen, den groben Lederjacken und den losen Sommerhemden! Aber laßt mich genau sein, ihr Ungeheuer, und euch jetzt einmal verächtlich machen, denn ich werde nicht wiederkommen, euren Winken nicht mehr folgen, keiner Einladung zu einem Glas Wein, zu einer Reise, zu einem Theaterbesuch. Ich werde nie wiederkommen, nie wieder Ja sagen und Du und Ja. All diese Worte wird es nicht mehr geben, und ich sage euch vielleicht, warum. Denn ihr kennt doch die Fragen, und sie beginnen alle mit »Warum?« Es gibt keine Fragen in meinem Leben. Ich liebe das Wasser, seine dichte Durchsichtigkeit, das Grün im Wasser und die sprachlosen Geschöpfe (und so sprachlos bin auch ich bald!), mein Haar unter ihnen, in ihm, dem gerechten Wasser, dem gleichgültigen Spiegel, der es mir verbietet, euch anders zu sehen. Die nasse Grenze zwischen mir und mir...

Ich habe keine Kinder von euch, weil ich keine Fragen gekannt habe, keine Forderung, keine Vorsicht, Absicht, keine Zukunft und nicht wußte, wie man Platz nimmt in einem anderen Leben. Ich habe keinen Unterhalt gebraucht, keine Beteuerung und Versicherung, nur Luft, Nachtluft, Küstenluft, Grenzluft, um immer wieder Atem holen zu können für neue Worte, neue Küsse, für ein unaufhörliches Geständnis: Ja. Ja. Wenn das

Geständnis abgelegt war, war ich verurteilt zu lieben; wenn ich eines Tages freikam aus der Liebe, mußte ich zurück ins Wasser gehen, in dieses Element, in dem niemand sich ein Nest baut, sich ein Dach aufzieht über Balken, sich bedeckt mit einer Plane. Nirgendwo sein, nirgendwo bleiben. Tauchen, ruhen, sich ohne Aufwand von Kraft bewegen – und eines Tages sich besinnen, wieder auftauchen, durch eine Lichtung gehen, *ihn* sehen und »Hans« sagen. Mit dem Anfang beginnen.
»Guten Abend.«
»Guten Abend.«
»Wie weit ist es zu dir?«
»Weit ist es, weit.«
»Und weit ist es zu mir.«

Einen Fehler immer wiederholen, den einen machen, mit dem man ausgezeichnet ist. Und was hilft's dann, mit allen Wassern gewaschen zu sein, mit den Wassern der Donau und des Rheins, mit denen des Tiber und des Nils, den hellen Wassern der Eismeere, den tintigen Wassern der Hochsee und der zaubrischen Tümpel? Die heftigen Menschenfrauen schärfen ihre Zungen und blitzen mit den Augen, die sanften Menschenfrauen lassen still ein paar Tränen laufen, die tun auch ihr Werk. Aber die Männer schweigen dazu. Fahren ihren Frauen, ihren Kindern treulich übers Haar, schlagen die Zeitung auf, sehen die Rechnungen durch oder drehen das Radio laut auf und hören doch darüber den Muschelton, die Windfanfare, und dann noch einmal, später, wenn es dunkel ist in den Häusern, erheben sie sich heimlich, öffnen die Tür, lauschen den Gang hinunter, in den Garten, die Alleen hinunter, und nun hören sie es ganz deutlich: Den Schmerzton, den Ruf von weither, die geisterhafte Musik. Komm! Komm! Nur einmal komm!

Ihr Ungeheuer mit euren Frauen!
Hast du nicht gesagt: Es ist die Hölle, und warum ich bei ihr bleibe, das wird keiner verstehen. Hast du nicht gesagt: Meine Frau, ja, sie ist ein wunderbarer Mensch,

ja, sie braucht mich, wüßte nicht, wie ohne mich leben –? Hast du's nicht gesagt! Und hast du nicht gelacht und im Übermut gesagt: Niemals schwer nehmen, nie dergleichen schwer nehmen. Hast du nicht gesagt: So soll es immer sein, und das andere soll nicht sein, ist ohne Gültigkeit! Ihr Ungeheuer mit euren Redensarten, die ihr die Redensarten der Frauen sucht, damit euch nichts fehlt, damit die Welt rund ist. Die ihr die Frauen zu euren Geliebten und Frauen macht, Eintagsfrauen, Wochenendfrauen, Lebenslangfrauen und euch zu ihren Männern machen laßt. (Das ist vielleicht ein Erwachen wert!) Ihr mit eurer Eifersucht auf eure Frauen, mit eurer hochmütigen Nachsicht und eurer Tyrannei, eurem Schutzsuchen bei euren Frauen, ihr mit eurem Wirtschaftsgeld und euren gemeinsamen Gutenachtgesprächen, diesen Stärkungen, dem Rechtbehalten gegen draußen, ihr mit euren hilflos gekonnten, hilflos zerstreuten Umarmungen. Das hat mich zum Staunen gebracht, daß ihr euren Frauen Geld gebt zum Einkaufen und für die Kleider und für die Sommerreise, da ladet ihr sie ein (ladet sie ein, zahlt, es versteht sich). Ihr kauft und laßt euch kaufen. Über euch muß ich lachen und staunen, Hans, Hans, über euch kleine Studenten und brave Arbeiter, die ihr euch Frauen nehmt zum Mitarbeiten, da arbeitet ihr beide, jeder wird klüger an einer anderen Fakultät, jeder kommt voran in einer anderen Fabrik, da strengt ihr euch an, legt das Geld zusammen und spannt euch vor die Zukunft. Ja, dazu nehmt ihr euch die Frauen auch, damit ihr die Zukunft erhärtet, damit sie Kinder kriegen, da werdet ihr mild, wenn sie furchtsam und glücklich herumgehen mit den Kindern in ihrem Leib. Oder ihr verbietet euren Frauen, Kinder zu haben, wollt ungestört sein und hastet ins Alter mit eurer gesparten Jugend.
O das wäre ein großes Erwachen wert! Ihr Betrüger und ihr Betrogenen. Versucht das nicht mit mir. Mit mir nicht!
Ihr mit euren Musen und Tragtieren und euren gelehrten, verständigen Gefährtinnen, die ihr zum Reden zulaßt...

Mein Gelächter hat lang die Wasser bewegt, ein gurgelndes Gelächter, das ihr manchmal nachgeahmt habt mit Schrecken in der Nacht. Denn gewußt habt ihr immer, daß es zum Lachen ist und zum Erschrecken und daß ihr euch genug seid und nie einverstanden wart. Darum ist es besser, nicht aufzustehen in der Nacht, nicht den Gang hinunterzugehen, nicht zu lauschen im Hof, nicht im Garten, denn es wäre nichts als das Eingeständnis, daß man noch mehr als durch alles andere verführbar ist durch einen Schmerzton, den Klang, die Lockung und ihn ersehnt, den großen Verrat. Nie wart ihr mit euch einverstanden. Nie mit euren Häusern, all dem Festgelegten. Über jeden Ziegel, der fortflog, über jeden Zusammenbruch, der sich ankündigte, wart ihr froh insgeheim. Gern habt ihr gespielt mit dem Gedanken an Fiasko, an Flucht, an Schande, an die Einsamkeit, die euch erlöst hätten von allem Bestehenden. Zu gern habt ihr in Gedanken damit gespielt. Wenn ich kam, wenn ein Windhauch mich ankündigte, dann sprangt ihr auf und wußtet, daß die Stunde nah war, die Schande, die Ausstoßung, das Verderben, das Unverständliche. Ruf zum Ende. Zum Ende. Ihr Ungeheuer, dafür habe ich euch geliebt, daß ihr wußtet, was der Ruf bedeutet, daß ihr euch rufen ließt, daß ihr nie einverstanden wart mit euch selber. Und ich, wann war ich je einverstanden? Wenn ihr allein wart, ganz allein, und wenn eure Gedanken nichts Nützliches dachten, nichts Brauchbares, wenn die Lampe das Zimmer versorgte, die Lichtung entstand, feucht und rauchig der Raum war, wenn ihr so dastandet, verloren, für immer verloren, aus Einsicht verloren, dann war es Zeit für mich. Ich konnte eintreten mit dem Blick, der auffordert: Denk! Sei! Sprich es aus! – Ich habe euch nie verstanden, während ihr euch von jedem Dritten verstanden wußtet. Ich habe gesagt: Ich verstehe dich nicht, verstehe nicht, kann nicht verstehen! Das währte eine herrliche und große Weile lang, daß ihr nicht verstanden wurdet und selbst nicht verstandet, nicht warum dies und das, warum Grenzen und Politik und Zeitungen und Banken und Börse und Handel und dies immerfort.

Denn ich habe die feine Politik verstanden, eure Ideen, eure Gesinnungen, Meinungen, die habe ich sehr wohl verstanden und noch etwas mehr. Eben darum verstand ich nicht. Ich habe die Konferenzen so vollkommen verstanden, eure Drohungen, Beweisführungen, Verschanzungen, daß sie nicht mehr zu verstehen waren. Und das war es ja, was euch bewegte, die Unverständlichkeit all dessen. Denn das war eure wirkliche große verborgene Idee von der Welt, und ich habe eure große Idee hervorgezaubert aus euch, eure unpraktische Idee, in der Zeit und Tod erschienen und flammten, alles niederbrannten, die Ordnung, von Verbrechen bemäntelt, die Nacht, zum Schlaf mißbraucht. Eure Frauen, krank von eurer Gegenwart, eure Kinder, von euch zur Zukunft verdammt, die haben euch nicht den Tod gelehrt, sondern nur beigebracht kleinweise. Aber ich habe euch mit einem Blick gelehrt, wenn alles vollkommen, hell und rasend war – ich habe euch gesagt: Es ist der Tod darin. Und: Es ist die Zeit daran. Und zugleich: Geh Tod! Und: Steh still, Zeit! Das habe ich euch gesagt. Und du hast geredet, mein Geliebter, mit einer verlangsamten Stimme, vollkommen wahr und gerettet, von allem dazwischen frei, hast deinen traurigen Geist hervorgekehrt, den traurigen, großen, der wie der Geist aller Männer ist und von der Art, die zu keinem Gebrauch bestimmt ist. Weil ich zu keinem Gebrauch bestimmt bin und ihr euch nicht zu einem Gebrauch bestimmt wußtet, war alles gut zwischen uns. Wir liebten einander. Wir waren vom gleichen Geist.

Ich habe einen Mann gekannt, der hieß Hans, und er war anders als alle anderen. Noch einen kannte ich, der war auch anders als alle anderen. Dann einen, der war ganz anders als alle anderen und er hieß Hans, ich liebte ihn. In der Lichtung traf ich ihn, und wir gingen so fort, ohne Richtung, im Donauland war es, er fuhr mit mir Riesenrad, im Schwarzwald war es, unter Platanen auf den großen Boulevards, er trank mit mir Pernod. Ich liebte ihn. Wir standen auf einem Nordbahnhof, und der Zug ging vor Mitternacht. Ich winkte nicht; ich machte mit der Hand ein Zeichen für Ende. Für das Ende, das kein Ende findet. Es war nie zu Ende. Man soll ruhig das Zeichen machen. Es ist kein trauriges Zeichen, es umflort die Bahnhöfe und Fernstraßen nicht, weniger als das täuschende Winken, mit dem so viel zu Ende geht. Geh, Tod, und steh still, Zeit. Keinen Zauber nutzen, keine Tränen, kein Händeverschlingen, keine Schwüre, Bitten. Nichts von alledem. Das Gebot ist: Sich verlassen, daß Augen den Augen genügen, daß ein Grün genügt, daß das Leichteste genügt. So dem Gesetz gehorchen und keinem Gefühl. So der Einsamkeit gehorchen. Einsamkeit, in die mir keiner folgt.

Verstehst du es wohl? Deine Einsamkeit werde ich nie teilen, weil da die meine ist, von länger her, noch lange hin. Ich bin nicht gemacht, um eure Sorgen zu teilen. Diese Sorgen nicht! Wie könnte ich sie je anerkennen, ohne mein Gesetz zu verraten? Wie könnte ich je an die Wichtigkeit eurer Verstrickungen glauben? Wie euch glauben, solange ich euch wirklich glaube, ganz und gar glaube, daß ihr mehr seid als eure schwachen, eitlen Äußerungen, eure schäbigen Handlungen, eure törichten Verdächtigungen. Ich habe immer geglaubt, daß ihr mehr seid, Ritter, Abgott, von einer Seele nicht weit, der allerköniglichsten Namen würdig. Wenn dir nichts mehr einfiel zu deinem Leben, dann hast du ganz wahr geredet, aber auch nur dann. Dann sind alle Wasser über die Ufer getreten, die Flüsse haben sich erhoben, die Seerosen sind gleich hundertweis erblüht und ertrunken, und das Meer war ein machtvoller Seufzer, es schlug, schlug und rannte und rollte gegen die Erde an, daß seine Lefzen trieften von weißem Schaum.

Verräter! Wenn euch nichts mehr half, dann half die Schmähung. Dann wußtet ihr plötzlich, was euch an mir verdächtig war, Wasser und Schleier und was sich nicht festlegen läßt. Dann war ich plötzlich eine Gefahr, die ihr noch rechtzeitig erkanntet, und verwünscht war ich und

bereut war alles im Handumdrehen. Bereut habt ihr auf den Kirchenbänken, vor euren Frauen, euren Kindern, eurer Öffentlichkeit. Vor euren großen großen Instanzen wart ihr so tapfer, mich zu bereuen und all das zu befestigen, was in euch unsicher geworden war. Ihr wart in Sicherheit. Ihr habt die Altäre rasch aufgerichtet und mich zum Opfer gebracht. Hat mein Blut geschmeckt? Hat es ein wenig nach dem Blut der Hindin geschmeckt und nach dem Blut des weißen Wales? Nach deren Sprachlosigkeit?
Wohl euch! Ihr werdet viel geliebt, und es wird euch viel verziehen. Doch vergeßt nicht, daß ihr mich gerufen habt in die Welt, daß euch geträumt hat von mir, der anderen, dem anderen, von eurem Geist und nicht von eurer Gestalt, der Unbekannten, die auf euren Hochzeiten den Klageruf anstimmt, auf nassen Füßen kommt und von deren Kuß ihr zu sterben fürchtet, so wie ihr zu sterben wünscht und nie mehr sterbt: ordnungslos, hingerissen und von höchster Vernunft.
Warum sollt ich's nicht aussprechen, euch verächtlich machen, ehe ich gehe.
Ich gehe ja schon.
Denn ich habe euch noch einmal wiedergesehen, in einer Sprache reden gehört, die ihr mit mir nicht reden sollt. Mein Gedächtnis ist unmenschlich. An alles habe ich denken müssen, an jeden Verrat und jede Niedrigkeit. An denselben Orten habe ich euch wiedergesehen; da schienen mir Schandorte zu sein, wo einmal helle Orte waren. Was habt ihr getan! Still war ich, kein Wort habe ich gesagt. Ihr sollt es euch selber sagen. Eine Handvoll Wasser habe ich über die Orte gesprengt, damit sie grünen mögen wie Gräber. Damit sie zuletzt hell bleiben mögen.

Aber so kann ich nicht gehen. Drum laßt mich euch noch einmal Gutes nachsagen, damit nicht so geschieden wird. Damit nichts geschieden wird.
Gut war trotzdem euer Reden, euer Umherirren, euer Eifer und euer Verzicht auf die ganze Wahrheit, damit

die halbe gesagt wird, damit Licht auf die eine Hälfte der Welt fällt, die ihr gerade noch wahrnehmen könnt in eurem Eifer. So mutig wart ihr und mutig gegen die anderen – und feige natürlich auch und oft mutig, damit ihr nicht feige erschient. Wenn ihr das Unheil von dem Streit kommen saht, strittet ihr dennoch weiter und beharrtet auf eurem Wort, obwohl euch kein Gewinn davon wurde. Gegen ein Eigentum und für ein Eigentum habt ihr gestritten, für die Gewaltlosigkeit und für die Waffen, für das Neue und für das Alte, für die Flüsse und für die Flußregulierung, für den Schwur und gegen das Schwören. Und wißt doch, daß ihr gegen euer Schweigen eifert und eifert trotzdem weiter. Das ist vielleicht zu loben.

In euren schwerfälligen Körpern ist eure Zartheit zu loben. Etwas so besonders Zartes erscheint, wenn ihr einen Gefallen erweist, etwas Mildes tut. Viel zarter als alles Zarte von euren Frauen ist eure Zartheit, wenn ihr euer Wort gebt oder jemand anhört und versteht. Eure schweren Körper sitzen da, aber ihr seid ganz schwerelos, und eine Traurigkeit, ein Lächeln von euch können so sein, daß selbst der bodenlose Verdacht eurer Freunde einen Augenblick lang ohne Nahrung ist.

Zu loben sind eure Hände, wenn ihr zerbrechliche Dinge in die Hand nehmt, sie schont und zu erhalten wißt, und wenn ihr die Lasten tragt und das Schwere aus einem Weg räumt. Und gut ist es, wenn ihr die Körper der Menschen und der Tiere behandelt und ganz vorsichtig einen Schmerz aus der Welt schafft. So Begrenztes kommt von euren Händen, aber manches Gute, das für euch einstehen wird.

Zu bewundern ist auch, wenn ihr euch über Motoren und Maschinen beugt, sie macht und versteht und erklärt, bis vor lauter Erklärungen wieder ein Geheimnis daraus geworden ist. Hast du nicht gesagt, es sei dieses Prinzip und jene Kraft? War das nicht gut und schön gesagt? Nie wird jemand wieder so sprechen können von den Strömen und Kräften, den Magneten und Mechaniken und von den Kernen aller Dinge.

Nie wird jemand wieder so sprechen von den Elementen, vom Universum und allen Gestirnen.
Nie hat jemand so von der Erde gesprochen, von ihrer Gestalt, ihren Zeitaltern. In deinen Reden war alles so deutlich: die Kristalle, die Vulkane und Aschen, das Eis und die Innenglut.
So hat niemand von den Menschen gesprochen, von den Bedingungen, unter denen sie leben, von ihren Hörigkeiten, Gütern, Ideen, von den Menschen auf dieser Erde, auf einer früheren und einer künftigen Erde. Es war recht, so zu sprechen und so viel zu bedenken. Nie war so viel Zauber über den Gegenständen, wie wenn du geredet hast, und nie waren Worte so überlegen. Auch aufbegehren konnte die Sprache durch dich, irre werden oder mächtig werden. Alles hast du mit den Worten und Sätzen gemacht, hast dich verständigt mit ihnen oder hast sie gewandelt, hast etwas neu benannt; und die Gegenstände, die weder die geraden noch die ungeraden Worte verstehen, bewegten sich beinahe davon.
Ach, so gut spielen konnte niemand, ihr Ungeheuer!
Alle Spiele habt ihr erfunden, Zahlenspiele und Wortspiele, Traumspiele und Liebesspiele.
Nie hat jemand so von sich selber gesprochen. Beinahe wahr. Beinahe mörderisch wahr. Übers Wasser gebeugt, beinah aufgegeben. Die Welt ist schon finster, und ich kann die Muschelkette nicht anlegen. Keine Lichtung wird sein. Du anders als die anderen. Ich bin unter Wasser. Bin unter Wasser.
Und nun geht einer oben und haßt Wasser und haßt Grün und versteht nicht, wird nie verstehen. Wie ich nie verstanden habe.

Beinahe verstummt,
beinahe noch
den Ruf
hörend.

Komm. Nur einmal.
Komm.

# Nachbemerkungen

In der analytischen Psychologie wird die Nixe als eine besonders typische Verkörperung der Anima betrachtet – eine Figur also, die die weibliche Persönlichkeitskomponente des Mannes darstellt und zugleich das Bild, das er vom »weiblichen Wesen« überhaupt hat (Emma Jung). Wenn den Nixen in diesem Zusammenhang eine so große Bedeutung zukommt, bestätigt dies nur einmal mehr den Verdacht, daß Weiblichkeit im patriarchalen Verständnis sich verbindet mit dem Bild von elementarer Natur, dem Bereich des Unbewußten zugehörig – ohne Anteil an der Welt des Geistes. Auf den fundamentalen sozialgeschichtlichen Wandel, der sich in dieser Definition von Weiblichkeit spiegelt, weist Gerda Weiler in ihrem Buch »Der enteignete Mythos« hin. Nach ihrem Verständnis war das Bewußtsein früher matriarchaler Kulturen »integrativ«, d.h. *alle* Lebensbereiche umfassend: In dem ursprünglichen Begriff für die Große Göttin, die als Weisheitsgöttin am Anfang der Schöpfung steht, haben ›Geist‹ und ›Mond‹ ihren gemeinsamen Ursprung in der Sanskrit-Wurzel ›mati-h‹. Der Begriff ›mati-h‹ verfügt über den gleichen Konsonantenstamm wie die Wurzel ›M.t.‹, von der die matriarchalen Ursprungsgöttinnen ihre Namen herleiten. ›M.t.‹ begegnet uns im griechischen Mythos als Metis, Göttin der Weisheit, in Unterägypten als Ma'at, Herrscherin über die Weltordnung. In Oberägypten ist Mut die »Mutter der Mütter, die gebar, ohne daß sie geboren wurde« (Bonnet). Auch die

›schakti‹, die weibliche schöpferische Energie der indischen Gottheiten, verkörpert diese Vorstellung einer allumfassenden Kraft.
Vor diesem Hintergrund zieht Gerda Weiler den Schluß, daß das, was C.G. Jung die ›Anima‹ des Mannes nennt, eben doch nur eine ›patriarchale Anima‹ ist, Teil-Aspekte des Weiblichen, die *ihn* faszinieren oder bedrohen. Auch in der Kommunikation mit seinem Unbewußten erreiche der heutige Mann nur die Schicht der ›patriarchalen Anima‹, während das »Urbild ganzheitlicher Weiblichkeit, die erlösende Kraft der Seele« – sozusagen die ›matriarchale Anima‹ – im Bewußtseinsschatten bleibe.
Emma Jung charakterisiert die Rolle der »Nymphen, Schwanjungfrauen, Undinen und Feen« als in der Regel von verführerischer Schönheit, aber nur halb menschlich, mit einem Fischschwanz wie die Nixen, sich in Vögel verwandelnd wie die Schwanjungfrauen. Diese Wesen lockten den Mann mit ihren Reizen oder ihrem zauberhaften Gesang in ihr Reich, wo er auf Nimmerwiedersehen verschwinde. Es komme aber auch vor – und darin sieht die Analytikerin einen »sehr bedeutungsvollen« Zug –, daß sie danach sucht, sich dem Mann in Liebe zu verbinden, um mit ihm in seiner Welt zu leben. »Stets haftet ihnen aber etwas Unheimliches an, und es ist ein Tabu mit ihnen verbunden, das nicht übertreten werden darf.« – Nach allem, was uns Melusine lehrt, muß es sich bei diesem Tabu doch wohl um das von Gerda Weiler als ›matriarchale Anima‹ bezeichnete »Urbild ganzheitlicher Weiblichkeit« handeln.

*

Während der Arbeit an diesem Buch ist mir häufig die Frage gestellt worden, in welchem Verhältnis »Die Wasserfrau« zum vielbeschworenen Zeitalter des Wassermanns als der astrologischen Großepoche zu sehen sei, an deren »Wende« wir laut Fritjof Capra stehen.
Dazu ist zunächst zu sagen, daß der astrologische »Wassermann« ein *Luft*zeichen ist. Im »Wassermann« regiert

der Planet Uranos, der die himmlische Weisheit symbolisiert, eine Weisheit, die weit über den bloßen Verstand hinaus auch die Intuition und die Gabe der Vorausschau beinhaltet. Der Planet Uranos wurde offiziell im Jahr 1781 entdeckt, und erst etwa hundert Jahre später wurde ihm sein Name unter Rückgriff auf die klassisch-griechische Mythologie gegeben. Wie wir heute wissen, hat es aber vor der klassisch-griechischen Zeit eine viel ältere matriarchale Kultur im Bereich des östlichen Mittelmeeres gegeben, die weibliche Schöpfergöttinnen gekannt hat. Im später noch verwendeten Beinamen »Urania« (die Himmlische) der schaumgeborenen Aphrodite klingt diese Erinnerung an die Große Göttin nach.

Zum »Wassermann« gehört das »Kollektive Selbstverständnis« sowie das Erkennen, die Weisheit, auf einer neuen, höheren Stufe des Bewußtseins, das seinen schöpferischen Ausdruck in der Gruppe findet. Damit ist eine Entwicklung vorgezeichnet, die ausgeht von der Bewußtwerdung des Individuums, von einem Prozeß der Erkenntnis, den jeder einzelne für sich vollzieht, und der die Bildung neuer Gruppen zur Folge hat.

*

Es hat mich gereizt, die Frage nach dem »Platz der Wasserfrau im Zeitalter des Wassermanns« auch an das altchinesische Orakelbuch I Ging zu stellen; ein Buch, das von einer Entsprechung zwischen kosmischen Rhythmen und irdischen Lebensabläufen ausgeht. Als Grundannahme für das Leben formuliert das Buch das Prinzip der »Wandlung«.

Als Antwort erhielt ich zwei Bilder aus je sechs Linien, von denen das erste die Ausgangssituation beschreibt und das zweite die zukünftige Entwicklung symbolisiert.

Ausgangsbild war »Die Stockung«. Im erläuternden Text heißt es dazu: »Himmel und Erde stehen außer Verkehr, und alle Dinge erstarren.« Nach chinesischer Vorstellung sind alle Erscheinungen in Polaritäten zu denken, als zwei Pole eines jeweils Ganzen, die in ständiger Wechsel-

wirkung zueinander stehen. So kann sich die Aussage über »Erde und Himmel« ebenso beziehen auf: »Das Weibliche und das Männliche« oder »Das Unbewußte und das Bewußte«, welche außer Beziehung geraten sind. Das zweite Bild, »Die Sammlung«, zeigt, wie durch den Einfluß der Wasserfrau aus dem Zustand der Erstarrung etwas Neues entsteht: »Die Sammlung« ist das Bild eines Sees oberhalb der Erde. So wie der See im Gegensatz zur chaotischen Flut das Bild des »gesammelten« Wassers ist, so deutet das Zeichen auf »die Sammlung von Menschen in größeren Gemeinschaften«. Zu solcher Sammlung »bedarf es der religiösen Kräfte« sowie eines Mittelpunktes. Erst wenn der Mittelpunkt in sich selbst gefestigt, gesammelt ist, kann die große Einigung stattfinden.
Die oberste Linie, von der die Wandlung von der »Stokkung« zur »Sammlung« ausgeht, entspricht im System des I Ging dem Platz der »Weisheit«. Im vorliegenden Fall wird eine »männliche« Yang-Linie durch eine »weibliche« Yin-Linie ersetzt. – Die Lösung aus einem Zustand der Erstarrung, indem das weibliche Prinzip auf den Platz der Weisheit gelangt! Eine allzu kühne Schlußfolgerung?

# Anhang

## Textnachweis

*Die Mutter des Wassers:* aus Märchen aus der Karibik, hrsg. u. übersetzt von Felix Karlinger u. Johannes Pögl, Köln 1983, Nr. 48

*Wasusa und Wolga:* aus Afanasjew, Alexander N. (Hrsg.), Russische Volksmärchen, in neuer Übertragung von Swetlana Geier, München 1985, Bd. 1, S. 94. Mit freundlicher Genehmigung des Winkler-Verlags

*Pele als Göttin des Wassers:* aus Andersen, Johannes C., Myths & Legends of the Polynesians, Rutland/Vermont u. Tokyo 1969, S. 283. Von der Herausgeberin übersetzt

*Gaia, die Erde gebiert das Meer:* aus Hesiod, Sämtliche Werke, Deutsch von Thassilo von Scheffer, Bremen, o. J., Theogonia 131–137 u. 364–370

*Yemọja, die Mutter der Fische:* von der Herausgeberin zusammengestellt und übersetzt aus: Ellis, A. B., The Yoruba-Speaking People of the Slave Coast of West Africa. Anthropological Publications, Oosterhout N. B. (Niederlande), 1966, S. 44f. und Lucas, J. O., The Religion of the Yorubas, Lagos 1948, S. 96f.

*Nana Aminata:* aus Dämonen des Sudan. Allerhand Religiöse Verdichtungen, hrsg. von Leo Frobenius, Jena 1924, S. 147f.

*Imap Ukûa, Die Mutter des Meeres:* aus Rasmussen, Knud, Grönlandsagen. Deutsch von Julia Koppel. Berlin 1922, S. 44ff.

*Leda, die Schwänin:* von der Herausgeberin zusammengestellt nach: Böttcher, Hellmuth, M., Die große Mutter. Zeugungsmythen der Frühgeschichte. Düsseldorf/Wien 1968, S. 26ff. und von Ranke-Graves, Robert, Griechische Mythologie. Quellen und Deutung, Reinbek 1986 (1960)

*Die Große Māyā:* aus Zimmer, Heinrich, Die indische Weltmutter. Aufsätze. Frankfurt am Main 1980, S. 37–40.

Mit freundlicher Genehmigung des Insel Verlag Frankfurt am Main

*Ilmatar, die Jungfrau der Lüfte:* aus Kalevala. Das finnische Epos des Elias Lönnrot. Kommentiert von H. Fromm. Aus dem finnischen Urtext von L. Fromm/H. Fromm. München, Wien 1967, Auszug aus dem Ersten Gesang, S. 6–9.

Mit freundlicher Genehmigung des Carl Hanser Verlag, München Wien

*Der Sonnenprinz und das Nagamädchen:* aus Märchen der Völker Burmas. Hrsg. von Annemarie Esche, Märchen der Palaung, Leipzig 1976, S. 411–415

*Die Schwanfrau als Stammutter der burjatischen Schamanen:* aus Findeisen, Hans/Gehrts Heino, Die Schamanen. Jagdhelfer und Ratgeber, Seelenfahrer, Künder und Heiler. Köln 1983, S. 170–173

*Die Frau aus dem See:* aus Märchen aus Wales, hrsg. u. übers. von Frederik Hetmann, Köln 1982, Nr. 11

*Die Wassergeister im Kongo-Fluß:* aus Knappert, Jan, Myths and Legends of the Congo. Nairobi, London, Ibadan 1971, S. 138f. Von der Herausgeberin übersetzt

*Regen und Gewitter:* aus Pettinen, A., Märchen der Aandonga. In: Zeitschrift für Eingeborenensprachen, Bd. 16, 1925/26

*Die Wäscherinnen am Kaselter Bach:* aus Gredt, N. (Hrsg.), Sagenschatz des Luxemburger Landes, Bd. 1, Esch-Alzette 1963, Nr. 108

*Die Krötenhexe:* aus Vernaleken, Theodor, Alpensagen, hrsg. von Hermann Burg. Salzburg, Leipzig 1938, S. 202f.

*Die Hagelmacherinnen zu Berlin:* aus Grässe, I. G. Th.,

Sagenbuch des Preußischen Staats, erster Band, Glogau 1871. Nr. 21

*Die zauberischen Bleichweiber zu Sorau:* aus Grässe, a. a. O., zweiter Band, Nr. 340

*Kakaschi Kakullu:* aus Frobenius, Leo, Hrsg., Dichtkunst der Kassaiden, Atlantis Bd. 12, Jena 1928, S. 157

*Der Urdbrunnen:* aus »Der Seherin Gesicht«, Vers. 13 u. 14, in: Die Edda. Götterdichtung, Spruchweisheit und Heldengesänge der Germanen. Übertragen von Felix Genzmer. Köln 1981, S. 28

*Walküren:* aus Das Wölundlied, in: Die Edda, a. a. O. S. 188–189

*Die drei Moiren:* aus Karlinger, Felix. Auf Märchensuche im Balkan. Köln 1987, S. 7–11

*Von der Schwester des Muntifiuri:* aus Italienische Volksmärchen, hrsg. u. übers. von Felix Karlinger, Köln 1984 (1973), Nr. 44

*Hexen als Wellen:* aus Grässe, a. a. O., zweiter Band, Nr. 1335

*Die zwölf Töchter:* aus Ehstnische Märchen, aufgezeichnet von Friedrich Kreutzwald, aus dem Ehstnischen übers. von F. Löwe. Halle 1869, Nr. 6

*Die Geschenke der Schönen:* aus Deutsche Volksmärchen aus dem Sachsenlande in Siebenbürgen. Gesammelt von Josef Haltrich. 4. Auflage. Wien, Hermannstadt 1885, Nr. 40

*Der Fischer von Kinsale und die Alte aus dem Meer:* aus Hetmann, Frederik, Hrsg. u. Übers., Irischer Zaubergarten. Märchen, Sagen und Geschichten von der Grünen Insel. Köln 1979, S. 97 ff.

*Gaṅgā oder Schon der Name der Mitgemahlin erregt den Zorn:* aus Kathāratnākara. Das Märchenmeer. Eine Sammlung indischer Erzählungen von Hēmavijaya. Deutsch von Johannes Hertel. Band I. Erste bis vierte Woge. München 1920. In den Fußnoten etwas gekürzt.

*Die Sage vom See Mogalo:* aus Knappert, Jan, Myths and Legends of the Congo. Nairobi, London, Ibadan 1971, S. 196 ff. Von der Herausgeberin übersetzt

*An Aphrodite (6. Homerischer Hymnus):* aus Die Homerischen Götterhymnen, verdeutscht von Thassilo von Scheffer, Jena 1927

*An Aphrodite, ›Pervigilium Veneris‹:* aus di Nola, Alfonso, M., Hrsg., Gebete der Menschheit. Religiöse Zeugnisse aller Zeiten und Völker, Düsseldorf, Köln 1963, S. 159f.

*Odysseus. Die Sirenen, Skylla und Charybdis:* aus Schwab, Gustav, Sagen des klassischen Altertums, Zweiter Band. Leipzig o. J., S. 279–282

*Der Gesang der Yara:* aus Phantastische Märchen von Riesen & Drachen, von Zwergen & Erdleuten, von Meermädchen & Wassermännern und Nixen. Ausgewählt, aus dem Englischen übersetzt und mit Federzeichnungen ausgestattet von Helga Gebert. Weinheim und Basel 1987. Mit freundlicher Genehmigung des Verlages Beltz und Gelberg.

*Die Nixe des Hüttensees:* aus K.W. Glaettli, Zürcher Sagen, 2. vermehrte Aufl., Zürich 1970, Nr. 108a

*Der Schäfer:* aus Harzland-Sagen, gesammelt und herausgegeben von Fr. Sieber, Jena 1928, S. 35

*Ran:* Von der Herausgeberin zusammengestellt unter Benutzung von Germanische Götterlehre, hrsg. von Ulf Diederichs; Ström/Biezais, Germanische und Baltische Religion, und McCulloch, Eddic Mythology, alle Titel siehe Literaturverzeichnis

*Die dämonische Miru:* aus Birger Mörner: Tinara. Die Vorstellungen der Naturvölker vom Jenseits. Jena 1924, S. 27

*Die Reise des Bran:* aus Irischer Zaubergarten, a. a. O., S. 50

*Die Wasserfräulein:* aus Zingerle Ignaz, Sagen aus Tirol. Innsbruck 1850, Nr. 167

*Die Wäscherin der Furt:* aus Macleod, Fiona, Wind und Woge, Keltische Sagen, Jena 1921, S. 209ff.

*Der junge Recke und das Wasser des Lebens:* aus Afanasjew, Russische Volksmärchen, Bd. 1, a. a. O., S. 171–178. Mit freundlicher Genehmigung des Winkler-Verlags.

*Die Quelljungfer:* aus Vernaleken, Alpensagen, a. a. O., S. 60

*Wassermuhme:* aus Schleswig-Holsteiner Sagen, hrsg. von Gustav Fr. Meyer, Jena 1929, S. 64

*Die Unstrutnixe:* aus Thüringer Sagen, gesammelt u. hrsg. von Paul Quensel, Jena 1926, S. 219

*Edain, die Fee:* Aus Irischer Zaubergarten, a. a. O., S. 13 f.

*Süße Pfannkuchen:* aus Sächsische Sagen von Wittenberg bis Leitmeritz, gesammelt u. hrsg. von Fr. Sieber, Jena 1926, S. 181–182

*Nixenbraut:* aus Hermann von Pfister, Sagen und Aberglaube aus Hessen und Nassau, Marburg 1885, S. 50 f.

*Der Tau-titi-Tanz:* aus Andersen, Myths & Legends of the Polynesians, a. a. O., S. 122. Von der Herausgeberin übersetzt

*Das Waschweiberl:* aus Böhmerwald-Sagen, hrsg. von Gustav Jungbauer, Jena 1924, S. 64

*Kostbare Geschenke:* aus dito, S. 65

*Die Meerfräulein:* aus Haiding, Karl, Österreichs Sagenschatz, Wien 1965

*Die Wasserfräulein von Osterburken:* aus Karl Hofmann, Die Sagen des badischen Frankenlandes, Karlsruhe 1911, S. 15 f.

*Die Meerfrau und ihre Rinder:* aus Thiele, J. M., Hrsg., Danmarks Folkesagn, 1843. Aus dem Dänischen übersetzt von Ursula Schmalenbach

*Streit unter Wasserleuten:* aus Harzland-Sagen, gesammelt und herausgegeben von Fr. Sieber, Jena 1928, S. 28

*Die Seejungfrauen:* aus Hetmann, Frederik, Hrsg., Märchen des Schwarzen Amerika. Frankfurt 1974, S. 105 f.

*Des Meermanns Frau in Kindesnöten:* aus Friesische Sagen von Texel bis Sylt, hrsg. von Hermann Lübbing, Jena 1928, S. 242

*Das Meerweib hilft bei der Geburt:* aus Meyer, Gustav Fr., Schleswig-Holsteiner Sagen, Jena 1929, S. 66 (Die Meerweiber)

*Durch Spucke gebannt:* aus Harzland-Sagen, gesammelt

und herausgegeben von Fr. Siebert, Jena 1928, S. 26–27
*Was man sich von den Wechselbälgern erzählt:* aus Sächsische Sagen. Von Wittenberg bis Leitmeritz, gesammelt u. hrsg. von Fr. Sieber, Jena 1926, S. 185
*Das böse Weib vom Hutzebacher See:* aus Schwarzwald Sagen, gesammelt u. hrsg. von Johannes Künzig, Jena 1930, S. 171
*Der Kielkropf:* aus Harzland-Sagen, gesammelt und herausgegeben von Fr. Siebert, Jena 1928, S. 32–33
*Bei der Flachsernte:* aus Schleswig-Holsteiner-Sagen, hrsg. von Gustav Fr. Meyer, Jena 1929, S. 66f.
*Kirchgang:* aus Aberglaube und Sagen aus dem Herzogthum Oldenburg. Hrsg. von Ludwig Strackerjan. Erster Bd., Oldenburg 1867, § 259f
*Eierwasser:* aus dito, § 259e
*Von der weißen Lilie und dem Goldfisch:* aus Sächsische Sagen, von Wittenberg bis Leitmeritz, gesammelt u. hrsg. von Fr. Sieber, Jena 1926, S. 182–183
*Die Frau unter den Sirenen:* aus Italienische Volksmärchen, hrsg. u. übers. von Felix Karlinger, Köln 1984 (1973), Nr. 26
*Die Klappmütze:* aus Eskimo-Märchen, hrsg. u. übertragen von Heinz Barüske, Düsseldorf/Köln 1969, Nr. 22
*Albhine, die Herrin der Meerfrauen:* aus Löpelmann, Martin, Hrsg., Erinn. Keltische Sagen aus Irland. Düsseldorf, Köln 1977, S. 85ff.
*Das Mädchen vom Buchsee:* aus Schwäbische Sagen, gesammelt von Rudolf Kapff, Jena 1926, S. 79
*Umtschegin und die Schwanenmädchen:* aus Sibirische Märchen, hrsg. u. übers. von Gerhard Doerfer, Bd. 2: Tungusen und Jakuten. Köln 1983, Nr. 1
*Das Seehundsweibchen:* aus Isländische Volksmärchen, übers. von Hans u. Irma Neumann, Jena 1923, Nr. 72
*Ati und Tapairu:* aus Andersen, Myths of the Polynesians, a. a. O., S. 120ff., Von der Herausgeberin übersetzt
*Das Meerminneke:* aus Wolf, J. W., Hrsg., Niederländische Sagen. 1843, Nr. 170

*Die Asrai:* aus Englische Volksmärchen, hrsg. von Katharine Briggs und Ruth Michaelis-Jena, Köln 1983 (1970), Nr. 65

*Das Seeweibchen vom Minser Olloog:* aus Friesische Sagen von Texel bis Sylt, hrsg. von Hermann Lübbing, Jena 1928, S. 246

*Der Jäger Rangge und die Drachentochter:* Aus dem Chinesischen übersetzt von Barbara Scheer

*Die Mondblume:* aus Brasilianische Märchen, hrsg. u. übers. von Felix Karlinger u. Geraldo de Freitas, Köln 1985 (1972), Nr. 84

*Die Fischprinzessin und der Schneider:* aus Plattdeutsche Volksmärchen, gesammelt u. hrsg. von Wilhelm Wisser, Jena 1927, Bd. 1, S. 99

*Die Fischseele:* aus Talbot, P. Amaury, Life in Southern Nigeria. The Magic, Beliefs and Customs of the Ibibio Tribe. London $^{2}$1967 (1923). Von der Herausgeberin übersetzt

*Die Geschichte von der edlen und schönen Melusina:* aus Marbach, G. O., Hrsg., Volksbücher 3., Leipzig 1838. Stark gekürzt

*Russalka oder Die Meeresküste von Böhmen:* aus »Kittatiny« Copyright © 1978 by Joanna Russ. Mit freundlicher Genehmigung der Autorin. Von der Herausgeberin übersetzt

*Undine geht:* aus Ingeborg Bachmann, Werke. Bd. II, München 1978.
Mit freundlicher Genehmigung des R. Piper & Co. Verlags

# Literatur

*Bächtold-Stäubli, Hanns,* Handwörterbuch des deutschen Aberglaubens, 10 Bände, Berlin u. Leipzig 1927

*Baskische Märchen,* übers. u. hrsg. von Felix Karlinger und Erentrudis Laserer, Köln 1980

*Baumann, Hermann,* Schöpfung und Urzeit des Menschen im Mythos der Afrikanischen Völker, Berlin 1936

*ders.,* Das doppelte Geschlecht, Berlin 1955

*Beese, Henriette,* Hrsg., Von Nixen und Brunnenfrauen. Märchen des 19. Jahrhunderts. Frankfurt/M., Berlin, Wien 1982

*Benwell, Gwen/Waugh, Arthur,* Töchter des Meeres. Von Nixen, Nereiden, Sirenen und Tritonen. Hamburg 1962

*Bertisch, Klaus,* Hrsg., Schwanenmärchen. Frankfurt 1987

*Bonnet, Hans:* Reallexikon der ägyptischen Religionsgeschichte, Berlin 1971

*Briggs, Katherine,* A Dictionary of Fairies, Harmondsworth 1977 (1976)

*Capra, Fritjof:* Wendezeit – Bausteine für ein neues Weltbild, München/Bern 1983

*Devereux, Georges,* Frau und Mythos, München 1986 (Titel der Originalausgabe: Femme et Mythe, Paris 1982)

*Diederichs, Ulf,* Hrsg., Germanische Götterlehre, Köln, 1984

*Duerr, Hans Peter,* Traumzeit. Über die Grenzen zwischen Wildnis und Zivilisation. Frankfurt/M 1980 (1978)

*ders.,* Sedna oder die Liebe zum Leben, Frankfurt/M 1985 (1984)

*Eberhard, Wolfram,* Lexikon chinesischer Symbole. Geheime Sinnbilder in Kunst und Literatur, Leben und Denken der Chinesen. Köln 1983

*Eliade, Mircea,* Die Religionen und das Heilige. Elemente der Religionsgeschichte, Salzburg 1954

*ders.*, The Two and the One, London 1965 (T.d. französ. Originalausgabe: Méphistophélès et l'Androgyne, Paris 1962)
*Endres, Franz Carl/Schimmel, Annemarie,* Das Mysterium der Zahl. Zahlensymbolik im Kulturvergleich. Köln 1984
*Francia, Luisa,* Mond. Tanz. Magie. München, o.J.
*Frenzel, Elisabeth,* Stoffe der Weltliteratur. Ein Lexikon dichtungsgeschichtlicher Längsschnitte. Stuttgart 1962
*Golther, Wolfgang,* Handbuch der germanischen Mythologie. Unveränderter Neudruck der revidierten Ausgabe von 1908, Stuttgart, o.J.
*Göttner-Abendroth, Heide,* Die Göttin und ihr Heros. Die matriarchalen Religionen in Mythos, Märchen und Dichtung. München 1982 (1980)
*Grimal, Pierre,* Hrsg., Mythen der Völker. 3 Bände. Frankfurt/M 1977 (1976). Die französische Originalausgabe erschien 1963
*Grimm, Jacob,* Deutsche Mythologie. 3 Bände. Frankfurt/M, Berlin 1981. Fotomechanischer Nachdruck der Ausgabe von 1835–77
*Hatto, A.T.*, The Swan Maiden. A Folk-Tale of North Eurasian Origin? In: Bulletin of the School of Oriental and African Studies 24 (1961), S. 326ff.
*Heindrichs, Ursula,* Der Brunnen, in: Die Welt im Märchen, hrsg. von Jürgen Janning und Heino Gehrts, Kassel 1984
*Heinisch, Klaus J.*, Der Wassermensch. Entwicklungsgeschichte eines Sagenmotivs. Stuttgart 1981
*Heinsohn, Gunnar/Steiger, Otto,* Die Vernichtung der weisen Frauen. Hexenverfolgung. Menschenproduktion. Kinderwelten. Beiträge zur Theorie und Geschichte von Bevölkerung und Kindheit. Herbstein 1985
*I Ging. Das Buch der Wandlungen.* Aus dem Chinesischen übertragen und herausgegeben von Richard Wilhelm. Köln 1956
*Irischer Zaubergarten.* Märchen, Sagen und Geschichten von der Grünen Insel. Aus dem Irischen übers. u. hrsg. von Frederik Hetmann, Köln 1986

*Jung, Emma,* Die Anima als Naturwesen (1955). In: Märchenforschung und Tiefenpsychologie (Wege der Forschung Bd. CII), hrsg. von Wilhelm Laiblin, Darmstadt 1975
*Karlinger, Felix,* Hrsg., Wege der Märchenforschung. Darmstadt 1973
*ders.,* Jenseitswanderungen in der Volkserzählung. Zur Funktion von Initiations- und Visionsberichten in Mythos, Märchen und Legende. In: Schamanentum und Zaubermärchen, hrsg. von Heino Gehrts und Gabriele Lademann-Priemer, Kassel 1986
*ders.,* Das Meer, in: Die Welt im Märchen, hrsg. von Jürgen Janning und Heino Gehrts, Kassel 1984
*Kast, Verena,* Wege aus Angst und Symbiose. Märchen psychologisch gedeutet. Olten 1982 u. München 1987
*Kohl, Richard,* Das Melusinenmotiv. Eine symbolgeschichtliche Studie zur Sirenen-, Erd- und Sünderdarstellung. Bremen 1934
*Lecouteux, Claude,* Das Motiv der gestörten Mahrtenehe als Widerspiegelung der menschlichen Psyche. In: Vom Menschenbild im Märchen, hrsg. von Heino Gehrts und Herbert Ossowski, Kassel 1980
*Le Goff, Jacques,* Melusine – Mutter und Urbarmacherin. In: Für ein anderes Mittelalter. Zeit, Arbeit und Kultur im Europa des 5.–15. Jahrhunderts. Sozialgeschichtliche Bibliothek, hrsg. von Dieter Groh. Frankfurt, Berlin, Wien 1984
*Lexikon der östlichen Weisheitslehren.* Buddhismus, Hinduismus, Taoismus, Zen. Bern, München, Wien 1986
*Lurker, Manfred,* Lexikon der Götter und Dämonen, Stuttgart 1984
*MacCulloch, Canon, J.A.,* Eddic Mythology. In: The Mythology of all Races in thirteen volumes, Bd. II, New York 1964
*Mannhardt, Wilhelm,* Germanische Mythen. Forschungen. Berlin 1858
*Markale, Jean,* Die Keltische Frau. Mythos, Geschichte, soziale Stellung. Hrsg. u. aus dem Französischen übers. von Wieland Grommes. München 1984. Die

Originalausgabe erschien 1972 unter dem Titel »La femme celte«.
*ders.*, Mélusine ou l'androgyne. Paris 1983
*Mode, Heinz,* Fabeltiere und Dämonen in der Kunst. Die fantastische Welt der Mischwesen. Stuttgart, 1974
*Märchen von Hans Christian Andersen,* hrsg. und neu durchgesehen von Karl Hobrecker, Berlin 1938, S. 308 ff.
*Ninck, Martin,* Götter und Jenseitsglauben der Germanen, Jena 1937
*Orpheus.* Altgriechische Mysterien. Aus dem Urtext übertragen u. erläutert von J.O. Plassmann, Köln 1982
*Peuckert, Will-Erich,* Deutscher Volksglaube des Spätmittelalters. Stuttgart 1942
*Pfister, Friedrich,* Hrsg., Götter- und Heldensagen der Griechen. Heidelberg 1970 (1956)
*Ranke-Graves, Robert von,* Griechische Mythologie. Quellen und Deutung. Hamburg 1986 (1960)
*Rätsch, Christian,* Hrsg., Chactun. Die Götter der Maya. Quellentexte, Darstellung und Wörterbuch, Köln 1986
*Röhrich, Lutz,* Märchen – Mythos – Sage. In: Antiker Mythos in unseren Märchen. Hrsg. von Wolfdietrich Siegmund. Kassel 1984
*Roscoe, John,* The Baganda. An Account of their Native Customs and Beliefs. London 1965 (1911)
*Rudhardt, Jean,* Water. In: Encyclopedia of Religion, hrsg. von Mircea Eliade, New York 1987, S. 350 ff.
*Rutz, Johannes,* Hrsg., Irische Elfenmärchen, übers. u. eingeleitet von den Brüdern Grimm. München und Leipzig, o.J.
*Schleberger, Eckard,* Die indische Götterwelt. Gestalt, Ausdruck und Sinnbild. Ein Handbuch der hinduistischen Ikonographie. Köln 1986
*Schliephacke, Bruno P.,* Märchen, Seele und Sinnbild. Neue Wege zu altem Wissen. Münster 1974
*Schmölders, Claudia,* Die wilde Frau. Mythische Geschichten zum Staunen, Fürchten und Begehren. Köln $^{3}$1984 (1983)

*Simon, Erika,* Die Götter der Griechen. Studienausgabe, München 1985. Originalausgabe erschien 1969

*Ström, Åke V./Biezais, Haralds,* Germanische und Baltische Religion. In: Die Religionen der Menschheit, hrsg. von Christel Matthias Schröder, Stuttgart, Berlin, Köln, Mainz 1975

*Stumpfe, Ortrud,* Die Symbolsprache der Märchen. 4. durchgesehene Auflage 1978 (1969)

*Theweleit, Klaus,* Männer-Phantasien, Bd. 1: Frauen, Fluten, Körper, Geschichte. Frankfurt 1977

*Tkány, Anton,* Hrsg., Mythologie der alten Teutschen und Slaven, in Verbindung mit dem Wissenswürdigsten aus dem Gebiethe der Sage und des Aberglaubens. Znaim 1827

*Weiler, Gerda,* Der enteignete Mythos. Eine notwendige Revision der Archetypenlehre C. G. Jungs und Erich Neumanns. München 1985

*Wörterbuch der deutschen Volkskunde,* 3. Auflage, neu bearbeitet von Richard Beitl. Stuttgart 1974 (1936)

*Zaunert, Paul,* Hrsg., Deutsche Natursagen, 1. Reihe, Von Holden und Unholden, Jena 1921

## Bildnachweis

Aus einer Vielzahl von Wasserfrau-Bildern wurden 14 ausgewählt: sie bilden den Auftakt zum Buch (d. i. Frontispiz) und zu den einzelnen Kapiteln.

Das Frontispiz zeigt »Agnete mit der goldenen Harfe«, eine Sirenendarstellung am Chorgestühl der Schloßkirche Frederiksborg. Mit freundlicher Genehmigung des Nationalhistorischen Museums Frederiksborg.

Vor Kapitel 1: »Die kleine Seejungfrau«, 1847 gezeichnet von Franz Graf von Pocci.

Vor Kapitel 2: Melusinendarstellung, russischer Holzschnitt aus der ersten Hälfte des 18. Jahrhunderts.

Vor Kapitel 3: Die Schlange Lilith versucht Eva im Paradies. Holzschnitt aus: *Spiegel Menschlicher Behaltnuss,* Speyer 1481.

Vor Kapitel 4: Wetterhexe auf Ziegenbock. Holzschnitt aus: Francesco-Maria Guazzo, *Compendium Maleficarum,* 1608.

Vor Kapitel 5: Die drei Moiren oder Schicksalsfrauen – Klotho, Lachesis und Atropos. Zeichnung aus: Vicenzo Cartari, *Imagini delli Dei de gl' Antichi,* Venedig 1647.

Vor Kapitel 6: Meerjungfrau erscheint dem Heiligen Brandan. Holzschnitt aus: *Die Wunderbare Meerfahrt des Hl. Brandan,* Augsburg 1476.

Vor Kapitel 7: Harpyie. Klischeeabdruck von Heinrich Vogeler.

Vor Kapitel 8: Meeresriesin greift Fischer an. Holzschnitt aus einem isländischen Manuskript des *Physiologus,* um 1200.

Vor Kapitel 9: Tritonenpaar. Kupferstich aus: Ulysses Aldrovandi, *Historia monstrorum,* Bologna 1642.

Vor Kapitel 10: Darstellung »Mytischer Geschöpfe«, Holzschnitt aus: Conrad von Megenberg, *Buch der Natur,* Augsburg 1475.

Vor Kapitel 11: Ausschnitt aus Heinrich Vogelers Zeichnung »Der Fischer und das Meermädchen«. Aus: Oskar Wilde, *Das Granatapfelhaus,* Leipzig 1904.

Vor Kapitel 12: Meermädchen. Japanische Zeichnung

Vor Kapitel 13: Melusina verläßt das Schloß Lusignan als geflügelte Schlange. Holzschnitt aus: *Von einer Frowen genant Melusina,* Basel 1476.

# Die wilde Frau

*Mythische Geschichten zum Staunen, Fürchten und Begehren. Gesammelt und herausgegeben von Claudia Schmölders. 320 Seiten. Leinen*

»Die rund sechzig Erzählungen stammen vorwiegend aus dem außereuropäischen Raum. Sie spiegeln die ›wilde‹ Phantasie der Naturvölker, in der sich Angst vor den feindlichen Elementen mit deren Beschwörung und Beschwichtigung durch Macht und Zauber mischt. Die Frau tritt als ›Große Mutter‹, ›Verführerin‹ und ›Wilde Köchin‹, als ›Amazone‹ und ›Hexe‹, ›Wasserweib‹ und ›Tierbraut‹ in Erscheinung. Ihr Wirken in diesen Geschichten ist kraftvoll und unabhängig, ›autonom‹ in dem Sinn, daß sie als mythische Gestalt den Gesetzen des Stammes oder Clans nicht unterworfen ist.
Ein großer Zauber geht von der unbefangenen Sprache dieser Märchen aus, die eine nahtlose poetische Vereinigung von Alltag und Phantasie zustandebringt – in humorvollen Erzählungen der Afrikaner, den traumhaften der Indianer, den traurigen oder düsteren aus Sibirien und Nordafrika. Besonders reizvoll sind sie, wenn der Tonfall des mündlichen Berichts mit seinen rhythmischen Wiederholungen und Lautmalereien beibehalten wird. Der Leserin, durchaus bereit, sich der von der Herausgeberin geforderten Identitätssuche nicht zu entziehen, wird unversehens leichter ums Herz: die Sprache macht alles greifbar, voll Spannung, sie spricht ohne Umwege das Gefühl an.«

*Leonore Schwartz im Westdeutschen Rundfunk*

Eugen Diederichs Verlag